KB040611

녹두장군

녹두장군 1

지은이 | 송기숙
펴낸이 | 김성실
편집주간 | 김이수
책임편집 | 손성실
편집기획 | 박남주 · 천경호
마케팅 | 이동준 · 이준경 · 강지연 · 이유진
편집디자인 | 하람 커뮤니케이션(02-322-5405)
인쇄 | 중앙 P&L(주)
제본 | 대홍제책
펴낸곳 | 시대의창
출판등록 | 제10-1756호(1999. 5. 11)

초판 1쇄 인쇄 | 2008년 7월 1일
초판 1쇄 발행 | 2008년 7월 10일

주소 | 121-816 서울시 마포구 동교동 113-81 (4층)
전화 | 편집부 (02) 335-6125, 영업부 (02) 335-6121
팩스 | (02) 325-5607
이메일 | sungkiller@empal.com(책임편집자)

ISBN 978-89-5940-112-3 (04810)
        978-89-5940-111-6 (전12권)
값 10,800 원

녹두장군

1

사람이 곧 하늘이다

송기숙 역사소설

시대의창

| 일러두기

1. 이 책은 1994년 창작과 비평사(현 창비)에서 완간한 《녹두장군》
   을 개정하여 복간한 것이다.
2. 지문은 원문을 최대한 살리되 현행표기법에 따라 표준말을 기
   준으로 바로잡았다. 대화에서는 사투리와 속어를 포함한 입말
   의 느낌을 살리기 위해 한글맞춤법에 맞지 않더라도 그대로 두
   기도 했다.
3. 외국 인명人名은 외래어표기법에 따라 고쳤으나, 옛사람들이 쓰
   던 발음과 크게 달라지는 경우 그대로 두었다.
4. 독자들에게 생소한 어휘와 사투리 및 속담은 어휘풀이를 달았
   다. 동사 및 형용사는 사전에 등재된 기본형을 표제어로 삼았으
   나, 그 밖의 용어나 사투리 및 잘못된 표현은 본문 표기를 그대
   로 표제어로 삼은 것도 있다.

차 례

제1권 사람이 곧 하늘이다

우리 동학은 인내천, 사람이 곧 하늘입니다. 그 하나하
나가 다 하늘이니 모두가 다 똑같이 하늘처럼 귀하다는
것입니다. 양반, 상놈의 차별만 없어도 상놈들한테는 이
세상이 반은 극락일 겁니다.

1. 비결

전라도를 남북으로 가르며 서해로 달리던 노령산맥은 내장산에서 한번 크게 용틀임으로 뒤틀어 올랐다가 내처 입암산에서 더욱 우뚝 고개를 들어 김제만경 호남평야를 이윽이 굽어본다. 누렇게 익어가는 벼가 금물결을 치는 호남평야는 저 멀리 계룡산 자락까지 일망무제로 아득하다. 서북쪽으로는 모악산이 부르면 대답할 듯 가까이 손짓하고 그 너머 대둔산이 곧바로 계룡산과 다정하게 이웃하여 공주 주미산으로 이어지니 그 안통 열서너 고을이 호남벌판이다.

바로 눈아래 점점이 야산으로 수놓인 정읍과 고부 들판이 서쪽으로 흥덕과 부안으로 이어지고 위쪽으로는 김제, 만경, 익산, 금구, 고산, 충청도 은진, 강경, 논산, 함열, 연산, 석성, 노성 등 크고 작은 고을들이 이 들판에 들어차 있다.

여기 입암산에서 잠깐 숨을 돌린 노령산맥은 잔뜩 등을 낮춰 장성 갈재를 허리에 걸친 다음 방장산으로 치솟아 줄기 하나를 남쪽으로 갈라주고 줄곧 서해로 내닫는다. 고창읍을 왼쪽에 두고 방문산으로 굽이쳤다가 다시 등을 낮춰 사실터고개로 흥덕과 고창을 이어주고, 다시 화실봉과 소요산으로 굽이쳐 곰소만에서 바다에 길이 막히니, 어정어정 길을 찾아 경수산, 개이빨산, 청룡산, 비학산으로 또아리를 한 바퀴 틀며 제자리로 돌아와 하릴없이 잦아지고 만다.

그 똬리 안통의 분지는 산세가 두루 그럴듯하매 천 년 *대가람 선운사禪雲寺가 자리 잡고 있다.

한때 폐찰이 되다시피 하여 도둑이 웅거하기도 했던 이 선운사는 백제 시대 미륵불교가 불교의 정통신앙으로 융성할 때는 이 절의 스님들과 근동의 백성이 한데 얼려 호국의 거점을 이루기도 했다. 승속이 신앙으로 뭉쳐 나라를 지킨 그런 정신은 지금도 면면히 이어져 변란이 있을 때는 이 절 스님들이 은근히 뒤에서 도와주기도 하고 죄짓고 도망쳐온 백성을 따뜻하게 숨겨주기도 했다.

이 절 서남쪽 5리쯤 되는 곳에 도솔암이라는 암자가 있고, 거기 아득히 쳐다보이는 절벽에 미륵이 하나 새겨져 있는데, 이 미륵에는 예로부터 아주 괴이쩍은 전설이 하나 전해 내려오고 있었다.

이 미륵의 배꼽에는 신비스런 비결秘訣이 하나 숨겨져 있다는 것으로, 그 비결이 이 세상에 나오는 날에는 한양이 망한다는 것이다. 한양이 망한다는 것은 조선왕조가 망한다는 것이니, 이것은 나라가 뒤집힌다는 어마어마한 소리였다. 한데, 거기에는 비결과 함께 벼락살煞이 함께 봉해져 있어 누가 그 비결을 꺼내려고 거기 손을 대기만 하면 대번에 우광쾅 벼락이 떨어져 그 벼락에 맞아 죽고 만다는 것이다.

그 벼락살이 봉해져 있다는 말이 사실이라는 것은, 7십여 년 전 전라도 관찰사 이서구李書九란 사람이 멋모르고 그 비결을 꺼내려다 하마터면 벼락에 맞아 죽을 뻔했던 것만 보아도 알 수 있다는 것이다.

그 이서구란 사람은 한시사가漢詩四家 중의 한 사람으로 벼슬이 영의정에까지 올랐던 사람인데, 그가 여기 관찰사로 있을 때는 크게 선정을 베풀었던지 그 치적이 오래도록 이 지방 사람들의 입에 오르내려 나중에는 설화에까지 오를 지경이었다. 일테면, 살변이 났는데 그 범인을 잡지 못하여 이서구가 고심을 하고 있던 차에 어디서 오동잎이 날아와 주워 보니 오동잎에 구멍이 하나 크게 뚫려 있어, 그걸 보고 범인이 오공엽吳空葉이라는 사실을 알아냈다는 식이었다. 이렇게 그가 주인공이 되어 있는 설화만도 이 지방에서는 그 수가 어사 박문수 설화와 *어금지금할 정도였다.

이 선운사 비결 이야기는 그때 이서구가 꺼내려다 경을 쳤다는 사실 때문에 한층 더 신비롭게 여겨져 세상이 어지러워 여러 가지 *참언讖言이 떠돌 때는 으레 이 비결 이야기가 크게 한몫 끼여 그때마다 여러 가지 그럴싸한 모습으로 천방지축 도깨비불처럼 번져나갔다.

그런데, 요즘 와서는 이 비결을 꺼낼 사람이 동학도 가운데서 나온다는 소문이 떠돌기 시작했다. 처음에는 귓속말로 은밀하게 전해지더니 요사이 와서는 가는 데마다 그 비결 소리였는데, 그러는 사이 그 소문에서 다른 소문이 수없이 가지를 쳐 나오기 시작했다. 세간에 떠도는 그런 소문은 한두 가지가 아니었다.

이 미륵이 얼마 전부터 배가 불러지기 시작하더니 지금은 아홉

달 된 애어미 배처럼 잔뜩 불러 금방 터질 지경이라거니, 언제부턴가 한밤중이면 그 배꼽에서 소리가 나기 시작했는데, 그 소리가 사람 소리 같기도 하고 짐승 소리 같기도 하여 예사 때는 무슨 소린지 확실하게 알아들을 수가 없으나 어쩌다가 바람결에 들으면 *동학 13주문을 외는 소리가 분명하다거니, 이 미륵이 한밤중에 감쪽같이 없어졌다가 며칠 만에 나타나기도 하는데 처음에는 어디로 갔는지 몰랐으나 나중에 알고 보니 남원 교룡산성 산꼭대기에 머물다 온다거니 하는 따위였다.

미륵이 동학 13주문을 왼다거나, 교룡산성 산꼭대기에 머물다 온다는 이야기는 동학도들이 그 비결을 꺼낸다는 소문의 곁다리로 나도는 소문이었다. 교룡산성은 옛날 동학교조 최제우崔濟愚가 거기 은적암이란 암자에 머물면서 밤이면 그 산꼭대기에 올라가 칼노래劍訣를 부르며 칼춤을 췄다는 곳이기 때문이다.

임진년(1892년) 8월, 추석이 지난 며칠 뒤였다. 무장 손화중孫華中의 집에서 이 근방 대소 접주 10여 명이 모여 동학이 당면한 중요한 문제를 의논하고 있었다. 비교적 넓은 손화중의 집 대청마루에는 접주들이 앞자리에 앉고 뒷자리에는 접주들을 배행하고 온 집강 등 각 고을의 동학 임직들이나 젊은이들이 앉아 있었다.

접주들은 영광 접주 오하영吳河泳, 홍덕 접주 고영숙高永叔, 고창 접주 손여옥孫如玉, 정읍 접주 송희옥宋憙玉, 무장 접주 강경중姜敬重, 그리고 멀리 익산 접주 오지영吳知泳 등이었다. 부안의 김낙철 접주와 고부 전봉준 접주는 오지 않고 그 대리가 왔다. 전봉준 접주 대리는 김도삼金道三이었다.

"교조教祖 신원伸冤에 대한 말씀은 이쯤으로 의논을 마치겠소."

상석에 앉은 손화중이 조용한 목소리로 말했다. 손화중은 32세로, 28세의 고영숙을 내놓고는 다른 접주들의 나이는 모두 그보다 위였으나 교단의 지위로는 손화중이 대접주였다. 그래서 여기 모인 접주들은 모두 그의 휘하에 있는 거나 마찬가지였다.

손화중은 용모가 여간 귀골이 아니었다. 허우대가 헌칠한 손화중은 조용한 선비풍의 단아한 풍모였다. 목소리도 시냇물처럼 잔잔했으며 눈매 또한 아침 호수처럼 조용했다.

손화중이 말을 이었다.

"교조 신원은 우리 도인들의 필생의 소원이고, 당장 관속들의 탄압 구실을 빼앗는 일이지만, 아직은 이렇다 할 계책이 없소이다. 여러 두령들께서 오늘 말씀하신 신원 금포伸冤禁暴의 등소는 내가 다시 한 번 법소法所에 가서 저저이 아뢰겠소. 일간 김덕명, 김개범 접주님들과 의논하여 같이 법소에 갈까 생각하고 있소."

손화중의 말은 조용했으나 결의에 차 있었다.

"이번에는 기어이 일이 이루어지도록 단단히 말씀을 드려 주십시오. 이러다가는 호남의 도인들이 몽땅 법소로 떼 몰려갈지 모른다는 말씀도 꼭 드려 주십시오."

홍덕 접주 고영숙이었다.

"알겠소. 다음은 아까 고창 손접주께서 운을 떼셨던 말씀을 손접주께서 다시 해주시오."

"예. 이 말씀은 우리 고창에서 이미 시행을 하고 있는 일입니다. 관가 놈들이 동학 도인들을 잡아다가 *혹세무민惑世誣民이니 좌도난

14

정左道亂正이니 겉으로는 그럴싸한 소리를 뇌까리며 다스리고 있지만, 놈들이 정작 동학을 금지하자고 그렇게 다스리는 것이 아니고 속셈은 다른 데 있다는 사실을 굳이 여기서 말을 더 보탤 것이 없는 일입니다. 그자들은 염불보다 잿밥이니, 이다음부터 우리 도인들은 동학을 다스린다는 빌미로 저놈들한테 잡혀갔을 때는 절대로 돈을 주고 빠져나오는 짓은 하지 말자 이것입니다. 잡혀간 사람마다 돈을 주고 빠져나오니 *기름 먹어본 강아지 꼴로 계속 잡아다 족치잖습니까? 아무리 저자들 매에 뼈가 부려져도 기름을 아예 주지 말아야 그 작자들 버릇을 고칠 수 있다는 말씀입니다. 처음 몇 사람은 곤욕이 말이 아니겠지만, 고통스럽더라도 여남은 사람만 이를 악물고 버텨내면 효험이 있을 것 같습니다. 동학 도인들은 아무리 잡아다 족쳐봤자 돈이 나오지 않는다고 생각하게 되면 저자들도 헛수고를 할 리가 없습니다."

손여옥은 입침을 튀겼다.

"말인즉 옳습니다마는, 그 무지한 매를 참아내기가 말같이 쉬운 일이겠소? 저자들이 잡아갈 때는 돈푼이나 있는 사람들을 잡아가니 서로 아무리 약조를 단단히 한들 그 무지막지한 매를 견뎌낼 장사가 몇 명이나 되겠소? 당사자도 당사자지만 가족들이 못 견딥니다."

영광 오하영이었다.

"그것은 우리 도인들이 그만큼 무르다는 증거입니다. 천주학쟁이들 보십시오. 전에 천주학을 금할 때 그자들은 천주학을 믿지 않겠다는 말 한 마디만 하면 그대로 놓아주었습니다. 그렇지만, 그자들은 안 믿겠다는 그 말 한마디를 끝내 하지 않고 목숨을 던졌습니다.

돈이 아니라 그 말 한마디면 목숨을 구할 수 있는데도 그 말을 하지 않고 순교를 했습니다. 매 몇 대 때리면 벌벌 떨고 돈을 가져다 바치는 우리 동학도들 꼴은 그들에 비기면 얼마나 부끄러운 일입니까? 천주학쟁이들의 그 무서운 신심 때문에, 오늘날 천주학이 그 무자비한 금압의 굴레를 벗고 저렇게 활개를 치게 된 것입니다. 이런 점에서 생각하면 이것은 돈을 주느냐 안 주느냐 하는 간단한 문제가 아니라 바로 우리 동학의 존망이 달려 있는 일이라 생각합니다. 신원의 등소도 좋지만 그에 앞서 도인 각자의 이런 자세가 중요하다 이 말씀입니다."

손여옥의 목소리는 흥분에 싸여 있었다.

"서양 놈들은 원래 *독살스런 놈들이라 그런 데서도 그렇게 독살을 피우게 하지만, 우리야 우선 도인들 수가 한둘이 아닌데, 어떻게 하고 많은 도인들이 다 그러기를 바라겠소. 더구나, 교단은 교단마다 교리가 다르고 신행의 방도가 다르기 때문에 천주학쟁이들의 신행에 빗대어 우리 동학을 낮게 볼 수는 없는 일이오."

오하영이었다.

"저는 그렇게 보지 않습니다."

정읍 송희옥이었다.

"치는 놈이 독살스러우면 맞는 놈은 그보다 더 독살스러워야 합니다. 우리 동학도들이 그놈들을 되받아칠 수는 없다 하더라도, 천주학쟁이들처럼 그놈들한테 굴복은 하지 말자 이 말씀 아닙니까? 아까 목숨을 던진 천주학쟁이들은 무작정 독살을 피운 것이 아니고 굴복을 하지 않은 것이지요. 천주학쟁이 한 사람 한 사람이 그렇게

16

목숨을 던져 그자들은 천주학을 지킨 것입니다. 우리 동학교문은 문이 넓고 문턱도 낮아 누구든지 동학도가 되겠다고만 하면 심지어는 *숫돌물을 찍어 앉은 자리에서 입도식을 하고 도인이 될 지경입니다. 그러나 입도는 그렇게 쉽게 할 수 있다 하더라도 진짜 신심이 깊은 도인은 그렇게 수월하지 않다는 것을 뭇 도인들에게 보여 *사표가 되어야 합니다. 저는 이 말씀을 법소에 아뢰어 교단에서 단단히 영으로 내리게 하는 것이 어떨까 합니다."

"법소에서 그런 영을 내리기는 어려울 것 같소. 그 일은 각 접에서 의논을 하여 시행하도록 합시다. 그렇게 하다가 모두가 본받을 만하게 되면 그때는 법소에서 의논해 보도록 합시다."

손화중이었다. 모두 손여옥과 송희옥을 돌아봤으나 그들은 더 이의를 달지 않았다.

"다음으로 요사이 도인들뿐만 아니라 백성 사이에서 이야기되고 있는 선운사 미륵비결 문제를 의논합시다. 실은 오늘 이렇게 모여달라고 한 것은 이 일을 의논하자는 것이었습니다. 영광 오접주께서 먼저 말씀해 주십시오."

영광 접주 오하영은 목청을 가다듬었다.

"이 일은 얼핏 허황한 것 같으나 따지고 보면 이만저만 중대한 문제가 아니올시다. 저는 지금 우리 교단의 사활이 바로 이 문제에 걸려 있지 않은가 생각하고 있소이다."

오하영은 운을 떼놓고 좌중을 한번 돌아본 다음 말을 이었다.

"모두가 잘 알고 계시는 대로 선운사 미륵의 배꼽 속에 그런 비결이 들어 있다는 말은 아주 오랜 옛날부터 전해 내려온 말 같습니다.

삼천 년 전부터라는 말도 있습니다. 이 비결이 세상에 나오는 날에는 한양이 망한다는 것인데, 한양이 망한다는 소리는 이씨조선이 망한다는 소리가 아니겠습니까? 그런데, 다들 듣고 계시는 바와 같이 지금 항간에는 오래 전부터 그 비결을 동학도들이 꺼낸다는 소문이 파다했습니다. 이 소문은 어제 오늘 난 소문이 아니고 꽤나 오래 된 것 같습니다. 내가 그 소리를 들은 것만도 사오 년 저쪽인 것 같습니다."

말을 하고 있는 오하영의 표정은 이만저만 진지하지 않았다.

"그런데, 요사이 와서 버썩 이 소리가 기승을 부려 이대로는 우리 동학 두령들이 도무지 견뎌날 재간이 없을 것 같습니다. 전에는 그 비결을 언제 꺼내느냐고만 묻더니, 요즘 와서는 동학 두령들이 동학 교세를 펴자고 그런 허튼소리를 퍼뜨렸던 게 아니냐고 다그치는 사람이 있을 지경입니다. 우리 고을 도인들은 그 비결을 꺼내지 못하겠으면 처음부터 그런 소문을 내지 말 일이지, 어쩌자고 그런 소문을 내가지고 동학 도인들을 몽땅 거짓말쟁이를 만드느냐고 날마다 저한테 쫓아와서 울상들입니다. 세상 사람들은 그런 소문을 우리 접주들이 세상에 퍼뜨린 것으로 알고 있으니 이런 답답한 일이 어디 있습니까? 다른 고을도 사정이 비슷하겠지요?"

오하영은 정색을 하고 물었다.

"어느 고을이나 마찬가질 겝니다."

송희옥이 웃으며 대답했다.

처음 이 소문이 퍼지기 시작할 때 동학 두령들은 대수롭지 않게 여겼다. 동학을 제대로 믿으면 *호풍환우呼風喚雨 신출귀몰神出鬼沒의 도술을 마음대로 부릴 수 있다는 소문이 퍼진 것처럼, 미륵비결

소문도 그런 소문이 퍼진다고 해서 별반 해로울 것이 없다고 생각했기 때문이었다.

동학도들이 호풍환우 따위 도술을 부릴 수 있다는 소문이 난 것은 포교과정에서 최제우의 이적을 말한 데서 비롯된 것이라 근거가 없는 소문만은 아니기도 했다. 천주학에서도 예수가 물 위로 걸어다녔다거니, 떡 세 조각을 나눠 삼천 명이나 되는 많은 사람들이 배불리 먹었다거니 하는 이적을 이야기하고, 불교에서도 이런 이적은 얼마든지 이야기하고 있었다.

그런데, 동학도들이 호풍환우를 할 수 있다는 소문은, 이게 한 단계 부풀어 바람을 일으키고 비가 오게 할 만큼 무서운 조화를 부릴 수 있다면, 비결과 함께 봉해졌다는 벼락살쯤 다스리고 그 비결 하나 꺼내는 일 정도야 여반장이 아니겠느냐는 것이었다. 거기다 두령들이 입만 벌렸다 하면 인내천人乃天과 함께 내뱉는 소리가 후천개벽後天開闢이라 그게 두루 아귀가 맞아떨어진 것이다.

사람들은 동학도들을 만나기만 하면 그 비결을 꺼낸다는 것이 정말이냐고 은밀하게 물었고, 그럴 때면 동학도들은 그렇다는 것도, 그렇지 않다는 것도 아니게 어정쩡한 대답을 하는 것이었으나, 듣기에 따라서는 그렇다는 쪽으로 들리도록 얼버무린 다음 곧바로 두령들에게 쫓아가 그게 사실이냐고 은밀하게 묻는 것이었다. 그러면 두령들도 일반 도인들이 세상 사람들에게 그랬듯이 두루뭉수리로 대답을 할 수밖에 없었다.

그런 어정쩡한 소리를 듣고 난 세상 사람들이나 밑바닥 동학도들은, 그들이 딱부러진 대답을 하지 않는 것은 천기天機가 누설될까 염려해서 그럴 게라고, 그런 어정쩡한 대답을, 되레 그만큼 깊은 이면이 있는 것으로 여겨 그걸 틀림없는 사실로 믿어버리게 되었던 것이다.

"우리 두령들은 그 비결을 꺼낸다는 소리를 한 일이 없는데, 세상 사람들이 제멋대로들 그런 소문을 퍼뜨려놓고 이제 와서는 우리 보고 거짓말쟁이니 허풍쟁이니 비웃고 있습니다. 지금 우리는 가만히 앉아서 거짓말쟁이 허풍쟁이가 되어버렸습니다."

오하영은 진지하게 말했으나 두령들 가운데는 어이없다는 듯 *비실비실 웃는 사람들도 있었다.

"세상 사람들의 그런 성화를 쉽게 물리칠 수도 없는 일이지만, 한편 이 일을 깊이 한번 생각해 보면 백성의 이런 성화에는 그냥 웃고 넘길 수만은 없는 중요한 뜻이 숨어 있는 것이 아닌가 싶기도 합니다. 무슨 말씀이냐 하면, 백성의 이런 성화는 백성이 그만큼 우리 동학을 신뢰하고 이 못된 세상을 건지라는 제세의 대임을 우리에게 억지로 떠맡기는 것이 아니냐 이 말씀입니다. 관의 늑탈과 탐학에 견디다 못한 백성은 이 세상이 뒤바뀌기를 그만큼 간절히 바라면서 그런 대임을 우리한테 맡기고 있는 것입니다."

좌중은 물을 뿌린 듯이 조용했다. 깊이 고개를 끄덕이는 사람도 있었다. 오하영은 계속했다.

"우리더러 허풍쟁이니 거짓말쟁이니 하고 몰아치는 것은 바로 우리의 등을 그렇게 떠밀어 그런 대임을 맡으라고 밀어붙이고 있는 것이라 생각합니다. 우리로서는 감당하기에 어려운 일이나, 백성의 그런 신뢰와 기대는 되레 고맙게 생각해야 하고 그 책무를 그만큼 무겁게 생각해야 할 것 같습니다."

20

오하영은 말을 마치며 좌중을 둘러봤다.

"그럼 그 비결을 정말 우리가 꺼내자 이 말씀입니까?"

무장 강경중이 좀 겁먹은 표정으로 물었다.

"그렇소."

오하영은 단호하게 대답했다.

"어떻게 꺼내자는 말씀이오? 벼락살을 피할 무슨 방도라도 가지고 계신단 말씀이오?"

"그 벼락살은 옛날 이서구가 그 비결을 꺼내려 했을 때 쳐버렸다지 않소? 그때 쳐버렸으니 벼락살의 효험은 벌써 없어졌습니다."

"그럴까요? 거기 동봉해 있다는 벼락살이 무슨 포탄 같은 것이라면 그때 터져버렸으니 효험이 없어졌다고 하겠지만, 그것이 신불의 조화인데 그때 쳐버렸다고 그 효험이 없어졌다고 할 수가 있을까요?"

강경중은 고개를 갸웃거리며 말했다.

"신불의 조화라 하더라도 그 효험이 나타나지 않을 것이오."

여태 말이 없던 오지영이었다. 오지영의 단정적인 말에 접주들은 모두 오지영을 돌아봤다.

오지영은 깡마른 체구였으나 몸이 *강단지고 목소리도 카랑카랑했다. 그는 여기 모인 접주들 가운데서 가장 유식한 사람이기도 해서 나중에 동학사를 저술하기도 했다. 의기도 남 못지않아 다음해 익산민란을 주도하기도 한 사람이었다.

"오하영 접주의 말씀은 대충 이런 말씀인 것 같소. 동학도들이 그 비결을 꺼낸다는 소문을 백성 스스로가 만들어 퍼뜨리고 나서 지금

와서는 동학 두령들이 그것을 꺼내지 않는다고 허풍쟁이니 거짓말
쟁이니 하고 비난을 하고 있는데, 그것은 백성이 무슨 억하심정으로
우리 동학을 궁지에 몰아넣으려고 그런 것이 아니라, 우리 동학을
그만큼 신뢰하고 동학 도인들에게 이 세상을 건지라는 제세의 대임
을 그런 방식으로 억지로 떠맡겨 지금 등을 밀어붙이고 있는 것이
다. 이런 말씀인 것 같소. 나도 그 말씀에 전적으로 동감이오. 보국
안민과 구제창생을 부르짖은 것은 바로 우리 동학이니, 달리 말하
면, 백성은 우리더러 말로만 그럴 것이 아니라 당신들이 한 말을 어
서 실행해라, 이렇게 몰아붙이고 있는 것이다, 이 말씀입니다. 당신
들이 말하는 후천개벽이라는 것이 바로 세상을 뒤집어 새 세상을 만
든다는 소리니, 한양이 망한다는 그 비결이야말로 바로 그 후천개벽
을 할 수 있는 비결이 아니고 무엇이냐, 이런 소리겠지요. 실은 직접
나한테 그런 소리를 하는 사람도 있습니다. 어쨌든 백성은 우리더러
그 비결을 꺼내라고 지금 우리를 거세게 몰아붙이고 있는 것이 사실
이오. 허풍쟁이니 거짓말쟁이니 하고 욕설을 하는 것은 그게 바로
몰아붙이는 기세가 아니고 무엇이겠소? 고래로 인심은 천심이라 했
고, 바로 우리 동학의 본지도 인내천이오. 그러니까, 우리를 몰아붙
이고 있는 것은 바로 하늘이오. 하늘은 입이 없으니 그 스스로가 하
늘인 사람의 입을 빌어 몰아치고 있는 것이다, 이 말씀입니다. 이렇
게 하늘이 우리더러 꺼내라고 영을 내린 것인데, 하늘의 영에 따라
그것을 꺼내는 우리한테 바로 그 하늘이 어찌 벼락을 치겠소?”

　오지영의 말은 명쾌했다. 그러나 다른 접주들은 아직도 긴가민가
한 표정이었다. 그때 오하영이 다시 나섰다.

"제대로 말씀하셨소. 하늘이 벼락으로 그 비결을 지켜오다가 지금이 꺼낼 때라고 만백성의 입을 빌어 우리한테 말을 하고 있다는 말씀이신데, 오접주님이야말로 하늘의 뜻을 제대로 아신 것 같소. 신불이든 하늘이든 거기다 비결을 감추어놓을 때는 언젠가 그것이 쓰일 때가 있을 것 같아 그것을 감추어 두었지, 거기다 영원히 *처깔을 해두자는 것은 아니었을 것이오. 그것이 쓰일 때는 바로 지금이오. 그것은 아까 오접주님 말씀대로 하늘이 백성의 입을 빌어 우리더러 꺼내라고 말을 하고 있기 때문이오. 지금부터 7십 년 전 이서구가 그것을 꺼낼 때 벼락이 쳤던 것은 아직 때가 아니라는 하늘의 호령이었소. 더구나 그건 이서구 너는 꺼낼 만한 자격이 없는 사람이라는 호령이기도 했을 것이오. 그 사람이 비록 명관이었다 하더라도 그 사람은 썩어빠진 조정의 한낱 손발일 뿐이지 백성을 널리 구할 수 있는 사람은 아니기 때문입니다."

 접주들 가운데서 고개를 끄덕이는 사람이 많았다.

 이서구가 그 비결을 꺼내려다 경을 친 사연인즉 이랬다. 그가 관찰사로 여기 도임해온 지 얼마 안 된 어느 날, 선화당에 홀로 앉아 조용히 천지의 망기望氣를 보고 있자니, 뜻밖에도 서남쪽에서 아주 상서로운 서기瑞氣가 한 줄기 하늘로 뻗쳐오르고 있었다. 깜짝 놀라 자세히 살펴보니 그 서기가 예사로 상서로운 게 아니었다. 즉시 가마를 대령케 하여 그 서기가 뻗쳐오르고 있는 곳으로 바삐 달려가보니, 그 서기가 바로 이 선운사 마애미륵磨崖彌勒 배꼽에서 피어오르고 있지 않는가? 너무도 이상한 일이라 이서구는 한참 동안 쳐다보고 서 있다가 이내 사다리를 얽으라 하여 스스로 올라가 손수 쪼아보았다. 그 속에서 책자 한 권이 나왔다. 그 표지에는 '이서구 개탁開坼'이라 씌어 있었다. 너무도 신기한 일이어서 떨리는 손으로 막 표지를 넘기려는데, 그 순간, 우광쾅, 벼락소리가 천지를 진동했다. 해가 쨍쨍 쪼이고 있는 마른하늘에 느닷없는 날벼락이 천지를 뒤흔든 것이다. 겁에 질린 이서구는 부리나케 비결을 제자리에다 쑤셔넣은 다음, 그 자리를 회로 단단히 봉해 버리고 말았다는 것이다. 그러니까, 그때 이서구가 본 것은 '이서구 개탁'이라는 다섯 글자뿐이라는 것이다.

"말씀 잘 들었소. 그러면 젊은이들의 생각은 어떠한지 젊은이들 의사를 한번 들어봅시다. 저 뒤에 앉아 있는 젊은이들 가운데서 누구든지 의사를 한번 말해 보게."

손화중이 뒷자리에 앉아 있는 젊은이들을 건너다보며 말했다. 접주들을 배행하고 온 젊은이들이었다. 느닷없는 소리에 젊은이들은 잠시 당황하는 표정으로 서로를 건너다봤다. 아무도 나서는 사람이 없었다.

"그럼 고부에서 김도삼 씨를 배행하고 온 젊은이가 한번 말해 보겠는가? 이름이 김달주金達柱라 했지?"

"예."

그 젊은이는 별로 당황하는 기색이 아니었다. 되레 기다리고 있었다는 듯이 앉은 채로 정중하게 윗몸을 숙여 절을 했다. 좌중의 눈이 모두 그 젊은이한테로 쏠렸다.

"저 젊은이는 전봉준 접주 밑에 있는 젊은이요. 그 부친은 무자년 가뭄 때 소두가 되어 감세민소를 올렸다가 옥에 갇혀 그 장독으로 죽은 김한수라는 이요. 그이를 아시는 분도 계실 것입니다마는, 그이는 일찍 동학에 입도하셨던 분으로 보기 드문 의기지인이었소."

여기저기서 고개를 끄덕였다. 달주는 댕기를 늘어뜨리고 있었으나 허우대가 헌칠하고 얼굴도 준수했다.

"여러 두령님들 앞에 심히 외람되오나 대접주님의 지명이시니 우매한 소견을 말씀드릴까 하옵니다."

달주는 정중하게 허두를 떼었다.

"앞에서 말씀하신 두 분 두령님들의 높으신 혜안에 감복했사옵니다. 어두운 눈을 훤하게 띄어주신 것 같사옵니다. 교조 신원에 대한 도인들의 열화 같은 아우성에도 불구하고 교주 해월신사께서는 매양 때가 이르지 않았다고만 하시는 바람에 그 뜻을 깊이 헤아릴 길이 없는 저희들로서는 답답할 뿐이었사옵니다. 교조 신원과 이 비결 꺼내는 일은 비록 서로 다른 일이오나, 이 비결이나마 그것을 꺼낼 때가 되었다는 두 분 두령님 말씀을 듣고 보니 답답하던 마음이 툭 터진 듯하옵니다. 우리 도인들은 물론이요, 관의 탐학에 신음하는 뭇백성 또한 같은 심정일 줄로 아옵니다. 외람된 말씀이오나 이런 일이나마 백성의 뜻에 따라 결행함이 옳을 것으로 생각되옵니다."

달주는 정중하게 윗몸을 *주억거리며 말을 맺었다.

"꺼내야 한다는 이야기구만."

손화중이 웃으며 받았다.

"어떠시오? 고부 김도삼 씨 말씀을 한번 들어봅시다. 같이 온 젊은이는 꺼내자고 했는데, 혹시 거기 전접주하고 이런 이야기 해본 적 있소?"

손화중이 김도삼을 향해 말했다. 김도삼은 고부에서 정익서鄭益瑞라는 사람과 함께 전봉준을 보필하고 있는 거두였다. 전봉준, 김도삼, 정익서 세 사람은 관에 소를 올릴 때마다 함께 장두가 되었기 때문에 고부 사람들은 이들 세 사람을 고부삼장두古阜三狀頭라 일컫기도 했다. 그래서 고부 사람들이 가진 그들에 대한 신망은 그만큼 높았고, 또 동학에 대한 신뢰도 이 세 사람 때문에 그만큼 깊었다.

"이 문제만을 놓고 별다르게 의논을 해본 적은 없습니다마는, 아까 두분 두령님들의 말씀에 저도 동감입니다. 지금 세상 사람들이 이 비결 나오기를 기다리는 심정은 단순한 것이 아닙니다. 세상이 하도 썩어빠져노니 그런 세상이 뒤집히기를 바라는 간절한 마음하고 우리 동학에 대한 기대가 묘하게 아귀가 맞아떨어진 것 같소. 우리 동학 교문의 입장에서만 보더라도 이럴 때 이런 기세를 휘어잡아 백성을 끌어안아야 할 것으로 생각합니다. 이것은 우리 동학이 시운을 탄 것이온데, 운수라는 것이 예사 사람들한테도 어느 때나 돌아오는 것이 아니듯이 이런 교단에도 그것은 마찬가질 줄 압니다. 감나무 밑에 누워도 삿갓 *미사리를 두르라 했습니다. 시운이 닥쳤다고 절로 무슨 일이 되는 것은 아닐 것입니다. 그것을 내 것으로 만들려면 그 시운을 휘어잡아야 하지 않겠습니까?"

접주들은 모두 크게 고개를 끄덕였다.

"다른 분들 의견은 어떠시오?"

손화중이 좌중을 둘러봤다.

"관에서 알면 뒤가 시끄럽지 않을까요?"

무장 강경중이었다.

26

"밤중에 가서 감쪽같이 헐어내고 그것을 꺼내오면 누가 한 짓인지 그 작자들이 어떻게 알겠소?"

고영숙이었다. 그 말에 손화중은 고개를 저었다.

"꺼내려면 동학도들이 떼지어 가서 대낮에 당당하게 꺼내야 할 것입니다. 그래야 동학도들이 꺼냈다는 소문이 세상에 제대로 나지 않겠소?"

"그건 너무 일을 크게 벌이는 것이 아닐까요? 그 비결이 예사 비결이 아니고 한양이 망한다는 비결인데, 그것을 그렇게 떠들썩하게 꺼내노면 관에서 가만있겠습니까? 그러지 않아도 동학도들이라면 못 잡아먹어 환장한 판에 잡다다 족칠 *언턱거리를 일부러 만들어 줄 게 뭡니까?"

강경중이었다.

"우리가 그 비결을 꺼내자는 것은, 그 비결을 동학도들이 꺼낼 것이라고 세상에 소문이 나서 성화가 이만저만이 아니기 때문에, 아까 두 접주께서 말씀하신 것처럼 이렇게 우리가 꺼냈다, 이러고 세상 사람한테 대답을 하자는 것이 아닙니까? 그러자면, 세상이 다 알게 꺼내야지 밤중에 우리 몇 사람만 가서 꺼낸다면 어떻게 되겠소? 꺼내도 그렇게 꺼내면, 우리가 꺼냈다는 소문도, 지금 세상에 숱하게 나돌고 있는 여러 가지 뜬소문에 휩싸여 그 소문도 흐지부지 잦아지고 말 것입니다."

손화중의 목소리는 시냇물이 흘러가는 것처럼 잔잔했다.

"그 말씀은 옳은 말씀입니다마는, 관에서 가만 있지 않을 것 같아 그것이 걱정입니다."

강경중이었다. 그때 오하영이 나섰다.

"이것저것 다 챙기다가는 아무 일도 못합니다. 이런 일은 저질러 놓고 보는 수밖에 없소. 이 일에는 내가 앞장을 서겠소."

"누가 앞장을 서건 앞뒤를 돌아볼 만큼은 돌아보고 일을 해야지요."

강경중은 끝내 신중한 태도였다. 여럿이 떼 몰려가서 그것을 꺼내기로 하면 결국 여기 무장접 사람들이 앞장을 서야 할 판이라, 강경중으로서는 뒷일을 걱정하지 않을 수 없었다.

"그만한 일에 그쯤 위험이 따르지 않을 수는 없을 것이오. 이 일이 우리 교문에 지니는 뜻을 촘촘히 따져보면 이만저만 중대한 일이 아닙니다. 밑바닥 도인들뿐만 아니라 세상 인심을 제대로 휘어잡아 큰 강줄기 하나를 우리 교문으로 대어놓는 것과 같은 일일 게요. 두고 보시오. 이 일을 해내고 나면 세상 사람들 발길은 우리 교문으로 대목장에 장꾼 모여들 듯할 것이오."

오하영이었다. 강경중은 더 말이 없었다. 잠시 침묵이 흘렀다.

"의견이 대충 모아진 듯합니다. 그러면 비결을 꺼내기로 합시다. 일은 바로 오늘 하면 어떻겠소?"

손화중이 *아퀴를 지으며 좌중을 돌아봤다.

"오늘이오? 그럼 어떻게 교도들을 모아들입니까?"

고영숙이었다.

"흥덕이나 고창에서까지 교도들을 데려올 것은 없고 여기 교도들만 모아서 해도 될 것 같습니다."

"오늘은 좀 늦지 않았습니까?"

강경중이 손화중을 보며 물었다.

"좀 어두워도 상관없소. 강접주는 젊은이들을 모아 평지 쪽으로 오시오. 송경찬 씨하고 우리는 학전 쪽으로 해서 본사에 들렀다가 도솔암으로 가겠소."

"그럼, 여기 모인 접주들이 모두 나서자는 말씀이오?"

오하영이었다.

"달리 일이 있는 사람은 모르겠지만 가려면 다 가야겠지요?"

접주들은 이의가 없었다.

"젊은이들 데려올 때 절벽에 사다리 얽을 *간짓대하고 새끼도 마련해 오시오."

"헌데 선운사 중들이 방해를 하면 어쩔까요?"

강경중이 물었다.

"그건 염려 마시오."

손화중이 가볍게 대답했다.

두 패로 나누어 길을 떠났다. 무장 읍내서 선운사까지는 어느 쪽으로나 30리길이 빠듯했다.

절에 당도하자 손화중은 주지를 찾았다.

"안 계십니다. 먼데 원행을 나가셨습니다."

"흐음."

손화중은 잠시 난감한 표정이었다.

"내가 여기 주지하고 잘 아는 사이라 그이한테 말을 잘하면 탈이 없을 줄 알았는데, 이것 난감한 일인걸."

손화중은 혼잣말처럼 뇌었다.

"그럼 다른 중들한테 말을 한번 해보지요."

오하영이었다.

"듣지 않을 거요."

"그럼 저지르고 봅시다. 중들이 몰려오면 완력으로 대하는 수밖에 없지 않겠소?"

"갑시다."

손화중은 그렇게 하기로 결심한 듯 앞장을 섰다. 도솔암은 본사에서 5리쯤 되는 곳이었다.

일행이 도솔암에 당도했을 때는 해가 들어갈 구멍을 서너 발쯤 남겨놓고 있었다.

젊은이들이 모여들기 시작했다. 간짓대를 가지고 온 사람만도 50여 명이었다. 실없이 몽둥이를 들고 오는 젊은이들도 있었다.

모두 도솔암 건너편 절벽 밑으로 모여들었다. 바위에 새겨진 미륵은 눈을 감고 명상에 잠겨 있는 모습이었다. 조잡하게 새겨진 미륵의 얼굴은 어찌 보면 금방 울음을 터뜨릴 것 같은 표정이기도 했다. 비결이 들어 있다는 미륵의 배꼽은 예사 배꼽자리에 있는 것이 아니고, 한참 위로 올라가 가슴팍 한가운데 있었다.

"우선 사다리부터 얽읍시다."

오하영이 앞장을 서서 일을 시켰다. 교도들은 계속 몰려들고 있었다. 대를 가져오는족족 새끼로 사다리를 얽기 시작했다.

도솔암에는 중이 세 사람 있었는데, 그들은 동학교도들의 수에 압도되어 겁먹은 눈으로 멀거니 보고만 있었다. 이내 그들은 슬금슬금 절에서 나갔다.

해질 무렵이 되자 동학 도인들이 3백 명 가까이 몰려들었다. 사다리를 다 얽었을 때는 어둠이 깔려오고 있었다. 한쪽에 모닥불을 피우고 댓가지로 홰를 만들기 시작했다. 얽은 사다리를 절벽에 걸쳤다.

　그때였다.

　"이놈들, 하늘이 무섭지 않느냐?"

　난데없는 고함소리에 모두 그쪽을 봤다. 중들이 쫓아오며 고함을 지르고 있었다. 열댓 명이었다.

　"그만두지 못할까?"

　가까이 오는 걸 보니 모두 손에 몽둥이를 들고 있었다.

　"모두 잡아 묶어버려!"

　오하영의 말에 젊은이들이 그쪽으로 우 몰려갔다.

　"이 중놈들아, 어디를 떼 몰려오냐?"

　젊은이들이 숲에서 몽둥이를 하나씩 꺾어 들고 나서며 소리를 질렀다.

　"이놈들, 거기가 어디라고 거기다 손을 대냐? 하늘이 무섭지 않느냐?"

　중들은 악을 쓰며 쫓아왔다. 동학도들은 중들과 맞섰다. 중들은 동학도들의 수에 기가 질린 듯했으나 여전히 악을 썼다.

　젊은이들은 중들을 둘러쌌다. *드잡이판이 벌어졌다. 중과부적, 결판은 뻔했다. 젊은이들은 중들을 한 사람씩 잡아 묶기 시작했다. 중들은 저쪽에서 계속 몰려오고 있었다. 동학도들은 오는족족 중들을 다 잡아 묶어버렸다.

　"비결은 내가 올라가 꺼내겠소. 누가 사다리 꼭대기에다 횃불만

하나 달아매 놓고 내려오시오."

오하영이 말했다. 몸이 날랜 젊은이 하나가 사다리를 타고 올라가 사다리 한쪽 끝에 횃불을 달아맸다.

오하영이 나섰다. 미리 마련해 온 끌과 망치를 옆구리에 차고 사다리를 올라갔다. 3백여 명의 교도들은 숨을 죽이고 쳐다보고 있었다. 모닥불에서 댓가지 튀는 소리가 한결 요란스러웠다.

오하영은 끌과 망치로 배꼽을 쪼기 시작했다. 횟가루가 우수수 쏟아졌다. 동학도들은 숨이 멎어버린 듯했다. 악을 쓰던 중들도 소리를 멈췄다. 모닥불에 튀는 댓가지 소리에 실없이 놀라는 사람도 있었다. 동학도들은 배꼽 구멍을 보려고 한쪽으로 몰려섰다. 그러나 오하영의 몸에 가리고 사다리에 가려진데다, 횃불이 춤을 추는 바람에 구멍이 제대로 보이지 않았다.

오하영이 망치질을 멈추고 손가락으로 구멍을 쑤시는 것 같았다. 가까이 섰던 사람들 가운데서는 겁먹은 눈으로 미적미적 뒤로 물러서는 사람도 있었다. 벼락이 떨어질까 겁이 난 모양이었다.

그때였다.

"이놈들!"

아래쪽에서 또 중들이 한 떼 악을 쓰며 쫓아오고 있었다.

"천벌을 맞지 못해 환장했느냐? 그만두지 못할까?"

모두 그쪽을 돌아봤다. 어둠속이라 보이지 않았으나, 고래고래 악을 쓰며 쫓아오는 소리가 수십 명인 것 같았다.

"이놈들 거기가 어디라고, 함부로 손을 대느냐?"

젊은이들이 쫓아갔다. 중들과 젊은이들 사이에 또 한바탕 드잡이

판이 벌어졌다. 오하영은 돌아보지도 않고 계속 손만 놀리고 있었다. 무얼 품속에 챙기는 것 같았다.

"꺼낸 모양이다."

그쪽을 쳐다보고 있던 사람들이 은밀하게 속삭였다. 이내 오하영이 내려오기 시작했다.

교도들은 숨을 죽이고 사다리에서 내려오는 오하영의 동작 하나하나를 지켜보고 있었다. 소리 지르던 중들도 다시 조용해졌다. 오하영은 손화중을 한쪽으로 따냈다. 둘이 뭐라 한참 속삭였다. 무얼 주고받은 것 같기도 했다.

이내 손화중이 군중 앞으로 나섰다.

"우리 일은 끝났소. 이제 돌아갑시다."

손화중은 군중을 향해 크게 소리를 질러놓고 발걸음을 옮겼다. 군중을 헤치고 바삐 발을 옮겼다. 군중은 겁먹은 눈으로 손화중을 건너다보며 크게 길을 내주었다. 누구 하나 뭐라 입을 여는 사람이 없었다. 비결을 보여준다거나 거기에 어떤 말이 씌어 있다고 말을 해줄 줄 알았다가 좀 실망하는 눈치들이기는 했으나, 아무도 뭐라 말을 하는 사람은 없었다.

접주들이 손화중의 뒤를 따랐다. 도인들은 닭 쫓던 개꼴로 멍청하게 서 있다가 접주들이 저만치 빠져나가자, 그제야 정신이 든 사람들처럼 움직이기 시작했다. 교도들은 가볍게 웅성거리며 접주들 뒤를 따랐다.

다음날부터 이 소문은 날개 돋친 듯 사방으로 번져나갔다. 소문이 소문이다 보니 세상이 발칵 뒤집힌 것 같았다. 금방 이씨조선이 망하고 손화중이 임금 자리에라도 올라앉을 것 같이 세상 사람들은 들떠버리고 말았다. 다투어 동학에 입도하는가 하면 동학도들을 만나면 *차첩 받은 외삼촌 대하듯 했다. 동학도들은 어깨가 으쓱으쓱 올라갔다.

이 소문을 들은 무장 현감 조경호趙敬鎬는 대경실색, 그 비결을 꺼낸 동학도들을 몽땅 잡아들이라고 고래고래 고함을 질렀다. 손화중을 비롯한 접주들은 말할 것도 없고 거기 갔던 동학도들을 모조리 잡아들이라고 추상같은 영을 내렸다.

무장 현아 나졸들은 마을마다 돌아다니며 동학도들을 줄줄이 엮어갔다. 거기 간 사람이고 안 간 사람이고 가리지 않고 잡아들였다. 수백 명의 동학도가 잡혀갔다.

접주들도 세 사람이나 붙잡히고 말았다. 무장 강경중, 익산 오지영, 흥덕 고영숙이었다.

"비결은 어디 있느냐?"

조경호는 오지영의 다리에 주리를 걸어놓고 악을 썼다. 주리가 걸린 오지영의 모습은 비참했다. 뒷결박을 지어 상체를 꽁꽁 묶고 두 다리를 앞으로 펴서 발목과 무릎 두 군데를 묶은 뒤에 그 정강이 사이에다 주릿대 두 개를 가새질러 찌른 다음 나졸들이 양쪽에서 주릿대 하나씩을 잡고 있었다.

"손화중 접주가 가지고 갔습니다."

오지영은 상투가 풀린 봉두난발의 얼굴을 들어 대답했다. 그동안 어지간히 곤욕을 치렀는지 얼굴이 말이 아니었다. 목소리도 기어들어가는 것 같았다.

"손화중은 어디 있느냐?"

"모릅니다."

"바른 대로 대지 못할까?"

"모르옵니다."

"틀어라!"

조경호는 교의에서 벌떡 일어서며 악을 썼다. 나졸들이 주릿대를 재꼈다.

"아이구, 아이구."

오지영이 비명을 질렀다.

"더 틀지 못할까?"

"아이구, 아이구."

오지영은 세차게 몸뚱이를 뒤챘다. 작은 체구가 좌우로 뒹굴다가 주릿대를 향해 상체가 발딱 일어서기도 했다. 끝내 맥을 놓고 축 늘어졌다.

현감은 세 접주를 차례로 끌어다 주리를 틀었다. 그러나 현감과 접주들 사이에 오고 간 말은 한결같았다. 현감은 미륵에서 꺼낸 비결이 어디 있느냐는 것과 도망친 접주들 행방을 대란 것이었으며, 접주들은 비결은 손화중이 가지고 갔고, 다른 접주들 행방은 모른다고 대답할 뿐이었다.

조경호는 도망친 접주들을 어서 잡지 못하느냐고 포교들과 아전들에게 발을 굴렀다. 이웃 고을에도 두 번 세 번 파발을 놓아 이문移文을 보내고 길목마다 이 잡듯 기찰을 했다.

그 사이 옥에 갇힌 접주들은 곤장에 살이 묻어나고 주리에 뼈마디가 으스러졌다.

열흘이 지났으나 도망친 접주들은 더 잡히지 않았다. 조경호는 세 접주들에게 강도 및 역적죄를 적용 사형을 선고했다. 절의 소관인 미륵에서 강제로 비결을 탈취해 갔기 때문에 강도죄를 적용한 것이고, 한양이 망한다는 참언이 든 비결을 꺼냈으므로 역적죄를 적용한 것이다. 일반 교도들은 곤장만 쳐서 풀어줬다.

세 접주들에게 뜻밖에 사형이 선고되자 숨어 있던 접주들은 당황했다. 설마 사형으로까지 어마어마하게 다스릴 줄은 미처 생각하지 못했기 때문이다. 모두 어안이 벙벙했다.

손화중은 부안 대접주 김낙철金洛喆의 친척집에 숨어 있다가 이 소식을 들었다.

"한양이 망한다는 비결이었으니 저렇게 나오는 것도 무리가 아닌 것 같소. 거기 비결과 함께 봉해졌다는 벼락은, 하늘의 벼락이 아니고 바로 이런 벼락이었던 것 같소. 역률逆律로 다스려 사형이 떨어졌으니 이거야말로 벼락이 아니고 뭐겠소?"

손화중은 마치 남의 이야기하듯 태연하게 말하며 웃었다.

"그럼 이제 어찌할 참이오?"

김낙철이 근심스런 표정으로 물었다.

"계책이 없지 않소만 고부 전봉준 접주하고 의논을 해야겠소."

"그럼 전접주를 이리 불러올까요?"

"내가 고부로 가겠소."

"지금 기찰이 이 잡듯 하는데 어디로 가벼이 움직이겠다는 말씀입니까?"

"내가 여기 너무 오래 머문 것 같소. 고부 가서 전접주하고 계책을 의논한 뒤 내가 더 피해야 할 형편이면 다른 데로 옮기겠소. 눈치빠른 젊은이 너덧 명만 더 달아주시오."

김낙철은 젊은이 여섯 사람을 데려왔다. 손화중은 밤중이 조금넘어 길을 떠났다. 동진강東津江 강둑길을 택했다.

젊은이들은 두 사람씩 세 패로 갈라 한 패는 손화중 바로 뒤에 가까이 따르게 했고, 한 패는 한참 앞질러 가게 했으며, 나머지 한 패는 저만치 뒤따라오게 했다. 손화중의 바로 곁에는 항상 그 곁에 달고 다니던 젊은이 둘을 합해 다섯 사람이 한 패가 되어 길을 걸었다.

백산白山 곁을 지날 때는 강둑 안으로 몸을 피해 걸었다.

궁동면 말목장터에 이르자 닭이 세 홰를 쳤다.

전봉준 집은 여기서 북쪽으로 5리쯤 되는 조소리에 있었으나 전봉준은 여기 말목장터 지산약방芝山藥房에서 지냈다. 지산 영감이란이가 여기에 약방과 서당을 내고 있었는데, 그 서당은 얼마 전까지전봉준이 맡고 있었다. 전봉준은 약방 일을 거들기도 하여 동업을하고 있는 것이나 마찬가지였으나, 요사이는 밖으로 나도는 일이 많아 서당은 다른 사람한테 맡겨놓고 있었다.

전봉준이 손화중을 반갑게 맞았다. 지산약방이 아니고 거기서 두어 집 건넌집이었다. 손화중은 부안서 데리고 온 젊은이들은 돌려보내고 자기 수하 젊은이들은 전봉준의 수하 젊은이들이 자는 옆방으로 들여보낸 다음 전봉준이 자던 방으로 들어갔다.

"지혜를 좀 빌리자고 왔소."

인사가 끝나자 손화중이 말을 꺼냈다.

"그러지 않아도 찾아갈까 하던 참이오. 저자들 나오는 서슬이 이만저만 거세지 않은 모양이지요?"

"겁을 주자고 그런 것만은 아닌 것 같소. 저자들 하는 짓은 원체 종잡을 수가 없으나 일을 수월하게 생각해서는 안 될 것 같소. 현감은 우선 조정의 문책을 피하자니 드세게 나올 수밖에요."

전봉준은 손화중을 건너다보며 눈만 끔벅이고 있었다.

"익산 오접주 장씨가 앞에 나서서 일을 보고 있소. 마침 무장 형리 하나가 전부터 그분하고 안면이 있어, 그쪽으로도 손을 썼고, 또 이방은 전부터 강경중 접주하고 뒷거래가 있던 터여서 역시 그 길로도 손을 쓰긴 했소. 그래서 소문난 깐으로는 옥에 있는 접주들이 크게 몸을 상한 것 같지는 않소. 아전들은 웬만하면 일을 후무려보려고 하는 모양입디다만, 수령이 만만찮은 것 같습니다."

전봉준은 여전히 손화중의 말만 듣고 있었다. 전봉준은 작달막한 체구에 유독 눈이 빛났다. 전봉준은 체구가 오 척 단구였지만, 그가 이렇게 다른 사람하고 대좌를 하고 있으면 조금도 작다는 느낌이 들지 않았다. 그 몸피는 작다기보다 그만큼 강단지게 느껴졌다. 좀 꺼병한 사람과 같이 앉아 있으면 전봉준 몸피는 군살을 모두 들어내 버린 알맹이만의 인간 본디 모습인 것 같았고, 그보다 몸피가 큰 사람은 그 큰 만큼의 군더더기가 붙어 있는 것같이 느껴질 지경이었다.

손화중의 복숭아빛 살결도 평소에는 여간 귀티를 자아내는 게 아니었으나 전봉준과 같이 있으면 그게 백성의 *신산과는 너무 무관한 부잣집 샌님의 팔자 좋은 신수로만 느껴졌다.

"지금 돈을 쓸 만큼 썼으나, 수령이 저렇게 나오고 있으니 일을

38

처음부터 달리 생각해야 할 것 같습니다. 결국 돈 밖에는 약이 없는 것 같은데 상대가 수령이고 보니 웬만한 사람이 나서가지고는 안될 것 같습니다. 수령을 상대해서 제대로 담판을 할 사람은 전접주 내놓고는 없을 것 같소."

손화중이 단정을 하고 나왔다.

"돈은 얼마나 더 쓰실 수 있겠소?"

전봉준이 비로소 입을 열었다.

"저자들이 사형선고를 내리고 나왔으니, 돈이라면 결국 세 사람의 목숨값이나 마찬가지 아니겠소? 저자들 입 벌리는 것이 정액이 아닐까 싶소. 허나, 돈은 염려 마시오."

"달리 계책을 생각해 보지는 않았소?"

"돈밖에는 달리 궁리가 서지 않습니다."

"저자들이 찾는 게 거기서 나온 비결인 듯하니, 생가랑이를 뜨는 것보다 그걸 내놓으면서 홍정을 하는 것이 어떨까요?"

"하지만, 실은 미륵 배꼽에서 아무것도 나온 것이 없습니다."

손화중이 웃으며 대답했다. 전봉준도 따라 웃었다.

"세상 사람들은 그것이 나와 지금 손접주 손에 있는 것으로 믿고 있고 또 관가에서도 그렇게 믿고 있습니다. 이런 마당에 아무것도 나오지 않았다고 하면 어떻게 되겠습니까? 세상 사람들은 세상 사람들대로 그만큼 실망이 클 것이고, 관가에서는 관가대로 믿지 않을 것입니다."

"그래서 나는 지금 접주들한테도 입을 봉하고 있다가 처음으로 전접주한테 입을 열었소. 올라가서 배꼽을 쪼았던 오하영 접주하고 나하고 둘만 아는 일이지요."

"따지고 보면 세상만사가 다 이렇게 허설수니 나한테도 입을 열지 않은 것으로 해둡시다."

"알겠소. 그런데, 관가에는 어떻게 대처할까요?"

전봉준은 윗목에 있는 문갑에서 얇은 책자 한 권을 꺼냈다.

"이것이 《미륵하생경彌勒下生經》이란 불경이오. 이게 그 미륵 배꼽에서 나온 것이라고 가져다줍시다. 이 경전에는 미륵이 56억 7천만 년 뒤에 도솔천에서 이 세상에 내려온다는 이야기가 씌어 있습니다."

"56억 7천만 년이오?"

"예. 이런 허무맹랑한 소리가 씌어졌을 뿐인데, 그게 세상에 소문이 잘못 났던 것이라고 하는 겁니다."

전봉준 말에 손화중은 고개를 끄덕였다.

"이게 어디서 났소?"

"불경 가운데 이런 경전이 있다는 이야기를 들은 일이 있어 며칠 전 아이들을 시켜 내장사에서 얻어왔소."

"고맙습니다."

"선운사 미륵에서 나온 비결을 가지고 가겠다고 무장 현감한테 통기를 합시다. 그런 다음 무장 동학 도인들을 모두 모이게 하여 그들을 이끌고 현아로 가는 것입니다. 모두 횃불을 들고 밤에 가는 것도 좋을 것입니다. 밤에는 얼굴이 가려지니 나오는 사람도 많을 것이고 그 많은 수가 횃불을 하나씩 들고 가면 그 기세도 무서울 것입니다. 아전들한테는 미리 돈을 한 번 더 먹여 우리 쪽으로 확실하게 기울게 한 다음 일을 시작하면 실수가 없을 것 같습니다. 현감은 군중의 기세에 눌려 필경 아전들에게 방도를 물을 것이니 그때 아전들의 진언이 일을 결정할 듯싶습니다."

전봉준은 담담하게 말했다.

"그러니까, 미륵에서 나왔다는 불경을 내놓는 한편, 군중의 위세로 현감을 강박하자는 것입니까?"

"그렇습니다. 우리가 믿을 수 있는 것은 백성뿐입니다. 저자들은 백성을 깔보고 있지만 모기도 천이 모이면 천둥소리를 낸다 했습니다. 법보다 주먹이 먼저니 겁을 먹지 않을 수 없을 것입니다."

"허지만, 그 비결을 우리가 손수 현감한테 갖다 바쳤다면 백성의 실망이 크지 않겠소?"

"그렇습니다. 그러나 저런 자들을 대할 때는 모든 것을 허허실실, 계책을 쓸 수밖에 없습니다. 갇혀 있는 접주들을 빼낸 다음에는 그때 갖다 준 비결은 가짜였다고 소문을 내버리는 것입니다. 관을 속이고 농락하는 일은 백성이 가장 바라는 바이니 그 소문은 한층 요란스럽게 날 것입니다. 계교가 조금 잔졸한 듯하나 백성은 관을 농락한 것만 좋아할 것이니, 동학의 체통에는 조금도 흠이 가지 않을 것입니다."

손화중은 웃으며 고개를 끄덕였다.

"탁견입니다. 바로 시행하는 것이 어떻겠소?"

"바삐 서둘면 내일 저녁에는 일을 할 수 있을 듯합니다. 서찰을 쓰셔서 일을 지시하시지요."

손화중은 지체 없이 자기 수하인 송경찬에게 보내는 서찰을 썼다. 간단한 안부만 묻고 모든 이야기는 이 서찰을 갖고 간 사람한테 들어서 행하라고 쓴 다음 자기 호를 적었다. 가다가 기찰을 당해 빼앗길 것에 대비한 일이었다.

"우리 아이들은 그쪽에 얼굴이 너무 알려져 있습니다. 전두령 아이들을 좀 보냅시다. 달주라는 아이가 사려가 깊고 침착해 보입디다."

"마침 오늘 저녁에 여기 와서 자고 있소."

전봉준은 밖으로 나가더니 옆방에서 자고 있던 젊은이 두 사람을 깨워 데리고 왔다. 하나는 달주고 하나는 김승종으로 역시 전봉준의 제자였다. 요사이 전봉준 곁에는 항상 옛날 서당 훈장 때 제자 서너 명씩이 붙어 있었다. 두 젊은이는 손화중 앞에 너부죽이 절을 했다. 김승종은 아까 올 때 번을 서고 있었기 때문에 인사를 했으나 다시 제대로 인사를 한 것이다.

"그간 잘 있었던가?"

"예, 오시는 것도 모르고 잠만 잤습니다."

달주가 고개를 주억거렸다.

"괜찮네. 자네들 두 사람이 무장 송경찬 접주한테 심부름을 좀 가야겠네."

"이 두 아이들은 그 계책을 대충 알고 있습니다. 같이 의논을 했지요."

전봉준이 말했다.

"그렇습니까? 어떻던가, 자네들 생각은? 불경을 갖다 바치겠다며 횃불을 들고 수백 명이 몰려간다는 것인데……."

손화중이 새삼스럽게 물었다.

"갇혀 있는 두령들을 내놓을지 어떨지 저희 같은 짧은 소견으로는

42

짐작하기 어렵습니다만, 그렇게 몰려가면 겁을 먹을 것은 분명할 것 같습니다."

달주가 말했다.

"그렇게 해도 접주들을 내놓지 않으면 어떻게 하는 게 좋겠는가?"

"내놓을 때까지 소란을 피우면 어떨까요?"

"그러다가 자칫하면 민란으로 번지지 않을까?"

"요사이 백성의 포한으로 보면 민란으로 번지느냐, 그렇지 않느냐는 오로지 두령님들의 결단에 달린 것 같습니다. 두령님들 말 한마디면 모두 물불 가리지 않을 것입니다."

"알겠네. 신표삼아 이 서찰에는 안부만 썼네. 저저한 계책은 자네들이 자세히 이르게. 그리고 아전들한테 넉넉하게 인정을 쓰라더라고 하게."

"알겠습니다."

두 젊은이는 아침밥을 서둘러 먹고 길을 떠났다.

그날 저녁부터 무장접에서는 마을마다 파발이 떴다. 옥에 갇힌 접주들을 빼내려고 선운사에서 나온 비결을 가지고 현아로 가니 교도들은 내일 저녁 횃불을 하나씩 밝혀들고 뒤를 따르라는 것이었다. 교도들은 한 사람도 빠지지 말고 다 나올 것이요, 앞으로 동학에 입도할 생각이 있는 사람들도 나오라 했다.

다음날 날이 어두워지자 길거리에 횃불 행렬이 나타나기 시작했다. 이 동네 서 동네서 횃불을 든 사람들이 쏟아져나왔다. 사람들은 모두 홰를 만들어 들었으나 홰에 불을 댕기지 않은 사람도 많았다.

동네를 나설 때는 길을 밝힐 수 있을 만큼만 불을 붙인 것이다.

횃가 모자랄까 싶어 두 개씩 만들어 든 사람도 있었다.

사방에서 사람들이 수없이 쏟아져나왔다. 동네 조무래기들까지 덩달아 따라나서자 엄청난 군중이 되고 말았다. 천 명이 넘는 군중이었다.

난데없는 횃불 행렬에 누구보다 놀란 것은 현감 조경호였다.

"저게 무슨 횃불이오?"

겁에 질린 조경호가 소리를 질렀다.

"비결을 바치러 오는 동학도들인가 합니다."

수교가 대답했다.

"비결을 바치려면 한두 놈이 가지고 오면 그만이지 저렇게 많은 사람을 모아 떼 몰려올 건 뭐란 말인가?"

조경호는 발을 굴렀다.

"비결을 바치면 접주들을 내준다는 소문이 나서 접주들을 맞이하려고 저렇게 나온 듯합니다."

이방이 조심스럽게 말했다.

"비결을 바치면 접주들을 내주다니? 누가 그 따위 소문을 퍼뜨렸단 말이오?"

조경호는 악을 쓰며 이방을 노려봤다.

"어찌하여 그런 소문이 났는지는 모르겠으나, 벌써부터 그렇게 소문이 난 줄 아옵니다."

"이런 불칙한 놈들. 처음부터 저렇게 군중을 모아 관을 강박하자는 속셈이 뻔하구만. 이놈들을 그냥 둘 수 없소."

조경호는 입술을 부들부들 떨었다.

"수교는 저놈들을 당장 성문 밖으로 전부 내치시오. 듣지 않으면 모두 잡아들이시오."

조경호는 자리에서 일어나 발을 구르며 악을 썼다.

"하오나……."

이방이 조심스럽게 나섰다.

"하오나 어쩐단 말이오?"

조경호는 마치 이방이 군중의 수괴이기나 한 듯이 이글이글 불타는 눈으로 이방을 노려봤다.

"지금 저들을 건드리는 것은 득책이 아닌 듯합니다."

"뭐 득책이 아니라고? 그럼 어쩌자는 거요?"

"얼핏 보아도 사람 수가 천 명도 넘는 것 같습니다. 저 사람들을 잘못 건드리면 타는 불에다 기름을 끼얹은 꼴이 될지도 모르옵니다. 소 같은 순한 짐승도 성이 났을 때는 그 성깔이 잦아지기를 기다려 다스리는 것이 지혜인 줄 아옵니다. 비결을 바치면 못이긴 척 접주들을 내줘버리고 나서 후일을 도모함이 어떨까 하옵니다."

"뭣이, 접주들을 내주자고? 그럼 눈 빤히 뜨고 앉아서 저자들 수작에 말려들자 이 말이오?"

조경호는 잡아먹을 듯이 이방을 노려보며 악을 썼다.

"하오나, 달리 방도가 없을 듯하옵니다."

그 사이 동학도들은 현아 앞으로 꾸역꾸역 몰려들어 횃불이 대낮 같았다. 고함소리가 터지고 있었고, 홰에서 댓가지 튀는 소리 또한 콩 튀는 소리였다.

그때 포교 하나가 동헌으로 뛰어들었다.

"비결을 바치겠다고 들어오겠다 하옵니다."

"몇 놈인가?"

"한 사람이옵니다."

"손화중이란 잔가?"

"손화중이 아니옵고, 여기 갇혀 있는 오지영의 형 오시영이라 하옵니다."

"어째서 손화중이 오지 않고 다른 놈을 보냈다던가?"

"그 까닭은 모르겠사옵니다."

그때 이방이 나섰다.

"비결만 가지고 왔다면 누가 가지고 오든 그야 괘념할 것이 없을 줄 아옵니다. 지금 결정할 일은 옥에 갇힌 접주들 일인 것 같사옵니다."

"이 때려죽일 놈들!"

조경호는 분을 못 이겨 이를 악물며 숨을 씨근거렸다. 그는 한참 동안 가쁜 숨을 씨근거리고 있었다. 밖에서는 군중의 아우성 소리가 하늘을 찔렀고, 댓가지 튀는 소리가 한결 요란스러웠다.

이내 조경호가 뜰아래 있는 포교를 향했다.

"군중은 아문에서 물리치고, 비결을 가진 자만 들라 하시오!"

조경호는 씹어 뱉듯 소리를 질렀다.

포교가 나갔다. 이방이 현감에게 향했다.

"비결을 가지고 오거든 다른 것은 깊이 따질 것 없이 비결만 받고 얼른 처리함이 좋을 듯합니다. 되도록 *흔연스럽게 대하여 모두 안심

46

하고 돌아가게 하는 것이 훗날을 위해서 득책이 아닐까 하옵니다."

그때 오시영이 들어섰다. 손에는 책을 싼 듯한 보자기가 들려 있었다. 보자기가 유난히 빨간 게 눈을 끌었다.

"선운사에서 꺼낸 비결을 가지고 대령이옵니다."

"바치라 하여라!"

책방이 오시영의 손에서 붉은 보자기를 옮겨 받아 현감한테 가져다주었다. 현감 얼굴은 금새 두려움과 호기심에 찬 표정으로 변했다. 떨리는 손으로 보자기를 풀었다. 헌 책자가 한 권 나왔다. 현감의 눈이 둥그레졌다.

"아니, 이건 불경이 아닌가?"

현감이 놀란 표정으로 오시영을 내려다봤다.

"그렇사옵니다. 그 표지에 씌어 있는 것과 같이 미륵이 이 세상에 내려온다는 허황한 사연이 씌어 있을 뿐이옵니다."

현감은 책장을 넘겼다. 이방과 호방이 곁으로 갔다. 그들은 뚫어질 것 같은 눈으로 불경을 훑어보았고, 주변에 있는 사람들은 그들의 얼굴을 뚫어지게 건너다보고 있었다.

"도대체 이게 무슨 소리요?"

현감은 얼빠진 표정으로 오시영을 내려다보았다.

"거기 씌어 있는 대로 지금 도솔천이란 곳에 살고 있는 미륵이 이 세상에 내려오되 그 시기는 지금부터 56억 7천만 년 뒤라는 것입니다. 미륵이 이 세상에 내려와 운부제雲浮提란 곳에 있는 용화수龍華樹란 나무 밑에서 세 번 법회法會를 여는데, 세 번 법회가 끝나고 나면 이 세상에 용화세계가 열려 거기 참여한 사람들은 모두 극락과 같은 용화세계에 들게 된다는 것입니다. 다른 이야기는 놔두고 미륵이 이 세상에 오는 시기가 56억 7천만 년 뒤라니 얼마나 허황된 소리이옵니까?"

오시영이 정중하게 말했다.

"56억 7천만 년?"

조경호는 여전히 얼빠진 표정으로 불경과 오시영을 번갈아 보며 물었다.

"예, 그런 허황한 소리가 씌어 있을 뿐이옵니다."

오시영은 허리를 주억거렸다.

"도대체 이게 어쩐다는 거요?"

"어쩐다기보다 불경이란 원래가 모두 매양 그렇게 허황한 소리들이 아니옵니까? 거기에도 그런 터무니없는 소리들이 실려 있을 뿐인데, 세상에는 그걸 가지고 *엉터리없는 소문이 나돌았던 것입니다. 동학 접주들이 그걸 꺼내자고 한 것은 그런 엉터리없는 소문에 동학 접주들이 너무 시달렸기 때문입니다. 그러지 않아도 좌도左道로 의혹을 입어 난처하기 짝이 없는 판에 마치 동학도들이 세상을 뒤엎기라도 할 것 같은 소문이 나서 야단들이니 가만히 앉아서 그런 헛소문의 피해를 입고 있을 수가 없었던 것이라 하옵니다. 이제 그 헛소문의 실상이 그렇게 백일하에 드러났으니 여태 떠돌던 허황한 참언은 꼬리를 감추게 되었습니다. 사실이 이러하오니, 그런 허무맹랑한 참언을 잠재운 동학 접주들에게 상을 주셨으면 주실지언정 벌을 내린다는 것은 사리에 합당한 일이 아닌 줄로 아뢰옵니다."

오시영이 조용한 목소리로 침착하게 말했다.

"그러면 왜 이것을 이제야 가져온단 말이오?"

조경호가 여전히 부르튼 소리로 물었다.

"그 사연은 이러하옵니다. 그 책자를 손화중 접주님하고 오하영 접주님이 가지고 가서서 읽어보니 그런 허황된 소리라 그냥 웃어 넘겨버리고 자기들 볼일 보러 멀리 가버렸던 것 같사옵니다. 관의 지목이 있을 줄은 전혀 생각을 못했던 것이 아닌가 하옵니다."

오시영은 시치미를 떼고 능청을 떨었다.

"그걸 지금 말이라고 하고 있소?"

조경호는 발로 마룻장을 깡 구르며 악을 썼다.

"손화중보고 당장 나오라 하시오. 손화중이 여기 와서 제 입으로 사실을 밝힐 때까지는 믿을 수가 없소."

"그렇게 전하겠사옵니다마는, 교도들은 지금 미륵에서 나온 그 비결만 바치면 접주들을 내주실 줄 알고 저렇게 몰려왔사온데, 그들이 그냥 돌아갈까 그것이 걱정 되옵니다. 소인은 이 고을 사람도 아니고 동학 임직에도 있지 않는 사람이라 저 교도들한테 이래라저래라 할 처지가 아니옵니다."

오시영은 은근히 공갈을 놓았다.

"접주 놈들은 한 놈도 나서지 않고 엉뚱한 사람을 보내다니 이놈들이 수령을 뭘로 보고 있단 말인가? 이 불칙한 놈들, 손화중이 나타나기 전에는 결단코 옥에 갇힌 접주들을 내놓을 수 없소."

현감은 화를 걷잡지 못하고 퉁겨 일어나 안으로 들어가 버렸다.

"잠깐 기다리고 있으시오."

이방이 오시영한테 말을 해놓고 형방, 호방 두 사람과 함께 안으로 들어갔다. 한참 동안 시간이 흘렀다.

"접주님들 내놔라!"

웅성거리던 군중 속에서 악다구니가 쏟아져나오기 시작했다.

"저런 불칙한 놈들!"

포교가 쫓아나갔다. 군중과 포교들이 한참 실랑이를 벌이는 듯했다. 더 크게 악다구니가 쏟아져나왔다. 우 소리도 났다.

한참만에 이방이 나왔다.

"접주들을 내주기로 했소. 군중이 쓸데없는 소란을 피우지 않도록 잘 타일러서 데리고 가시오."

이내 저쪽에서 접주들이 나오고 있었다. 오지영, 고영숙, 강경중 순이었다. 접주들은 얼굴이 해쓱했다. 접주들을 앞세우고 오시영은 아문을 나섰다.

"나오신다. 접주님들 만세!"

"만세!"

군중이 횃불을 흔들며 환호성을 질렀다.

접주들은 군중을 향해 손을 흔들었다. 모두 얼굴이 해쓱했으나, 소문난 깐으로는 별반 몸이 축난 것 같지 않았다.

"감사합니다. 이렇게 나와 주셔서 정말 고맙습니다. 여러분들의 염려 덕분에 방면이 된 것 같습니다."

접주들은 조금 높은 데로 올라가 군중을 향해 간단히 인사를 했다. 접주들은 겉으로는 괜찮은 것 같았으나 목소리에는 힘이 없었다.

"접주님들 만세!"

"만세!"

군중은 미친 듯이 함성을 질렀다.

"이제 돌아갑시다."

오시영이 군중을 향해 소리를 질렀다. 군중은 접주들을 앞세우고 거리를 누비며 읍내를 빠져나왔다.

"동학도들을 또 잡아가기만 하면 또 이렇게들 몰려나옵시다."

"그럽시다. 또 잡아가기만 하면 그때는 현아에다 불을 싸질러 붑시다."

군중은 큰소리로 떠들면서 읍내를 빠져나와 모두 자기 마을로 돌아갔다.

그런데, 바로 다음날 엉뚱한 소문이 나돌았다. 미륵에서 나온 진짜 비결은 손화중이 가지고 진작 지리산으로 들어가 버렸고, 이번에 관에 가져다 준 것은 가짜라는 것이었다.

2. 고부

"이번 심부름은 원행이 될 것 같소."

달주는 괴나리봇짐에 짚신을 매달며 어머니에게 말했다.

"원행이라면 어디로 가냐?"

어머니는 근심스런 낯빛으로 조심스럽게 물었다.

"가봐야 알겠소마는 이번에는 여러 날 걸릴 것 같은께 쉬 안 오더라도 기다리지 마시오. 지난번에 접주님 하시는 말씀이 이제 집안일은 농사도 없고 한께 접주님 일 거드는 것이 좋을 것 같다고 하십디다."

"여그 저그 심부름 댕기고 그런 일이냐?"

"예."

"접주님 일이라면 성심껏 거들어 드려라마는, 어디를 가든지 몸조심해라."

"염려 마시오."

"그럼, 집에는 언제 와?"

토끼처럼 똥그란 눈으로 오도마니 앉아 있던 누이동생 남분南粉이 물었다. 달주는 모두 세 식구였다.

"가봐야 알겄다."

달주는 가볍게 말을 하고 있었으나, 표정은 몹시 굳어 있었다. 어머니도 아들의 표정이 예사롭지 않다고 느끼는 것 같았으나, 더 캐묻지 않는 것 같았다.

달주는 집을 나섰다. 어머니와 남분도 따라나왔다.

"들어들 서시오."

그러나 어머니와 남분은 한사코 따라나섰다.

"산소에 들렀다 갈란께 들어서시오."

"오냐, 가자."

달주가 말렸으나 어머니와 남분은 조금이라도 달주의 모습을 더 보고 싶은 듯 얼른 들어갈 눈치가 아니었다.

"실은, 감역 댁에 들렀다 갈 일이 있소."

골목을 한참 나와서야 달주가 말했다.

"멋이, 감역 댁에는 멋하러?"

어머니가 깜짝 놀라 물었다.

"소작 내놓겄다고 말을 하고 갈라요."

어머니는 놀란 눈으로 한참 동안 아들을 건너다보고 있었다.

"내노라고 했은께 그냥 내노먼 그만이제, 내놓겄다고 말을 하고 말고 할 것까지 있겄냐?"

"그래도 부러지게 대답을 해야 떳떳할 것 같소."

"기왕지사 멋할라고 그런 사람들하고 혀달아서 그런 이얘기를 할라고 그러냐?"

어머니는 여태까지 달주의 굳었던 표정이 바로 이것이구나 싶어 그만큼 걱정이 되는 것 같았다. 그러나 달주는 이미 굳게 마음을 도사리고 있는 듯했다.

"염려 마시오."

달주는 뚜벅뚜벅 감역 집 쪽을 향해 걸었다. 어머니는 더 참견하지 않고 달주의 뒷모습만 빤히 건너다보고 있었다.

그때 남분이 오빠를 향해 달려갔다. 달주가 돌아섰다.

"강쇠네가 그러는디, 며칠 전부터 경옥이 밥도 안 묵고 이불을 뒤집어쓰고 눈물로 지새고 있대여."

남분이 똥그란 눈으로 말했다. 달주는 입을 꾹 다물고 있었다. 오누이 사이에 잠시 침묵이 흘렀다. 이내 달주는 가볍게 한숨을 쉬며 말없이 돌아섰다. 어머니와 남분은 제자리에 서서 달주의 뒷모습만 멀거니 바라보고 있었다.

달주는 감역 댁의 우람한 솟을대문 앞에 멈춰 섰다.

"아범 계시오?"

달주가 안에다 대고 소리를 질렀다.

"누구여?"

"나요."

대문이 열렸다. 행랑아범이 내다봤다.

"달주 도령이 웬 일인가?"

행랑아범은 한껏 놀라는 표정이었다.

"나리 쪼깨 뵐라고 왔소."

"먼 일인디?"

"안에 계시오?"

"어이, 모시고 오겄네."

행랑아범은 달주를 마당 가운데 세워놓고 바삐 안채로 들어갔다. 한참만에 행랑아범이 내려왔다.

"나오시네. 사랑으로 들어가세."

달주는 마루 밑에 짚신을 가지런히 벗어놓고 사랑방으로 들어갔다. 한쪽에 문갑이 하나 놓여 있는 사랑방에는 재떨이만 하나 휑뎅 그렁하게 방안을 차지하고 있었다. 달주는 괴나리봇짐을 벗어 한쪽에 놓고 윗목에 앉았다. 좀 만에 감역이 내려오는 기척이었다. 달주가 자리에서 일어섰다.

"달주가 웬 일이냐?"

감역은 전 같지 않게 스스럼없는 표정으로 반색을 했다. 달주는 자리에 앉으며 허리를 반만 굽혀 인사를 했다.

"어디 원행 가는 모냥이구나."

감역은 괴나리봇짐을 보며 말했다.

"저한테서 소작 걷어 들인다는 말씀은 행랑아범한테서 들었습니다."

달주는 의젓하게 말했다.

"나도 마음이 아프다마는 문전에 있는 농토를 소작으로 내놓기도 멋하고 해서 걷어 들인 것인께 너무 섭섭하게 생각 마라."

"여기 마저 드리고 갈 것이 있어 그걸 드리고 갈라고 왔습니다."

달주는 봇짐을 끌어당겨 창호지로 싼 무슨 뭉텅이를 하나 꺼냈다. 주먹 크기만한 뭉텅이였다. 감역은 말없이 보고 있었다.

"이건 저의 아버님이 챙겨놨던 것입니다마는, 제가 지니고 있을 것이 아닌 것 같습니다."

달주는 창호지에 싼 뭉텅이를 감역 앞으로 밀어놨다.

"이게 머냐?"

감역은 무슨 괴물이라도 대하듯 뭉텅이와 달주를 번갈아보며 물었다.

"풀어보십시오."

"이것이 멋인디?"

감역은 다시 달주를 건너다봤다. 그러자 달주가 뭉텅이를 집어다 풀기 시작했다. 서너 겹을 풀었다. 감역 앞으로 밀어놨다. 시커먼 흙이었다.

"아니, 이것이 멋이냐?"

감역은 튀어나올 것 같은 눈으로 흙과 달주를 다급하게 번갈아봤다.

"보시다시피 논흙입니다. 저 앞에 텃논은 우리 할아버님께서 어렵사리 마련한 것이었습니다. 그것이 감역나리께로 넘어가게 되자 우리 아버님께서는 너무도 애석하셨던지, 병석에 누워 계시면서 저더러 그 논에서 흙이라도 한줌 파오라 하시기에 파왔습니다. 그랬더니, 그걸 이렇게 소중하게 간직해 노셨습니다. 그런디 곰곰이 생각해 본께 벌써 팔려버린 논에서 흙을 파온 것은 하찮은 흙 한 주먹일망정 남의 것을 가져온 것이었습니다. 그래서 마저 돌려 드리려고 가지고 왔습니다."

달주는 의젓하게 말했다.

"머, 멋이?"

튀어나올 것 같은 감역의 눈이 더 튀어나오며 말을 더듬거렸다.

"안녕히 계십시오."

달주는 봇짐을 집어들고 자리에서 일어서버렸다. 문을 열고 밖으로 나왔다.

"아니, 달주야!"

감역은 큰소리로 불렀다. 노기가 서려 있었다. 그러나 달주는 대답하지 않고 마당을 나서고 있었다.

"달주야!"

감역은 다급하게 불렀다. 달주가 돌아섰다.

"이놈, 아무런들 나한테 이럴 수가 있단 말이냐?"

"안녕히 계십시오."

달주는 다시 정중하게 허리를 굽히고 돌아섰다. 감역은 숨을 씨근거렸으나 더 뭐라 하지 못했다.

대문을 나서려던 달주는 저도 모르게 얼핏 뒤를 돌아봤다. 저쪽 집 모퉁이에서 감역 딸 경옥이 이쪽을 보고 있었다. 해쓱한 얼굴에 잔뜩 놀란 표정이었다. 달주는 당기듯 고개를 돌리며 대문을 나와버렸다.

감역 집 대문을 나서자 저쪽 골목에 어머니와 남분이 썰렁한 표정으로 서 있었다. 달주는 그리 갔다.

"전에 아버님이 저 논에서 파오라 하셔서 간수해 두었던 흙을 갖다 드리고 왔소. 벌써 팔려버린 논에서 흙 한줌이나마 가져온 것은 남의 것을 가져온 것이글래 가지고 왔다고 말씀하고 나왔소."

"그 흙을?"

어머니는 깜짝 놀라 물었다.

"예."

"그렇게 살 세게 사는 것은 지혜가 아닌다……."

어머니는 근심스런 표정이었다.

"자기들 할새나 제 할새나 마찬가지지라우. 염려 마시오."

"웬수 놈의 시상."

달주는 다시 길을 잡아섰다. 어머니와 남분이는 동네 뒷잔등까지 따라왔다.

"들어들 서시오."

"오냐, 잘 댕겨온나."

어머니와 남분은 잔등에서 발을 멈췄다. 두 사람은 그 자리에 서서 멀어져가는 달주를 건너다보며 연신 옷고름으로 눈자위를 찍어내고 있었다. 달주가 자랏고개에 올라설 때까지 두 사람은 달주를 건너다보고 있었다. 달주는 고개 꼭대기에서 다시 허리를 숙여 인사를 했다. 어머니가 손을 들었다. 달주는 돌아섰다.

달주는 고갯길을 조금 내려가다가 길을 버리고 산속으로 들어섰다. 거기 조그마한 묏벌이 하나 나왔다. 달주는 묏벌로 들어섰다. 묘에 절을 했다.

달주는 절을 두 자리 하고 나서 그대로 무릎을 꿇고 앉은 채 혼자 중얼거리기 시작했다.

"아버님, 이제 저는 집을 나가 전봉준 접주님 일을 거들기로 작정을 했사옵니다. 부자와 가난뱅이가 차별이 없고, 양반이 상민을 천하게 여기지 않으며, 관속이 백성을 억누르지 않는 후천의 새 세상이 올 때까지 일신의 안위를 돌보지 않고 신명을 바치기로 결심을 했사옵니다. 오늘 저는 전에 아버님께서 간수해 두셨던 논흙을 이주호 씨한테 가져다주고 오는 길입니다. 그 집과는 일이 두루 얽혀 그런 것이나마 집에 두고 있는 것은 저로서는 그만큼 구차한 짓이기에 자잘한 연을 모두 끊어버리는 심정으로 그 흙을 가져다준 것이오니 소자의 마음을 헤아려 주시옵고, 이 소자를 구천에서 널리 굽어 살펴 주시옵소서."

달주는 다시 절을 두 자리 하고 자리에서 일어섰다. 그의 눈에는 눈물이 그렁하게 괴어 있었다.

달주는 뒷벌을 떠났다. 탑선리 동네를 돌아 전봉준 집을 향해 걸음을 재촉했다. 해가 설핏했다.

탑선리를 한참 지나 도리깨고개에 가까워지고 있을 때였다. 혼자 생각에 잠겨 길을 걷던 달주는 우뚝 걸음을 멈췄다. 까투리를 단 장끼 한 마리가 다복솔 밑에서 나와 길을 가로지르고 있었기 때문이었다. 장끼는 천연스럽게 논고랑으로 내려섰다. 달주는 숨을 죽이며 상체를 숙였다. 길바닥을 두리번거렸다. 맞춤한 돌멩이가 길바닥에 박혀 있었다. 손가락으로 후벼 뽑아 들었다. 허리를 잔뜩 굽히고 쥐노리는 고양이 걸음으로 살금살금 다가갔다. 걸음을 멈췄다. 학모가지로 고개를 뽑아 올렸다. 돌멩이로 꿩을 겨냥했다. 던졌다.

─슛.

맞았다. 장끼가 맞은 것이다. 까투리는 화살처럼 하늘로 퉁겨 오르고, 장끼는 천방지축 푸드덕거리며 얼갈이해놓은 논고랑으로 내달았다. 날개가 부러진 것 같았다. 달주가 비호같이 쫓아갔다. 등에 진 괴나리봇짐이 마파람에 개불알 놀 듯 궁상맞게 요동을 쳤다. 뒤꼭지에 치렁한 댕기도 한몫 제멋대로 놀았다.

쫓기던 꿩은 느닷없이 논고랑 벼락덩어리 밑에다 대가리를 처박았다. 제 깐에는 숨는다는 꼴이었다. 달주는 쫓아가 꿩을 덥석 끌어안았다. 날개에서 피가 묻어났다. 달주는 *입이 바지게로 풍년이 들며 꿩의 무게를 가늠해 봤다. 뭉청한 게 중닭 푼수는 너끈했다.

"허허, 우리 접주님을 맨입으로 뵙기가 멋하더니, 접주님 대접하라고 네놈이 잡혀 줬구나. 고맙다, 고마워!"

저만치 길을 가로질러 도랑이 흐르고 있었다. 달주는 길가 짚더미에서 짚을 한 움큼 집어 들고 도랑으로 내려섰다. 털을 뜯었다.

"가을 메추리라더니 네놈도 어지간히 살이 쪘구나. 허기사 네놈들 세상에는 관속배들 늑탈이 없을 것인께 적적금 타고난 몫을 여축 없이 다 찾아 먹었겠지. 그리고 본께 미물인 네놈들이 *인두겁 뒤집어썼다는 사람보다 열 번 낫다."

달주는 털을 뜯으며 연신 씨부렁거렸다.

털을 거진 뜯었다. 바지에 손을 문질러 물기를 닦고 조끼 주머니에서 쌈지를 꺼냈다. 부시를 찾아 부시를 쳤다. 부싯깃에 불을 댕겼다. 잔디를 한 움큼 뜯어 싹싹 비볐다. 부싯깃을 대고 후후 불었다. 한참 연기가 피어오르더니 이내 불꽃이 솟았다. 짚북데기로 불을 옮겼다. 꿩을 그슬렸다. 부리 껍질을 비틀어 뽑고, 다리 껍질도 훑어냈다.

똥구멍 밑의 엷은 뱃가죽을 손톱으로 후벼 배때기를 갈랐다. 간과 똥집을 발라냈다. 창자는 닭창자 같지 않게 너무 가늘어 아까운 대로 내던져버렸다. 똥집을 뒤집어 속껍질을 벗겨내고 냇물에 헹궜다.

"백성 늑탈하는 관속배들 배때기도 이렇게 발랑 뒤집어서……."

그때였다.

"네 이놈, 웬 놈이 게서 뭘 하고 있느냐?"

달주는 소스라쳐 뒤를 돌아봤다. 어디서 나타났는지 벙거지 쓴 나졸 둘이 이쪽을 노려보고 있었다. 느닷없이 창 든 나졸들을 발견한 달주는 그만 그 자리에 굳어버리고 말았다. 고개를 외오 튼 채 멍청하게 쳐다보고만 있었다.

"웬 놈이냐?"

달주는 얼음판에 나자빠진 황소처럼 눈알만 말똥거리고 있었다. 나졸들은 어디서 한잔 걸쭉하게 재꼈는지 얼굴이 *불콰하고, 벙거지가 삐뚜름하게 뒤꼭지에 붙어 있었다. 창날이 석양빛을 받아 날카롭게 번쩍였다. 전에는 육모방망이를 차고 다녔으나 얼마 전 나졸들이 어느 호젓한 산길을 가다가 크게 봉변을 당한 뒤부터는 창을 들고 다녔다.

"그게 머냐?"

"아, 아니라우."

"아니라니, 머가 아니란 말이냐?"

"꿔, 꿩이요."

"꿩?"

키가 토막키로 몽땅하고 앞가슴이 팡파짐하게 발그라진 자가 달주 위아래를 훑어봤다.

"그게 어디서 났느냐?"

"금방 여기서 잡았소. 돌팔매로라우."

달주는 그제야 정신을 차린 듯 담담하게 대답했다. 아까 관속배 배때기 어쩌고 씨월거렸던 소리를 이 작자들이 듣지 않았는가 겁을 먹었다가, 그 소리를 들은 것 같지 않아 적이 안심이 되었다.

"이놈, 바른 대로 대답하지 못할까?"

땅딸보는 술이 취해 게슴츠레한 눈을 한껏 크게 뜨며 큰소리로 호령을 했다.

"멀 말씀이오?"

달주가 머쓱한 표정으로 되물었다.

"이놈아, 네깐 놈이 돌팔매로 날아댕기는 꿩을 잡아? 그 따위 새빨간 거짓뿌렁이를 뉘 앞에서 씨부리고 있냐?"

땅딸보가 한손에 든 창으로 땅을 깡 구르며 악을 썼다.

"틀림없이 돌팔매로 잡았소. 내 돌팔매 솜씨는 나뭇가지에 앉은 참새도 예사로 떨구는 솜씨요. 한번 구경하실라우?"

달주는 발밑에서 돌멩이 두 개를 골라들며 히죽 웃었다.

"네 솜씨가 정말 그렇게 용하단 말이냐?"

작자들은 경황 중에도 달주의 장담에 호기심이 일어나는 모양이었다.

"보시면 알 것 아니오?"

"그럼 저기 저 뱁새를 한번 맞춰봐라!"

길가 가시덤불 속에 뱁새가 서너 마리 포실거리고 있었다.

이놈들 하는 수작이 꿩이 욕심나서 괜히 찌그렁이를 붙고 있음에 틀림없었다. 그러나 처음 겁먹었던 꼴이 원체 어리눅었다 보니, 그럴 만한 구실을 주기도 했다 싶어 돌팔매 솜씨를 보여 곧이곧대로 발명을 할 수밖에 없었다. 토끼가 제 방귀에 놀라더라고, 관속배들한테 욕설을 퍼붓다가 느닷없이 이자들이 나타난 바람에 못난 꼴을 보이고 말았던 것이다.

달주는 뱁새를 향해 돌멩이를 겨냥했다. 쏘았다.

— 슛.

맞지 않았다. 뱁새가 움직이는 바람에 간발의 차이로 빗나갔다.

"저건 빗나갔소만 저 쇠똥 곁에 있는 돌멩이를 맞춰보겠소"

뱁새보다 먼 거리에 주먹만한 돌멩이가 하나 있었다. 뚫어지게 돌멩이를 겨냥했다. 쏘았다.

— 딱.

정통으로 맞았다. 돌멩이가 저만큼 퉁겼다. 그 곁에 있는 돌멩이를 또 겨냥했다. 던졌다.

— 딱.

돌멩이가 박살이 났다. 돌멩이를 겨냥했다가 던지는 달주의 몸놀림은 흥겹게 돌아가는 땅재주꾼의 한 대목 재주가락같이 날렵하고 맵시가 있었다.

"허허, 이놈이 어디서 돌팔매질만 해먹고 살았나?"

땅딸보는 내심 크게 감탄하는 것 같았으나 겉으로는 비웃는 가락이었다.

"돌덩어리도 저렇게 박살이 나는디 사람이 맞으면 어떻게 되겠소? 마빡에 맞으면 돌멩이가 통기는 것이 아니라, 그대로 골통 속으로 돌멩이가 들어가 앉고 말지라우."

"네끼놈!"

땅딸보는 섬뜩했던지 눈알을 부라리며 소리를 질렀다. 달주는 여유 있게 허허 웃었다.

"쬐만한 자석이 되바라지긴."

땅딸보는 거듭 눈을 흘겼다.

땅딸보는 도랑가에 있는 꿩을 집었다. 작자는 꿩을 맵슬러 봤다.

"어서 이리 주시오. 길이 바쁘요."

어느새 해가 서산마루에 구멍을 찾아 들어가고 있었다.

"이놈, 이 꿩은 우리한테 헌상을 해라. 제법 토실토실한 것이 한 차례 술안주로 그들먹하겠다."

땅딸보는 *음충맞게 웃었다.

"만물은 유주有主라 잡수실 분이 따로 계시오. 괜히 생침 흘리지 마시고 이리 주시오."

달주는 부러 한껏 되바라지게 뇌까렸다.

"어라, 이놈이 지금 머라 했냐? 임마, 너 같은 상것들이 이런 것을 묵으면 입이 부르터. 분수를 모르는 놈 같으니라구."

"뭐요, 상것? 허허. 하여간, 남의 입걱정까지 할 것 없고 어서 이리 내시오."

달주는 상것이란 말에 어이없다는 듯 한번 웃고 나서 말끝에 빠듯 성깔을 묻어내며 손을 내밀었다.

"이런 고얀놈 바라. 이놈아, 이런 것을 잡았으면 우리가 입을 벌리기도 전에, 소인이 이런 귀한 것을 잡았습니다. 변변치 못합니다마는 가지고 가서서 술안주나 하십시오. 이러고 지레 바쳐 올리는 것이 아니라 멋이 으짜고 으째? 도리를 모르는 놈 같으니라고."

땅딸보는 제법 위의를 갖춰 씨부렸다.

"그런 도리 두 번만 찾을라다가는 입안에 넘어가는 밥도 게워서 바쳐야겠소그랴. 그리고 그 놈 소리 빼시오. 놈 소리가 더 나오면 내 입에서도 고운 소리 안 나갈 것이오."

달주는 여유 있게 말했다.

"어어, 이놈이 가만 본께 예사로 되바라진 놈이 아니네."

땅딸보가 눈이 똥그래지며 제 뒤에 서 있는 패거리를 돌아봤다. 작자는 말대가리같이 불콰한 낯짝을 치켜들고 땅딸보 수작에 해죽거리고만 있었다.

"놈 소리 빼라지 않았소. 하여간, 당신들하고 더 시비하고 싶잖은께 어서 이리 꿩이나 내시오. 털벙거지에 창 하나 비껴든께 천하 것이 모두 당신들 것 같소?"

달주가 거듭 핀잔을 주었다.

"어라, 이놈 봐라."

땅딸보가 다시 말대가리를 돌아봤다. 말대가리의 얼굴에도 웃음이 걷히고 있었다.

"아까는 그렇게 겁을 먹었던 놈이 이렇게 표변을 해? 이놈이 아무래도 수상한 놈이구만. 가만 있자, 너 이놈, 그러고 본께, 이것이 꿩이란 소리는 새빨간 거짓말이고 남의 닭을 훔쳐왔구나. 바른 대로 대라!"

땅딸보는 한발 앞으로 다가서며 시퍼렇게 닦달을 했다.

"허허, 그것이 닭이라고라우? 닭 잡아먹고 오리발 내민다등마는, 멀쩡한 꿩을 보고 닭이라고? 억지도 가지가지구랴."

달주는 허허 웃었다.

"그래, 이것이 닭이 아니란 말이냐?"

"당신 눈이 어떻게 생겼글래 그것이 닭이란 말이오?"

"이놈아, 꿩같이 생긴 닭도 얼마든지 있어. 꿩하고 *흘레를 붙어 깐 닭은 반은 꿩이여. 꿩닭도 몰라? 누굴 어리병신으로 아냐? 바른 대로 대라!"

"입이 어떻게 생겼으면 그런 것도 말이라고 아래턱이 위턱에 올라붙소? 손에 든 꿩 한번 내려다보시오. 죽은 꿩이 웃고 있소."

달주는 꿩을 가리키며 웃었다.

"이 때려죽일 놈, 이번에는 관속을 능멸까지 했겄다? 남의 것을 훔친 죄에다 관속을 능멸한 죄까지 합쳐 네놈을 묶어가겄다. 이리 썩 나서서 오라를 받지 못할까?"

땅딸보는 화가 머리끝까지 치솟아 허리에 찬 오라로 손이 가며 버럭 악을 썼다.

"과부댁 종놈은 왕방울로 행세하고, 관가 종놈들은 생청으로 행세한다등마는 옛말 그른 데 없구만. 여보게, 자네들 눈구멍은 뽄보기로 달고 댕기는가? 꿩을 보고 닭이라고 한 것은 처음부터 생청인께 그렇다 치고, 그래 내가 그따위 어리석은 수작에 겁을 먹고 발발 떨 위인으로 보이는가?"

달주는 눈썹 하나 까딱하지 않고 버텨서서 이번에는 말까지 놓으

66

며 침착하게 말했다.

"이 처죽일 놈, 뭣이? 여, 보, 게?"

땅딸보가 손에 들고 있던 꿩을 내던지고 두 손으로 창을 꼬나쥐며 덤벼들었다.

"어디 한번 찔러보게!"

달주가 나졸 앞으로 배를 내밀어 주었다.

"이 처죽일 놈!"

나졸은 코를 씩씩 불기만 할 뿐 더 덤비지 못했다.

"보자 보자 한께 나졸 주제에 행패가 너무 요란스럽구만. 자네들이 먼저 나를 상것이라 패박아 호놈을 했은게 말인디, 내가 자네 같은 나졸들한테 진직 말을 놀라다가 내 행색이 허술해서 파탈을 했던 것이 불찰이었네. 이제라도 뉘우치고 당장 물러서먼 모르제마는, 내 앞에서 건방기를 더 떨었다가는 자네들 대가리도 내 돌팔매에 저 꿩 신세가 되고 말 것이네. 알아들었는가?"

달주가 말꼬리를 버럭 치켜올리며 호령을 했다. 그때 뒤에 섰던 말대가리가 깡, 고함을 지르며 앞으로 나섰다.

"너 이놈, 네놈은 하학동下鶴洞 사는 김가 놈이지야? 네놈 본색을 내가 빤히 알고 있는디, 뭣이 으짜고 으째?"

달주는 말대가리 얼굴을 빤히 건너다봤다. 어디서 본 듯한 얼굴이었다. 찬찬히 보니 알 만한 놈이었다. 전에 *집장사령을 하던 자였다.

"그래, 나도 자네를 알 만하네. 나는 지금까지 조상 뼈다귀 팔아 먹는 놈같이 미운 놈이 없었는디, 오늘 자네들한테는 나도 양반 유세 한번 해야겠네. 세상을 잘못 만나 기왕 세거지世居地를 떠나 낙백

落魄한 처지네마는 자네가 굳이 본색을 들먹인께 말인디 이웃 정읍에 가보게. 우리 선대 함자가 *향안鄕案에 의젓하네. 내가 말을 놓아도 억울할 것 없어."

"허허, 똥싼 주제에 매화타령하고 자빠졌네. 멋이 향안? 그래 아비가 제수하고 *상피相避를 붙여도 그 우라질 향안에만 올랐으면 양반이라더냐?"

말대가리가 잔뜩 비웃는 가락으로 뇌까렸다.

"뭣이, 이 때려죽일 놈!"

달주 눈에는 대번에 불꽃이 튀겼다. 이를 갈며 돌멩이를 찾아 주위를 두리번거렸다. 돌멩이를 하나 주워들었다. 달주 아버지는 4년 전에 터무니없이 상피죄로 끌려가 곤장을 맞고 그 장독杖毒으로 죽었다. 그 소리를 되새겨오자 달주는 대번에 눈알이 뒤집히고 말았다.

"이놈 꼼짝 마라!"

두 놈이 창을 겨누며 대들었다. 달주는 얼결에 두어 걸음 뒤로 물러서며 날쌔게 발밑에서 돌멩이를 하나 더 주워들었다. 돌멩이를 양손에 하나씩 나눠 쥐었다. 달주는 여차하면 던질 자세로 허리를 굽히며 한 걸음씩 뒤로 물러섰다.

"뒈져도 원망 않겠지?"

달주가 을렀다. 달주의 눈에서는 시퍼렇게 살기가 돋아 있었다. 이미 제정신이 아니었다.

"이 쥐만한 새끼, 멋이 어째?"

작자들은 창만 믿고 너무 깔보는 것 같았다. 말대가리 창날이 획 달주 가슴팍으로 들어왔다. 달주는 날쌔게 피했다. 달주는 돌멩이로 말대가리 정수리를 겨냥했다.

　－슛.

　－퍽.

　"억!"

말대가리는 창을 떨어뜨리며 두 손으로 얼굴을 싸안았다. 몸뚱이가 보릿자루처럼 땅바닥에 풀썩 무너졌다.

땅딸보는 대번에 겁을 먹고 한 걸음 물러섰다. 작자는 쓰러진 말대가리와 달주를 다급하게 번갈아 봤다. 달주는 땅딸보 정수리도 겨냥했다. 작자는 한손을 펴서 앞을 막으며 뭐라 고함을 질렀다. 그러나 달주의 귀에는 아무 소리도 들리지 않았다. 핏발 선 눈에는 성난 맹수의 살기뿐이었다.

　－슛.

　－퍽.

　"윽!"

땅딸보도 창을 떨구며 얼굴을 싸안았다. 그러나 말대가리처럼 쓰러지지는 않았다. 달주는 땅에 떨어진 창을 주워 창대로 땅딸보의 뒤통수를 냅다 갈겨버렸다.

　"윽!"

거푸 한 대를 더 갈겼다. 그제야 땅딸보도 그 자리에 맥없이 무너져 앉고 말았다.

달주는 그 자리에 서서 한참 동안 그들을 내려다보고 있었다. 작자들은 도끼 맞고 나자빠진 소처럼 미동도 하지 않았다. 작자들이 부러 그렇게 숭이라도 쓰고 있는 것 같았다. 달주도 손끝 하나 까딱

하지 않고 제자리에 그대로 굳어 그들을 내려다보고만 있었다.

살인.

살인이라는 자각이 들었으나, 그게 얼른 무슨 실감을 몰아오는 것은 아니었다.

"나쁜 자식들!"

달주는 양손을 허리에 올린 채 두 사람을 노려보며 무겁게 뇌었다. 그들이 벌떡 일어나 대들 것만 같았다. 그렇게 대들면 받아칠 자세였다. 달주는 그렇게 한참 노려보고 섰다가 주위를 한번 돌아봤다. 길이나 들판에는 사람은커녕 강아지 새끼 한 마리 보이지 않았다. 어둠이 밀려오고 있었다. 온 세상이 숨을 죽이고 있는 것 같았고, 멀리 동네 집들도 모두 숨을 죽이고 있는 것 같았다.

달주는 땅딸보 코에다 손을 대봤다. 숨이 멎어 있었다. 말대가리 코에도 손을 대봤다. 역시 멎어 있었다. 금방까지 펄펄 날뛰던 자들이 이렇게 어이없이 숨이 멎다니 꼭 무슨 장난 같았다. 놈들이 금방 악을 쓰며 벌떡 일어나지 않나 싶었다. 얼른 그렇게 일어나 주었으면 싶었다. 설사 죽더라도 서로 붙잡고 늘어져 물고 뜯고 뒹굴며 피투성이가 되게 싸우다 죽었으면 싶었다. 그때는 누가 죽든 그것은 아무 상관도 없을 것 같았다.

어둠이 점점 짙어지고 있었다. 한판 승부의 막이 이렇게 내려지고 있는 것같이 느껴졌다.

"나쁜 놈들!"

달주는 작자들을 향해 다시 이를 악물며 이죽거렸다. 사람을 죽였다는 실감에 뒤미쳐 올 *혼겁이 무서웠다. 그 혼겁을 몰아내려면 이를 갈아 아까 그 살기를 되살려야 한다고 생각했다.

만약 그 혼겁이 몰려들어 자기를 덮쳐버리면 자기도 저 작자들처럼 이 자리에 폭삭 꼬꾸라질지 모를 일이었다. 찬물처럼 맑은 머릿속에는 이런 계산이 치밀하게 돌아가고 있었다.

살인을 한 뒤가 이런 것인가? 겁이 나는 것도 아니고 정신이 어지러운 것도 아니었다. 도대체 이건 너무 의외였다. 사람을 죽이고 나면 겁에 질려 제정신이 아닐 것으로 생각되었고, 어디서 와광쾅 벼락이라도 떨어질 줄 알았는데, 전혀 그렇지가 않았다.

달주는 어서 이 자리를 떠나야 한다고 생각했다. 그러나 쉽게 몸을 움직일 수가 없었다. 조금만 움직이면 갑자기 땅덩어리가 악을 쓰며 벌떡 일어날 것 같았다. 조심스럽게 주위를 돌아봤다. 강아지 새끼 한 마리 없는 들판은 꺼질 것 같이 조용했다. 저쪽 마을 집들도 아까보다 더 무겁게 숨을 죽이고 있는 것 같았다.

저만치 뒹굴고 있는 꿩으로 눈이 갔다. 저걸 가지고 가야 한다고 생각했다. 버리기 아까워서가 아니었다. 그만큼 태연해야 한다고 생각했기 때문이다. 한 발을 옮겨봤다. 땅덩어리가 움직이지 않았다. 거듭 옮겼다. 아무렇지도 않았다. 꿩을 집어들었다. 차고 물컹했다. 진저리가 쳐졌다. 하마터면 내던져버릴 뻔했다. 마치 죽은 자의 시체라도 주무르는 느낌이었다. 등줄기에 찬물이 주욱주욱 줄을 긋는 것 같았다. 진저리를 지긋이 견디며 꿩 쥔 손에 힘을 주었다. 이걸 놔버리면 그 순간 폭삭 주저앉고 말 것 같았다. 짚북데기에 꿩을 뭉뚱그렸다. 침착하게 봇짐을 끌러 꿩을 쌌다. 끈을 질끈질끈 묶었다. 자기 마음을 그렇게 단단히 묶듯 꽁꽁 동여맸다. 봇짐을 등에 짊어졌다.

시체를 한번 노려본 다음 돌아섰다. 들판은 점점 어두워지고 있었다. 어서 어둠이 자기 몸뚱이를 감싸줬으면 싶었다. 뛰어야 한다고 생각했다. 그러나 뛰기만 하면 뒤에서 뭣이 목덜미를 낚아채버릴 것 같았다. 뚜벅뚜벅 침착하게 발을 옮겨놓고 있었다. 자신을 겨냥하고 있는 무슨 총구 앞으로 다가가고 있는 것 같기도 했다.

걸음이 빨라지고 있었다. 두 번째 산굽이를 돌던 달주는 우뚝 걸음을 멈췄다. 앞에서 사람이 오고 있었다. 등에 무얼 진 사내 하나가 고개를 푹 숙인 채 다가오고 있었다. 이쪽을 본 것 같지는 않았다. 달주는 길가 덤불 뒤로 살풋 몸을 숨겼다. 사내는 콧노래를 흥얼거리며 다가오고 있었다. 등에 진 것은 엿목판이 아닌가 했다. 그러나 가까이 보니 엿장수가 아니었다. 저쪽 마을 은선리隱仙里에 사는 박목수였다. 등에 진 것은 연장궤였다. 어디서 목수일을 끝내고 오는 모양이었다. 몇 년 전에 달주네 집을 짓기도 했던 사람이었다. 농담 잘하고 인정 많은 사람이었다. 달주의 아버지하고도 유별나게 친한 사이였다.

달주는 그대로 뛰어나가 박목수를 덥석 끌어안고 싶은 충동을 느꼈다. 박목수래서만이 아니었다. 누구든 사람이면, 사람이 아니고 아무거나 산 것이면 그만이었다. 달주는 숨을 죽이고 박목수가 지나가는 것을 보고 있었다. 박목수가 저만치 가는 것을 기다렸다가 길로 나섰다.

달주는 내닫기 시작했다. 이내 조소리鳥巢里에 이르렀다. 5리가 넘는 길을 어떻게 왔는지 몰랐다. 조소리 앞 잔등에 서자 새삼스럽게 공포가 엄습했다. 심한 갈증에 침을 삼키려 했으나 입안이 뻐쩍 말라 목구멍이 찢어질 것 같은 통증만 느껴졌다.

조소리 집집마다 밝혀 있는 불빛들이 유난히 아늑하게 느껴졌다. 아무 집에나 뛰어들어 저 포근한 불빛 속에, 아니 오순도순 앉아 있는 사람들 속에 비집어들고 싶었다. 그러나 어둠 속에 웅크리고 있는 저 집들은 사람을 죽인 자기는 완강하게 거부할 것 같았다. 저 평화로운 집들은 사람을 죽이지 않은 사람만 용납할 것 같았다. 그게 아니라고 악을 쓰고 싶었으나, 그러면 그럴수록 더 완강하게 등을 돌려버릴 것만 같았다.

달주는 숨을 죽이며 골목으로 스며들었다. 전봉준 집 사립문 앞에 섰다. 흙담 너머로 불빛이 환했다. 길에 면한 사랑방에서 사람 소리가 났다. *거쿨진 웃음소리도 흘러나왔다. 낯선 목소리들이었다.

사립께서 한참 서성거리고 있었다. 사립문을 밀치고 들어섰다. 그때 마침 사랑방 문이 열렸다. 안에서 쏟아져나온 불빛에 비치는 모습이 전봉준이었다. 달주는 마당으로 성큼 들어섰다. 이끌리듯 전봉준 앞으로 다가섰다.

"훈장님!"

달주가 전봉준의 팔을 덥석 붙잡았다. 달주는 자기 입에서 이렇게 말이 나온 것이 경황 중에도 신기하게 느껴졌고, 이제 살았다는 안도감이 들었다.

"왜 이러느냐?"

전봉준은 달주의 심상찮은 태도에, 잠시 사이를 두었다가 침착하게 물었다.

"후, 훈장님!"

목소리가 떨리고 팔을 잡은 손도 부들부들 떨렸다.

"무슨 일이냐?"

전봉준은 침착한 목소리로 속삭이듯 물었다.

"사, 사람을 죽였습니다."

달주는 새삼스럽게 진저리가 쳐졌다.

"사람을?"

"예, 나졸을, 두 사람이나."

"나졸을 두 사람이나? 어디서?"

"운학동 앞 도리깨고개 못 미쳐서요."

"도리깨고개? 거긴 뭣 하러 갔더냐?"

"아버님 묘에 성묘하고 오느라고 그쪽으로 돌아오는 길이었습니다."

"나졸을 둘이나 어떻게?"

"돌팔매로요."

"뒤에 쫓는 사람은 없느냐?"

"없습니다. 아무도 저를 본 사람은 없습니다."

"진정해라. 우선 마음부터 차근히 가라앉혀!"

전봉준은 땀이 흥건한 달주의 등을 가볍게 다독거려 놓고 부엌 쪽으로 돌아섰다. 바가지에 물을 가득 떠왔다. 달주는 나꿔채듯 바가지를 받아 벌컥벌컥 들이켰다. 목구멍으로 물 넘어가는 소리가 마른 논에 물 들어가는 소리였다.

"세수도 좀 해라."

전봉준은 바가지에 다시 물을 떠서 들고 *뒤안 쪽으로 몇 발짝 가다가 납작한 나무세수통에 부었다. 달주는 댓돌 위에 괴나리봇짐을 벗어놓고 세수를 했다.

전봉준은 마치 이런 일을 미리 예상이라도 하고 있었던 사람처럼 전혀 당황하는 기색이 없었다. 오늘따라 전봉준의 땅딸막한 체구가 커다란 바윗덩어리같이 든든하게 느껴졌다. 그 바윗덩어리를 열고 자기를 그 안에 포근하게 감싸주는 것 같았다. 어디 허허벌판의 폭풍우 속을 헤매다가 집안에 들어온 것 같은 안도감이 느껴졌다.

"들어가자!"

전봉준은 사랑방을 향해 달주의 등을 밀었다. 달주는 주춤했다.

"괜찮다."

사랑방 문을 열며 거듭 등을 떠밀었다. 방에는 장정 두 사람이 앉아 있다가 달주를 건너다봤다. 달주는 밋밋이 몸을 들여놓으며 두 장정을 번갈아 살폈다. 달주는 붙잡혀온 들짐승처럼 그들을 건너다보며 잠시 엉거주춤 서 있었다.

"앉아라. 이 분들은 그러지 않아도 너를 딸려 보내려던 이들이다. 마음 놓고 의논을 할 수 있는 분들이다. 안심해라."

전봉준은 침착한 목소리로 달주를 안심시켰다.

"이 아이가 아까 내가 말한 젊은이오. 그런데 오다가 난처한 일을 저지른 것 같소. 군아의 나졸들을 해친 모양이오."

전봉준은 대수롭지 않은 목소리로 말했다.

"나졸들을 해치다니, 죽였단 말이오?"

얼굴이 깡마르고 광대뼈가 툭 튀어나온 사내가 성급하게 물었다.

전봉준은 고개를 끄덕였다.

"둘이나 해쳤다는데, 다행히 본 사람은 없는 모양이오마는……."

"나졸을 둘이나?"

광대뼈는 벌린 입을 닫지 못했다.

달주는 잔뜩 겁먹은 표정으로 광대뼈와 그 곁에 말없이 앉아 있는 사람을 번갈아 봤다. 곁에 앉아 있는 사람은 40대 중반으로 광대뼈보다는 여남은 살 위로 보였다. 그러나 그는 광대뼈하고는 달리 몸가짐이 여간 *드레져 보이지 않았다. 광대뼈가 저잣거리 건달이라면 그는 신수 좋은 시골 선비 같았다.

"그래, 그놈들을 두 놈씩이나 어떻게 해치웠나?"

광대뼈가 한걸음 다가앉으며 다그쳤다. 한잔 마신 듯 얼굴이 불쾌했다.

"이크, 이게 뭐야?"

광대뼈가 달주의 괴나리봇짐을 밀치다가 기겁을 했다. 물컹한 봇짐 밑에서 벌겋게 피가 배어나고 있었다. 나졸 모가지라도 잘라 싸 짊어진 것으로 안 모양이었다.

"그게 아닙니다. 꿩입니다."

달주가 봇짐을 끌어당기며 다급하게 말했다. 얼른 봇짐을 풀었다.

"이건 또 웬 꿩이야?"

광대뼈가 물었다.

"오다가 잡았습니다, 돌팔매로."

"돌팔매로 꿩을 잡아?"

"예, 이걸 그 사람들이 빼앗으려고 찌거리를 붙는 바람에 티격이 붙어 그렇게 됐습니다."

달주는 그자들을 해치운 경위를 대강 늘어놨다.

"그러니까, 한 놈은 돌팔매로 대번에 작살을 내고 또 한 놈도 반은 역시 돌팔매로 작살을 냈다, 이 말인가?"

광대뼈가 놀라 물었다.

"그 작자들이 이 꿩을 빼앗으려고 괜시리 찌거리를 붙여 돌아가신 제 아버님을 들먹이는 바람에 제정신이 아니었습니다."

전봉준은 달주아버지가 억울하게 죽은 사연을 간단히 말했다.

"미친놈들이 명을 재촉했구만. 잘 해치웠네."

광대뼈가 역성을 들고 나왔다.

"상피란 소리를 듣자 정말, 아무것도 눈에 뵈지 않았습니다."

달주가 변명하듯 거듭 뇌었다.

"잘 해줬어. 하여간 기막힌 솜씨를 지녔구만. 날으는 꿩을 때려잡고, 창든 나졸을 두 놈이나 눕히다니, 이건 그냥 호랑이 새끼가 아니라 날개까지 달렸구먼. 허허, 그리고 보니 접주님께서는 대단한 호랑이 새끼를 기르고 계셨구려."

광대뼈는 대견해 못 견디는 표정이었다. 사람의 목숨이나 이 뒤로 일어날 일 따위는 조금도 안중에 없고 나졸을 둘이나 해치웠다는 사실에만 들떠버리고 말았다.

"바로 이 옆이 길일세."

전봉준은 광대뼈 목소리가 너무 커지자 가볍게 주의를 주었다. 길가 쪽으로는 밑에서 여닫게 된 대오리 창살문이 중방에 매달려 있었다.

"나졸들이 둘이나 상했으면 뒤가 여간 시끄럽지 않을 것 같은데, 어떻게 했으면 좋겠소?"

전봉준이 두 사람을 번갈아 보며 물었다.

"어떻게나마나 방도는 뻔하잖습니까? 코피 쏟아지는 데는 틀어 막는 것이 수고, 죄진 놈은 주走자가 수지요. 주자를 놓으려면 배에 다 술이든 밥이든 그들먹하게 실어야 합니다. 우선 저 꿩부터 삶고 아까 마시던 탁배기 남았으면 마저 가져오십시오."

광대뼈가 호기를 부렸다. 달주는 저쪽 사내의 얼굴을 건너다봤다. 그는 여전히 덤덤한 표정으로 말없이 앉아 있을 뿐이었다. 달주는 금방 나졸들이 덮쳐오지 않나 뒤가 *졸밋거려 *부쩌지를 못하겠는데, 죽치고 앉아 꿩을 삶아 먹고 가자니 속이 바지직바지직 탔다. 그러나 참견하고 나서기도 경망스러워 다급한 마음을 누를 수밖에 없었다.

"인사드려라. 이 분은 김덕호金德鎬 씨고, 이 분은 임군한任軍漢 씨다."

전봉준은 새삼스럽게 그들에게 인사를 시켰다.

"김달주라고 합니다."

달주는 일어나 두 사람 앞에 너부죽이 절을 했다. 전봉준은 꿩을 들고 밖으로 나갔다.

"나는 맡을 임자 임가에다, 이름자로는 좀 *별쭝맞네마는, 군사 군자, 놈 한자를 쓰네."

임군한은 껄껄 웃었다.

"저이는 한때 경강京江에서 물산객주로 장안을 주름잡던 분일세마는 지금은 그 이재理財를 더 크게 쓰고 계시는 분일세. 동학교단에 임직任職을 가지고 계시는 것은 아니네마는, 도주道主 해월海月 선생께서는 중앙법소의 교장敎長이나 교수敎授보다 더 위로 대접하시는 분이네. 그러면서도 우리 같은 건달패와도 이렇게 얼려다니니 달인이라 해둘까?"

임군한은 알쏭달쏭한 소리로 너스레를 떨었다.

"변을 낸 데가 어디쯤인가?"

처음으로 김덕호가 입을 열었다. 목소리가 여간 잔잔하지 않았다.

"여기서 고부 읍내 가는 길은 두 길이 있습니다. 한 길은 곧장 가는 길로 조금 가깝기는 하지만 재를 하나 넘어야 하고, 또 한 길은 제가 변을 낸 운학동이란 동네 앞을 지나는 길입니다. 제 집은 곧장 가는 길 재 밑에 있는 동넨디, 아버님 산소가 그쪽에 있어 성묘를 하고 그리 오다가 변을 내고 말았습니다. 그 길로 고부까지는 20리쯤 되는디, 제가 변을 낸 데는 여기서 가자면 5리가 조금 못 미치는 뎁니다."

달주는 떠듬떠듬 설명을 했다.

"그때 본 사람은 없었다고?"

"예, 인적이 드문 곳인데다 날이 어두워지고 있어 아무도 본 사람은 없었습니다. 여기까지 오는 사이에도 용케 만난 사람이 하나도 없었습니다."

"그건 다행일세만……."

김덕호는 고개를 끄덕였으나 어두운 얼굴이었다.

"범 가는 데 바람 가더라고 우리같이 원체 살센 사람들하고 연을 맺게 됐으니 미리 액막이로 그런 탈이 난 걸세. 염려 말게."

임군한은 노상 큰소리였다.

달주는 이 사람들이 어떤 사람들인가 새삼스럽게 궁금했다. 유독 임군한이 어떤 사람인가 싶었다. 이름자 속에 군자가 든 것은 스스로 별쭝맞다 했으니 그렇다 치고, 건달패라고 *들떼놓고 *왜장치는 것이 처음에는 괜히 허풍으로 *괘사를 더는 것이 아닌가 했으나, 외모나 말하는 품이 예사 사람이 아닌 것 같았다. 물같이 잔잔한 김덕호와 얼려다니는 것부터가 그랬다. 전봉준은 이런 사람들과 언제부터 이렇게 깊은 연을 맺어왔던가 두루 알 수 없는 일이었다.

전봉준이 먼 길을 떠날 준비를 하고 오라던 전갈이나, 또 아까 자기를 딸려보내려던 분들이라는 말로 미루어 이들과 함께 어디 먼 데를 가라고 할 모양인데, 어디를 가라는 것인지 새삼스럽게 궁금하지 않을 수 없었다. 살변을 낸 자신의 지금 형편으로서는 당장 목숨 도모가 다급한 판이라 이런 듬직한 사람들을 따라 어디로든 도망친다는 것은 그것만으로도 여간 다행한 일이 아니었으나, 이들 신분이 아리송하다 보니 자기 앞에 도사리고 있는 일이 심상찮을 것 같아 긴장이 느껴졌다.

"집안 사정은 대충 들었네마는 나이가 몇인가?"

김덕호가 물었다.

"열여덟입니다."

"미장전이라지?"

"예."

그때 임군한이 나섰다.

"아무리 미장전이기로서니, 나이 열여덟에 이만한 헌헌장부가 댕기꼬리를 늘어뜨리고 다닌대서야, 꼴도 꼴이려니와 우선 행세가 수월찮네. 오늘 저녁에 외상으로 상투를 올리세. 이제 새 세상으로 뛰어드는 판이니 올챙이가 꼬리를 자르고 개구리가 되는 걸세."

밖에서 사람 소리가 났다. 달주는 가슴이 쿵했다. 귀를 쫑그렸다. 누가 술을 받아오는 모양이었다. 달주는 후유 한숨을 내쉬었다.

"염려 말게. 설사 누가 그때 곧바로 관가에 발고를 했다 하더라도 거기서 고부 군아까지는 10리가 넘는 길, 놈들이 제정신을 차려 *거미줄을 늘이자면 삼경도 더 지나야 할 걸세. 더구나 아무도 본 사람이 없다니 그놈들이 귀신이 아닌 다음에야 여길 덮칠 까닭도 없고, 우리가 가는 길목에는 날샌 다음에나 기찰이 있을 걸세. 졸밋거린다고 지금 서두는 것은 득책이 아닐세. 초저녁이라 길에서 사람을 만날 염려가 있어. 지긋이 밑을 누르고 있다가 삼경쯤, 길에 인적을 재운 뒤에 떠나세."

김덕호가 담담하게 말했다.

그때 전봉준이 들어왔다.

"아무리 호랑이 새끼더라도 *떠꺼머리로서야 매사에 행세가 궁할 것 같소. *외자상투를 올립시다. *배코칼 어딨습니까?"

전봉준은 고개를 끄덕이며 시렁에서 배코칼을 찾아 주었다. 임군한은 그 자리에서 달주의 댕기를 풀어 *배코를 치고 상투를 틀어올렸다.

"*동곳 하나 없습니까?"

전봉준은 끝이 도막난 주석 동곳을 하나 찾아왔다.

"허허, 상투를 올려노니 두세 살은 돋보이는군."

임군한은 살인 따위는 이미 까맣게 잊어버린 것 같았다.

"이만한 풍신에 호적 치례를 제대로 했더라면 촌놈들한테 못된 호령깨나 치고 살았겠다."

임군한은 달주의 모습을 이리저리 맵슬러보며 *농투산이 잘된 곡식 추듯 노상 대견해 못 견뎠다.

"동곳이 좀 궁상맞네마는 김덕호 씨하고 혹시 도주님을 뵈는 일이 있으면 은동곳 하나는 틀림없네."

최시형崔時亨은 마음에 드는 교도를 만나면 은동곳을 하나씩 내린다는 말을 듣고 있었다. 그건 교도에 대한 신임을 뜻하는 것으로 이만저만 영광이 아니라는 것이었다.

술상이 들어왔다. 숭덩숭덩 썰어 넣은 배추김치에 큼직큼직하게 고추를 찢어 넣어 볶은 꿩고기가 뚝배기에 그들먹했다. 탁배기도, 팡파짐한 옹배기가 술에 띄운 표주박이 운두쯤에서 달랑거리게 *치문했다.

달주가 다가앉아 술을 쳤다.

"아까는 예사로 술을 보챘더니 받아놓고 보니 그럴싸한 술자리가 됐습니다그려. 안주가 별난 것도 별난 것이지마는, 이만큼 겹겹으로 뜻이 겹친 술자리도 쉽잖겠소. 처음 만난 정배주에 집 떠나는 이별주에다, 신부는 없지마는 상투 올린 합환주라, 하하."

임군한의 너스레에 모두 조용히 웃었다. 김덕호가 술을 쭉 들이켜고 나서 잔을 달주한테 권했다. 달주는 무릎을 꿇고 술잔을 받았다.

전봉준이 이내 입을 열었다.

"너를 달래 오란 것이 아니고 이제부터 이 김덕호 어른 일을 좀 거들라고 오란 것이다. 이분한테 항상 매여만 있으라는 소리는 아니고 이분들이 나한테 통기할 일이 잦으니 실은 그 일이 더 많을지 모르겠다. 너도 이미 나한테 그런 뜻을 비쳤지만, 이제 논 한 뙈지기 없는 터수에 *비패런 촌에 붙박혀 있어봐야 뻔한 일 아니냐. 그런다고 들어앉아 차근히 글공부할 형편도 못되고 달리 길을 찾는 것이 나을 것 같아 내가 결정을 했다. 생각이 깊고 도량이 크신 분이다. 이끄는 대로 따르면 장부의 도리에 어긋남이 없을 것이다. 뜻을 크게 가지고 이분을 따라다니며 일을 거들면서 두루 세상 물정도 익히도록 해라."

전봉준의 말은 잔잔했다. 조금 말을 크게 하면 쇳소리로 카랑카랑한 말씨였으나 낮은 소리로 말을 할 때는 그렇게 잔잔할 수가 없었다.

술과 밥을 그들먹하게 먹은 다음 일행은 삼경이 지나 집을 떠났다.

"달이 있으니 길이 잘 붙겠소. 금구를 거쳐 놓아가면 늦은 아침잠에는 삼례에 닿을 거요."

마을을 벗어나 들길에 나서자 임군한이 입을 열었다.

"여기서 삼례가 몇 리길래?"

"쫓기는 발길이 그쯤 휘지 못한대서야 말이 됩니까? 다녀본 가늠이 있습니다."

열여드레 달이 중천에 덩실했다. 사기접시 같은 달이 구름발을 헤치며 어지럽게 달려가고 세 장한의 발걸음도 달처럼 빨랐다. 밤길에는 달만큼 다정한 길동무도 없는 법인데, 달주는 뒤가 사뭇 켕기는 판이라 달이 구름 속에 가렸다가 얼굴을 내밀 때마다 실없이 몸이 오그라졌다.

맨꽁무니에 붙은 달주는 자꾸 뒤를 돌아봤다. 누가 쫓아올까 싶어서만이 아니라 고향을 떠나는 아쉬움이 컸다. 천태산과 두승산이 서편 하늘 아래 말없이 웅크리고 있었다.

"고을이 발칵 뒤집히겠지요?"

만석보를 지나면서 달주가 입을 열었다.

"벙거지가 두 놈이나 작살이 났으니 요란스럽겠지."

앞장을 서 가던 임군한이 받았다.

"애먼 사람이 너무 다칠 것 같아 뒤가 당깁니다."

달주가 기어들어가는 소리로 이죽거렸다.

"뭐, 애먼 사람? 그따위 물러터진 생각일랑 이밥에서 벌레 추려 내듯 내던져!"

임군한은 무슨 모욕이라도 당한 듯 언성을 버럭 높이며 그 자리에 발을 멈췄다. 그는 김덕호를 앞으로 보내고 뒤로 처졌다. 길이 넓어 달주와 나란히 섰다.

"세상을 제 앞 하나만 가리면서 좀스럽게 살자면 몰라도 이 못된 세상을 염려하는 장부라면 그 따위 일에 *콩팔칠팔 세삼육, *곰상스럽게 마음이 걸리다가는 아무 일도 못하네. 더러는 죄없는 놈을 죽여야 할 때도 있고, 그런 죄를 생판 애먼 놈한테 뒤집어씌워야 할 때도 있어. 제 배때기 불리기 위한 것이라면 그런 게 다 못된 짓이지만 큰일을 하자면 그런 일이 얼마든지 있는 걸세. 이제부터 세상을 *도깨비 가시덤불 헤치듯 내달아야지 외곬으로 올곧게만 가려다가는 한 발자국도 제대로 못 내딛고 넘어지네. 밤낮 공자왈 맹자왈, 천리와 도덕을

84

외고 있는 꽁생원들도 풀벌레 밟아 죽이는 것쯤 예사 아닌가?"

임군한의 목소리는 농을 지껄일 때와는 달리 단호했다. 달주는 대거리하지 않았다. 그러나 자기가 저지른 살변이 얼마나 무서운 폭풍을 이 고을에 몰아올 것인가 생각하면 몸서리가 쳐졌다. 애먼 사람들이 수없이 관가에 끌려가 피나무껍질 벗겨지듯 곤욕을 치를 것은 불을 보듯 빤한 일이었다. 그런 끔찍한 일을 저질러놓고 나 몰라라 이렇게 도망친다 생각하면 마음이 짓눌려 견딜 수가 없었다. 특히 박목수가 마음에 걸렸다. 그렇게 고지식한 사람은 아니었으나, 놀란 김에 그 길로 관가에 쫓아가 발고라도 했다면 되레 그것이 빌미가 되어 무사하지 못할 것같이 느껴지기도 했다.

"자네가 아까 애먼 사람이라고 했네마는 따지고 보면 모두 애먼 사람들이 아닐세. 모두가 애먼 매를 맞아도 싼 사람들이야. 백성이 하나하나가 사람 같으면 그놈들이 그 꼴로 험하게 뜯어가고 건듯하면 잡다 패겠나? 그런 일을 당하면 너 죽고 나 죽자고 대들어봐. 민란이 일어났던 데를 가보게. 백성한테 그렇게 한번 당하고 나면 수령이나 이서배吏胥輩들이 겉으로는 큰소리치지만 속으로는 백성 눈치 보느라고 슬슬 배돌아. 작년만 하더라도 제주하고 수원에서 터졌고, 금년 들어서도 강원도 고성, 함경도 함흥하고 덕원에서 터지지 않았나? 자네는 지금 그런 끔찍한 일을 처음 저질렀으니 당장 애먼 사람 당할 것만 생각하고 거기 마음이 거릴 법하네마는, 길게 보면 그게 되레 약이 될 걸세. 죄인을 잡자니 당장은 그놈들도 미친개 날뛰듯 하겠지만, 제놈들 목숨도 언제 그 꼴이 될지 모른다 싶어 겁을 먹잖겠어? 또 백성은 백성대로 애먼 매를 맞고 나면 그만큼 앙심을 먹을 것이니, 그런 앙심이 쌓이고 쌓이면 그게 내중에 곪아터지게 된다 이 말일세. 형님, 제 말이 틀렸습니까?"

임군한은 혼자 너무 떠든 것이 머쓱했던지 말없이 앞서가는 김덕호에게 동의를 청했다.

"자네 말이야, 말말이 공자왈이지."

"고리삭은 문선왕文宣王은 왜 또 모셔옵니까?"

"*이치가 퉁겨논 먹줄이나 갖다 댈 데가 거기밖에 더 있나?"

"허허, 치사가 너무 요란합니다."

"자네들 풍속에도 그런 겸양이 있었던가?"

김덕호는 익살이 꽤나 구수했다.

"그런 섭섭한 말씀이 어딨습니까? 우리 식구들이 이름이 글러 도척이지 의리하고 겸양 빼면 뭐가 남겠소? 사모 쓴 도적놈들에 대면 양반 중에서 상양반이지요."

"가만있자. 그리고 보니 금년이 임진년(壬辰年 1892), 임오군란이 일어난 지도 벌써 10년이나 됐군."

김덕호는 무엇을 생각했는지 갑자기 임오군란을 들먹였다.

"그렇습니다. 아무것도 해논 일 없이 10년 동안 세월만 죽였구려."

임군한은 지난 세월을 돌아보는 듯 말씨에 애조를 띠었다.

"자네는 무슨 말인지 모를 걸세만 가만한 내력이 있어 하는 소릴세."

임군한은 말을 이었다.

"실은 내 성은 임가가 아니고 박갈세. 이름도 본이름은 따로 있어. 임군한은 임오군란에서 따온 이름일세. 임군한이란 임壬오군軍

란에 참가했던 놈漢이란 소리지. 그런데, 임王 자 성씨는 없어 거기다 인변에 붙여 맡을 임任 자 임가로 쓰고 있네."

임군한은 실없이 큰소리로 껄껄 웃었다.

"나는 임오군란 때 무위영武衛營 훈련도감 소속 군졸이었네. 왜놈들이 가르치던 별기군別技軍이란 신식군대 때문에 더 괄시를 받던 구식군대 말일세. 썩은 쌀에다 모래까지 섞은 쌀이나 먹고 살던 그 구식군대였어."

임군한은 먼지 날리는 소리로 혼자 푸푸 웃었다.

"임오군란이란 게 그 모래 섞은 쌀 까탈로 일어나지 않았나? 열석 달이나 밀렸던 봉급미가 나왔다고 해서 쌀자루를 들고 거지떼 꼴로 쫓아갔더니 우선 *마사니란 놈 말질하는 솜씨 한번 보게. *평미레질을 한다고 평미레로 말 운두를 깎는데, 그냥 깎는 것이 아니고 말을 기울여 반쯤 퍼내는 거야. 그나마 받고 보니 쌀 명색이란 것이 반은 모랠세그려. 그게 여기 호남지방에서 실어온 쌀이었다는데 자네가 여기 살았으니 말이네마는 이 지방 사람들이 세미 바칠 때 모래 섞어 바쳤던가? 열석 달 동안이나 봉급미를 못 받고도 군대란 것이 군율 하나로 영에 매어 사는 것이라 속이 상해 곯아터져도, 곯은 창자를 두 벌 세 벌로 젓 담으며 참아왔었네마는 모래 섞은 쌀을 받고 보니 대번에 눈에 쌍심지가 돋더라구. 마사니 놈들부터 댓바람에 때려눕혔지. 당장 창고부터 불을 싸질러버리자고 설치는 축들이 있었지만, 곁에서 말리는 사람이 있어 참았었네. 그렇게 참았는데도 놈들이 우리 군졸들 가운데서 앞장섰던 사람들을 여남은 명이나 붙잡아가지 않겠는가? 그 사람들을 내노라고 아우성을 치자 선혜청宣惠

廳 당상 민겸호閔謙鎬란 자는 되레 꽝꽝 큰소리를 치며 난동자들을 모두 사형에 처한다고 얼러메네그랴. 그 소리에 군졸들이 반 미쳐버렸어. 너 죽고 나 죽자고 날뛰었지. 닥치는 대로 찌르고 죽이고 불을 질렀어. 나는 얼마나 정신없이 날뛰었던지, 그렇게 날뛰다가 이틀 만이던가, 어디서 자다가 아침에 깨어보니 뉘 집 담장 밑인데, 내 꼴이 도무지 꼴이 아니더구만. 신발은 온데간데없고 한쪽 발은 버선까지 벗겨져 발이 온통 피투성이고, 다른쪽 발에는 버선목이 끼어 있긴 한데 그 사이 버선바닥이 다 닳아 버선목만 정강이 쪽으로 한참 기어올라가 토시짝 꼴로 끼어 있네그랴."

임군한은 또 한 번 웃었다.

"신발이 벗겨진 줄도 모르고 버선발로 뛰어다니다가 버선바닥이 다 닳아 목만 발목에 끼어 있었다, 이 말인가?"

김덕호가 웃으며 물었다.

"맞소. 내 곁에는 또 친구 한 놈이 나하고 똑같은 꼴로 곯아떨어져 있는데, 이놈은 입에다 웬 밥덩이를 가득 문 채 입을 헤벌리고 있잖겠소? 이놈이 밥을 처먹다가 관격이 들어 돼진 게 아닌가 했더니 드르렁드르렁 코를 곯고 있잖습니까? 어디서 났던지 밥을 처먹다가 잠에 못 이겨 그대로 곯아떨어지고 만 겁니다."

"허허, 무던히도 뛰어다녔던 모양이군."

"그냥 뛰어다닌 것이 아니라 반 미쳐버린 것입니다. 눈에 보이는 게 없었어요. 아까 나졸들이 자네 아버지 이야기를 할 때 제정신이 아니었다고 했잖았는가? 나는 그때 내 심정으로 미루어 아까 자네 그런 심정을 열 번도 짐작했네. 맨 먼저 때려 부순 것이 동별영東別

蔘 무기고였습니다. 거기서 무기를 손에 드니 죽고 사는 것은 이미 눈에 안 보입디다. 그 길로 쫓아가서 의금부義禁府를 쳐부숴 죄수들을 몽땅 풀어놓고, 그 기세로 경기감영을 습격했습니다. 우리 눈에 가시였던 별기군 교관 호리모토란 놈을 쏴죽이고 서대문으로 몰려가 일본 공사관에 불을 질렀지요. 이제 척신들 씨를 말리자고 척신들 집을 찾아 습격을 했습니다. 그러다가 그 괴수 민비부터 죽여야 한다고 궁중으로 몰려갔지요. 한참 북새질을 치다가 들어보니 민비가 어디로 도망쳐버렸다지 않습니까? 그 소리를 듣자 그때부터 진짜로 미쳐버린 겁니다. 민비를 찾으려고 척신들 집을 몇 바퀴나 돌며 날뛰었는지 모릅니다. 그 난리를 치고 다니며 악다구니는 또 얼마나 썼던지 목이 완전히 잠겨버려 나중에는 목구멍에서 말이 되어 나오질 않습디다. 아까 그 자다 깨난 자리에서 말을 하려고 입을 놀려보니 말이 되어 나오는 게 아니라 빈 대롱에 바람 나가듯 푸푸 마른 바람소리만 나지 않겠습니까? 하하."

"자네 성깔에 그 지경으로 불이 붙었으면 볼만했을 걸세."

"아닌 게 아니라, 그렇게 한바탕 원 없이 북새질을 치고 나니 썩은 창자를 찬물에 헹구고 난 것같이 후련합디다. 허지만, 그것도 일장춘몽, 민빈가 임금님 여편넨가 그 여우 같은 년이 기어나오고 대원군이 청나라로 붙잡혀가고 나니 하루아침에 충신이 역적이 되고 맙디다. 조정에서는 전비를 따지지 않기로 했다고 꼬드깁디다만, 내가 그런 약은 수작에 속을 놈입니까? 조정의 말대로 설사 전비를 크게 따지지 않는다 하더라도 민가들이 다시 힘을 쓰고 나선 다음에야, 그때 제놈들 집을 짓부수며 표나게 날뛰었던 놈들을 가만둘 리가 있겠어요? 뒤도 안 돌아보고 주자를 놨지요."

임군한은 또 한 번 웃었다.

"달주, 내 말 듣고 있나? 그때 나는 결심했네. 민가 일족을 다 쳐
죽이고 왜놈들과 청나라 놈들을 이 땅에서 모조리 쫓아내지 않고는
세상에 돌아가지 않겠다고 말이야. 그래서 이름도 성도 몽땅 갈아버
린 걸세. 세상이 바로잡힐 때까지는 부모도 친척도 다 잊어버리고
살자고 성까지 갈아치운 걸세."

이런 변성명은 그때 당장 한 것이 아니고, 또 그 *사날로 한 것이
아니라 한참 뒤에 그와 처지가 비슷한 사람들이 그렇게 한 것을 본
뜬 것이라 했다. 임진한任晉漢과 임문한任聞漢이 그이들인데, 임진한
은 30년 전인 임술년壬戌年 진주민란에 가담했다가 산에 박혔던 이
고, 임문한은 20년 전 영해·문경 민란에 가담했던 분이란 것이다.
영해·문경 민란은 이필제李弼濟가 동학 교조 최제우 선생 신원伸寃
을 내걸고 일으킨 민란이었다. 그게 실패하자 임문한 씨는 그 이듬
해 임진년壬辰年 문경에서 재기를 도모하다가 사전에 발각되어 가족
이 몽땅 학살을 당했던 사람이라고 했다. 그러니까 임任술년 진晉주
민란에 가담했던 놈漢이래서 임진한, 임任신년 문聞경 민란을 재차
도모했던 놈漢이래서 임문한, 그래 임군한도 임오군란을 업고 거기
꼽사리 끼여 임군한이란 것이다.

임군한은 말을 마치며 한바탕 걸쩍하게 웃었다.

"사건 터진 해가 모두 임자 햇머리들이라 그 음을 따서 임가로 변
성을 한 건데, 그러니까 10년 터울 형제인 셈이지."

임문한은 지금 대둔산大屯山에 산채를 두고 수십 명의 졸개를 거

느리고 있으며, 임진한은 본색을 숨기고 살림을 일궈 평지에서 살고 있다고 했다. 지금 가는 곳이 대둔산이니 내일이면 임문한을 만날 수 있을 거라고 했다.

3. 형문

"모두들 동각으로 나오씨요. 남자들은 전부 나오라고 하요. 군아에서 포교님들이 나오셨소."

느닷없는 외침소리가 숨이 넘어갔다. 동네 제지기 강쇠였다. 아침상을 받고 있던 하학동 사람들은 눈이 둥그레졌다. 밥상머리에서 놀란 눈을 서로 맞대던 사람들은 무슨 일인가, 마루에 올라서서 동각 쪽을 살폈다. 육모방망이와 창을 꼬나쥔 포교와 나졸들이 철릭 자락을 휘뜩이며 골목을 누비고 있었다. 나대는 꼴이 먼발치로 봐도 살기가 시퍼랬다.

"더 큰 소리로 외!"

포교가 강쇠한테 호령을 했다. 강쇠가 다시 숨넘어가는 소리로 악을 썼다.

"너희들은 집집마다 돌아댕김시로 빨랑빨랑 몰아내! 사내 꼴 뒤집어 쓴 놈은 한 놈도 남기지 말고 모두 몰아내!"

눈알이 시뻘겋게 충혈이 된 포교가 나졸들에게 소리를 질렀다. 나졸들은 창을 꼬나쥐고 골목으로 흩어졌다.

"너도 같이 집집마다 돌아댕김시로 몰아내!"

포교가 강쇠한테도 소리를 질렀다. 강쇠도 골목으로 뛰어갔다.

"외기는 당신이 외시오!"

포교가 동임洞任 양찬오梁燦五한테 소리를 질렀다. 강쇠 외는 소리가 시원찮았기 때문에 동임한테 시킨 것 같았다.

"금방 나올 것이오."

양찬오가 늘어진 소리로 대답했다.

"외라는데 뭘 꾸물거리고 있소? 빨리빨리 나오라고 당신이 외란 말이오!"

포교가 양찬오를 윽대겼다.

"걱정 마시오. 다들 금방 나올 것이오."

"외라는디, 먼 잔소리여?"

포교가 방망이로 어르며 깡 고함을 질렀다.

"먼 일인지는 모르겠소마는, 꽹이 할 일 따로 있고 소 할 일 따로 있는 것 아니오? 외는 일은 제지기 소임이오."

양찬오가 늘어진 소리로 대거리를 했다. 경망스럽게 꽥꽥 소리를 질러 외는 일 따위 천한 일을 아무런들 동임 체신에 할 수 있겠느냐는 소리였다.

"뭣이 어째? 우리가 지금 장난하고 있는 줄 아시오? 밤잠 안 자고 뛰어댕기는 것이 무슨 장난인 줄 아냐 말이오?"

포교는 잡아먹을 듯이 악을 썼다. 그때 강쇠가 골목에서 뛰어나오고 있었다.

"이놈, 강쇠야!"

양찬오가 강쇠를 향해 버럭 악을 썼다.

"이놈아, 멀 꾸물거리고 댕기냐? 어서 나오라고 외지 못하냐?"

시어머니한테 당하고 강아지 옆구리 차듯 양찬오는 애먼 강쇠한테 악을 썼다. 불난 집 며느리 싸대듯 정신없이 싸대고 다니던 강쇠는 어느 장단에 춤을 출지 몰라 잠시 *덩둘한 표정이었다.

"얼른얼른 나오라고 하요. 어서들 나오시오."

강쇠가 동네를 향해 악을 썼다.

강쇠는 목이 오른쪽 어깨 위에 붙다시피 굳어버린 병신이라 외는 소리가 시원찮았다. 그는 예사 사람처럼 목을 마음대로 돌릴 수가 없었고, 목을 돌리려면 가슴통과 함께 돌려야 했는데, 목이 그 꼴이라 소리를 지를 때도 제간에는 있는 힘을 다해서 지른다고 지르지만 마치 입에 대롱이라도 대고 지른 것같이 소리가 시원찮았다. 목이 그 꼴이라 별명이 찌그리였다.

동네 사람들이 하나씩 골목에 모습을 드러내기 시작했다. 영문을 모르는 일이라 모두 썰렁한 얼굴들이었다.

"뛰어와요!"

동네 사람들을 향해 포교가 악을 썼다. 눈에 시뻘겋게 독이 오른 포교가 잡아먹을 듯이 악을 쓰자, 내나 나오던 사람들도, 포교의 명령대로 뛰어오기는커녕 되레 무춤무춤 걸음을 멈췄다.

"뛰어오라는디 멀 꾸물거리고 있어!"

포교가 맨 앞에 오고 있는 젊은이 등짝을 육모방망이로 냅다 후려갈겼다. 포교는 그 서슬로 동임을 향했다.

"만당간에, 안 나오고 집구석에 있다가 들키는 놈이 한 놈이라도 있어봐. 어느 놈이든 배때기에 맞창이 나고 말 것인께 동임 당신, 알아서 하시오!"

포교는 잡아먹을 듯이 동임을 을러멨다.

동네 사람들이 거진 모인 것 같았다.

"당신은 가서 동네 사람들 명부를 가져오시오!"

포교가 양찬오에게 명령을 해놓고 동네 사람들을 향했다.

"내 말 똑똑히 듣고 하란 대로 하시오. 만당간에 알랑수를 쓰거나 어물어물했다가는 바로 그 자리가 초상난 자릴 텐께 명심들 하시오!"

포교는 단단히 얼러멘 다음 말을 이었다.

"이중에서 어제 동네 밖으로 한 발짝이라도 나갔던 사람은 이쪽으로 나서시오. 어디로 무엇하러 갔던 동네 밖으로 나갔던 사람은 다 나와요!"

너무 엉뚱한 소리를 하는 바람에 동네 사람들은 어리둥절한 표정들이었다. 잔뜩 겁먹은 눈으로 서로를 건너다봤다.

"빨리빨리 나와요!"

그러나 아무도 나오는 사람이 없었다.

"아무도 없단 말이오?"

"나는 어지께 도매다리道橋里 서원書院에, 이감역李監役 댁 심부름으로 만득晩得이하고 목기木器를 지고 갔다 왔는디, 그런 사람도 나가사 쓰요?"

강쇠가 포교한테 떠듬떠듬 물었다.

"동네 밖으로 한 발짝만 나갔어도 나오라지 안했어? 만득이는 누구냐?"

"저그 저 이감역 댁 종이오."

그때 만득이가 나왔다.

"이 새꺄, 멋하고 자빠졌어?"

포교가 방망이로 만득이 등짝을 후려갈겼다. 체구가 장승만한 만득이는 육모방망이에도 별로 아파하는 기색이 아니었다.

"우리는 아무 죄도 없소."

강쇠가 다부지게 소리를 질렀다. 자기가 물고 들어간 게 미안했던 모양이었다.

"이 새끼, 뉘 앞에서 큰소리야?"

나졸 하나가 창 자루로 강쇠 배를 꾹 찔렀다. 강쇠는 어쿠 하며 배를 끌어안았다.

"더 없어?"

더 나서는 사람이 없었다.

포교는 동임이 가져온 동네 사람들 명부를 들고 호명을 했다.

한 사람씩 앞으로 불러세워 놓고, 당신 집에 남자가 몇인가, 여기다 나왔는가, 꼬치꼬치 물었다.

"이주호!"

"저기 감역 나립니다."

동임이 동네 한쪽에 덩실한 기와집을 가리켰다. 포교는 그쪽을 한번 돌아보고 그냥 넘어갔다. 또 몇 사람 지나갔다.

"김달주!"

"그 아이는 먼데 나들이 나갔소."

동임이 말했다.

"언제?"

"어제 간 것 같소."

"그 집 식구 아무나 데려와요!"

동임이 사람을 시켰다. 여남은 사람 더 점검을 하고 있을 때 달주 어머니 부안댁이 나왔다.

"아들이 어디 갔소?"

"저기 조소리 사시는 제 훈장님이 어디 심부름을 보낸다고 불러서 갔소."

"어제 언제 집을 나갔소?"

"점심 묵고 나갔소."

"저쪽에 서 있으시오!"

강쇠와 만득이가 서 있는 데를 가리켰다. 동네 사람들을 모두 점검했으나 밖에 나간 사람은 모두 세 사람뿐이었다.

"당신들은 군아까지 가야겠소. 앞서시오!"

"우리가 먼 죄를 졌다고 그러시오?"

강쇠였다.

"잔소리 말고 앞서!"

벙거지들은 그들 세 사람만 데리고 동네를 나가 천치재를 넘어가 버렸다.

운학동 앞 도리깨고개 밑에서 살변이 났다는 소문을 하학동 사람들이 들은 것은 그날 아침 새참 때가 조금 지나서였다.

동네 사람들은 달주 작은아버지 김한준金漢俊의 집으로 몰려들었다. 강쇠 아내 강쇠네와 만득이 아내 유월례六月禮도 새파랗게 질려 달려왔다. 달주 누이동생 남분이 한쪽에 서서 오들오들 떨고 있었다.

남분은 오빠가 설마 그런 끔찍한 일에 관련이 있으랴 싶으면서도 4년 전 아버지 일로 하도 험한 꼴을 당했던 기억이 생생하다 보니 작은 가슴이 참새가슴으로 콩콩거렸다.

"시방 먼 일이 이런 일이 있다요? 살변이 그것이 먼 일이라고 닭 모가지 하나도 못 비트는 사람을 잡아간다요? 아무리 세상이 험한 세상이라고 그래도 쪼깨 멋이 방불해사제, 사람을 보면 몰라서 그런 사람을 다 잡아가냔 말이오?"

강쇠네는 거기 모인 사람들이 무슨 관가 사람들이라도 된 것같이 동네 사람들을 향해 남편 발명이 시퍼랬다.

"죄 없으면 나오겄제. 별일 있겄어?"

곁에서 강쇠네를 위로했다. 감역 댁 드난꾼 태인댁이었다.

"그러제마는 세상에 그 사람들 눈이 어트크롬 생겼관디 강아지 새끼한테 눈 한번도 제대로 못 흘기는 사람을 잡아가냔 말이오? 살변이 그것이 어떤 일이라고 그런 정신없는 사람들이 있으까라우?"

"방정 그만 떨어!"

김한준이 버럭 언성을 높였다. 강쇠네는 무춤했다. 원체 수다스럽고 당돌한 여자였다.

만득이 아내 유월례는 평소에도 남의 집 종답게 입이 뜬 편이라 여기서도 그냥 덤덤하게 서 있었다. 든든한 상전댁을 등에 지고 있으니 돌진 가재로 느긋할 법도 했으나, 평소 다소곳하던 행실대로 겁먹은 눈만 껌벅거리고 있을 뿐이었다.

"감역 댁에서는 그냥 손 개얹고 앉아 있을 참이라던가? 자기들 일 땜새 생사람이 저렇게 끌려갔는디, 내몰라라 천연보살이여?"

김한준한테 무안을 당한 강쇠네는 애먼 유월례를 허옇게 노려보며 닦달이었다.

"가만 있기사 할랍디여."

유월례가 *시르죽은 소리로 이죽거렸다.

"가만히 있잖으면 손을 써도 지금 써사제, 그놈들 서슬에 당할 것 다 당하고 난 담에 뒷북치자는 소린가? 이레 제사에 여드레 병풍이 무슨 소용이여?"

강쇠네는 유월례를 *죽 먹은 개 욱대기듯 시퍼렇게 *잡쥈다.

"그건 그려. 나서도 얼른 나서서 손을 써도 써사제 어물어물하다가는 사또 떠난 뒤에 나팔이제 멋이겄어?"

태인댁이 김한준 눈치를 보며 강쇠네 역성을 들었다.

"맥도 모르고 침통 흔들지 말고 가만히들 있으시오. 일판이 어떻게 돌아가는 줄도 모르는디, 덤벙거린다고 멋이 쉽게 될 성부르요?"

김한준이 큰소리로 거듭 나무랐다.

그들이 잡혀간 뒤 강쇠네는 그 달음으로 감역 집으로 뛰어가 숨넘어가는 소리로 감역한테 말을 했다. 그러나 감역은 죄 없으면 그만이지 생사람 죽이겠느냐고 태연했다.

"정말로 이 일을 으째사 쓰까?"

강쇠네는 발을 동동 굴렀다.

"방정 쪼깨 작작 떨란 말이여."

김한준이 호령을 했다. 유월례는 무슨 일인지 여기 오면 무슨 짐작이라도 할 수 있지 않을까 싶어 따라왔다가 괜히 죄진 꼴이 되고 말았다.

유월례는 종이었으나 얼굴이 여간 예쁘지 않았다. 하학동 삼절三絕이란 우스갯소리를 들을 만큼 얼굴이 절색이었다. 박연폭포, 황진이, 서화담을 이르는 개경 삼절이란 말을 빌어다 누가 우스개로 지어낸 소린데, 그 하학동 삼절이란 이감역 댁 딸 경옥하고, 유월례, 거기다 찌그리 강쇠를 넣어 이르는 소리였다.

강쇠는 그 소리를 들을 때마다 그냥 사람 좋게 헤헤 웃어넘겼는데, 사람들은 그 소리를 하다가 강쇠한테 민망스러우면, 강쇠는 마음씨가 고와 그 곱기가 절색의 얼굴에 진배없으니 그 마음씨를 쳐서 삼절에 넣은 것이라고 둘러대 주기도 했다.

유월례의 얼굴이 예쁜 것을 일컫는 데는 또 하나의 말이 있었다. 그를 처음 본 사람들은 한 번 보고마는 것이 아니라 세 번을 거듭 쳐다본다는 것이다. 처음에는 얼핏 보았다가 너무 예뻐 다시 쳐다보고, 종이란 소리를 듣고 나면 그 얼굴이 종으로는 너무 아까워 또 한 번 쳐다본다는 것이다.

부안댁을 포함한 하학동 세 사람이 군아에 들어서자 여기저기서 호령소리와 비명소리가 낭자하게 터져 나왔다. 무슨 일판인지 두명 쓰고 밤길 걷기로 나졸들한테 끌려온 세 사람은 나졸들의 심상찮은 서슬로 미루어 예삿일이 아니라는 것은 대강 짐작을 하고 있었으나, 정작 군아에 들어와 보니 서릿발 같은 살기에 새삼 간이 오그라 붙었다.

세 사람은 군아 한쪽에 있는 창고로 끌려갔다. 사람을 너무 많이 잡아오는 바람에 전부 옥에다 가둘 수 없는 모양이었다. 여남은 칸 즐비한 곳간 앞에는 문마다 나졸들이 한 사람씩 파수를 서고 있었다. 세 사람을 따로따로 다른 곳간에 집어넣었다.

부안댁이 들어간 곳간에는 여남은 명이 갇혀 있었다. 가마니떼기에 앉았던 사람들이 겁먹은 눈으로 부안댁을 쳐다봤다. 여자가 웬일로 잡혀오는가 싶어 더 놀라는 것 같았다. 한쪽에는 두 장정이 누워 끙끙 앓고 있었고, 사람들이 그 장정한테 붙어 팔다리를 주무르고 있었다. 얻어맞고 늘어진 사람인 듯했다.

"아니, 아주머니가 웬일이오?"

곳간문이 닫히자 저쪽에서 곰방대를 뻐끔거리고 있던 텁석부리 영감이 놀라 물었다.

"오매, 아저씨도 오셨소?"

부안댁도 깜짝 놀랐다.

"아주머니는 왜 잡혀오시오?"

"먼 일인가 시방 영도 상도 모르고 이렇게 잡혀왔소. 먼 일이 일어났는디 이런다요?"

"허허, 그렁께 아주머니도 먼 일로 끌려오신지도 모르고 끌려오셨그만이라?"

텁석부리는 경황 중에도 멀쩡하게 웃었다. 그는 좌중에서 나이가 가장 많았고, 그만큼 여유가 있어 보였다. 나이 같지 않게 앞가슴이

암팡지게 발그라지고 허우대가 *깍짓동만 했다.

"운학동 도리깨고개에서 어제 저녁 살변이 났다요. 나졸들이 둘이나 누구한테 맞아 죽은 모양인디, 그 살범을 잡는다고 시방 이렇게 애먼 사람들을 끌어들이는 것 같소."

"나졸이 둘이나라우?"

부안댁이 깜짝 놀라 물었다.

"그랬다는 것 같소. 그런디 아주머니는 어째서 끌려왔소?"

"아들이 어제 원행을 나갔는디 그 때문에 데려온 것 같소."

그때 곳간 문이 발칵 열렸다. 반 주검이 된 젊은이 하나를 나졸이 던지듯 밀어 넣었다. 젊은이는 제대로 몸을 가누지 못하며 가마니뙈기에 나동그라졌다. 나졸은 그대로 문에 버티고 서서 소리를 질렀다.

"김달식!"

아무도 대답하지 않았다.

"창골衾洞 김달식 없어?"

다시 고함을 질렀다.

"여깄소!"

맨 구석에 박혀 있던 젊은이가 벌떡 일어났다. 마치 나졸의 고함 소리에 퉁겨오르는 것 같았다.

"이놈의 새끼, 뭘 꾸물거리고 있어?"

나졸은 눈알을 부라렸다. 김달식이 나갔다.

방안 사람들은 방금 내던져진 젊은이한테로 달려들어 옷을 벗기며 맞은 데를 주무르기 시작했다. 어깨며 등짝, 엉덩이를 주물렀다. 마치 떡을 빚을 때 한패가 떡판에서 떡을 쳐서 저쪽으로 보내면 그쪽 사람들이 주물러 절편을 만드는 꼴이었다. 관속들이 사람을 곤장으로 노글노글하게 조져 이렇게 던져놓으면 여기서는 또 그 맞은 팔다리를 정신없이 주무르고 있었다.

"아야야!"

한쪽 어깨를 주무르자 젊은이가 죽는다고 비명을 질렀다.

"참고 견디게. 어혈瘀血이 골수로 스며들면 그 병은 편작이 와도 못 여의네."

텁석부리가 달랬다.

"거긴 손대지 마!"

젊은이가 악을 썼다.

"뼈가 상했으까."

텁석부리가 곁으로 갔다. 몇 군데를 눌렀다.

"여근가?"

"아이고 거그요."

"상한 게로구만. 여그는 손대지 말고 다른 데만 주무르게."

영감은 돌아앉아 다시 곰방대에다 *막불겅이를 우겨넣었다. 쌈지에서 부싯돌을 꺼내 수리치 부싯깃을 댔다. 부시를 쳤다. 수리치에 불이 붙었다. 부싯깃을 대통에다 대고 엄지손가락으로 누르며 곰방대를 뻑뻑 빨았다. 이내 자줏빛 연기가 풍성하게 피어올랐다.

"세상이 하도 험해 논께 사람 인연도 기구하요그려. 전에는 바깥어른을 여기서 뵈었더니, 이번에는 아주머니를 또 이 자리에서 뵙다니 세상이 험한 줄을 새삼 알겠소."

텁석부리는 장탄식을 했다.

"글씨 말이오. 그때 어르신께서도 많이 다치셨더라는디, 지금은 몸이 괜찮으신가라우?"

"원체 천한 몸뚱이라 탈도 쉬 붙지 못하는 것 같소. 똥물로 산 셈이지라우. *어헐진 도깨비 개창물 마시듯 한다등마는 아침저녁으로 일삼아서 똥물을 한 사발씩 장복을 했등마는 그것이 제대로 약발이 풀렸던 것 같소. 비가 올라먼 지금도 결리고 쑤시기는 하요마는 크게 탈은 없소. 얼병에는 똥물밖에 약이 없다더니, 그런 것 같습디다. 얻어맞고 살기로 팔자에 타고난 못난 백성한테는 값 안 드는 똥물이 약이기 천만 다행이지라우."

"이번에는 또 어쩌다 여기 오시게 되셨소?"

"까닭이라도 알았으면 발명이라도 하겠소마는, 무작정 끌고 오는 바람에 도둑 만난 소같이 이끄는 대로 끌려왔소. 한번 똥싼 개는 항상 저 개 저 개 하더라고 내가 시방 그 짝이오. 나는 어제 동네 사람들을 데리고 지붕을 이었는디, 내가 무슨 홍길동이라고 한 몸뚱이를 두 개 세 개 나눠 조화라도 부리는 줄 아는 모양이그만이라우."

그때 또 문이 열렸다. 겁먹은 눈들이 문으로 쏠렸다. 마치 저승사자라도 바라보는 눈들이었다. 아까 끌려나갔던 김달식이라는 젊은이를 밀어 넣고 문을 닫았다. 불러내는 사람이 없자 모두 속으로 후유 한숨을 내쉬는 것 같았다. 김달식은 멀쩡했다.

"맞지 않았어?"

곁에서 물었다.

"몇 대 맞았소마는 괜찮소."

"밖에서 누가 인정을 쓴 모냥이제."

104

턱석부리가 말했다.

"인정을 쓴 것이 아니고 나졸을 하나 아는 놈이 있는디 그놈 하라는 대로 했등마는 덜 맞은 것 같소."

"하라는 대로 하다니?"

"무작정 모른다고 잡아떼지만 말고, 그 무렵 그쪽으로 지나가는 사람을 봤으면 봤다고 하라고 합디다. 처음부터 무작정 모른다고 잡아떼기만 하면 매를 사서 맞는다는 것이지라우."

"그래서 자네도 누구를 댔단 말인가?"

턱석부리가 입에서 곰방대를 빼며 퉁명스럽게 물었다.

"어저께 해질 참에 멀리 본께, 그쪽으로 엿장수가 하나 지나가는 것 같습디다. 그래서 그것을 말했지라우."

"그렇다면 모르겠네마는, 그 작자들 앞에서 자기 발명한다고 허튼소리 했다가는 큰코다치네. 잘못하다가 자기가 되감기는 것은 그만두고 애먼 사람 죽인다구. 살인 끝이 어떤 끝이라고 함부로 입을 놀린단 말인가? 그리고 저 작자들 몽둥이질이 명색은 살범을 잡자는 몽둥이질이제마는 한쪽으로는 딴 속이 뻔하잖은가? 돈 나오라고 뜸들이는 몽둥이질이여. 그런 몽둥이 앞에서 그런 어줍잖은 소리 몇 마디가 말하겠어?"

그때 또 문이 열렸다.

"아주머니가 하학동 김달주 모친이오?"

"그라요."

"이리 나오시오."

부안댁은 동헌 저쪽으로 끌려갔다. 비명소리가 여기저기서 터져

나오고 있었다.

　나졸은 부안댁을 한쪽 방으로 밀어 넣었다. 선비상 앞에 깡마른 사내가 앉아 있었다. 호방戶房 은세방殷世邦이었다.

　"아들은 어디 갔소?"

　"조소리 제 훈장님이 어디 심부름 보낸다고 오라고 해서 갔그만 이라우."

　"훈장이 누구요?"

　"전봉준 어른이오."

　"전봉준?"

　호방은 말꼬리를 올리며 눈을 모로 떴다.

　"예."

　부안댁은 조심스럽게 대답했다.

　"어제 집을 나간 것이 어느 짬이오?"

　"점심 먹고 갔소."

　"탑선리나 운학동 들러 간다는 말은 않던가라우?"

　"그런 말은 안합디다."

　그쪽에 아는 사람이 있느냐고 물었다. 모르겠다고 했다. 용모며 차림새 등을 꼬치꼬치 물었다. 핫바지 저고리에 괴나리봇짐을 졌고, 나이는 열여덟이며 얼굴은 잘생긴 편이라고 대답했다.

　"봇짐 속에는 뭣이 들었소?"

　"갈아 신을 버선 한 켤레하고, 찹쌀 미숫가루 한 되를 싸줬소."

　노자는 저쪽에서 줄 것 같아 집에서는 주지 않았다고 했다.

　"봇짐에 또 든 것 없소?"

"더 든 것은 없고 짚신 두 켤레를 봇짐에 매달았소."

"전봉준이 무슨 심부름을 보낸다고 하던가라우?"

"그것은 모르겠소."

"전에도 전봉준이 심부름 보낸 적이 있소?"

"몇 번 있었소."

"어디로 뭣하러 보냈소? 하나하나 다 일러보시오."

"지난봄에는 고창 당촌堂村 그분 일가 댁에 편지 전하고 온 일이 한 번 있는 것 같고, 한번은 정읍 갔다 왔다는 것 같소."

"또?"

"그러고는 잘 모르겠소. 아이가 입이 떠서 먼 이얘기든지 재잘재잘 잘 안해요."

호방은 종이에 적은 것을 챙겨들고 바삐 방을 나갔다. 한 식경이나 지난 다음에 돌아왔다.

호방은 다시 앉아 차근히 새로 종이를 펴들었다.

"지금도 전봉준한테 글을 배우고 있소?"

"작년부터는 겨울철같이 손놀 때만 댕기요. 말목에 지산약방이라고 약방을 하고 기시는 지산양반이란 이가 내고 기시는 서당인디, 전에는 전봉준 어른이 훈장을 했등갑습디다마는, 요새는 다른 일이 바빠 서당에는 잘 안 나오시는갑습디다."

"아들은 언제부터 그 서당에 댕겼소?"

"한 칠팔 년 전부터 댕겼소."

"동네도 서당이 있을 것인디, 어째서 그 먼 데까지 서당을 보냈소?"

"5리도 못 되요."

"미싯가루까지 해가지고 간 것을 보면 쉽게 집에 안 돌아올 모양이지라우?"

"쪼깨 여러 날 걸리겠다고 합디다."

"훈장 심부름은 핑계고 집을 나갈 다른 까닭이 있었지라우?"

"무슨 말씀이오?"

부안댁은 어리둥절한 표정이었다.

"방금 그 동네 강쇠란 놈하고 만득이란 놈 문초를 내가 했소. 다 알고 있소."

부안댁은 호방 얼굴만 건너다보고 있었다.

"그럼 내가 말씀드리까라우? 그 동네에 당신 아들하고 죽자살자하는 처자가 있지라우?"

호방은 음충맞게 웃으며 물었다. 부안댁은 눈이 둥그레졌다.

"사실대로 대시오!"

"그런 것은 나는 모르는 일이오."

"이감역 딸하고 언제부터 그런 사이가 됐소?"

"그 일하고 이 일하고는 아무 상관도 없는 일인디, 멀라고 그런 것을 물으시오?"

"이 일하고 상관이 있는지 없는지 그것은 우리가 가릴 일이오. 부인은 묻는 대로 대답이나 하시오! 지금 저쪽에서 매 맞는 소리 안 들리오? 나는 지금 부인을 크게 대접을 해드리고 있소."

호방은 은근히 공갈을 놨다. 부안댁은 대꾸하지 않았다.

"그 처자가 아주머니 집에도 자주 왔지라우?"

"그 처자 얘기라면 내 입으로는 말 못하겠소."

부안댁은 단호하게 말했다.

"아주머니, 나는 지금 살변을 놓고 살범을 찾고 있는 중이오. 지금 장난하고 있는 줄 아시오?"

호방이 버럭 언성을 높였다.

"지금 그 처자는 다른 데서 혼담이 들어왔소. 그런 처자를 놓고 흠절을 입에 올리라는 말씀이오?"

"알고 있소. 정읍 김진사 댁에서 혼담이 들어와 있다는 것도 다 알고 있어요."

"알고 기시면 멀라고 저한테 물으시오? 말 못하는 나무도 자라나는 나무는 가지를 꺾지 말랬는디, 자식 키우는 사람이 그런 소리를 어뜨코 입에 담겠소?"

"여보시오. 지금 이 사판이 어떤 사판이라고 한가한 소리를 하고 있소? 살변이 났어요, 살변!"

호방은 손바닥으로 책상을 탕 치며 소리를 높였다.

"그런 이야기는 살변하고 아무 상관이 없는 일인께 그 얘기라면 내 입으로는 말 못하겠소."

"상관이 있단 말이오."

호방이 손바닥으로 또 책상을 땅 치며 소리를 질렀다.

"어떻게 상관이 있단 말이오?"

"그것은 당신이 알 일이 아니오."

"아무리 그래도 지 입으로 그 처자 이야기는 못하겠소."

부안댁은 한쪽으로 고개를 돌려버렸다.

"정 그렇게 나오면 당신 딸을 불러오겠소."

"그 일하고 살변하고 무슨 상관이 있다고 주먹만한 애기까지 불러오신단 말이오?"

딸을 불러오겠다는 소리에 부안댁은 기가 죽는 것이 아니라 되레 결이 올라 시퍼렇게 맞섰다.

"여자라고 대접을 해준께 이 여편네가 분수없이 설치네. 정말 제대로 대답 못하겠소?"

"그 처자 말이라면 말 못하겠소."

부안댁은 옆으로 돌아앉으며 단호하게 잘라 말했다.

"사령!"

호방이 자리를 차고 일어나며 꽥 악을 썼다. 문이 벌컥 열렸다. 나졸이 들여다봤다.

"이 여편네 데려다 처넣고, 선걸음으로 하학동 가서 이 여편네 딸 끄집어와!"

호방이 꽝 문을 닫고 나가버렸다.

"일어서시오!"

나졸이 부안댁을 향해 소리를 질렀다. 부안댁은 국 쏟은 꼴로 멍청하게 앉아 있었다. 나졸의 채근을 거듭 받으면서도 부안댁은 그 자리에 망연히 앉아 있었다.

남분이 잡혀온다 생각하니 부안댁은 앞이 캄캄했다. 그 어린 것이 붙잡혀오면 어떻게 될 것인가? 저 무자비한 자들의 표독스런 닥달에 입을 벌리지 않을 수가 없을 것이고, 그렇게 되면 그 일 전부를 그가 발설한 것으로 덤터기를 쓸 판이었다.

부안댁의 눈에서 이내 눈물이 흘러내렸다. 한참 만에 부안댁은 치맛귀로 눈물을 수습했다. 나졸을 향해 고개를 처들었다.

"가서 제대로 대답하겠다더라고 하시오."

나졸이 나갔다. 좀 만에 호방이 다시 들어왔다. 말없이 아까처럼 자리를 잡아 앉았다.

"그 처자가 집에 자주 들렸지라우?"

호방은 언제 무슨 일이 있었느냐는 듯 담담하게 물었다.

"우리 집 딸년하고 언니 동생 하는 사이라 더러 들렸소."

"와서 무슨 이야기를 자주 했소?"

"그저 동네 사람들 이야기도 하고 그냥 그런 이야기를 했지라우."

"천주학天主學 이야기도 했을 텐데?"

부안댁은 깜짝 놀랐다.

"괜찮소. 천주학은 믿어도 좋다고 상감께서 윤허를 내리신 지가 오래 됐은께 죄가 안 되오."

경옥은 그 어머니와 함께 천주학의 독실한 신자였다. 경옥 어머니는 감역 댁에 후취로 들어와 감역과는 나이가 20세나 층이 지는데, 후살이 오기 전부터 천주학을 믿었던 모양으로 나중에야 그것을 안 감역이 노발대발 큰 소동이 벌어졌었다. 그러나 아무리 말려도 듣지 않아 그 때문에 감역은 이만저만 속을 끓이는 게 아니었다. 나중에는 경옥도 믿게 되고 요사이 와서는 유월례 등 종들까지 믿는 눈치여서 그 집에서는 그 때문에 남모르는 분란이 잦다는 소문이었다.

"그 처자가 하던 천주학 이야기를 들은 대로 한번 말해 보시오."

"예수 모친이 처녀로 예수를 낳는디, 하나님이 남편이라던가, 그래서 예수는 하나님의 아들인게 크게 받들어사 쓰고, 또 그 예수 모친도 그만큼 받들어야 한다던가, 그런 얘기를 하는 것 같습디다."

그때 문이 열리며 나졸이 들어왔다. 호방한테 쪽지 한 장을 건넸다. 호방의 얼굴에 긴장이 피어올랐다.

"당신 아들이 어제 점심 먹고 집을 나섰다고 했지라우?"

"예."

"바른 대로 말하시오. 점심 먹고 숟가락을 놓자마자 떠났소?"

"그런 것은 아니고 저녁 새참 때는 못 되고……."

"탑선리 쪽으로 안 갔소?"

"그것은 모르겠소."

"점심 먹고 나서 금방 안 떠나고 뭣했소?"

"미싯가루 가는 것이 조금 늦어서 그것 기다렸소."

호방은 문초지를 챙겨들고 다급하게 밖으로 나갔다. 한참 만에 다시 돌아왔다.

"은선리 박목수 아시오?"

"예, 전에 우리가 새 집을 지을 때 그이가 집을 지었소."

"몇 년 전이오?"

"칠팔 년도 더 된 것 같소."

"그 뒤로 박목수가 집에 온 적 없소?"

"온 일 없소."

"근자에 아들이 박목수 만났다는 말도 들은 적 없소?"

"그 아이한테서 박목수 얘기는 통 못 들었소."

호방은 다시 밖으로 나갔다. 한참 만에 돌아왔다.

"댁의 아들이 그 처자한테서 받은 것이 있지라우?"

"멋인디라우?"

"천주학 신표信標 말이오?"

"예수가 거기 못 박혀 죽었다던가 그런 쇠붙이를 목에 걸고 댕기는 것을 본 적이 있소."

"그럼 댁의 아들도 천주학을 믿는다는 얘기구만이라우?"

"믿지는 않을 것이오."

"그 십자가란 것이 천주학의 신푠디, 그것을 그 처자한테서 받아 목에 걸고 댕긴다면 뻔한 일 아니오?"

"그래도 믿지는 않을 것이오. 천주학은 서양 사람들이 조선 사람 혼을 빼가자고 퍼뜨리고 있는 것인디, 그 어무나 처자가 거기 잘 못 빠졌다고 우리 집 아이가 염려하는 소리를 들었소."

호방은 지금까지 적은 것을 대충 훑어본 다음 몇 군데 손질을 했다. 다시 붓에 먹을 묻히며 물었다.

"그 처자는 댁의 아들하고 결혼을 못하면 죽어버리겠다고 지금 며칠째 밥을 굶으며 이불을 뒤집어쓰고 있다는디 사실이오?"

"모르겠소."

"그 처자가 당신 아들 애를 뱄다던데, 그것도 모른단 말이오?"

"아니, 멋이라고라우?"

부안댁은 입이 떡 벌어지고 말았다.

"정읍 김진사라면 그 세도나 재산이 이 근방에서는 그 사람을 덮을 사람이 없소. 그런 일이 없고서야, 그 처자가 그런 혼처를 마다하고 당신 아들 아니면 죽는다고 하겠소?"

"애를 뱄다는 소리는 천부당만부당한 소리요. 세상에 양반 댁 규수가 어뜨코 그런 일을 저지른단 말이오?"

"김진사 댁에서 감역 댁에 혼담이 들어왔다는 소리를 듣고 아들은 머라고 하던가라우?"

"예사 때도 입이 뜬 아인디, 더구나 그런 일에 입을 열겠소?"

"감역 집에는 식구가 감역 내외에다 그 아들 이상만 내외, 감역 모친, 그리고 딸, 가족은 이밖에 안 되오?"

"그럴 것이오."

"아랫것들로는 행랑아범 내외, 그리고 종 만득이 내외, 머슴 청룡바우, 그리고 종년 모종순, 이러고 더 없소?"

"더는 없는 것 같소. 동네서 드난살이하는 사람들이 여럿인께 그 집에는 항상 사람들이 득실득실하지라우."

"드난꾼들은 몇이나 되오?"

"서너 집 된 것 같소마는 철 따라 달라 들이가 없소."

"만득이 마누라는 얼굴이 절색이어서 그 얼굴에 반해 감역 아들 이상만이 어디서 사왔다지라우?"

"그랬다는 소문입디다."

"그 때문에 이상만 마누라는 항상 눈에 불을 켜고 내외간에 밤송이낀 사이라지라우?"

"한동네서 살제마는 나는 그 집에 가본 지가 십 년도 더 된 것 같소."

"요새는 이상만이 열다섯 살난 종년 모종순인가 그 계집까지 건드려서 그 마누라가 죽네사네했다던데?"

114

"나는 그런 속은 모르오."

"머슴 청룡바운가 그놈은 몇 살이나 먹었소?"

"잘은 모르겄소마는 스물댓 돼 뵙디다."

"그놈도 종놈 만득이 같이 힘이 장사라지라우?"

"검시게 생겼습디다."

"이놈의 집구석이 두루 개판인 것 같그만, 수고했소. 가서 기다리시오."

호방은 알쏭달쏭한 소리를 해놓고 싱겁게 일어서 버렸다.

부안댁은 벼락 맞은 꼴로 멍청하게 그 자리에 앉아 있었다. 살변 까탈로 자기를 데려온 것도 엉뚱한 일인데, 그 일은 또 저만치 재껴놓고 남의 집 규수 흠절을 캐묻다니 날벼락도 이런 날벼락이 없었다. 나졸이 채근하는 바람에 자리에서 일어섰다.

도무지 얼얼하기만 한 기분이었다. 부안댁이 곳간에 들어오자 점심이 들어왔는지 모두 밥을 먹고 있었다. 텁석부리가 밥보자기 하나를 부안댁 앞으로 밀어 놨다. 눈에 익은 보자기였다. 그걸 보는 순간 부안댁은 울컥 목이 메어왔다. 옛날 남편 생각이 나며, 지금 자기가 감옥에 들어와 있다는 실감이 새삼스럽게 덮쳐왔다. 이 보자기는 삼년 전 남편 옥바라지할 때 자기가 밥을 싸 날랐던 보자기였다. 지금 남분이는 이 밥보자기를 넣어놓고 옛날 자기가 그랬던 것처럼 밖에서 눈물을 찔끔거리고 있을 것이었다. 조그맣게 오그라들어 오들오들 떨고 있을 딸의 얼굴이 떠올랐다.

"어서 드시오."

부안댁이 우두커니 앉아 있자 텁석부리가 눈치를 살피며 말했다.

"밥염이 없그만이라우."

밥염이 없다면서도 무슨 생각에선지 부안댁은 밥보자기를 풀었다. 한 도시락에서 셋이 먹고 있는 젊은이들의 밥그릇에 밥을 반쯤 덜어주었다. 다시 보자기를 쌌다. 저녁에는 밥을 가져오지 말라 하고 남은 밥으로 때울 참이었다.

"밥맛이 없어도 드셔야 하요. 이런 데서 말하는 것은 뭐니뭐니해도 밥밖에는 장사가 없소. 저자들이 들볶는데 이겨내자면 우선 기력이 실해야 하요. 이런 디서야 어디 입맛으로 밥을 묵겄소? 어거지로라도 드시오."

텁석부리가 거듭 권했으나 부안댁은 도무지 밥이 목구멍으로 넘어갈 것 같지 않아 끝내 밥보자기를 풀지 않았다.

"이런 데서 또 이렇게 밥을 먹다 본께 옛날 김생원 생각이 나는구만."

텁석부리가 담배를 태워 물고 차근히 이야기를 시작했다.

"무자년(戊子年 1888) 가뭄 때 그분하고 전봉준 씨, 그러고 도매다리 김도삼 씨 이렇게 세 사람이 장두狀頭를 서서 감세 민소民訴를 했네. 지금 바로 이분 남편 되시는 이 이야길세. 그때는 곤장만 몇 대쳐서 내쳤다가 얼마 뒤에 이 작자들이 그 앙심으로 그이를 다시 잡아들였는디, 그 죄목이란 것이 작자들 두고 쓰는 문자로 불목불효, 상피, 이런 터무니없는 것이 아니겄어? 나도 그때 아무 죄도 없이 잡혀 들어왔는디, 아무것이나 입에 씹히는 대로 죄목을 하나씩 뒤집어씌우다 본께 그 분은 상피고 나는 불효였구만."

텁석부리는 소처럼 멀겋게 웃었다.

"전봉준 씨하고 김도삼 씨는 다시 안 잡혀 들어왔었소?"

곁에 앉았던 젊은이가 물었다.

"전봉준 씨는 저놈들도 맘대로 못한께 안 잡아들인 것 같고, 김도삼 씨는 그럴 줄 알고 미리 피해부렀다는 것 같어. 부처님보고 생선 토막을 돌라묵었다고 해도 유분수제, 군자 같은 그분한테 상피라니 그게 어디 당할 소린가? 내 속 짚어 남 말하더라고, 작자들이 못되묵어도 원체 못되먹은 인간 망종들이라, 바로 짐승 같은 제놈들 속살을 그렇게 드러냈던 걸세. 예사 사람으로는 입에 올리기도 얼굴 뜨건 그런 소리를, 글줄이나 읽고 사모를 썼다는 작자들이 죄목 명색이랍시고 부벼냈으니 인두겁을 뒤집어썼다고 그런 종자들을 사람이라고 하겄어?"

텁석부리는 말을 하다 말고 무슨 생각을 했는지 빙그레 웃었다.

"치죄랍시고 사또란 작자가 문초를 할 때 그이가 대답하는 것을 보면 누가 죄인인지 모를 지경이었구만. 선현들이 사람을 가르칠 때는 사람의 마음 바탕이 스스로 마소와 다르기 때문에 그에 근본을 두고 윤상倫常을 이른 것인데, 나리께서는 그런 무지막지한 소리를 입에 올림시로도 얼굴 하나 붉히지 않으니 어찌 마소와 다르다 하겄소? 산골 시냇물같이 잔잔한 소리로 그이가 이렇게 말을 하면 수령이란 자는 제물에 스스로 울화가 치밀어 그냥 단솥에 메뚜기 꼴이었구만, 하하."

경황 중에도 모두 빙그레 웃었다.

"그런 소리를 하고도 무사했소?"

김달식이 물었다.

"어떻게 무사했겠는가? 매는 매대로 맞고 그 통에 저 댁 살림이 결딴이 났네."

텁석부리는 가볍게 한숨을 쉬었다.

작자들은 그런 앙갚음으로 무지막지하게 곤장을 쳤다. 목숨이 경각에 달렸는데도 내놓지 않아 하는 수 없이 텃논 서 마지기를 팔아다 바치고 풀려났다. 달주 아버지는 옥에서 숨을 깔딱거리면서도 그 논만은 팔아서는 안 된다고 기를 쓰며 말렸다. 그러나 달주 어머니는 사람 있고 전답 있지, 사람의 목숨이 당장 죽어가는데 논이 무어냐며 팔아다 바쳤던 것이다. 그러나 출옥을 해서도 그 장독으로 시난고난 앓다가 끝내 회복을 못하고 세상을 떴던 것이다. 그 무렵 달주집은 계속 살림이 줄어 자작논은 그 서 마지기뿐이었고, 감역 집 논 여섯 마지기 소작을 부치고 있었는데, 그 서 마지기마저 감역 집에서 사들여버리자 달주집은 통째로 감역 집 소작인이 되고 말았던 것이다.

"아주머니!"

그때 저쪽에 누워 있던 젊은이가 부안댁을 불렀다.

"이런 말씀을 드려도 쓸란가 모르겠소마는, 혹시 또 불려나가 문초를 받으실는지 모른께 알고 계시는 것이 좋을 것 같아서 말씀드리오."

젊은이는 맞은 데가 당기는지 얼굴을 찡그리며 말을 이었다.

"저는 아까 아주머니가 불려나가신 뒤 곧바로 불려나가 동헌 한쪽 방에서 문초를 받았소. 문초를 받다가 문초가 그친 사이, 옆방에서 하는 소리를 들어본께 아주머니 아들을 크게 지목을 하는 것 같습디다. 포교들한테 말을 태워 아들 뒤를 쫓으라고 합디다. 두 사람씩 두 패로 갈라 한 패는 강경, 공주를 거쳐 한양 가는 길을 쫓으라 하고, 다른 한 패는 삼례를 지나 진산, 금산을 거쳐 충청도 어디까지 쫓으라고 하더만이라우."

젊은이가 떠듬떠듬 말을 했다.

"우리 아이는 조소리 전봉준 어른 심부름 갔는디, 그럼 전봉준 어른도 여기 잡혀오셨단 말인가?"

"제가 바로 그 조소리서 잡혀왔소. 전봉준 어른은 아침 일찍 어디 나들이를 가시고 안 계신께 그이 대신 그이 춘부장께서 끌려오셨소."

부안댁은 얼굴이 새파래졌다.

4. 고산

달주 일행이 삼례를 30여 리 앞에 두었을 때 동쪽 하늘에 벌겋게 *동살이 잡혀왔다.

"이제 금구 땅도 벗어났으니 삼례 곰보할미 주막에서 아침을 먹고 푹 쉬었다 갑시다."

임군한이 입을 열었다.

"아닐세. 삼례는 사람의 왕래가 번거로운 곳이니 거기서는 얼요기만 하고 내친김에 고산高山 강재팔 주막까지 가세. 삼례에서 고산은 바삐 걸으면 한나절 길 아닌가?"

"그럼 거기까지 길을 긇려놓을까요?"

"거리도 거리지만 만사는 불여튼튼이라 그쪽으로 길을 에워놔야 안심이 될 것 같아."

"설마 그 작자들이 귀신이 아닌 다음에야 어찌 그것이 달주 소행인 줄 알겠으며, 더구나 우리 행로까지 알겠소?"

"자네는 관가 사람들을 항상 그렇게 얕보는 것이 탈이야. 그런 일 하라고 나라에서 직첩 내리고 벙거지 씌워 포교고 포졸인데, 그런 자들이 예사 사람도 아니고 바로 제 떨거지들이 그 꼴이 된 마당에 그냥 소 초상에 말 행세로 얼쩡거리고만 있을 것 같은가?"

"그래도 중 도망은 절간 마룻장이나 뜯어보겠지만, 제깐 놈들이 하늘을 우러러 손가락에 불을 켠들 어디서 꼬투리를 잡겠소?"

"낮말은 새가 듣고 밤말은 쥐가 듣는다는 소리가 말 흘러가는 길 속만을 얘기하는 소리겠어?"

"매사에 조심은 해야지만 너무 길 것도 없지요."

임군한이 웃으며 받았다.

삼례 가까이 이르렀다. 삼례 들머리에는 만경강이 길을 가로지르고 있었다. 호남평야, 세칭 징게맹게들을 적시는 젖줄이었다. 감수머리 나루터에 이르자 건너편 도선목에 벙거지 쓴 포졸들이 서너 명 서성거리며 기찰을 하고 있었다. 달주는 가슴이 철렁했다.

"안심하게. 나루터에서는 으레 저것들이 설쳐."

임군한은 달주를 돌아보며 안심시켰다. 그러나 달주는 가슴이 방망이질을 했다. 이쪽 나룻배에는 도붓장수 서너 명이 미리 타고 있었다. 달주 일행이 배에 올라타자 나룻배가 움직이기 시작했다. 나룻배가 저쪽 도선목에 닿자 달주 가슴은 너욱 거세게 방망이질을 했다. 죄짓고는 못 산다는 말이 이런 것인가 싶었다. 배에서 내리자 벙거지들이 다가섰다.

"어디 가시오?"

"정읍 사는 사람인데 한양 가네."

벙거지가 묻자 김덕호가 의젓하게 대답했다. 벙거지들은 뒤따른 임군한과 달주의 행색도 건성으로 한번 훑어보더니 길을 내주었다. 도포에 갓을 쓴 김덕호는 누가 봐도 의젓한 양반 행색이었고, 임군한과 달주는 그 배행꾼이었다.

달주는 그들을 지나치고 나도 얼른 가슴이 진정되지 않았다. 조금 가다가 뒤를 돌아봤다. 포졸들은 도붓장수들 짐을 뒤져보고 있었다.

삼례는 전라 좌우도의 길이 합쳐 한양으로 향하는 삼거리였다. 따지고 보면, 진산이나 금산을 거쳐 충청좌도로 가는 길도 여기서 나뉘니 삼거리가 아니고 사거리인 셈이었다. 그래서 삼례에는 전라도에서 가장 큰 역이 있었다. 장도 전주 다음으로 크게 섰다.

삼례 거리에는 구실아치들이나 장사꾼, 그리고 일반 행객들의 발길이 부산했다. 역참驛站 앞 마방거리에는 주막과 여각이 즐비했다. 일행은 마방거리를 지나 한양으로 가는 큰길을 왼쪽으로 보내고 충청좌도 쪽의 길을 잡아섰다. 거기서부터 곰올 동네였다. 곰올은 거리가 조금 한적했고 주막도 띄엄띄엄 있었다. 김덕호가 어느 주막 앞에 멈췄다. 반만 열린 *빈지를 밀치고 안으로 들어섰다.

"이 집 장사 안 하나?"

"오매 오매, 이것이 먼 일이란가? 반가운 손님이 쌍으로 오시네. 오늘 아침에 *깐치가 하도 극성을 떨글래 어느 귀골이 오시려나 했등마는 영락없구나. 어서 오시오, 어서 오셔!"

얼굴이 땜장이 발등처럼 박박 얽은 곰보할미가 설레발이 흐드러졌다.

"반가운 사람 기다리는 집이 왜 이리 썰렁해?"

임군한이 핀잔을 주며 들어섰다.

"바깥 날씨가 하도 춘께 그라제 썰렁하기는이라우? 방이 설설 끓고 있소. 어서 들어갑시다."

오십이 갓 넘었을 곰보할미는 살갑기가 천생 술어미다 싶었다.

"개고기 있소?"

"*군치리집에서 개고기를 묻다니 술도가에 가서 술을 물으시오."

군치리집이란 개고기를 안주로 술을 파는 술집을 일컫는 말이었다.

"식전이오. 국밥도 수대로 말고 우선 개고기에 술부터 한 방구리 들여오시오. 개고기는 서 근을 썰고……."

"먹을 복 있는 사람들은 다르구만. 엊저녁에 한 마리를 삶아 아직 손도 안 댔소. 물을 쪽 빼놔서 고슬고슬하요. 지름진 데로 골라 썰지라우."

방문을 열자 정말 후끈하게 훈기가 끼쳐왔다.

"밥 먹을 사이라도 버선 좀 말려 신읍시다."

임군한이 앉자마자 대님을 활활 풀었다.

"금방 떠날 텐데 언제 그걸 말린단 말인가?"

"나는 발에 얼음이 박혀놔서 젖은 발을 이렇게 더운 데다 대면 발에 불이 나서 못견디오."

임군한은 누린 용집이 두벌 세벌 퍼져올라간 버선을 벗어 술청으로 내던졌다.

"이것 좀 말려주시오."

"여기 여벌이 한 켤레 있습니다마는……."

달주가 괴나리봇짐을 당기며 임군한 발을 봤다.

"이 사람아, 이 발에 맞을 버선이 쉽게 있겠는가?"

임군한 말에 모두 허허 웃었다. 발이 예사 사람 발보다 한 치는 길어보였기 때문이다.

"발에 얼음이 한번 박히더니 겨울마다 이 지랄이구만."

임군한처럼 진데 마른 데 가리지 않고 나대는 사람들은 웬만해서는 동상에 걸리는 법이 없었다. 짚신이나 미투리 신은 발로 한 군데만 진 데를 밟아도 대번에 물이 배어들기 마련이지만, 그대로 길을 걸으면 발에 열이 나기 때문에 좀처럼 동상에 걸리지 않았다. 그런데 임군한은 옛날 군대에 있을 때 번을 서다가 한번 되게 동상에 걸린 일이 있었는데 그게 겨울만 되면 늘 도진다는 것이다.

주모가 술상을 들여왔다. 싸릿개비 채반에 고슬고슬 물이 빠진 개고기가 그들먹했다. 저절로 군침이 돌았다.

"초장 맛이 알큰하요. 어서 드시오!"

세 사람은 개고기부터 우겨넣었다.

"잔 받으시오. 절구통에 치마를 둘렀더라도 술은 여자가 따라야 제 맛인께 내가 한잔 딸지라우."

곰보할미가 주접을 떨며 주전자를 들었다.

모두 막걸리를 한 잔씩 받았다.

"말 남긴 사람 없었소?"

김덕호가 술을 받으며 물었다.

"아이고 내 정신 봐라. 그 젊은 스님 있지라우? 사흘 전에 지나감시로 서찰을 남깁디다. 가져오리다."

주모가 다급하게 나가더니 좀 만에 편지 한 통을 가져왔다.

김덕호가 피봉을 뜯었다. 사연이 꽤 긴 것 같았다. 혼자 읽은 다음 전대에 간수했다.

"또?"

"지난번에 같이 가셨던 젊은이들은 그냥 지나다가 들르기만 했고, 그리고는 없소."

"며칠 뒤에 서찰 남길 사람이 또 있을 것이오. 잘 받아 두시오."

"여부 있겠소."

술과 밥을 먹고 나니 몸이 나른했다. 그러나 담배를 피워 문 김덕호가 길을 재촉했다. 일행은 곧장 길을 떠났다.

점심때 조금 못미처 고산 읍내를 5리가량 앞에 둔 시랑골에 이르렀다. 읍내로 가는 길을 버리고 왼쪽으로 길을 잡아들었다.

"진산을 가자면 읍내로 해서 가는 길이 가깝지만 나는 벙거지 있는 데라면 삼례 같이 딴 길이 없으면 몰라도 딴 길만 있으면 이렇게 피해 다니지."

임군한은 달주를 향해 웃으며 말했다.

시랑골에서 진밭실 쪽으로 담배 한 대 쯤을 가자 강재팔의 주막이 나왔다. 밤실이란 동네였다. 강재팔은 두 사람을 보자 반색을 했다. 안방으로 맞아들였다. 봉노에는 술꾼들이 들어 와자지껄했다. 이들을 안방으로 맞아들이는 걸 보니 강재팔도 이들과 그만큼 깊이 맥을 통하고 있는 사이인 듯했다.

"다녀간 사람 없던가?"

"예, 없었소."

강재팔은 별로 말이 없는 사람인 듯했다.

여기서도 술부터 나왔다. 좀 만에 밥상이 들어왔다. 그들먹했다. 언제 잡았는지 국은 닭고기를 푸짐하게 썰어 넣은 미역국이었으며, 명태찜에다 대구만한 굴비까지 통째로 올라 있었다. 두 끼나 내리 개고기에 닭고기, 거기에다 제상에나 오름직한 건어하며, 밥은 잡곡이라고는 좁쌀 한톨 섞이지 않은 하얀 쌀밥이었다. 그런 쌀밥이 *사발무더기가 따로 밥 한 그릇을 통째로 덮씌운 듯한 감투밥이었다. 달주는 도대체 이렇게 먹어도 죄가 되지 않을까 싶었다. 아침 점심 두 끼에 일 년치 설, 추석 양명절을 한꺼번에 쇠버리는 것 같은 기분이었다.

배에다 그득히 밥을 싣고 나니 몸이 물 먹은 솜처럼 내려앉을 듯 나른했다.

"한잠 푹 자게!"

김덕호가 말했다.

"누워야겠소."

임군한이 앉은 자리에 그대로 몸을 눕혔다. 달주는 아직도 뒤가 졸밋거려 바깥 동정에 자꾸 귀가 쭈뼛거려졌으나 원체 피로한 노독에다 식곤증까지 겹쳐놓으니 눈꺼풀이 저절로 감겨져 내렸다.

달주는 누가 와서 묶어갈 테면 가라고 임군한 곁에 몸을 눕혔다. 행랑채 봉노에서는 와자지껄하던 소리가 그치고 한가하게 시조가락이 흘러나오고 있었다. 달주는 그 소리를 아스라하게 들으며 마치 물속으로 돌멩이가 가라앉듯 잠에 곯아떨어지고 말았다.

얼마나 잤을까. 밖에서 와자지껄한 소리에 달주는 잠이 깼다. 자기 집이 아닌 것에 깜짝 놀랐다. 김덕호와 임군한은 드르렁드르렁 코를 골고 있었다. 밖에서 웬 웃음소리가 낭자했다. 달주는 가만히 문을 열어봤다. 술청으로 문이 나 있는 봉노에서 갓 쓴 사람들이 밖을 내다보며 웃고 떠들었다.

"이놈아, 여기다 한 다리 놓고 왔다면 괜찮대도 그 앙탈이냐?"

"안 됩니다요."

달주 또래의 떠꺼머리가 우는 소리를 했다. 달주는 소변이 마렵기도 하여 슬그머니 밖으로 나갔다. 웬 젊은이가 돼지고기를 삶아 바구니에 지고 가다가 티격이 붙어 있었다.

"이놈아, 니놈 이름이 찰개라등마는 찰개가 아니고 찰거머리구나. 저 아래 주막에서 물 건너 김생원이 한 다리 개평을 뜯더라고 꼬아올리면 되레 치사를 듣는단 말이다. 이 미련한 놈아!"

갓쓴 자가 고함을 질렀다.

"선다님, 제발 이러지 마십시오."

빼앗아가려는 돼지 다리를 찰개가 붙잡고 울상이었다. 달주는 넌지시 술청 안의 실랑이를 엿보다가 변소로 갔다. 소변을 보고 돌아오며 보니 찰개는 가고 없었다.

해가 설핏해 있었다. 달주는 방으로 들어와 다시 제자리에 누웠다. 두 사람은 연방 드르렁드르렁 한밤중이었으나 달주는 다시 잠이 올 것 같지 않았다. 고향에서는 얼마나 무서운 소동이 벌어지고 있을까 생각하니 새삼 진저리가 쳐지며 절로 한숨이 새어나왔다.

행랑채 봉노에서는 다시 시조가락이 한가롭게 흘러나왔다.

여러 갈래로 조사가 벌어지고 있을 텐데 내가 없어진 것에는 의심을 두지 않았을까? 의심을 두었다면 어머니와 남분, 그리고 작은아버지는 어떻게 됐을까? 생각은 꼬리에 꼬리를 물고 불길한 쪽으로만 내달았다.

서창에 들었던 햇발이 엷어지고 있었다. 김덕호가 눈을 떴다. 이내 임군한도 일어났다.

"죽일 놈들!"

강재팔이 손수 술상을 들고 들어오며 뇌었다.

"무슨 일이오?"

임군한이 하품을 하며 건성으로 물었다.

"저것 좀 보시오!"

강재팔은 문을 열며 아래쪽 길을 가리켰다. 모두 무릎을 세우고 바깥을 내다봤다. 누가 사람을 하나 업고 오는 것이 담 너머로 보였다. 업힌 사람은 사지가 축 늘어지고 고개가 옆으로 돌아가 있었다.

"아니, 저 젊은이는 조금 아까 돼지를 삶아 지게에다 지고 가는 것 같던디."

달주가 의아한 표정으로 강재팔을 건너다봤다.

"맞네."

"돼지?"

임군한이 물었다.

"양반인가 개반인가, 이 동네 어떤 양반놈 하나 노는 꼴이 지금 저 꼴이오."

"양반이 어쨌단 말이오?"

임군한이 거듭 물었다.

"잠깐 계십시오. 크게나 안 다쳤는가 보고 오리다."

강재팔이 밖으로 나갔다. 봉노에서는 여전히 시조가락이 늘어지고 있었다.

"많이는 안 다쳤냐?"

"모르겠소."

얼굴에 눈물이 범벅이 된 찰개는 내던지듯 말을 뱉으며 그대로 내달았다. 등에 업힌 늙은이는 끙끙 신음소리를 내며 업혀가고 있었다.

"도대체 어찌 된 일이오?"

"저 아래뜸에 양반이 한 놈 살고 있는디, 그놈 노는 꼴이 지금 저 꼴이오. 그 양반 놈 노는 꼴 한번 들어볼라요?"

강재팔이 방문을 닫으며 입침을 튕겼다.

"저쪽에 김진사란 양반이 한놈 살고 있소. 이놈이 양반입네 하고 제 조상 뼈다귀 팔아 *곤댓짓이 이만저만이 아닌디, 이놈이 제 선대는 그래도 양반 처신이 방불했답디다마는 저놈은 묏등에다 제 할애비를 묻을 때 송장을 거꾸로 눕혔는지 어쨌는지 이놈이 못된 짓을 해도 저렇게 험한 짓만 골라서 하요그랴."

강재팔은 입에 거품을 물었다.

"이놈이 말만 진사제 어디 현감 한 자리 못 해보고 환갑을 맞은 놈인디, 양반 못된 것 장에 가서 호령하더라고, 이놈이 꼭 관가 놈들 백성한테 호령하고 토색질하는 본새로 상놈들 닦달이 말이 아니그만이라우. 건듯하면 얼토당토 않는 트집으로 생사람을 잡아다 저렇게 사흘거리로 몽둥이찜질이오. 디구나 이놈이 동학하고는 무슨 원수를 졌는가, 유독 동학도들이라면 저놈 밥이오. 시방 아까 그 사람도 동학도라고 저렇게 팼소."

"그런 때려죽일 놈이 있단 말이오?"

"요사이는 동학교도들만 내리 여남은 명 가까이나 잡아다 저 꼴인디, 트집이란 것이 한결같이 양반한테 인사가 부실하다는 것이오. 양반한테 인사가 부실한 것은 장유유서長幼有序를 모르는 탓이요, 장유유서를 모르는 것은 오상지돈五常之道가 깨묵인가 그런 것이 흐트러졌기 때문이고, 그런 것이 흐트러진 것은 동학이라는 좌도左道에 현혹된 탓이라는 것이지라우."

"허허, 오상지도 하나 반듯한 놈 보겄네."

임군한이 주먹을 쥐며 뇌었다.

"이놈이 그런 까탈을 잡아갖고 사흘거리로 생사람을 잡아 매질이오. 이놈이 매질만 하고 마는 것이 아니라 저렇게 돼지나 닭을 잡아다 바쳐야 풀어주요그랴."

"멋이?"

대번에 임군한 눈초리가 치켜 올라갔다. 강재팔은 계속 입침을 튕겼다.

"이놈이 그렇게 매를 때려 사흘이고 나흘이고 차디찬 하인청 곳간 맨바닥에 가둬 두고 그 매 맞은 사람 식구들이 돼지나 닭을 삶아 가지고 오든지 무슨 예물을 가지고 올 때까지 기다리지라우. 겉으로는 오상지돈가 깻묵인가를 내세우제마는, 실상은 못난 놈들을 그렇게 알겨먹자는 수작이지라우. 며칠 있다가 그 고기가 떨어질 만하면 다른 사람을 또 잡아다 조지고, 그놈 집에는 그렇게 해서 돼지고기 닭고기가 안 떨어지요. 이번 가을 들고부터 벌써 우리 동학교도들만 아까 그 사람이 일곱 번쨀가 여덟 번쨀가 될 것이오."

"허허, 때려죽일 놈도 가지가지구먼."

임군한은 이를 앙다물었다.

"그런디, 이놈이 사람을 잡아다 패도 예사로 패는 것이 아니오. 제놈이 마치 어느 고을 수령이라도 된 것같이 마루에 교의까지 내다 그 위에 덩그러니 앉아서, 잡아온 사람을 마당에다 꿇려놓고 호령을 하요. 그러면, 또 그 집 하인 놈들은 제놈들도 무슨 집장사령이나 된 것같이 몽둥이를 들고 대령이지라우. 오상지도가 어떻고 고래고래 악을 쓰고 나서 이놈한테 곤장 몇 대를 치라고 호령을 하면 하인들은 또 '예으이' 하고 집장사령 흉내로 소리를 뺌시로 사정없이 후려 갈기지라우."

"그놈이 생사람을 잡아다 놓고 아이들 병정놀이하듯 수령놀이를 하는구만."

임군한의 눈초리가 차츰 치켜 올라갔다.

"그렇지라우. 수령놀이지라우. 그뿐인 줄 아시오. 오상지돈가 지랄인가 입만 벌리면 예의범절을 뇌까리는 놈이 작년에는 남의 마누라까지 가로채서 첩을 삼았소."

"멋이 남의 여편네를?"

임군한 눈에 확 불이 켜지는 것 같았다.

"그 집 드난꾼 여편네 가운데 얼굴이 반반한 여편네가 하나 있었는디, 그 남편놈한테 논 서 마지기를 떼 주고 첩실을 삼았소."

"여보시오, 이 동네 사람들은 그런 때려죽일 놈을 여태 가만두고 있단 말이오?"

임군한은 턱없이 큰소리로 고함을 질렀다. 마치 강재팔이 그 진사 놈이기나 한 듯이 숨을 씨근거리며 노려봤다. 임군한은 마치 자기 여편네라도 그 작자한테 빼앗긴 것처럼 흥분했다.

"양반 놈들 유세 앞에서 우리 같은 무지렁이들이 어떻게 힘을 쓰겠소?"

강재팔이 임군한 서슬에 시르죽은 소리로 이죽거렸다.

"이놈의 새끼!"

임군한은 이를 앙다물었다.

그때 밖에서 사람 소리가 났다. 강재팔이 문을 열었다.

"찰개집에서 고지 사흘치만 주라고 하요."

"약 지러 갈라고?"

"끼니 걱정이제, 약은 먼 약이라우?"

"줘!"

"아까, 그 맞고 간 집에서 왔소?"

임군한이 숨을 씨근거리며 내다봤다.

"예, 시레기죽도 책력 보아감시로 에우는 집인디, 그 꼴을 당해논께 밥이라도 제대로 해먹이자고 고지를 내러 온 것 같소."

"죽일 놈?"

그때 무슨 생각에선지 강재팔이 다시 방문을 열었다.

"나 잔 보시오."

바삐 마당을 나가던 여인이 돌아섰다. 치맛귀를 여며 눈물을 훔치며 이쪽을 봤다.

"똥물 받고 있소?"

"예, 뒷간에다 옹구병부터 질러놓고 왔소."

여인은 오들도들 떨며 죄진 사람처럼 대답했다. 남편만 맞은 것이 아니라 자기도 같이 맞고 온 듯 사색을 뒤집어쓰고 있었다. 임군한은 여인의 측은한 모습을 보며 숨소리가 가빠지고 있었다.

"뽑다가 우리 집 뒷간에다 질러 노시오. 똥물일수록 팍 곰삭은 것이래야 하오. 우리 집 뒷간이 더 깊은께 밑바닥에는 잘 삭았을 것이오."

"고맙소. 그럴라요."

여인은 허리를 주억거려 놓고 바삐 나갔다. 어혈에는 그것밖에 약이 없다는 똥물 이야기였다. 똥물을 받을 때는 병 주둥이를 솔잎으로 틀어막은 다음 무거운 돌을 달아 병을 똥통 밑바닥에 가라앉혀 받는다.

"이놈의 자식 두고 보자. 오늘 저녁에 사지를 발겨놓고 말 테다."

임군한이가 부드득 이를 갈며 술잔을 벌컥벌컥 들이켰다. 임군한은 어찌된 일인지 드난꾼 여편네를 김진사가 첩으로 가로챘다는 소리를 들은 뒤부터는 유독 제정신이 아니었다.

"쓸데없는 객기 부리지 말게."

여태 말이 없던 김덕호가 점잖게 나무랐다.

"저런 놈을 그냥 두란 말이오?"

임군한은 눈을 허옇게 뜨고 김덕호를 노려봤다.

"지금 한 벌로 쫓기기도 뒤가 저리는데 두 벌로 쫓기잔 말인가?"

"한 벌이고 두 벌이고 저런 놈은 그냥 둘 수 없소."

임군한은 이를 앙다물었다.

"잊어버리고 술이나 들게. 호랑이 사냥 가는 포수는 꿩은 안 쏘는 걸세. 큰일을 하겠다는 사람이 아무 일에나 서곱에 참견 닷곱에 참예, 걸리는 놈마다 걷어차다가는 동네 골목일만 가지고도 한 생애가 부족하네. 이런 일이 어디 여기뿐인가? 나도 화가 치미네마는, 지긋이 누르고 술이나 들어."

"이런 일을 놔두고 더 큰일이 뭐요? 그 진사 놈 모가지를 자르든지 그 집구석에 불을 싸지르든지 결판을 내지 않고는 술은커녕 아까 마신 것도 도로 기어올라오겠소."

"그런 쥐 같은 작자 하나 징치하려다가 일이 뒤틀리면 지금 우리 형편에 뭐가 되겠는가? 모기 보고 칼을 빼도 유분수지, 천하의 임군한이 이쯤 일을 가지고 화를 못 삭힌대서야 말이 되나?"

"모기고 파리고 이놈만은 가만둘 수 없소."

임군한은 술잔을 들어 벌컥벌컥 들이켰다.

요절을 내기로 결심을 하니 술이 저절로 넘어가는 듯 목구멍으로 술 들어가는 소리가 수채통에 물 쏠리는 소리였다.

"정 못 참겠거든 천천히 계책을 세워가지고 제대로 혼쭐을 내게. 아까 저 아래 봉노에서 시조가락이 한가롭더니 이제 모두들 돌아간 모양이군. 마음 누그리는 데는 시조만한 것이 없네. 내가 한가락 읊을 테니 들어보게."

"뭐요? 시, 조, 가락이요?"

사뭇 엉뚱한 소리에 임군한은 안주를 씹다 말고 무슨 모욕이라도 당한 듯 김덕호를 노려봤다.

"들어봐!"

"아니, 지금 *목구멍에서 불 단 모르쇠가 기어오르는 판에 양반 놈들 그 느러터진 청승가락을 늘려 빼겠다는 거요? 형님은 무슨 장으로 간 맞춘 취미가 그렇게 시어터진 취미도 있소?"

"이 사람아, 세상만사가 그렇게 성깔대로 되는 것이 아닐세. 누그릴 때는 누그리고 굽힐 때는 굽히고, 능굴능신, 능소능대, 이것은 자네 형 임문한 씨가 두고 쓰는 말 아닌가?"

"아무리 그런다고 이판에 백구야 날지 마라, 청산아 말 물어보자. 그런 우라질 청승주머니를 풀어놓겠단 말이오. 제길 청산이 입이 있어 말을 한다면, 이 병신들아, 저 꼴을 보고도 손 개얹고 앉아 있느냐? 다 뒈져라, 다 뒈져 하고 그 청산에 박힌 바윗덩어리를 뽑아다가 우리가 앉아 있는 이 집구석을 콱 으깨고 말 거요."

임군한은 바윗돌을 들어다가 집을 으깨는 시늉까지 했다.

"하하, 청산 백구도 부르기 나름일세."

　　돼지를 지고 가서 사람과 바꿔 오니
　　양반 놈들 하는 짓이 축생 일족 분명우나
　　아이야, 밧줄 챙겨라, 묶어다 튀기자.

김덕호는 가락에 얹지 않고 맨 사설로 외었다.

"하하, 그럴 듯합니다."

험하게 일그러졌던 임군한 상판이 대번에 벙그러졌다.

"그러고 보니 자네도 제법 풍류를 아는구먼."

"아다뿐이오. 이제야 형님 속뜻을 알아차렸소."

"속뜻이라니?"

"하하, 염려 마시오! 그놈의 자식을 잡아다가 내 결단코 돼지 튀기듯 튀겨버리고 말겠소."

임군한은 파안대소를 했다.

"자네 지금 진양조 가락에 장타령하려는 것 아닌가?"

"허허, 장타령이건 새타령이건 두고 보십시오."

"그냥 시조 사설일 뿐이네. 엉뚱한 생각 말고, 이 사설로 한가락 읊을 테니 지긋이 앉아 듣게."

김덕호가 젓가락 장단을 치며 지긋이 눈을 감았다.

"그 청승가락을 정말 늘어놓겠다는 거요?"

"들어봐!"

"아이고, 그 청승가락을 듣고 앉았느니, 차라리 *씨아귀에다 불알을 물려놓고 까마귀 염불소리를 듣고 앉았겠소."

김덕호는 아랑곳없이 시조를 읊기 시작했다. 임군한은 정말 씨아귀에다 불알이라도 물린 놈처럼 잔뜩 우거지상이 되어 술만 홀짝거렸다.

김덕호의 시조가락은 대단한 솜씨였다. 이런 풍류로 한세상 건들거리고 살았던 것 같았다.

그런 지난날을 회상이라도 하듯 가락에 애조가 흐르기도 했다. 그 그윽한 애조가 거친 사설과 얽혀 야릇한 분위기를 자아내고 있었다.

김덕호의 시조가 끝나자 밥상이 들어왔다.

저녁상도 역시 그들먹했다. 김덕호는 밥을 반 그릇만 먹었으나 임군한과 달주는 밥 한 그릇씩을 또 게눈 감추듯 했다.

"형님, 어서 길 떠납시다."

밥상을 물리자 임군한은 벗어놨던 버선을 신으며 서둘렀다.

"달이 올랐나?"

"금방 오를 거요. 오늘 밤은 산길이라 진창이 없을 테니 밤길 걷는 맛이 한결 개운하겠소."

행장을 먼저 수습한 임군한이 강재팔을 밖으로 불러냈다.

"아까, 그 진사 놈 집이 어디쯤이오?"

"참말로 닦달을 할라요?"

강재팔은 놀란 표정으로 속삭이든 물었다.

"염려 마시오. 뉘 소행인지 알 까닭이 없겠지만, 혹시 우리 소행인 줄 알고 여기 와서 다그치거든 생판 모르는 사람들이라고 사정없이 잡아떼시오. 한두 번 들러 낯이 익은 손님들이어서 안방에다 모셨다고 둘러대요. 그놈이 여기 동학도들이나 애먼 사람들한테 분풀이를 못하게 뒷단속을 단단히 해놓기는 하겠소마는, 혹시 몰라서 하는 소리니 여기 와서 찌그렁이를 붙거든 생파리 뛰듯 팔팔 잡아떼시오."

"저 김가 떨거지들을 설건드렸다가는 뒤가 시끄럴 것인디라우. 이만저만 악종들이 아니오."

"아무리 악종이라도 제 목숨 아까워하지 않는 놈 없소. 염려 마시오!"

임군한은 큰소리를 쳤으나 강재팔은 여전히 떨떠름한 표정이었다. 임군한이 김진사 집을 거듭 다그쳐 묻자 저쪽 동네 큰 골목 왼쪽으로 두 번째 집이라고 했다. 임군한은 기둥에 걸려 있는 새끼타래를 따내 새끼를 여남은 발 사렸다. 울타리에서 대작대기도 하나 빼들었다.

"참말로 묶어오실라요?"

강재팔은 아까 김덕호 시조 사설처럼 정말 김진사를 묶어다 돼지 튀기듯 튀길 것 같아 겁이 나는 모양이었다.

"그런 것은 알은 체 말고 내중에 묻거든 잡아떼기나 잘 잡아떼시오!"

달주와 김덕호가 대문간에 나와 있었다. 임군한이 김덕호에게 말했다.

"여기서 조금 올라가면 길가에 정자나무 있잖던가요? 잠깐 다녀올 테니 거기서 기다리고 계십시오."

"기어코 일을 벌이겠다는 건가?"

"크게 벌이진 않을 테니 염려 마시고 제 솜씨만 믿으십시오."

"시끄러워지더라도 우리는 한물에 싸이지 않을 테니 앞뒤 잘 가리게. 달주 형편이 있단 말일세."

"압니다. 염려 턱 노시고, 거기 앉아 담배나 한 대 피우고 계십시오!"

임군한은 웬 일인지 달주한테 새끼타래와 작대기를 넘긴 다음 혼자 마을을 향했다.

강재팔이 가르쳐 준 집 앞에 이르렀다. 대문이 덩실했다.

대문을 밀치자 대문이 소리를 내며 열렸다. 행랑에서 하인이 나왔다.

"진사 나리 계신가?"

"뉘시오?"

"먼데서 긴한 일이 있어 온 사람이네. 잠깐 뵙잔다고 여쭈게."

하인은 창으로 새어나오는 불빛에 임군한의 위아래를 다시 살폈다.

"뉘신데요?"

"뉘고 쌀이고 네깐 놈한테 밝힐 처지가 아녀. 어서 진사나리한테 가서 잠깐 뵙잔다고 전하기나 해!"

"나오시라고라우?"

"이놈이 귀에 말뚝을 박았나?"

임군한이 하도 거세게 나오는 바람에 하인은 금방 주눅이 들어 더 대거리를 못하고 안채로 내달았다. 임군한은 뚜벅뚜벅 안마당으로 들어갔다.

하인이 손님 왔다고 하자 누가 방문을 열고 내다봤다. 늙수그레한 게 그 김진사란 자 같았다.

임군한이 앞으로 썩 나섰다.

"여쭐 말씀이 급하기에 예를 갖추지 못합니다. 은밀한 말씀이오니 잠깐 밖으로 납시어 주십시오."

"누군고?"

"아뢸 말씀이 급하옵니다."

임군한이 거듭 채근하자 김진사는 잔뜩 놀란 표정으로 밖으로 나왔다. 임군한은 김진사를 토방 한쪽으로 데리고 가 귀에다 입을 바싹 댔다.

"전주 감영 감사 나리께서 이 고을에 은밀하게 살필 일이 있어 미행을 납시었습니다. 잠깐 나리를 뵙자고 하십니다."

"뭐, 가, 감사 나리께서 나, 나를 뵙잔다고?"

"그렇습니다. 날씨가 찬데 저기 한데서 기다리고 계십니다. 어서 서두르십시오. 저 아래 정자 있잖습니까요. 저기 계십니다. 이목을 피하려고 야심을 타서 은밀하게 납신 것이니 행여 종자를 달아서는 안 됩니다."

임군한은 말을 마치자 홱 돌아섰다.

"여, 여보게!"

"무, 무슨 일로 나, 나를 마, 만나잔 겐가?"

"한낱 구종 주제에 어찌 감사 나리 미행속을 알며, 또 안들 함부로 아가리를 벌리겠소? 어서 납시기나 하시오!"

임군한은 잔뜩 속힘이 꼬인 소리로 핀잔을 주고 돌아섰다. 작자는 제정신이 아니었다. 감사가 미행을 하며 자기를 찾는다니 무슨 일인지는 모르지만 이런 일이 계기가 되어 벼슬자리라도 하나 굴러떨어지는 것이 아닌가 바짝 몸이 단 모양이었다.

임군한이 바람같이 내달아 정자 있는 데 이르자 김덕호와 달주가 다가왔다.

"무사했나?"

"그 김진사란 놈이 제 발로 걸어 금방 이리 올 거요."

"진사가?"

"저만치 가서 몸을 숨기고 그놈 닦달하는 것 구경이나 하십시오. 우리가 낮에 강재팔의 집에 들른 것을 본 사람들이 있으니 셋이 같이 있으면 그 일행인 게 금방 드러날 것입니다."

"저기 오는 것 같네."

저쪽에서 도포자락을 휘날리며 바쁜 걸음을 쳐오는 사람이 있었다. 감사라니까 경황 중에도 의관을 정제하고 오는 모양이었다. 임군한은 달주한테서 새끼와 작대기를 넘겨받았다. 김덕호와 달주가 몸을 숨겼다.

임군한은 돌멩이를 하나 주워 새끼 끝에 묶었다. 한쪽으로 길게 뻗은 정자나무 가지 너머로 돌멩이를 던져 새끼를 걸었다. 그때 진사가 다가왔다.

"어서 오십시오!"

"나리께서는 어디 계신가?"

"여깄다."

임군한은 주먹으로 진사 턱을 으깨져라 쥐어박았다. 진사는 윽 하며 뒤로 발랑 나가떨어졌다.

"이놈! 이게 무슨 짓이냐?"

임군한은 진사 상투를 잡아 고개를 뒤로 홱 재낀 다음 새끼 토막으로 날쌔게 입에다 재갈부터 물렸다.

60이 넘은 늙은이 하나쯤 우악스런 임군한 손에는 한낱 허수아비였다. 두 손까지 결박을 지었다. 뒷결박이었다. 나뭇가지에 늘어뜨려 논 새끼 한쪽 끝에다 결박진 손을 잡아맸다. 반대편 줄을 잡아당겼다.

결박 지어진 양쪽 어깨가 위로 올라가자 진사 허리가 제절로 굽혀졌다. 발이 땅에 닿을락말락하게 새끼를 잡아당겨 끝을 진사 손에 묶었다. 임군한은 진사 허리께를 더듬어 허리끈 끝을 쭉 잡아챘다. 바지가 흘러내리며 볼기가 허옇게 드러났다.

"이놈, 네 죄를 네가 알 것이다. 네가 못난 놈들 잡아다 예사로 때렸던 매가 맨살에 얼마나 아픈가 한번 맞아봐라!"

임군한은 작대기로 진사의 볼기를 사정없이 후려갈겼다. 짝짝 생살 갈라지는 소리가 났다. 진사는 어깨가 뒤로 쳐들린 채 천방지축 몸뚱이를 뒤챘다. 여남은 대를 거푸 갈기자 진사는 축 늘어지고 말았다.

"어떠냐, 매맛이? 양반 살이나 상놈 살이나 매에 아프기는 마찬가지다. 너는 이보다 더 아프게 때렸을 것이다."

임군한은 진사의 수염을 잡아 흔들며 이죽거렸다. 진사는 코로 푸푸 가쁜 숨을 내쉬고 있었다.

"정신 똑바로 차리고 한번 더 맞아봐라!"

임군한은 다시 작대기를 꼬나쥐고 서너 대를 더 갈겼다. 진사는 구렁이처럼 몸뚱이를 뒤채다가 다시 축 늘어졌다.

"이놈, 내가 누군 줄 아느냐? 너같이 못된 놈 징치하려고 목숨은 이미 시왕전에 내맡긴 놈이다. 이놈아, 사람 명색이라고 인두겁을 뒤집어썼으면 그래도 사람 구실을 방불하게 해야지, 같잖은 양반 떠세로 생사람을 잡아다가 수령놀이를 해? 네놈은 놀이지마는 매 맞은 사람은 방금 네놈이 맞은 대로 그렇게 아팠다. 아프기만 한 것이 아니고 골병이 들었어."

임군한은 진사 수염을 잡아 흔들며 소리를 질렀다.

"수염은 이것 뭣하러 달고 다니냐? 장부가 장부다운 위세를 보이자고 달고 다니는 것이 수염인데, 그 위세를 기껏 그런 못된 짓에나 부렸으니 이게 제대로 수염이냐? 이런 못된 수염은 내가 몽땅 뽑아

주겠다."

임군한은 작대기를 내던지고 상투를 잡아 고개를 뒤로 제꼈다. 한손으로 상투를 잡고 수염을 뽑기 시작했다. 쉽게 뽑아지지 않았다. 모숨을 적게 잡고 손가락에 감아 잡아챘다. 진사는 수염이 뽑힐 때마다 아까 작대기로 맞을 때보다 더 거세게 몸뚱이를 뒤챘다. 임군한은 계속 손가락 끝에다 수염을 감아 사정없이 잡아챘다. 진사는 그때마다 코로 푸푸 풀무질 소리를 내며 몸뚱이를 뒤틀었다. 수염을 거진 뽑았다. 상투를 놨다. 고개가 축 늘어졌다.

"모가지를 잘라버리지 않고 수염만 뽑은 것은 그만큼 사정을 둔 것이다. 이쯤 해놓고 네놈 행실을 지켜보겠다. 네놈이 잡아다가 팼던 사람들을 찾아다니며 일일이 잘못을 빌고 그동안 알겨먹은 돼지나 닭 값도 다 물어주어야 한다. 만일 그러지 않았다가는 네놈 집구석에 불을 싸질러버릴 것이다. 더구나, 나를 잡겠다고 섣불리 설쳤다가는 네놈 집구석에 불을 지를 것은 물론이요, 네놈을 죽여도 곱게 죽이지 않을 것이다. 돼지 튀기듯 튀겨 죽이겠다, 알겠느냐?"

임군한은 작대기를 다시 집어들었다.

"알았으면 알았다고 고개를 끄덕여라. 알겠느냐?"

임군한이 낮게 소리를 질렀다. 고개 끄덕이는 것이 신통치 않았다.

"이놈이 아직도 정신을 못 차렸구나."

작대기로 사정없이 볼기를 후려갈겼다.

"알겠느냐?"

진사는 그때야 다급하게 고개를 끄덕였다.

"내가 말한 대로 일일이 찾아다니며 잘못을 빌겠지?"

역시 크게 고개를 끄덕였다. 그때 김덕호가 다가왔다.

"저쪽에 사람이 오는 것 같네."

"나는 간다. 네놈 죽고 살기는 앞으로 네놈 행실에 달렸다. 알아서 처신해라. 좀 고생스러울 것이다마는 그대로 참아라. 이것은 고문으로는 의금부 족보에도 끼여 있는 학춤이라는 것이다."

임군한은 작대기를 던지고 자리를 떴다.

5. 아전삼흉

고부古阜 읍내는 군아뿐만 아니라 주막거리도 성시였다. 이서배나 장교들 가정집 문전도 마찬가지였다.

잡혀온 사람들 가족들이 *연비연비 줄을 대어 관속 지치라기라면 나졸들의 오막살이집에도 굽죄고 찾아들었다. 남자들은 엽전 꾸러미를 차고 드나들었고, 여인네들은 곡물이나 닭을 묶어 이고 찾아들었다. 그러지 않아도 기세가 등등하던 아전과 포고들은 역병난 동네 도깨비 팔자였다.

달주 작은아버지 김한준은 다음날 창골 조만옥趙萬玉을 읍내에서 만났다. 만나자고 미리 기별을 했던 것이다. 얼마 전까지 창골 동임이었던 조만옥은 관청 사람들과 낯이 넓었고, 수교首校 은덕초殷德初와는 사돈간이었다.

고부는 전부터 아전들이 드세기로 소문난 곳인데, 특히 은가들은 삼공형三公兄을 독차지하여 고을을 좌지우지하고 있었다. 호방은 은세방, 이방은 은인식, 수교는 은덕초로, 이 세 사람은 고부 삼은三殷, 혹은 고부 삼흉三凶, 더러는 고부 삼적三賊으로까지 이름을 떨치고 있었다.

"형수께서 곤욕을 치르고 계신다고?"

조만옥은 이미 들어 알고 있는 모양이었다.

"오비이락으로 하필 조카아이가 집을 나간 것이 어제여서 혐의를 둔 모양일세. 장정들도 못 견디는 것이 형문인데, 내가 당하고 말지 이거 말이 아니구만."

김한준은 고추 먹은 소리로 이죽거렸다.

"나도 처남이 끌려왔네."

"무슨 일이 있었던가?"

"저자들이 무슨 꼬투리가 있어 잡아가던가? 자네 지금 돈을 얼마나 지녔는가?"

"왜?"

"그럼, 나를 만나자는 것은 뭔가?"

"이런 일에도 돈을 써야 한단 말인가? 당장 손에 쥔 것도 없네마는, 섣부르게 돈을 썼다가 무슨 꼬투리가 있어서 그런 줄 알고 되레 의심을 사지 않을까?"

"꼬투리고 멋이고 우선 쇠를 먹이지 않으면 그놈들 매에 몸뚱이가 견뎌나들 못한다는 소문이구만."

"설마, 여자들한테까지야."

"자네 지금 어디 지리산 골짜기에서 살다 왔는가?"

"허허, 그럼 얼마쯤 써야 한단 말인가?"

"50냥은 써야 하는 것 같네."

"50냥?"

"언턱거리가 없어 별의별 억지 죄 명색을 다 부벼내던 놈들한테, 얼마나 기막힌 구실인가? 저놈들 임자 없는 물외밭에 들었네."

"허, 참."

"저쪽 중아비 주막으로 가세."

두 사람은 저잣거리로 향했다.

"조소리 전접주는 혹시 안 끌려왔는가 모르겠구만."

"그 사람도 찾는다는디, 아침 일찍 집을 나간 모양이네. 그 사람 요사이 산자리(묏자리) 보러 댕기느라, 집에 붙어 있는 날은 며칠 안 되는 모양이더만, 그 대신 그 부친이 잡혀온 모양일세."

김한준은 가볍게 미간을 모았다. 조소리는 창골하고 이웃 마을이었다.

"관가가 덩덩하니 중아비 신수도 훤하구만."

조만옥이 주막으로 들어서며 술아비한테 농을 걸었다.

"어서 오시오."

중년 사내와 이야기를 하고 있던 술아비는 사내에게 보자기를 건네며 이쪽에다 건성으로 인사를 했다. 쇳소리가 나는 게 돈보자기였다. 그걸 받아든 사내는 바삐 주막 문을 나갔다.

"온 고을이 떠들썩한데 어째서 조생원이 안 오시는가 했소."

"한량 노릇 마잤더니 새장구 바람에 발림 춤맛 니더라고, 이임인가 동임인가 같잖은 감투 벗고 나서는 읍내 사람들하고 상종 그만하는가 했더니, 바람이 부니 나뭇가지가 저절로 흔들리는구만."

"생원 입심은 여전하시구려."

"시끄러울 때 재미 보는 것은 도둑놈뿐인 줄 알았더니 물장수도 한철일세그려. 달꼭지에 기름이 잘잘 흐르는구만."

"허허, 흉변 두 번만 났다가는 이 알량한 달꼭지에도 금동곳 찌르 겠소."

술아비는 사람 좋아 보이는 얼굴로 헤프게 웃었다. 저쪽 *목로에 도 술손님이 한패 앉아 있었다.

"여기도 한잔 내오게."

술아비는 머리가 뒤꼭지까지 홀랑 벗겨져 중아비로 통했다. 머리 털은 뒤꼭지에서도 한참 내려가서 몇낱 나 있었다. 그걸 모아 상투 랍시고 틀어노니 상투란 게 꼭 염소똥만 했다. 그래도 사내가 그게 없으면 갈데없는 불상놈이라 그것을 아침마다 궁상스럽게 손질을 해서 상투를 빚어내는 모양인데, 그것이 꼭 배나 사과꼭지 같아 사 람들은 중아비 상투를 달꼭지라 놀려댔다.

중아비는 김치 깍두기에 술 한 뚝배기를 내왔다.

"안골목 갖바치 집에 돈 있으까?"

"저쪽 통새암에 물이 말랐으면 말랐지 그 집에 돈이 마르겠소? 요 새는 신골에 가죽 씌우는 일은 되레 곁일이고 돈놀이가 주업이 됐소."

"*빚지시 좀 하겠는가?"

"조생원이 쓰신다면 여부 있겠소?"

"변은 얼만가?"

"일할 오부에다 *선변이고 기한은 두 달이오."

148

"일할 오부에다 선변? 차라리 식칼 들고 나서라게!"

"허허, 그동안 이쪽 소식이 깜깜하시구만이라우. 요새 고부 바닥에 *누운변이라고는 이름자도 없고 보인保人이 부실하면 이 할에 선변도 동전 한 푼 못 만지요."

선변은 선이자고 누운변은 본전과 함께 갚는 이자였다.

"죽일 놈들, 대목 만난 놈이 여럿이구만. 동네 초상이 종놈들한테는 잔치판이라더니, 돈 가진 놈들 떡판에 엎으러졌네그랴."

"어차피 돈속이란 게 그런 것 아니던가라우?"

"기왕이면 자네 돈을 쓰세."

"저야 이자 놀 돈이 어딨겠소? 실은 갖바치나 중아비나 한 구멍에서 나온 돈에서 구전 몇 푼씩 얻어묵은께 주머닛돈이 쌈짓돈이오."

"그런께, 갖바치도 남의 돈을 놀려주고 구전 먹는단 말인가?"

"몰라서 묻소? 요새 곤장 소리에 돈 몰리는 기세가 마파람 만난 아궁이에 삭정이불 쏠리듯 하는디, 그 많은 돈이 돌잖으면 갖바친들 어디서 그 많은 돈이 다 나오겠소?"

"가만 있자. 돌다니? 그런께 곤장 소리에 몰려들어간 돈이 뒷구멍으로 갖바치한테 넘어가고 거기서 다시 나와 또 그리 몰려가고 그렇게 돌고 돈다는 이얘긴가?"

"묻는 말씀이 대답인께 웃고만 있을라요."

모두 웃었다.

"돈이 돌고 돌아 돈이란 이치를 이제사 알겠네그랴. 내가 물어도 어리총찮은 소리를 묻고 있었네."

조만옥은 멀쩡게 웃고 나서 술잔을 들었다.

"하여간, 어떤 돈이 됐든 두 사람 앞에 쉰 냥씩만 지시하게. 가만 있자, 선변 떼려면 합쳐서 예순닷 냥씩은 되어야겠구먼."

"촘촘히 계산해 보면 구전도 있고 그것으로도 부족하요마는 그렇게 귀를 내서는 돈을 안 놓소. 쉰 냥이면 쉰 냥, 백 냥이면 백 냥으로만 놓소. 두 달 변인디 어차피 촌에서 보리가을까지는 돈 나올 데가 없을 것이고, 그 사이 귀찮게 여러 번 돌려앉히느니, 백 냥에 귀를 채워서 미리 변을 두어 번 들었다 놔야지 않겠소?"

"그러면 쉰 냥에 두 달 변을 들었다 노면 얼만가?"

"쉰 냥에 두 달 변이 열닷 냥인께 한 번 들었다 노면 서른 냥이고 두 번 들었다 노면 마흔닷 냥 아니오? 그렇게 여섯 달이면 보리가을까지는 빠듯하게 대겠지라우."

"허허, 반년 변이 본자하고 닷 냥 빠진 동갑이라?"

조만옥이가 웃었다.

"그래도 그것이 열 번 낫지라우. 두 달 만에 돌려앉힐 때 변을 못 물면 변까지 안암해서 돌려앉혀야 한께 변에서 새끼친 변은 또 얼마요. 미리 변을 들었다 노면 그 새끼변만이라도 이문 아니오."

"허허, 그놈의 변소리 살 내리네."

조만옥이 김한준을 보며 어이없다는 표정을 지었다.

"그러시면 차라리 쌀돈이 어떻겠소. *장리쌀은 일할 턱에 누운변인 셈인께 그것이 나을 것이오. *시겟금이 요새같이 천정부지로 치닫는 판에는 피장파장일지 모르겠소마는, 그래도 물가는 내중 일이고 변은 일할 푼순께 우선 변이 싼 맛으로는 그게 나을지 모르겠소."

쌀돈은 명년 가을에 날 쌀을 미리 이자를 쳐서 매매하는 돈이었

다. 그 이자가 원전의 배니 열 달을 치면 일할 푼수였다. *색갈이하
고 같았다.

"그 돈은 어디서 놓는가?"

"삼거리 빡보 집하고 저쪽 천가 집에서 놓소. 동소임이 꼭 보인을
서야 하는디, 조생원이야 동소임이나 마찬가진께 내가 이야기를 하
면 쉴 거요."

"그 돈은 배 타고 건너온 돈이렸다?"

"요새 곤장 소리에 몰린 돈하고 배 타고 건너온 돈 아니면 어디서
돈 구경하겠소?"

"그런께, 왜놈들 쌀돈을 내다가 조선 관가의 몽둥이를 막는다? 관
가 곤장 소리에 왜놈들 돈은 관가 놈들 배때기로 들어가고, 조선 쌀
은 배를 타고 일본으로 건너가고, 세상 잘 돌아간다."

조만옥은 저쪽에 사람들이 있는데도 아랑곳없이 객담을 늘어놨다.

"어떤 작자 사랑방 절구絶句 가락이 절창絶唱인 줄을 새삼스럽게
알겠구만."

"절구라니라우?"

"절구란께, 방아 찧는 절군 줄 알 것이네마는 그것이 아니고, 글
읽는다는 작자들 풍월일세. 한번 들어볼란가? 대로 한길 노래로 여
랬더라고 속이 하도 답답한께 절구나 한수 읊어보세. 자네는 무식한
께 뜻을 새겨 줌세. 절구는 공짜로되 새기는 값은 공짜가 아니네. 막
걸리라도 한잔 내놓게, 어흠."

장하가성 만아정 杖下歌聲滿衙庭

남부여대 대로만男負女戴大路滿

아전삼흉 농만금衙前三凶弄萬金

공산명월 고부만空山明月古阜滿

"이런 소린디, 이것이 먼 소리냐 하면, 장하가성 만아정, 곤장 밑에 노랫소리가 군아 뜰을 가득 채우니, 남부여대 대로만, 이고 진 남녀가 대로에 가득하고, 아전삼흉 농만금, 아전 세 놈이 만 금을 희롱하니, 공산명월 고부만, 고부에는 공산에 명월만 가득하더라, 이런 소릴세."

"누가 지었는가 참말로 잘 지었소. 그런디, 아전이 만 금이면 수령은 십만 금인디, 어쩨서 수령은 빠졌다요?"

저쪽 술자리에서 끼어들었다. 턱이 주걱턱으로 한참 앞으로 휘어져 나온 사내였다.

"거기까지는 너무 무지막지해서 풍월로는 엄두가 안 나는 모양이지라우."

모두 웃었다.

"어쩌까라우, 장리쌀라 하까라우?"

"어쩌까?"

조만옥이 김한준을 돌아봤다. 중아비가 다시 나섰다.

"그게 나을 것 같소. 농촌에서 곡식 아니면 돈 나올 데가 없는디 돈을 쓰면 당장 두 달마다 변은 어디서 나오겠소? *보릿동도 여섯 달이 빠듯한께 거기까지도 천릿길 아닌가라우?"

"쌀돈도 쓰자면 한 섬 값을 써얄 것 아닌가?"

152

"반 섬도 놓소. 쌀값은 여축없이 요새 시세대로 주는디 오늘 쌀 한 섬에 삼백예순 냥이었소. 반 섬이면 백여든 냥인께 예순 냥씩 쓰시오. 나머지 예순 냥은 다른 사람한테 지시할라요."

"그러면 지금 예순 냥을 쓰고 명년에 백스무 냥씩 갚으라는 소리제?"

"그렇지라우. 그 속에서 지 *신발차도 계산하셔야 하요."

"얼만가?"

"다른 사람 같으면 닷 냥에서 피천 한 푼도 귀를 낼 수가 없제마는 조생원 일인다다가 한 섬을 다 쓰는 것도 아닌디 다 받겠소. 두 분이 합쳐서 석 냥만 주시오."

"허허, 비패런 당나귀 비고 좆 비고 잘도 뜯긴다."

중아비도 허허 웃으며 여편네를 불러 술청을 맡기고 앞장을 섰다. 빡보 쌀가게로 갔다. 가게 안에는 대여섯 사람이 서성거리고 있었다. 쌀을 지고 와서 파는 사람도 있었으나, 나머지는 쌀돈을 내러 온 사람들 같았다. 콩이나 깨를 이고 와서 되고 있는 아낙네들도 있었다. '남부여대 대로만'이라던 조만옥의 절구 가락이 실감났다.

얼굴이 빡빡 얽은 빡보가 주판 고동을 퉁기고 있다가 중아비가 뭐라고 하자 고개를 끄덕이며 종이 한 장을 내주었다. 창호지에는 미리 내용이 다 씌어 날짜와 이름만 쓰고 도장을 찍으면 되게 되어 있었다. 액면은 잡담 제하고 백미 일석白米一石이었다. 명년에 갚을 액면이었다.

기명을 하고 지장을 찍은 다음 돈을 받았다.

이렇게 거래가 쉬운 것은 혹시 떼이게 되는 일이 생기더라도 괜을 앞세워 받아낼 수 있기 때문이었다. 여기에 이런 중개인을 둘 만한 일본상인이라면 이미 관과 깊이 맥을 대고 있음이 틀림없었다.

중아비 신발차를 떼어주고 나머지를 챙긴 다음 종이를 얻어 백 냥을 한 군데다 곱게 쌌다.

"자네 은수교한테 통기 쪼깨 널 수 있겠는가?"

"멋이라고 전하까라우?"

"자네 집에서 잠깐 보잔다고 하게."

중아비는 군아로 가고 두 사람은 중아비 술집으로 다시 왔다. 그들이 주막에 막 들어서자 바로 뒤따라 술손 두 사람이 들어왔다. 땟국 전 괴나리봇짐을 지고 행전을 친 게 나그네 형색이었다.

"여기 술 한잔 주시오!"

조만옥 옆자리에 앉으며 술을 청했다.

"원행을 나선 사람들 같은디 어디서 오시오."

조만옥이 수작을 걸었다.

"남도 사는디 군산까지 갔다 오는 길이오. 전에는 *과객질하기가 고부만큼 인심 좋은 데가 없등마는 흉변이 터져논께 꼭 호랭이굴에 들어온 것맨키로 썰렁하요."

"흉변이 났는디 과객질인들 만만하겠소."

"여기까지 오는 동안에 부안서부터 기찰을 다섯 번이나 당했소. 그런디 저쪽에서 듣기로는 나졸이 벼락을 맞아 죽었다고 하던디, 기찰이 시퍼런 것을 보면 그것이 헛소문인 모냥이지라우?"

"딴 디서는 나졸들이 벼락을 맞아 죽었다고 소문이 났던가라우?"

조만옥이 웃으며 물었다.

154

"벼락을 맞아도 그냥 벼락을 맞은 것이 아니고 마른벼락을 맞았다는 소문입디다. 그래서 그런 줄만 알고 오는디, 기찰이 서릿발 같글래 이놈들이 기찰을 하면 기찰로 벼락을 잡자는 수작이라냐 멋이라냐 시방 고개를 갸웃거림시롱 오는 중이오."

모두 웃었다.

"허기사, 그런 소문이 날 법도 하요. 혼인잔치에서 멀쩡하게 술을 얻어 마시고 떠났던 사람들이 느닷없이 길 한복판에 죽어 있더라잖소. 상처라고는 두 사람이 다 이마빡하고 눈탱이만 멋에 맞았더라요. 그런디, 이렇게 온 고을을 발칵 뒤집어도 살범은 *꿩 귀먹은 자리라니 벼락을 맞았다고나 해야 말이 되잖겠소? 아무리 마른벼락이라도 소리는 침시로 때리는 법인디, 벼락소리도 못 들었은께 귀신이 곡할 노릇 아니오."

"우리는 그때 군산 쪽에 있었는디, 그때 거그서는 대낮에 마른번개가 여러 번 쳤소."

"그러면, 벼락은 군산서 치고 나졸은 고부에서 죽었단 말이오?"

조만옥이 익살을 부렸다.

"저쪽에서는 더 괴상스런 소문이 났습니다. 고부 군아 지붕에 돌우박이 쏟아지고 군아 지둥나무가 땀을 흘렸다는 소문이든디 그것이 참말이오?"

"멋이라우? 고부 군아 지붕에 돌우박이 쏟아지고 군아 지둥이 땀을 흘려라우?"

"오다가 주막에서 들었소. 우박은 우박 한 덩어리가 주먹만 해서 동헌 기왓장은 하나도 성한 것이 없다고들 합디다."

"허허, 한양 소식은 시골 가서 듣는다등마는 우리가 지금 그 꼴이 오그랴."

조만옥이 어이없다는 듯 웃었다.

"돌우박도 돌우박이제마는, 동헌 지둥에 땀은, 그 땀에 동헌 마당이 홍건하더란디라우."

"경칩날 물 받을라고 에어논 고로쇠나무도 아니고, 동헌 지둥나무라먼 말라도 수십 년 말랐을 것인디, 그런 지둥나무가 땀을 흘려도 마당이 홍건하게 흘렸단 말이오? 고목생화枯木生花라등마는 이건 또 뭔 소리여?"

모두 어이없다는 표정들이었다.

"그라먼, 그런 일이 없었단 말이오?"

"글씨 말이오. 나졸이 죽은 것은 사실이고, 동헌은 지호지간인께 가 보먼 알잖겠소?"

조만옥이 웃으며 말했다.

그때 중아비가 들어왔다.

"전했는가?"

"파수 선 나졸한테 말해 놓고 왔소."

"그런디, 삼족구三足狗 있다는 말씀은 들으셨을 것이요마는 발이 여섯 개 달린 소 있다는 말 들은 일 있소? 발이 셋 달린 개가 삼족군께 발이 여섯 개 달린 소는 육족우六足牛라 해야겠구만이라우."

"머, 육족우요?"

"예."

"그 소리는 또 마른 지둥에 땀보다 더 어이없는 소리구먼."

156

"우리가 그런 소를 지금 보고 오는 길이오."

"멋이라고라우? 지금 당신들이 발이 여섯 개 달린 소를 보고 온단 말이오?"

"그렇소."

"예끼 여보시오. 이목구비가 멀쩡한 사람들이 어디서 그런 실없는 소리를 하고 계시오."

"허허, 이런당께. 하여간, 믿든지 말든지 그것은 알아서 하시오마는, 우리 두 사람이 사흘 전에 똑똑히 봤소."

"있다는 삼족구도 봤다는 사람이 없는디, 듣도 보도 못한 육족우를 봤단 말이오? 그런 소리는 저기 지리산 골짜기 문수골에나 가서 하시오."

조만옥이가 핀잔을 주었다.

"임피에서 이 두 눈으로, 아니 이 사람 것까지 합해서 이 눈 니 개로 똑똑히 봤소. 그 소리를 첨 들었을 때는 우리도 곧이가 안 들립디다. 그래서 바쁜 걸음에 군길을 오고 가고 사십 리나 쳤소. 난 지 이레 됐다는 쇠앙친디, 발 니 개는 제자리에 제대로 달렸고, 엉뚱한 자리에 두 개가 덤으로 더 달렸습디다. 그 덤으로 달린 두 개는 엉덩이에 거꾸로 박혀 있는디, 얼핏 보면 그 *쇠앙치 속에 쇠앙치가 또 하나 거꾸로 누워 발목 두 개만 그렇게 밖으로 내놓고 있는 꼴입디다."

"그런께 그것이 시방 참말이오?"

저쪽 술자리 주걱턱이었다.

"그러잖아도 어디 가서 이런 소리를 했다가는 영락없이 미친놈 되겠다고 시방 웃고 오는 길이오. 변괴치고도 큰 변굅디다."

"못된 쇠앙치 엉덩이에 뿔난다는 소리는 그것이 기왕에 있는 소린께, 엉덩이에 혹시 뿔이 났다면 또 모를까, 엉덩이에 느닷없는 발이 돋다니, 형장들이 미리 말씀을 하셨은께 말씀이오마는 우리가 시방 꼭 그런 미친 사람들 소리를 듣고 있는 것 같소."

조만옥은 정말 어이없다는 표정으로 말했다.

"하도 괴이한 일이라 관에서도 나와 그것을 보고 갔답디다. 그쪽에서는 그 일로 별의별 소문이 다 떠돌고 있소."

"소문이라니라우?"

"그 일을 가지고 파자破字를 해서 풀어낸 말들인디, 풀이가 구구하기는 합디다마는, 난리가 날 조짐이라는 것만은 한결같습디다."

"난리가 난다고라우?"

"정鄭가가 일어나서 난리가 난답디다. 그 난리가 나면 동쪽으로 팔백 리를 피해야 한다잖소."

"정가라면 또 그 정감록 정도령 얘긴가?"

"그렇소. 그런디 글자 푸는 것을 들어본께 그럴 듯합디다. 소에 엉뚱한 발이 돋았은께, 소 우牛 자에다 발 족足 자를 합쳐보시오. 동녘 동東 자가 되고 필요 없는 획을 떼내서 모아노면 여덟 팔八 자가 되잖는가라우? 덤으로 돋은 발 두 개 가운데서 또 하나가 남았은께 그것을 합쳐노면 동팔족東八足, 동쪽으로 팔백 리 발을 옮기라는 소리가 된다는 것이라우."

사람들은 저마다 목로 위에다 손가락으로 글씨를 써봤다.

"억지로 맞추면 그런 글자가 되기는 되는구만."

조만옥이 웃었다.

"그럼 정가가 일어난다는 것은 어떻게 해서 나온 소리요?"

저쪽 자리에서 상투를 고구마처럼 길쭉하게 말아 올린 젊은이가 끼어들었다.

"그 쇠앙치 임자가 원래부터 임피 사람이 아니고 얼마 전에 여기 고부에서 이사를 간 사람이라는디, 그것이 이치가 묘하다는 것이지라우. 소 우 자에다 발 족 자 두 개하고, 예 고古 자, 언덕 부阜 자를 합쳐서 만든 풀인디, 아까 동녘 동 자 비슷하게 발 족 자하고 소 우 자를 합친 다음에 남은 두 획을 위에 얹으면 나라 정鄭 자 왼쪽이 되잖소? 나라 정 자 오른쪽 변은 그대로 언덕 부(阜 : 阝) 잔께 합해서 나라 정이 되고, 이제 남은 글자는 예 고古 자하고 발 족足자 아니오? 그 글자를 합쳐노면 정고족鄭古足인디, 이것이 무슨 뜻이냐 하면, 정가가 이미 이 세상에 나서 발걸음을 탄 지가 오래 됐다는 소리가 아니냐는 것이지라우."

"허허, 어떤 작자가 정감록에 뚜드려 맞출라고 억지깨나 부렸소."

목로에다 손가락으로 글씨를 써보고 있던 조만옥이 웃었다.

"앞으로 나라를 세울 정도령이 이 세상에 이미 나와서 발걸음을 탄 지가 오래 됐은께, 그 정도령이 나라를 세우자면 필경 난리가 날 것인디 그 난리가 나거든 동쪽으로 팔백 리를 내빼야 한다, 이 말인가라우?"

저쪽 자리 주걱턱이 진지하게 물었다.

"맞소. 그런디 난리가 나도 난리만 나고 마는 것이 아니고 큰 가뭄까지 겹친다는 소리도 있습디다."

"엎친 데 덮치더라고 홑난리도 무서운디, 거기다 가뭄까지 덮쳐

난리가 쌍으로 나노면 죽어도 몇 벌로 죽으란 소리라요?"

"가뭄이 들어도 예사 가뭄이 아니고 무자년 가뭄보다 더 험한 가뭄이 들 거랍디다. 이것은 어제오늘 이야기가 아니고 벌서 얼마 전에 계룡산 어느 도승이 비결로 낸 소리라잖소. 천리연송 일조진백千里連松一朝盡白이 바로 그 비결이랍디다."

"머요, 천리연송 일조진백? 천리에 걸친 솔나무가 하루아침에 모두 희어진다는 소리 아니오?"

조만옥이었다.

"가뭄이 들어도 그냥 논밭에 곡식이나 타고 마는 것이 아니고 솔나무까지 말라 죽어분단 말이오? 그러면 식량도 식량이제마는 마실 물은 어디서 난단 말이오?"

"비결풀이라는 것이 그렇게 글자대로 쉬운 것이 아닐 것이오."

조만옥이었다.

"하여간, 얼마 안가 난리가 나기는 나고 말 모양이오. 꼭 그런 비결이 아니더라도 지금 관속배들이나 왜놈들 설치는 것 보시오."

저쪽 자리 주걱턱이었다.

"지금 관속배들은 돈에 눈이 뒤집혀 환장을 했고, 왜놈들은 조선 쌀에 눈이 뒤집혀 환장 아니오? 이것이 예삿일이 아닌 것 같소. 무슨 홍수나 물난리 같은 재변이 닥칠라면 간치나 개미 같은 미물들부터 미리 그 낌새를 알아챈다지 않던가라우? 이 작자들 하는 짓도 바로 그 조짐만 같습디다. 제놈들이 뭣을 알아 그런 것이 아니고 이놈들이 멋이 씌워대서 그런 것 같은디, 저 작자들 날뛰는 것 보면 멋이 씌워대도 크게 씌워댄 것 같잖소?"

"이것도 얼마 전에 여기 지나던 과객이 하는 소린디, 이번에 난리가 나면 해변 삼십 리, 인가 삼십 리를 피해야 한다더만이라우."

중아비가 한마디 했다.

"해변 삼십 리라먼 또 왜놈들이 쳐들어온다는 소린가?"

"왜놈들 설치는 것 보먼 그럴지도 모르지라우."

"해변 삼십 리, 인가 삼십 리는 아까 동쪽 팔백 리보다 더 까다롭구만. 해변 삼십 리는 몰라도 인가 삼십 리가 어디 쉬운가? 지리산도 골짜기 골짜기마다 사람 안 사는 데가 없는디, 그럼 지리산 꼭대기 천왕봉으로나 올라가란 소리여?"

조만옥이었다.

"지난번 선운사 미륵 배꼽에서 나왔다는 비결 이야기만 보더라도 난리 얘기는 틀림없는 소리겠지라우? 그 비결 이야기가 남도 지방에서는 두 가닥으로 났는디 어느 것이 맞다요?"

다른 남도 사내였다.

"두 가닥이라니라우?"

"진인 정도령이 남해바다에서 나와갖고 그 정도령이 양놈들하고 왜놈들을 말짱 쫓아내분 다음에 이가들하고 민가들을 싹 쓸어버리고 나라를 세운다기도 하고, 어떤 사람들은 동학도들이 몬자 나서서 외국놈들을 싹 몰아내고 이가 민가들 씨를 말려불고 나면 그때 정도령이 나와서 나라를 세운다기도 하고, 이야기가 두 가닥으로 돌고 있소."

"그러고 본께 여기서도 그렇게 두 가닥인 것 같소."

주걱턱이었다.

"또 그 비결은 손화중 씨가 가지고 지리산으로 들어갔다는 말도 있고 계룡산으로 들어갔다는 말도 있는디, 어느 쪽이 맞다요?"

남도 사내였다.

"여그서도 묻느니 그 말이오. 지금 지리산에선가 계룡산에선가 손화중이 백일기도를 하고 있다는 것 같습디다."

저쪽 자리 고구마상투였다.

"백일기도라면 그것을 꺼낸 것이 지난 추석 지나곤께 그때 곧바로 들어갔다면 백일이 언제겠소? 가만 있자. 응, 동짓달 그믐께가 백일이겠그만이라우."

"그럼 백일기도만 끝나면 그때부터 무슨 조화가 벌어진다는 소리까라우?"

"글씨 말이오."

"하여간, 가는 데마다 난리 소린디, 난리가 나거든 피차 몸조심합시다. 우리는 갈 길이 멀어 이만 떠날라요. 우리는 지금 당장 인가 삼십 리가 아니고 해전에 고부 삼십 리를 떠나야 안심이 될 것 같은디, 나갈 때는 또 기찰이 얼마나 까다로울란가 모르겠소."

과객들이 익살을 부리며 일어섰다.

"조심해서들 가시오."

그들이 나가고 난 뒤 좀만에 나졸 하나가 주막으로 들어섰다.

"여기 창골서 오신 조만옥 씨란 분 계시오?"

"날세."

"수교님께서 보내 왔소. 잠깐 나오시오."

조만옥은 나졸을 따라 밖으로 나갔다.

"수교님께서는 바빠 못 나오신다고 무슨 일인가 알아보라 해서 왔소. 이번 살변 일이오?"

"그렇네. 하학동서 오신 여자분하고 창골서 잡혀온 김달식이라는 젊은일세. 그 여자분은 내 이모고 그 젊은이는 내 친처남일세. 잘 좀 부탁한다더라고 전해 주게."

조만옥은 달주 어머니를 이모라고 둘러댔다.

"알겠소. 전하실 것 있으시면 저한테 주셔도 상관없소."

"그런가? 이것 얼마 안 되네마는 찬값에나 보태라더라고……."

"얼마지라우?"

나졸은 거침없이 물었다.

"약소하네마는 한 집에서 쉰 냥씩 백 냥이네."

"알겠소."

나졸은 종이에 싼 돈뭉치를 나꿔채듯 받아들더니 조만옥을 제치고 주막 안으로 들어갔다.

"저쪽으로 갖다 주시오."

나졸은 중아비한테 돈뭉치를 넘기며 뒷골목 쪽으로 턱짓을 했다. 갖바치를 말하는 것 같았다.

나졸은 휑하니 나가버렸다. 중아비는 조만옥을 보고 씽긋 웃으며 돈뭉치를 들고 방 안으로 들어갔다.

조만옥은 얼빠진 표정으로 중아비가 닫고 들어간 장지문을 멍청하게 건너다보고 있었다. 돈뭉치를 날치기라도 당한 기분인 듯했다.

술값을 계산하고 쓸쓸한 표정으로 두 사람이 주막에서 나가려는 참이었다. 헐레벌떡 뛰어드는 사람이 있었다. 아까 처음 조만옥과 김한준이 여기 들어올 때 중아비한테서 돈을 받아가지고 나갔던 사람이었다.

"거시기 말이오. 이거 아까 그 돈인디, 이것 도로 갖다줘사 쓰겠소."

사내는 다급하게 돈보자기를 중아비 앞에 내밀었다. 바삐 달려왔는지 숨을 가쁘게 쉬고 있었다. 중아비는 무슨 소리냐는 표정으로 사내를 건너다보고 있었다.

"느닷없이 그것이 먼 소리요?"

"돈을 안 써도 나올 모양이오."

"그냥 나온다고?"

"예. 그래서 이 돈은 소용이 없어졌은께 얼른 갖다 주시오."

사내는 주먹처럼 뭉툭한 코를 실룩거리며 서둘렀다.

"한번 나간 돈인게 이자는 포기해사 쓰요 잉!"

"멋이라고라우? 돈 가져간 지가 미처 한나절도 안 됐는디, 이자를 어쩌다니 그것이 말이 돼요?"

주먹코가 버럭 소리를 질렀다.

"선변이란 것이 그래서 무섭다는 것 아니오. 가서 사정은 한번 해보겠소마는 안 된다면 하는 수 없소."

중아비는 떨떠름한 표정으로 돈을 받아들고 나갔다.

"만져보고 돌려주는 셈인디, 되고 안 되고가 어딨어?"

조만옥이 나가는 중아비 등에다 대고 핀잔을 주었다.

"나오다니, 어떻게 나오요? 달리 손을 썼소?"

조만옥이 주먹코에게 물었다. 주먹코는 저쪽 술자리를 힐끔 한번 돌아보고 나서 조만옥 귀에다 입을 댔다.

"살범을 잡았다는 것 같소."

"멋이라우? 살범을 잡아라우?"

조만옥이 턱없이 크게 소리를 질렀다. 저쪽에 앉았던 사람들도 놀란 눈으로 이쪽을 돌아보고 있었다.

"소문낼 소리가 아닌 것 같소."

주먹코가 저쪽 사람들 눈치를 살피며 낮은 소리로 속삭였다.

"괜찮소. 우리는 덕천 사람들인디, 다 같은 입장이오. 살범은 누구라요?"

주먹코는 얼른 입을 열려 하지 않았다.

"서로 같은 입장에 멀 그러시오!"

저쪽에서 주걱턱이 핀잔을 주고 나섰다.

"널리 소문은 내지 맙시다. 은선리 박목수라는 것 같소. 자복을 했다는 것 같그만이라우."

"아니, 박목수? 박목수라면, 나졸이 죽어 있는 것을 보고 군아에 고변을 한 사람이 바로 그 사람이라는디, 그 사람이 살범이란 말이오?"

"목수들이 갖고 댕기는 그 기둥 깎는 큰 자귀 있지라우? 그것으로 그 나졸 마빡하고 눈탱이를 깠다는 것 같습디다."

"아, 그런께 이마빡하고 눈탱이에 난 상처가 그 자귀 자국이구만."

"오매, 그러고 본께 영락없구만."

고구마상투가 놀랐다.

"박목수가 사람을 죽여, 그 선한 사람이?"

조만옥이 고개를 갸웃거렸다.

"관가에서 그 자귀를 가져왔는디, 자귀 등에 핏자국까지 묻어 있더라요."

"허허, 그런께 불낸 놈이 불이여 한다등마는 그 작자가 그 짝이었구만."

저쪽 고구마상투였다.

"두고 봐야 알 일이제마는, 매에 못 이겨 헛불림을 했는지 누가 알겄어?"

조만옥은 고개를 갸웃거렸다.

"전후 *사개가 딱 맞잖소?"

"그런께, 누가 뭐라요마는, 나도 그 사람을 아는디, 그 사람이 그런 모진 짓을 했을까?"

조만옥은 연신 고개를 갸웃거렸다.

"자복을 했다는디야 할 말 있소?"

"하기는 그렇지라우. 그런디 일이 이렇게 되었다면 우리는 이것이 멋이여? 파제날 제상 차린 꼴도 아니고."

조만옥이 김한준을 보며 어리둥절한 표정을 지었다. 김한준은 멋쩍게 웃었다.

"이것 너무 괘씸한걸. 소문이 이렇게까지 퍼질 때는 박목수가 자복을 한 것이 옛날 이애기라는 소린디, 이판에, 은수교가 나한테서 돈을 받아?"

조만옥은 혼자 뇌며 상판이 일그러졌다.

"명색 사돈지간에 이럴 수가 있어?"

조만옥은 거듭 혼잣소리로 이죽거리며 *소태 먹은 상으로 상판이

166

점점 험하게 일그러졌다.

"돈에 눈이 가리면 삼강오륜도 석냥 닷푼으로 읽는다지 않던가? 그런 눈에 사돈이 제대로 뵈겠는가? 중놈 어물 값 물었네."

"아무리 *눈에 헛거미가 끼었다기로 사람을 멋으로 본 것이여."

조만옥은 눈초리를 모로 세웠다.

"어찌 됐든 나오게 됐은께 다행이네. 돈 백 냥이 대순가. 나는 생대 같은 동기도 저자들 곤장 밑에 날린 사람일세."

조만옥은 김한준 말을 제대로 듣는 것 같지도 않았다. 잔뜩 *으등 그리진 상판으로 이윽히 허공을 노려보고 있었다.

그때 중아비가 들어왔다.

"안 된답디다."

중아비가 돈보자기를 주먹코 앞에 내던졌다.

"이 날강도 놈들. 안되기는 뭣이 안 돼?"

느닷없이 조만옥은 목로판을 꽝 치며 고함을 질렀다. 술잔과 *김 치보시기가 놀라 제자리에서 펄쩍 뛰었다. 술잔 하나가 뱅글뱅글 돌 다가 땅바닥에 떨어져 쨍그렁 깨졌다.

"한나절도 못돼서 돌아선 돈을 안된다면 저 돈은 가져다 삶아 묵 으란 소리여, 볶아 묵으란 소리여? 저 식칼 이리 내놔!"

조만옥이 자리에서 벌떡 일어서며 중아비를 향해 도마 위에 있는 큼직한 식칼을 가리켰다. 조만옥 눈에는 시퍼렇게 불이 켜져 있었 다. 중아비는 조만옥 서슬에 어쩔 줄을 몰랐다.

당사자인 주먹코는 되레 머쓱한 표정으로 조만옥을 건너다보고 있었다. *상제보다 복재기가 더 서러하더라고 엉뚱한 사람이 이렇게 설치고 나오자 정작 화를 내야 할 주먹코는 오히려 조만옥 서슬에 질린 표정이었다.

"이 사람아, 자네 지금 제정신인가? 칼은 또 뭣 하자는 건가? 살변 하나 가지고도 부족해서 이런가?"

"내가 그 따위 쥐새끼 같은 놈들 하나 죽이고 살인 출 것 같아? 저 칼 들고 길거리에 나가 강도질하라고 할 참이여."

"허허, 이 성질 가지고 이 험한 세상을 지금까지 어떻게 살아왔는가?"

김한준은 허허 웃었으나, 조만옥은 화를 삭이지 못해 숨을 씨근거리고 있었다.

"이것은 누가 봐도 억지가 너무 심해요. 한나절도 못 됐는디 두 달 이자라니 이것이 말이 돼요? 다시 가보시오!"

김한준이 중아비를 향해 점잖게 나무랐다.

"허 참, 이것 중간에서……."

잔뜩 주눅이 든 중아비는 조만옥을 힐끔거리며, 주인 잃은 보릿자루처럼 목로 위에 내던져졌던 돈보자기를 다시 집어들었다.

"가만있어!"

조만옥이 나가려는 중아비를 향해 소리를 질렀다. 중아비가 찔끔했다.

"아까 은수교 나졸이 맡긴 돈, 그것부터 이리 내놓게!"

엉뚱한 소리에 중아비는 다시 멀뚱한 눈으로 조만옥을 건너다봤다.

"뭘 꾸물거리고 있어?"

조만옥이 버럭 악을 썼다.

"얼른 내놓지 못해?"

"그러면 나는 그 사람보고 멋이라고 할 것이오?"

중아비가 이죽거렸다.

"멋이라고 하다니? 내가 가져갔다고 하제 멋이라고 하기는 멋이라고 해?"

"자네 지금 제정신이 아니구만. 그 돈은 이미 나줄 손으로 넘어간 돈 아닌가?"

"그게 제대로 넘어간 돈인가? 눈 떠어놓고 날강도질해간 돈이제."

조만옥이 벌떡 일어섰다.

"이리 와!"

조만옥은 중아비를 끌어 방문 쪽으로 밀어붙였다. 장지문을 열고 안으로 떠밀었다. 조만옥도 신을 벗으며 안으로 들어갔다. 짚신 한짝이 발에 붙어 떨어지지 않았다. 발을 탁 털었다. 똥 묻은 쇠발 털듯 거세게 털자 짚신짝이 공중으로 퉁겨 한참 올라갔다가 저만치 주먹코 앞 목로에 떨어졌다.

"이 돈이제!"

조만옥은 돈뭉치를 들고 밖으로 나왔다. 주먹코가 짚신을 집어 얼른 그쪽으로 던졌다.

"그게 무슨 짓인가? 돈을 돌려받더라도 건넨 사람한테서 돌려받아알 것 아닌가? 이것은 경우가 너무 틀린 일이여."

김한준이 소리를 질렀다.

"경우? 그 우라질 경우는 못난 놈만 찾으라는 무슨 비지개떡인가? 그래 그 따위 같잖은 경우에 묶여 터도 없이 생살을 뜯기자?"

"그래도 일을 순리로 풀어얄 것 아녀?"

"염려 말게. 살범이 잡혔다고 하글래 하루 이자라도 안 물라고 돈을 찾아다 줬다고 할 것인게, 자네는 가만히 구경이나 하고 있게."

"이자도 이자제마는 일을 순리로 하자, 이 말이여."

"순리로 내놓을 놈이 살범 잡아놓고 돈 챙겼겄어? 생사람도 조져서 돈을 울궈내는 놈들인디, 작년 추석에 묵은 송편 쪼가리가 목구멍에서 기어나오기가 쉽제, 그 작자들 아가리에 한번 들어간 돈이 순리로 나올 것 같어? 가서 물려올 텐게 자네는 여기 가만히 앉아 있게!"

"그래도 이쪽에서 차릴 체면은 차려사 쓸 것 아닌가? 자네 오늘 하루로 세상을 다 살아버리고 그만둘 참인가?"

김한준이 문을 막아서며 역정을 냈다.

"이 사람이 언제부터 이런 공자가 됐어? 자네나 내나 우리 형편에 이 돈이 시방 얼만가? 보릿고개 다섯 식구 한철 양식이여. 저놈들처럼 남의 것 빼앗아 먹지는 못할망정 같잖은 체면에 묶여 한 섬토록 생골을 내잔 소린가? 자네도 그렇지마는 나도 이게 내 일이 아니고 처가 일일세. 순리 찾고 체면 찾다가 코 싹 내리 씻어불면 우리는 맨손으로 돌아가서 멋이라고 할 것인가? 허방에다 생돈을 백 냥씩이나 허투루 쏟아넣고 가서 무슨 낯짝으로 발명을 하냐 이 말이여? 병신노릇도 가려감시로 해야 해!"

조만옥은 김한준을 거세게 밀치며 주막 문을 나섰다. 멍청하게 서 있던 김한준도 뒤따라나갔다.

빡보 가게에 이르자 문 앞에 시골 사람들이 서넛 우두커니 서 있었다. 안으로 들어갔다.

주인은 보이지 않고 일 거드는 젊은이만 혼자 앉아 있었다.

"주인 어디 갔는가?"

"즐포 가셨소."

"즐포? 언제 오는가?"

"모르겠소."

"나 조금 전에 쌀돈 가져갔던 사람인디, 형편이 달라져서 무르러 왔네. 내일 다시 올 것인께 이 돈 챙겨 뒀다 주인 오거든 주게. 아까 가져갔던 장리쌀 돈이여. 한 섬 값인디, 나머지는 아까 그 저쪽 술집 주인이 가져올 것이네."

"저는 이 집에서 짐이나 져 나르는 막일꾼이오. 돈 상관은 안 하요."

"알고 있어. 그러기 자네하고 무슨 셈을 하자는 것이 아니고 돈만 맡아 두라는 것 아닌가? 맡아 두었다가 창골 사는 조만옥이 가져왔 더라고 전해 주먼 그만이네."

그러나 젊은이는 돈을 받을 자세가 아니었다.

"우리도 지금 돈을 무르러 왔는디, 주인이 없어 이러고 있소."

물 건너 손주 죽은 늙은이들처럼 먼산바라기를 하고 있던 사내들이 끼어들었다.

"어서 받아놨다 줘!"

"저는 그런 심부름 못 하요."

"이런 답답한 사람. 혼자 앉아서 이 큰 가게도 지키는 사람이 쌀 한 섬 값을 못 맡아? 잔말 말고 간수했다 줘!"

조만옥은 방 안으로 돈뭉치를 홱 내던졌다.

"저 돈, 저는 몰라요."

"자네 방에 있는 돈을 자네가 모르면 누가 알아?"

조만옥이 간 떨어질 소리로 호령을 하며 허옇게 노려봤다. 젊은이는 이내 눈길을 숙이고 말았다.

"가세!"

두 사람은 군아 쪽으로 갔다. 아문 앞에는 백여 명의 군중이 몰려 있었다. 소문이 벌써 쫙 퍼진 모양이었다.

구경꾼 모이는 속은 호도엿 장수가 먼저 알더라고 길 양쪽에는 두부장수들이 벌써 너댓 명 몰려 있었다.

"작은아부지!"

사람들 속에서 남분이 뛰어나오며 김한준 손을 잡았다. 환한 얼굴이었다. 강쇠네와 유월례도 김한준 곁으로 왔다.

"그런께 박목순가 그 작자가 불라면 쪼깨 진작 불 일이제 생사람 애간장을 이렇게 녹여놓고 볼 것이오?"

입이 잰 강쇠네가 여러 사람 들으라는 듯 떠들었다.

"쓰잘데없는 소리 말고 조용히 기다리게!"

김한준이 나무랐다.

"저건 또 멋이여?"

사람들의 눈이 한쪽으로 쏠렸다. 벙거지들이 또 사람들을 잡아오고 있었다. 세 사람이었다.

"살범이 자복을 했다는디 또 생사람을 잡아들여?"

누가 그들 들으라는 듯 큰소리로 뜰떼놓고 왜장을 쳤다.

"뭐요, 살범이 자복을 했어라우?"

172

잡혀오던 사람들이 물었다.

"자복을 했다요. 잡혀가도 들어가는 대로 풀려나올 것인께 안심하고 가시오."

그 소리에 나졸들도 놀라는 눈치였으나 내색을 않았다.

그들이 막 군아 문을 들어서고 나서였다. 저쪽에서 깔깔 여자 웃음소리가 났다. 너무 당돌한 웃음소리에 모두 그쪽으로 눈이 쏠렸다.

"사또 마누라 또 거동이네."

모두 웃었다. 미친년이었다.

"나도 우리 사또 나리하고 낼 모래면 화륜선 타고 일본 가."

예사 미친 여자 같지 않게 몸 매무새가 단정하고 얼굴도 깨끗했다. 버선에다 신발도 얌전했고, 또 얼굴도 예뻐 얼핏 보면 좀 방자한 술집 계집으로 보였다.

"이 속에 내 서방 될만한 사람 한나나 있는가 보자."

미친년은 엉뚱한 소리를 하며 거기 모여 있는 남자들을 훑어보기 시작했다.

"아따, 이 양반 색께나 쓰게 생겼네."

느닷없이 조만옥을 가리키며 깔깔거렸다. 폭소가 터졌다. 으등그려졌던 상판이 아직도 덜 풀렸던 조만옥도 허허 웃고 말았다.

"그러면 자네 서방 삼게."

김한준이 끼어들었다.

"당신도 겉으로는 점잖은 척해도 속으로는 호박씨깨나 까게 생겼구만."

김한준을 실눈으로 흘기며 요염하게 웃었다. 또 폭소가 터졌다.

"오매 오매, 시방 내가 여기 멋하러 왔으까?"

미친년은 느닷없는 소리를 하며 깜짝 놀랐다.

"으음, 내가 진과부 찾으러 왔구나."

미친년은 금방 얼굴이 환해졌다. 이내 노래를 부르며 춤을 추기 시작했다.

경상도라 하동땅에 과부 과부 진과부는
이십에도 과부라네 삼십에도 과부라네
과부란가 과부란가 자네 혼자 과부란가
반달 같은 자네 딸은 은지 꺾어 손에 들고
은달 같은 자네 아들 낫을 꺾어 던져놓고
듣기 좋은 흥부대는 어느 누가 받으란가
듣기 좋은 피리 촐래 어느 누가 들으란가
가고 없네 가고 없네 임을 따라 가고 없네
자식 정도 좋제 마는 임의 정만 하더란가

미친년은 네 활개를 활활 저어 춤을 추며 저쪽으로 사라졌다. 창도 좋으려니와 춤사위도 제법 격조가 있었다.

관기였다고 했다. 평소에는 아무렇지도 않다가 비만 오려면 저렇게 미친기가 동한다는 것이다. 여기서 골살이하다가 한양으로 간 어떤 원을 못 잊어 상사병으로 미쳤다기도 하고, 제 고향에 마음에 두고 있는 총각이 있어 그를 못 잊어 미쳤다기도 했다.

서산에 해가 두어 발 남아 있을 때였다.

"나온다!"

사람들이 아문 앞으로 몰려갔다. 정말 사람들이 나오고 있었다. 가족들이 쫓아가 얼싸안고 반겼다. 그러나 열댓 명만 나오고 뒤가 끊겼다.

"오늘은 더 나올 사람이 없은께 모두 돌아들 가시오!"

포교가 큰 소리로 말했다.

"나머지는 왜 안 내보내요?"

몰려섰던 사람들이 소리를 질렀다. 그러나 포교는 들은 척도 않고 들어가버렸다. 사람들은 어찌된 영문인지 몰라 나온 사람들 주변으로 몰려들었다.

조만옥의 처남 김달식은 나왔다. 그러나 하학동 사람들은 아무도 나오지 않았다.

"매형이 손썼지라우?"

조만옥의 처남이 웃으며 물었다.

"왜?"

"수교님이 나오라고 하등마는 자네가 조만옥 씨 처남이냐고 함시로 잠시라도 고생했다고 등을 두드립디다."

조만옥은 좀 멋쩍은 표정으로 김한준을 건너다봤다.

"나머지는 어째서 안 내보낸다더냐?"

조만옥이 퉁명스럽게 물었다.

"오늘 나온 사람들은 모두 밖에서 손쓴 사람들인 것 같소. 내가 있던 방에서도 그런 사람들만 세 사람이 나오고 다른 사람들은 그대로 있소."

"살범이 잡혔으면 그만이제, 어째서 죄 없는 사람들을 안 내논다 더냐?"

조만옥은 김달식이 수령이기나 한 듯이 퉁명스럽게 따졌다.

"뻔한 속이겄제마는 겉으로 내세우는 구실은 박목수하고 통모通 謀한 사람을 잡는다고 그런다는 것 같소. 오늘 아침부터는 문초가, 박목수를 아냐, 알면 언제부터 알았냐, 이 근래 만난 일이 있냐? 이 런 것만 물은 것 같습디다."

군중은 여기저기 무리 져서 웅성거리고 있었다. 두부장수 여편네 들이 그 사이를 부산하게 휘지르고 다녔다. 나온 사람들은 두부통 곁에 쭈그리고 앉아 김치가닥으로 두부를 감아 아귀아귀 우겨넣었 다. 옥에서 나온 사람들은 두부부터 먹어야 다시 이런 관재를 안 당 한다는 속설俗說 때문이었다.

옥에서 나온 사람들에게 이렇게 두부를 먹게 하는 속설 속에는 미신적인 의미보다 훨씬 실질적인 뜻이 숨어 있었다. 이렇게 하루 이틀 살고 나온 사람들은 별로 상관이 없지만, 오래 살다 나온 사람 들이 문제였다. 그 허기진 창자에다 떡이나 고기같이 질긴 것을 아 귀아귀 우겨넣어 놓으면 대번에 탈이 붙고 말았다. 그래서 소화가 잘 되는 두부로 배를 채우게 하여 탈을 막자는 속셈에서 그런 속설 을 빚어낸 것 같았다.

옥문을 나온 사람들은 한 사람씩 자리를 뜨기 시작했다.

그러나 가족이 나오지 못한 사람들은 실없이 웅성거리고 있었다.

"살범이 잡혔으면 죄 없는 사람들은 모두 내주어사제 왜 안 내줘? 돈 없고 뒷 없는 것도 죈가?"

강쇠네가 군아 쪽을 향해 앙칼지게 쏘아붙였다. 사람들이 모두 강쇠네를 봤다.

"제 목구멍도 동네 사람들 *나가시에 얹혀사는 동네 제지기가 어디서 돈이 나서 바친단 말이여. 지나 새나 동네 사람들 *만수받이한 것밖에는 죄가 없는 사람인디, 아이고 아이고."

강쇠네는 제물에 설움이 받쳐 그만 땅바닥에 퍼지르고 앉으며 통곡을 터뜨렸다. 사람들이 몰려들었다.

"없는 것도 원통하고 종살이도 서러운디, 아이고 아이고, 박달나무 모진 매를 무엇으로 막는단가, 아이고 아이고."

"자네가 저리 데리고 가게!"

김한준이 좀 언짢은 표정으로 유월례한테 말했다. 유월례가 강쇠네 손을 잡아끌었으나 강쇠네는 막무가내였다.

"돈도 없고 뒤도 없고 서발장대 휘둘러도 거칠 것이 없는 살림, 아이고 아이고, 어디서 돈이 나고 어느 누가 나서주까, 아이고 아이고"

곁에 섰던 여인네들도 치맛귀를 말아 올려 콧물을 훔치며 훌쩍이기 시작했다. 여기저기서 울음이 터지고 있었다. 남분과 유월례도 덩달아 훌쩍이기 시작했다. 군아 문전은 금방 울음바다가 되고 말았다. 강쇠네 청승은 더 극성을 떨었다.

울음소리를 듣고 놀랐던지 아까 그 포교가 다시 나왔다. 울음소리가 조금 누그러졌다.

포교는 엉뚱하게 아문에 파수를 서고 있는 나졸들을 노려봤다.

"임마, 느그들은 여기다 뿐보기로 세워논 줄 아냐?"

포교는 나졸 손에서 창을 낚아챘다. 창을 거꾸로 잡아 나졸 등때기를 사정없이 후려갈겼다. 그 바람에 울음소리가 뚝 그쳤다.

"여보시오."

그때 군중 속에서 느닷없는 고함소리가 터졌다. 여자 목소리였다.

"살범을 잡았으면 죄 없는 사람들을 내놔야 할 것 아니오. 어째서 생사람을 가둬놓고 안 내노요?"

오십 세쯤 되어 보이는 여인이 군중을 헤치고 나서며 앙칼지게 쏘아붙였다.

"죄가 없다니, 당신이 죄가 있는지 없는지 어떻게 아요?"

"살범이 잡혔으면 다른 사람은 죄가 없제 으째라우?"

"통모한 사람을 잡을라고 지금 문초를 하고 있어요."

"통모? 돈 나오라는 핑계제 통모는 누가 통모를 해?"

여인은 지지 않고 대들었다. 그때 군중이 우 소리를 지르며 포교 앞으로 육박해 들어갔다. 포교는 눈썹 하나 까딱하지 않고 버티고 서서 군중을 노려보고 있었다. 군중은 중구난방으로 악다구니를 쓰며 옥죄어 들어갔다.

군중을 노려보고 있던 포교는 무슨 생각을 했는지 홱 돌아섰다. 무얼 결심한 듯 걸음걸이가 빨랐다.

그때 아까 그 여인이 앞으로 나섰다.

"인자부터 저 속에서 때리는 매는 살범을 잡자는 매가 아니고 돈 나오라는 매요. 나는 돈이라고는 비상 사 묵고 죽을래도 사 묵을 돈이 없소. 나같이 돈 없는 사람은 여기 버티고 앉아서 같이 죽어뿝시다."

"그랍시다."

군중은 주먹을 휘두르며 악을 썼다. 그때였다. 저쪽에서 아까 그 포교가 다시 나오고 있었다. 이번에는 혼자가 아니었다. 여남은 명의 나졸을 뒤에 달고 있었다. 군중은 잠시 조용해졌다.

포교가 앞으로 나섰다.

"내 말 똑똑히 들으시오. 지금 살범하고 통모한 사람들이 줄줄이 나오고 있소. 운학동서도 나왔고 창골서도 나왔소. 여기서 떠드는 사람들은 그런 수상한 사람 가족이 틀림없소."

포교는 착 가라앉은 소리로 말을 하며 험한 눈으로 군중을 노려봤다. 군중은 조용해졌다.

"돌아가시오. 살범을 잡고 있는디, 이 판이 어떤 판이라고 함부로 떠드요. 똑똑한 사람 있으면 어디 한번 나서 보시오!"

"우리 아들은 죄 없은께 안 내주면 나도 같이 여그서 죽을라요."

아까 그 여인이 그 자리에 풀썩 주저앉았다.

"이 여편네 배짱 한번 두둑하네. 어디 이 여편네하고 여기서 같이 죽을 사람 있으면 또 나서시오!"

포교는 더 험한 눈으로 군중을 노려봤다. 그러나 더 나서는 사람이 없었다. 모두 숨을 죽이고 있었다.

"그러면 여기서 안 죽을 사람들은 어서 돌아서시오!"

포교가 착 가라앉은 소리로 군중을 위압했다. 한 사람씩 슬금슬금 뒤로 물러서기 시작했다. 포교가 거듭 다그치자 더 물러섰다.

금방까지 시퍼랬던 군중의 서슬이 겻불 사그라지듯 사그라졌다. 눈에는 공포뿐이었다. 군중은 힐끔힐끔 포교의 눈치를 살피며 한참 뒤로 물러서다가 멈췄다. 저 여인을 어떻게 닦달할까 모두 겁먹은 눈이었다.

포교는 여인에게 뭐라 말을 하고 있었다. 아까 서슬과는 달리 여인을 달래는 것 같았다. 이내 여인이 일어섰다. 여인은 이내 눈물을 훔치며 돌아섰다.

군중은 말없이 흩어졌다.

김한준과 조만옥도 말없이 돌아섰다. 이내 김한준이 입을 열었다.

"아까 그 돈은 도로 찾아다 중아비한테 갖다 주어야지 않겠는가?"

"허 참."

조만옥이 가볍게 헛웃음을 쳤다.

"자네는 여기 있게. 내가 갔다 오겠네."

김한준이 빡보 가게 쪽으로 바삐 발걸음을 옮겼다.

6. 대둔산

1

대둔산大屯山은 논산군과 진산군, 그리고 고산현의 경계가 삼각점을 이루는 곳이다. 그러니까 충청도와 전라도의 경계를 이루기도 하는 이 산은 서해 쪽으로 호남평야를 넓게 깔고 있는 소백산맥 이쪽 주봉으로, 북쪽으로는 오대산과 남으로는 천등산을 형제처럼 거느리고 있다.

대둔산과 천등산 사이로 강줄기를 따라 진산으로 넘어가는 길은 전라도 동북지방에서 충청도로 이어지는 가장 큰 길이다.

"이 천등산을 어째서 천등산이라 부르는 줄 아는가? 천등이라면 하늘 천, 등불 등이네."

김덕호가 임꺽한에게 물었디.

"그럴 듯한 전설이라도 있는 모양이지요?"

"의상대사가 옛날에 이 산에서 도를 닦고 있었네. 하루는 하늘에 무지개가 걸리더니 그 무지개를 타고 선녀가 하나 내려오지 않겠는가? 별일이다 하고 있는데, 이 선녀가 의상대사 있는 데로 오더니 느닷없이 의상대사더러 자기하고 같이 살자고 조르지 않겠어? 출가한 사람한테 그 무슨 당치 않은 소리냐고 호통을 치자 선녀는 무색해서 그대로 하늘로 올라가고 말았구만. 그때부터 하늘에 불이 환하게 켜지고 그 선녀가 끼니마다 하늘에서 밥을 해가지고 내려와 의상대사를 봉양하는구만."

겨울밤의 냉기가 귓불에 차가웠으나 일행은 그렇게 추운 줄을 몰랐다.

"그러던 어느 날 원효대사가 여기를 지나다가 의상한테 들렀어. 당신은 아직도 세속의 밥을 먹고 있느냐고 의상은 은근히 원효를 비꼬면서 자기가 선녀한테 봉양 받고 있다는 것을 자랑을 했구만. 그럼 나도 한번 그 밥을 맛보자고 기다렸네. 그런데 어찌된 일인지 그날은 끼니때가 되어도 선녀가 밥을 가지고 나타나지 않네그려. 자네가 나한테 농을 했군, 원효는 핀잔을 주며 떠나버리고 말았구만."

"선녀가 왜 오지 않았을까요?"

임군한이 물었다.

"들어보게. 다음 끼니에는 선녀가 전과 같이 또 밥을 가지고 오는구만. 어째서 어제는 오지 않았느냐고 물었더니, 방에 신장神將이 버티고 있어 들어올 수 없었다잖은가? 그제야 의상은 원효가 자기보다 한 단계 위인 줄을 깨닫고 자만심을 버리고 열심히 정진을 하여 큰스님이 되었다는 걸세."

"형님은 이따금 그런 시어터진 이야기를 잘 하십디다."

임군한이 핀잔을 주었다.

"힘들여 이야기를 했는데, 시어터지다니?"

"의상인가 깨묵인가 그런 작자가 자만심을 버리고 열심히 정진해서 큰스님이 되었다고 하셨는데, 그렇게 큰스님이 되었으면 그런 자들이 백성을 위해서 한 일이 뭣이오? 제 혼자만 도통인가 지랄인가 그런 것을 해서 눈감고 염불이나 하고 자빠졌으면 그래 그게 어쩐다는 것이오?"

"불교는 불교대로 중생을 제도하려는 큰 뜻이 있네."

"시답잖은 소리요. 돈냥이나 있는 것들 복이나 빌어줬제, 개뿔이나 그것들이 뭣을 했단 말이오? 중생을 제도한다고 몇천 년이나 도를 닦아도 중생이 지금도 이 모양이라면 절간이고 부처고 다 불 처질러버려야지 않겠어요?"

"역시 자네는 맞춰온 산적일세."

김덕호가 껄껄 웃었다. 더 대거리를 해보았자 임군한한테는 입만 아프겠다고 생각하는 모양이었다.

"달주야, 방금 저이가 뭐라 했느냐?"

임군한은 웃으며 물었다. 달주는 대답하지 않았다.

"눈치를 챘을 것이다마는, 나는 산적이다. 산적 두목이야. 장성 갈재에 산채가 있다. 저이하고 뜻이 같아 이렇게 얼려 다닌다마는, 서로 뜻을 펴는 길속은 다르다."

달주는 임군한의 본색이 제대로 드러나자 새삼스럽게 놀랐다. 더구나, 바로 자기 동네서 이삼십 리밖에 안 되는 장성 갈재에 임군한의 산채가 있다니 더욱 놀라웠다. 그렇게 가까운 곳에 그토록 엉뚱한 딴 세상이 있었던가 싶었다. 이따금 갈재 화적들 소문이 퍼질 때마다 무지막지한 놈들로만 생각했었는데, 그렇게 무지막지하다고 생각했던 산적, 그 산적 중에서도 두목이 바로 임군한이라니, 달주는 도무지 얼얼하기만 했다.

그들이 대둔산 기슭의 당마루란 동네에 이르렀을 때는 새벽닭이 두 홰를 치고 있었다. 이 당마루는 진안과 무주에서 올라오는 길과 이쪽 고산에서 올라가는 길이 만나는 삼거리였다. 여기에는 대둔산에 산채를 가지고 있는 임군한의 졸개 김오봉金五奉이 주막을 내고 있었다. 봉노가 세 개나 있고 마방까지 갖춰 여기서는 제일 의젓한 주막이었다.

물론 본색을 감추고 술장사를 하고 있지만, 그가 대둔산 녹림객들과 기맥을 통하고 있다는 것을 이 근방 사람들은 대충 눈치를 채고 있는 것 같았다. 그래도 별로 탈이 없는 것은 여기가 원체 산중이기도 하려니와 이곳 사람들은 대둔산의 녹림객들을 속살로는 은근히 두둔하고 있었기 때문이다.

호랑이도 제 골은 *두남두더라고, 임문한은 본디부터가 예사 산적들과 달랐기 때문에 이 근동 사람들을 건드리는 일은 없고 양반이나 부호들의 집만 털거나 관가의 봉물만 노렸다.

그래서 어느 부잣집이 털렸다거나 어디로 가는 봉물이 결딴났다는 소문이 퍼지면, 이 지방 사람들은 *잘코사니야 하고 한결 고소해했다. 이런 심사야, *남산골샌님 역적 바라듯 뜯기고 사는 사람들은 누구나 지니고 있는 심사지만, 여기 사람들은 그게 대둔산 녹림객들이 저지른 일일 거라 싶어 마치 자신들이 그렇게 한탕 친 것처럼 웃음소리들이 한결 호들갑스러웠다.

대둔산 녹림객들은 이 근방 사람들을 건드리는 일이 전혀 없을 뿐만 아니라, 4년 전 무자년 흉년에는 이곳 사람들 5,60명을 이끌고 멀리 회덕까지 가서 거기 송씨네 마을인 송촌宋村을 털어온 일까지 있었다.

그때 이 지방 사람들은 제 신명에만 띄워 같이 가는 패거리들이 누가 누군지 알아볼 경황도 없이 서로 운김에 싸여 아는 사람들끼리만 어깨를 비비며 따라갔다가 쌀을 털어가지고 올 때는 또 재물 욕심에만 정신이 팔려 죽자 살자 쌀가마니만 짊어지고 내달았다. 자기 동네에 다다르면 너나없이 온다 간다 인사 한마디 남기지 않고, 보쌈 과부 업은 불한당 놈들처럼 자기 집으로 쓸려들었을 뿐, 누가 설두한 일인지조차 몰랐다. 나중에야 그때 앞장섰던 길라잡이하며 쌀을 털어내던 귀신같은 솜씨하며, 산길로 샛길만 골라 바람같이 왔던 것이 두루 신기하기만 하여 이야기에 이야기가 겹치다 보니 그게 대둔산 녹림객들이었다는 말이 뉘 입에선가 묻어나기 시작했던 것이다. 임문한은 그날 그들 졸개들이 지고 왔던 것만 가져갔을 뿐, 지방민들이 가져온 것에는 쌀 한 톨 혀를 대지 않았다.

지나새나 불알 밑이 졸밋거리는 산적들이 내가 누구라고 왜장치며 생색을 낼 리야 없는 일이니, 자기들 본색을 숨긴 것은 당연한 일이지만, 관속배들의 행티에 비겨 그들의 속뜻을 생각하면 활인불活人佛도 그런 활인불이 없었다.

그들에게는 정말 이만큼 실속 있는 *진휼賑恤도 없었다. 관의 그 명색뿐이고 생색뿐인 휼미恤米는 말할 것도 없고, 겹겹으로 농간만 더뎅이진 환곡還穀에도 댈 바가 아니었다. 그러니까, 처음부터 산적들과 작당해서 도적질한다는 생각은 없었지만, 그런 일이 있고 나서는 정작 그들과 한패가 되어버린 것같이 그들하고 은근히 한통으로 마음이 묶이던 것이다.

임문한은 여기에 둔을 치고 있었지만, 직접 거느리고 있는 졸개는 실상 여남은 명밖에 되지 않았으며, 그보다 많은 수는 근처 마을에 붙박혀 비승비속非僧非俗 양민 행세로 살고 있었다.

송촌을 털어올 때도 동네에 살고 있는 그 붙박이들이 주축이 되어 연비연비 동네 사람들을 끌어모았던 것이다. 그러니까, 임문한이 그때 그런 일을 했던 것은 당장 굶게 생긴 이들 붙박이들을 구하자는 일이었는데, 덤으로 동네 사람들도 끌어넣어 함께 구하게 됐던 것이다. 그렇게 해서 통을 넓히자는 속셈이 있었던지도 모를 일이었다.

임문한은 일을 해도 항상 그렇게 소릿바람 나지 않게 했으며, 더구나 그 자신은 사시장철 여기 한 군데 골박혀 있는 것도 아니었다.

그래서 세간에서는 대둔산에 녹림객이 있다기도 하고 없다기도 하고 대둔산 녹림객 이야기가 나오면 공론이 분분했다.

더구나, 그 두령은 생불이라는 말도 나돌았다. 축지법을 하여 동에 번쩍 서에 번쩍 하는가 하면 천리안을 가지고 있기 때문에 사람들이 그 산채 곁에 접근을 하면 빤히 보고 있다가 귀신도 모르게 잡아가 버린다기도 했다.

김오봉은 눈을 비비고 나와 일행을 맞았다. 육기가 좋고 허우대가 깍짓동만한 김오봉은 얼핏 보기에도 힘꼴이나 쓰게 보였다. 그는 성질이 *우질부질 *데설궂기가 천생 산적이었지만, 장사란 것이, 무주 구천동 소금장수도 *능갈이 없으면 이문속이 허한 법이라, 김오봉도 자기 집에 드는 손님한테는 살갑기가 무작스런 대로 *너울가지가 있어 그게 미더워 그런지 다른 술집보다 술손이 더 꾀어 셈속이 꽤나 쏠쏠했다.

김오봉은 두 사람을 반갑게 맞았다.

"인사 받게. 고부 전접주 수하에 있는 젊은일세."

임군한이 김오봉한테 달주를 소개했다. 달주가 절을 하며 이름을 댔다.

"김오봉일세. 전접주님 말씀은 임두령한테서 많이 들어 알고 있네. 전접주께서도 안녕하신가?"

"예, 잘 계십니다."

전봉준 접주가 이렇게 널리 알려졌는가 달주는 새삼 놀라웠다.

"웃동네 형님께서도 별고 없으신가?"

임군한이 물었다.

"후후, 지난번에 금산서 봉물을 한탕 치고 나더니 삼동 오소리 꼴로 코빼기도 안 내놓구만."

김오봉은 여편네를 깨워 술상을 차려냈다.

"노루고기요. 마침 어제 한 마리가 들어왔는데, 짬 맞게 잘 오셨소."

김오봉이 김덕호 잔에 술을 치며 말했다.

일행은 밤길에 원체 허기가 졌던 다음이라 술잔부터 걸팍지게 기울였다.

"누구 다녀간 사람 없던가?"

"아 참, 있소."

김오봉은 부랴부랴 밖으로 나갔다.

김덕호는 삼례 주막이나 밤실 주막에서도 똑같은 말을 묻더니, 여기서도 마찬가지였다. 이런 주막들이 모두 그의 연락처인 듯했다. 그러고 보면 김덕호는 하는 일이 꽤나 복잡한 것 같았다.

김오봉이 서찰 두 장을 가지고 왔다. 김덕호는 피봉을 뜯고 서찰을 읽은 다음 전대에다 챙겼다.

"저 위 두령님께서 오시는 대로 곧장 좀 뵙고 가시라는 기별이 왔소. 어제 온 기별이오."

"그렇잖아도 뵙고 갈 생각이었네."

"일해一海 선생을 만나셨다는 것 같습디다."

"일해를, 어디서?"

김덕호는 깜짝 놀랐다. 임군한도 김오봉의 입을 쳐다보며 무쪽 씹던 입을 멈췄다.

"며칠 전 태고사太古寺에서 만나신 것 같소. 만나실 때 파수 섰던 아이들이 일해 선생을 봤다고 자랑을 해서 알았소."

태고사는 대둔산 동북 편에 있는 절이다.

일해는 남접의 우두머리인 서장옥徐璋玉의 호였다. 스님 출신인 그는 항상 잠행을 하기 때문에 아무도 그를 쉽게 만날 수가 없었다. 거처가 일정하지도 않았지만, 어디 잠시 머무를 때도 거처를 쉽게 알리지 않았다. 그가 만나는 것은 주로 접주들이었는데, 자기가 만나고 싶으면 바람같이 홀연히 나타났다가 몇 마디 할 말만 하고 또 바람같이 홀연히 사라져버렸다. 접주들은 특히 요사이같이 답답한 일이 많을 때는 그를 만나 교시를 받고 싶은 일이 한두 가지가 아니었으나 그를 만나기는 꿈에 용 보기였다.

접주들도 이렇게 만나기가 어려우니 일반 교도들은 말할 것도 없었다.

서장옥은 이렇게 신비에 싸인 인물이었으므로 그의 출신이나 과거 행적에 대해서는 더욱 알 수가 없었다.

그의 개인적인 내력이라면, 출생지가 수원이라는 것 말고 확실한 것은 그가 어렸을 때부터 중이었다는 것뿐이었다. 그가 중이었다는 사실과 함께 그가 13살 때 동학교주 최제우를 만났다는 이야기가 널리 퍼져 있었다.

최제우는 그가 사교난정邪敎亂正으로 붙잡혀 죽기 2년 전(1862), 관의 지목을 피해서 3개월가량 남원에 머무른 적이 있었다. 남원 서쪽 교룡산성에 있는 선국사善國寺의 밀덕암密德庵이란 암자를 빌어 스스로 은적암隱寂庵이라 하고 거기에서 3개월간 은신했다가 경주로 돌아갔는데, 그는 여기 있을 때 칼노래劍訣를 지어 가지고 달 밝고 바람이 맑은 날 밤이면 그 성 산꼭대기에 올라가 칼노래를 부르며 칼춤을 췄다는 것이다.

그때 선국사에 송월당松月堂이란 노승이 한 사람 있어, 그가 은적암으로 최제우를 찾아가 선문답을 했다는데, 그때 그 스님을 따라간 13세의 동자승이 서장옥이었다는 것이다.

"선생은 불도를 연구하십니까?"

노승이 최제우에게 물었다.

"나는 불도를 좋아하지요."

"그러면 왜 중이 되지 않으셨소?"

"중이 아니고서도 불도를 깨닫는 것이 더욱 좋지 않소?"

"그러면 유도를 하십니까?"

"나는 유도를 좋아하나 유생은 아니오."

"그러면 선도를 하십니까?"

"선도는 하지 않소마는 좋아하지요."

"그러면 무엇이란 말씀입니까? 아무것도 하는 것이 없이 아무것이나 다 좋아한다 하오니 말을 알아들을 수가 없습니다."

"대사는 두 팔 중에 어느 팔을 배척하고, 어느 팔을 사랑하오?"

"네, 알아들었습니다. 그러면 선생은 몸 전체를 사랑한다는 말씀이구려!"

"나는 유도 아니요, 불도 아니요, 선도 아니요, 오직 전체의 원리인 천도를 좋아할 뿐이오."

노승은 이 말에 감복했다. 그러나 노승은 새 운세와 천도를 깨닫지는 못했다고 최제우의 제자들은 전하고 있다.

그 뒤 제자들이 어째서 그 노승에게 도를 전하지 않았느냐고 묻자 최제우는 이렇게 대답했다는 것이다.

"이미 물 묻은 종이에는 새 그림을 그리지 못하는 법이니, 그 노승은 이미 물 묻은 종이다. 건지려면 찢어질 뿐이니 그대로 두는 것이 도리어 옳지 않느냐?"

그런데 그때 최제우는 그 노승과 선문답을 하면서도 자꾸 그 곁에 앉아 있는 13세의 동자 일해를 유심히 보는 것이었다.

"몇 살인고?"

선문답이 끝나고 최제우가 일해에게 물었다.

"열세 살이올시다."

이 대답 소리를 듣자, 최제우 주변에 앉았던 제자들은 눈이 휘둥 그레지고 말았다. 말소리가 꼭 환갑을 지난 늙은이의 목쉰 소리 같았기 때문이었다. 목소리를 듣고 나서 그의 모습을 유심히 보니 그의 눈은 또 마치 안개가 끼여 있는 듯 희부여했다.

그 스님과 일해가 암자를 나가자 최제우는 연방 고개를 끄덕였다. 제자들이 까닭을 물었다.

"범 가는 데 바람 가고 바람 가는 데 범 가니, 저 아이가 필경 이 세상에 돌풍을 일으키리라."

최제우는 이렇게 아리송한 소리를 하며 희색이 만면했다. 여태 우울하기만 하던 최제우가 이렇게 기뻐하는 모습을 제자들은 일찍이 본 적이 없었다.

"이제 내가 할 일은 거진 이루었다. 무엇이 두려우랴."

그 얼마 뒤 최제우는 홀연히 경주를 향해 남원을 떠났다. 여기 숨어 들어올 때의 무거운 걸음걸이와는 딴판으로 바람같이 가볍게 내달았다.

그해 말 최제우는 처음으로 접주제를 창설했으며, 이듬해 7월 최시형을 불러 해월이란 도호를 내리면서 그에게 북접주인北接主人이라는 직함을 주고 한 달 뒤 그에게 도통 즉 법통을 넘겨준 다음, 그이듬해(1864) 3월 포덕 즉 포교를 시작한 지 5년 만에 대구감영에 붙잡혀가 순도를 했다.

북접이란 말은 최제우가 이때 처음 쓴 말인데, 이 때문에 그 뒤에 도인들 사이에서는 여러 가지 의문이 일어났다. 북접이란 남접에 대응하는 말이므로 최제우는 법통을 최시형에게 넘기되 반쪽만 넘겨준 셈인데, 그 나머지 반인 남접의 법통은 어떻게 된 것이냐는 말이었다. 그러나 이 점에는 최제우 자신도 말한 적이 없고 누구도 내가 법통을 넘겨받았노라고 말하는 사람도 없었다. 그래서 그것은 지금까지 도인들 사이에서 수수께끼가 되어오고 있었다.

그 뒤 서장옥이 손화중, 김개범, 김덕명 같은 남접의 거두들을 거느리고 있다는 사실이 드러나자 남접의 법통 이야기가 나오면, 옛날 서장옥이 13세 때 은적암에서 최제우를 만난 이야기가 오르내렸다. 그러나 그가 남접의 법통을 이어받았다고 하기에는 두루 문제가 많아 누구도 그게 서장옥이라고 부러지게 말하는 사람은 없었다.

전봉준이 동학에 입도한 것도 이 서장옥을 만나서였다.

서장옥은 항상 잠행을 할 뿐만 아니라 접주들을 만나 이야기를 할 때도 불가에서 선문답하듯 아리송한 비유를 써서 말을 할 뿐, 무슨 일을 놓고 길게 의논을 한다거나, 더구나 따뜻하게 정담을 나누는 법은 없었다.

그가 곁에 가까이 하는 사람이라고는 항상 그를 배행하고 다니는 황하일黃河一이라는 사람뿐이었다.

전봉준이 무자년(1888) 가뭄 때 감세 등소의 장두를 섰다가 경을 치고 나온 얼마 뒤였다. 황하일이 전봉준을 찾아왔다. 전봉준은 손화중의 소개로 황하일을 한번 만난 일이 있었다. 이런저런 세상 이야기 끝에 황하일은 전봉준에게 넌지시 서장옥 선생을 한번 만나보지 않겠느냐고 했다.

"그분이 지금 어디 계시오?"

전봉준은 손화중한테서 서장옥 이야기를 여러 번 듣고 있었다.

"남원에 계십니다. 일해 선생도 해몽海夢을 잘 알고 계시오. 손화중 접주한테서 여러 번 이야기를 들었습니다."

해몽은 전봉준의 호였다.

전봉준은 그 길로 황하일을 따라나섰다. 전봉준은 손화중과는 웬만큼 친교가 있었으나 동학에는 별반 관심이 없었다. 전봉준은 동학뿐만 아니라 불교나 천주학 등 다른 종교에도 마찬가지였다. 어느 종교나 그 교리에는 그런 대로 몇 마디씩 챙겨 들을 만한 말이 있었으나, 그 본바탕은 모두가 너무 허황된 소리로 들렸기 때문이다.

서장옥은 교룡산성 선국사 객사에 외따로 있는 방을 하나 차지하고 있었다. 수인사를 마치자 서장옥은 전봉준을 데리고 밖으로 나가 대웅전 앞에 있는 누각으로 올라갔다. 서장옥은 손에 화선지 두루마리 하나를 들고 있었다.

덩실한 누각에 오르니 남원 읍내 들판이 눈앞에 펼쳐지고 지리산 줄기가 멀리 건너다보였다.

"이번에 등소 장두를 섰다는데 얻은 것이 무엇이오?"

서장옥이 대뜸 따지듯 물었다. 전봉준은 너무 단도직입적으로 묻는 바람에 잠시 당황했다. 들은 바가 있어 속세의 예모쯤 파탈한 사람이거니 짐작하고 있었으나 너무 *변모가 없는 것 같았다.

"아무것도 얻은 것이 없습니다."

"몸을 상하지는 않았소?"

"크게 상하지는 않았습니다."

"크건 작건 그것은 하늘을 거역한 일이오."

너무 엉뚱한 소리에 전봉준은 멀거니 서장옥을 건너다보고 있었다.

"사람의 목숨은 하나고 육신도 하나뿐이오. 하나뿐인 육신은 하늘만큼 귀합니다. 아니요, 그냥 하늘이오. 아무것도 얻은 것이 없이 육신을 상했으니 하늘을 상한 것이오."

서장옥은 잔잔하게 말했다. 듣던 대로 그의 눈은 안개가 낀 듯 희부여했고 쉰 듯한 목소리였으나 그런 목소리가 또 그렇게 맑게 들릴 수가 없었다.

"허지만, 그렇게라도……."

"지금 권귀權貴는 백성의 피를 빨아먹고 살고 있소. 그것이 습성이 되어버렸소. 그런 자들한테 내 피를 빨아먹지 말아주시오, 하고 애원을 했습니다. 이 얼마나 부질없는 짓이오."

서장옥의 말소리는 잔잔했으나, 그 속에는 힘이 꼬여 있었다. 전봉준은 말을 잇지 못하고 서장옥을 건너다보고 있었다.

"인내천人乃天, 사람은 하늘이오. 그런데 권귀들은 사람의 피를 빨아먹고 있으니, 하늘의 피를 빨아먹고 있는 것이오. 호랑이나 토끼는 종자가 달라 호랑이가 토끼를 잡아먹는 것은 하늘의 섭리요. 허지만, 권귀나 상민이나 똑같은 사람의 종자고, 다 같이 하늘이오. 하늘을 먹을 하늘은 없소. 이것은 천리를 거역하는 짓이오."

서장옥은 계속했다.

"길은 딱 하나, 이 세상에서 권귀를 없애는 것뿐이오. 권귀는 오로지 진멸이 있을 뿐이오. 이것은 하늘의 섭리를 받드는 일이오. 권귀들한테 애원하는 것은 부질없는 일일 뿐만 아니라, 그것은 하늘을 낮추는 일이니 하늘을 모독하는 일이오. 이 눈을 떠야 합니다."

서장옥은 잠시 말을 멈추고 그 희부연 눈으로 전봉준을 건너다봤다.

"해몽은 아까 얻은 것이 없다 했소만 크게 얻은 것이 있소. 백성의 신망을 얻었소. 그 신망이 쌓이면 해몽이 권귀를 향해 칼을 들고 나설 때 백성이 해몽을 믿고 뒤따라나설 것이오. 권귀들한테 칼을 들이대는 것은 사람을 하늘로 모시고 지키는 일이니 싸우다 죽더라도 사람인 하늘을 위해 하늘로 죽는 것이오."

전봉준 눈에서는 어느새 빛이 번쩍이고 있었다.

"해몽은 세상을 주유하며 아픈 사람을 만나면 침을 놓고 화제和劑를 내어 병을 고쳐 주었고, 돈이 없는 사람들한테는 묏자리를 잡아 남의 부모를 편하게 눕혀 자식의 마음을 위로했소. 해몽은 지금까지 사람들을 그만큼 하늘로 받들어 지극한 지성으로 섬긴 것이오. 그러나 그렇게 한 사람 한 사람을 대하기로 하면 몇 생애를 바쳐도 그저 그뿐이오. 그것은 범인들이나 할 일이오. 해몽은 한 사람 한 사람이 아니라 이 세상, 아니, 이 나라의 병을 고칠 생각을 하시오. 그것은 만인을 하늘로 섬기는 일이오."

서장옥의 말소리는 시냇물처럼 거침이 없었고 전봉준은 숨을 죽인 듯 듣고 있었다.

"저 산을 보시오."

서장옥이 갑자기 손을 들어 뒷산을 가리켰다.

"저 산꼭대기는 30년 전 수운 최제우 선생이 밤중에 홀로 올라 손수 지은 칼노래를 부르며 칼춤을 추셨던 곳이오. 그가 어째서 하필이 전라도 땅에 와서 또 하필 칼노래를 지어 불렀겠는가, 그 뜻을 한번 깊이 새겨보시오. 선생께서는 바로 이 칼노래가 빌미가 되어 좌도난정左道亂正에다 역모의 죄목으로 사형을 받았던 것이오. 이것이 그때 수운 대신사가 여기서 지어 불렀던 칼노래요."

서장옥은 가지고 왔던 종이를 전봉준 앞에 폈다.

시호시호 이내 시호 부재래지 시호로다
만세 일지 장부로서 오만 년지 시호로다
용천검 드는 칼을 아니 쓰고 무엇하리
무수장삼 떨쳐입고 이칼 저칼 넌즛 들어
호호망망 넓은 천지 일신으로 비껴서서
칼노래 한 곡조를 시호시호 불러내니
용천검 날랜 칼은 일월을 희롱하고
게으른 무수장삼 우주에 덮여 있네
만고명장 어데 있나 장부당전 무장사라
좋을시고 좋을시고 이내 신명 좋을시고

전봉준은 서장옥이 군이 자기를 여기서 만나자고 했던 속셈을 짐작할 만했다. 전봉준은 여기서 동학에 입도를 했다.

황하일은 나중에 서장옥이 이때처럼 말을 많이 하는 것은 처음 보았다고 했다.

"혹시 밤실 김진사란 놈 아는가?"

임군한이 술잔을 기울이고 나서 웃으며 물었다. 김덕호와 달주는 잠에 곯아떨어져 쿨쿨 한밤중이었다.

"알지, 왜?"

"그놈이 어떤 놈인가?"

"양반 유세가 험한 놈들인데 유독 동학도들을 몹시 괴롭힌다는 소리를 얼핏 들은 것 같네."

"지금 그 김진사란 놈 수염을 몽땅 뽑아놓고 오는 길일세."

"웬 일로?"

김오봉은 깜짝 놀랐다.

임군한은 웃으며 밤실에서 있었던 일을 늘어놓기 시작했다.

"그 늙은 것이 가죽이 죽죽 늘어지게 맞아놨으니 두어 달 구들장 신세를 져야 할 걸세."

임군한이 말을 마치며 껄껄 웃었다.

"거기 동학도들이 경을 치잖을까?"

"다소곳이 있잖으면 이다음에는 그놈 집에다 불을 싸질러버리고 말겠다고 얼러놨어."

"모가지가 날아갔다면 또 모를까, 명색 양반이라고 큰기침하는 작자들이 수염을 뽑혔는데 그만한 소리에 다소곳이 앉았을 것 같아?"

"두고 보게. 만약 애먼 사람을 건드리기만 하면 정말 그놈 집구석에다 몽땅 불을 싸지르고 말겠네."

임군한은 술잔을 들어 벌컥벌컥 들이켜며 이를 앙다물었다.

"그건 그렇고, 자네 옛 계집이 이뻤다고 했지?"

김오봉은 음충맞게 웃으며 엉뚱한 데로 말머리를 돌렸다.

"건 또 무슨 실없는 소린가?"

"아직도 그 계집을 못 잊고 있는가?"

김오봉은 능글맞게 물고 늘어졌다.

"이 사람이 자다가 봉창을 뜯나?"

"지금 내가 자네를 생각하고 삼삼한 처녀를 하나 점찍어 두었네. 이건 농이 아닐세."

"삼삼한 처녀?"

임군한은 김오봉 잔에 술을 따르려다 말고 김오봉의 얼굴을 멍청하게 건너다봤다. 무슨 허튼수작이냐는 표정이었다.

"역시 자네는 계집 이야기에는 아직도 숫기를 못 벗었어."

김오봉이 껄껄 웃으며 잔을 받았다. 안주를 한입 크게 우기고 나서 말을 이었다.

"이번에 장가들게. 예 갖춰 장가들지 않으면 자네 대가리에 얹고 다니는 그 상투도 죽을 때까지 외자상투고, 구레나룻이 파뿌리가 되어도 *엄지머리총각에, 죽어 귀신도 몽달귀신이야. 우리가 어쩌다가 평지에서 볕바르게는 못 살지만, 죽기는 그릇 죽어도 발인에 택일이야 않으랴더라고, 죽은 상여 뒤에 상주 하나는 달아야 할 것이고, 귀신도 뜬귀신 안 만들려면 제상에 냉수 한 그릇 떠놀 놈은 떨궈야 하지 않겠나?"

"허허, 살아 목숨 도모도 만만찮은 처지에 죽은 상여 뒤까지 걱정인가? 자네가 산기슭에 내려앉더니 많이 한가해졌네그려. 나는 그쪽으로라면 상여는커녕 베고 죽을 논두렁도 생각해 본 적이 없네."

임군한은 핀잔을 주었다.

"하기야 우리 처지에 죽은 뒤 걱정까지는 또 과남한 짓일지 모르겠네. 허지만, 나이가 들수록 계집이 없으면 옷매무새 초라한 것은 둘째고 옷에서 땀내가 나도 홀아비 땀내는 더 역겨워. 더구나, 우리 같이 뿌리 없는 뜨내길수록, 짚단에 치마를 둘러 어디 절간 부엌에 처박아 두더라도 마누라라고 이름지어 논 계집이 있어야 거기 마음이 묶여 매사에 중심이 실해지는 걸세. 마침 그럴싸한 자리니 내 말 듣게. 초례청 차려 장가들어! 오다가다 만나는 수도 있지만, 그렇게 만난 뜬계집은 아무리 죽자 살자 살을 부벼도 어디가 떠도 한 자락이 뜨는 법이네. 귀밑머리 마주 푼 장가처에 비길 바가 아니네."

임군한의 표정이 얄궂게 일그러지고 있었다.

임군한에게는 임오군란 당시 정혼해 둔 처녀가 있었다. 임군한이 크게 지목을 받자 그 처녀 집에서는 자기들한테도 불똥이 튀기지 않을까 가슴을 졸이고 있는데, 그 고을 어느 늙다리 아전 퇴물이 그 눈치를 채고 뒤를 봐준다며 그 처녀를 빼앗듯이 후취로 데려가 버렸다. 임군한은 숨어 지내며 이 소리를 들었다. 이를 갈면서도 설마했으나 고향에 가보니 사실이었다. 논을 세 마지기 얹어 주었다는 것이다. 임군한은 입술을 깨물며 돌아서고 말았다.

그런데 그 뒤 그 처녀는 임군한이 자기를 못 잊어 찾아왔더라는 소식을 듣고 그 달음으로 목을 매어 죽어버리고 말았다는 것이다.

한참 뒤에야 또 그 소식을 들은 임군한은 땅을 치고 통곡을 했다. 그 여자의 묘를 수소문하여 그 묘 앞에 가서 한없이 울었다.

얼마 전에야 임군한은 술에 취해 이 이야기를 김오봉한테 처음으로 늘어났다. 그때 김오봉은 이렇게 얼뜬 녀석도 있나 싶었으나, 한편으로는 그 어린애 같은 순정에 크게 감동이 되기도 했다. 그래서 김오봉은 여태 그 계집 이야기라면 함부로 입에 올린 일도 없었고, 더구나 농에 얹은 일은 더욱 없었다.

김오봉은 여태 여자를 쉽게 쉽게만 손에 넣어왔고 그래서 여자라면 쉽게만 여겨왔다. 한 여자에게 깊은 정을 주어본 적도 없었고, 죽자 살자 매달린 여자도 없었다. 그래서 남녀 간의 정분이란 그렇고 그런 것이거니만 여겨왔으나, 임군한의 이야기를 들은 뒤부터는 헤아릴 수 없는 것이 남녀 간의 정분인가 싶었다.

그때부터 김오봉은 임군한을 보는 눈이 여러 모로 달라졌다. 임군한은 평소에는 인정이 많기가 어린애 같으면서도 어쩔 때는 턱없이 잔인무도한 짓을 할 때가 있었다. 김오봉은 임군한의 그런 종잡을 수 없는 짓에 고개를 갸웃거려 왔는데, 그 처녀 이야기를 들은 뒤부터는 그 까닭을 어렴풋이 알 것 같아 혼자 어어했다. 임군한이 그렇게 잔인할 때는 계집이 끼여 있는 일일 때였다. 누가 여자를 팔아먹었다거나 여자를 빼앗았다거나 하는 소리를 들으면 그의 눈에는 대번에 불이 켜졌다. 물불을 가리지 않고 요절을 내버렸다.

어제 밤실 김진사 이야기를 들을 때 그 작자가 드난꾼 여편네를 빼앗아 첩을 삼았다는 말을 듣고부터 유독 제정신이 아니던 것도 그런 연유 때문인지 모를 일이었다.

김오봉은 임군한의 잔인한 행동에 그런 어림이 잡히자 이게 예사로 넘길 일이 아니구나 싶었다. 그게 도를 지나치면 헤어날 수 없는

200

파국으로 몰고 갈 것 같아서였다. 더구나 임군한은 혼자가 아니라 산채를 거느린 녹림객의 우두머리고 여기저기 두루 연줄이 닿아 있는 사람이 아닌가? 김오봉은 혼자만 은근히 마음을 졸여오다가 얼마 전에 임문한을 만나 그 이야기를 했더니, 그도 짐작이 가는지 고개를 끄덕이며 대번에 얼굴이 어두워졌다. 우선 참한 계집을 하나 달아주는 수밖에 없겠다고 했다.

그런데 임군한은 어찌 된 작자인지, 예사 때는 세상을 세안 보리밭 무지르듯 휘젓고 다니는 작자가 여자 이야기라면 숫기를 벗지 못하고 있었다.

"바로 이 앞산 너머 복골이란 동네에 인물이 소문난 처녀가 하나 있네. 산골 찬물꽂이 남의 산직답 몇 마지기에 얹혀, 어미 아비 세 식구가 책력 보아가며 밥 먹을 지경으로 찢어지는 형편인데, 지난 여름 그 아비가 거기 중놈하고 물싸움을 하다가 손질을 잘못했던지 중놈이 관청 알림을 해서 묶여갔네. 그것을 진산 사는 방필만方必萬이라는 부자놈 서사가 뒤를 봐서 빠져나왔어. 그런데 이놈이 처음부터 *올깃한 속셈으로 올가미를 씌우자고 한 일이었던지, 일을 발르면서 돈이 엄청나게 들었다고, 그 돈을 못 갚겠으면 그 딸을 방가 첩으로 내노란다지 않는가? 그 방부자란 자는 칠십객 늙은인데, 이자가 색을 바쳐도 이만저만 험하게 바치지 않아 이미 제 집구석에는 그런 젊은 첩을 서너 명이나 거느리고 있으면서도 또 이런 염치없는 짓을 하고 있네그랴. 그놈 하는 행티가 괘씸하기도 하려니와, 그렇게 행실 바르고 예쁜 처녀가 그런 쭈그렁바가지 *등글개첩으로 일생을 망친다 생각하면 너무 아깝기도 하네. 자네 의향은 어떤가?"

김오봉 말에 임군한은 잠시 멀뚱한 표정이었다.

"의향이라니? 나보고 그 계집을 업고 내빼란 소린가?"

"그 늙다리 행티를 보면 그 가족을 몽땅 빼돌려버리는 것이 제일 시원하겠는데, 일을 순리로 풀자면 그 빚을 갚아주고 그 처녀를 데려오는 걸세. 그쯤 돈이야 낸들 못 내놓겠나?"

"허허, 너무 갑작스런 소리라……."

임군한은 가볍게 웃었다. 굳이 *비쌔자는 눈치는 아닌 듯했으나 역시 마음에 꼬인 데가 있는 일이라 그런지 예사 때의 임군한답지 않았다.

"그 계집을 한번 보면 나보고 할애비라고 할 걸세. 나도 팔도를 무른 메주 밟듯 하고 다녔네만, 보기 드문 인물이네. 전부터 그 처자 소문이 이 근방에 나기는 했지만 정작 얼굴을 보고 나니, 이런 산골에 저런 계집이 묻혀 있었던가, 정신이 화끈하더라구."

"차차 생각하기로 하세."

"이 사람아, 어째서 계집 이야기라면 펄펄 뛰던 호랑이가 금방 엉덩이 차인 강아지 꼴로 오갈이 드는가? 대가리에 얹고 다니는 상투가 부끄럽지도 않아?"

김오봉 핀잔에 임군한은 맥없이 웃고 있었다.

"쌀 닷 섬 값이란 것 같으니 이천 냥에서 귀가 좀 빠지는 돈이야. 내가 돈을 가지고 가서 일을 성사시켜 놀 테니 산채에 갔다 내려오게. 쇠뿔은 단김에 빼랬더라고 이런 일일수록 서둘러야 해."

"우리 같은 사람한테 쉽게 딸을 줄까?"

"자네가 내 친동생이라고 할 테니 그것은 염려 말게. 우선 예만 올려놓고 묵혔다가 데려갈 데를 마련하든지, 논마지기나 사서 살림을 돋워주고 그대로 눌러 두든지, 그것은 차차 형편대로 하세."

"어차피 언젠가는 본색이 드러나고 말 것인데?"

"하하, 임군한 그 배짱은 갑자기 *개 물려보냈는가? *여자 팔자란 그러기 뒤웅박 팔자란 걸세. 처음에는 좀 놀랄지도 모르지만 팔자에 무른 것이 여잘세. 또 얼금뱅이도 정이 들면 얽은 구석구석까지 정이 든다지 않던가?"

김오봉은 제 혼자 차치고 포치고 아퀴를 짓다시피 했다.

다음날 아침, 밥을 먹으면서 김오봉은 김덕호한테 넌지시 이 이야기를 했다.

"하하, 듣던 중 신명나는 소릴세. 군한이 자네는 임王자 햇머리하고는 두루 연이 닿는구만. 배행은 내가 섰다."

임군한이 멋쩍게 웃었다.

임군한더러 내일 아침 일찍 내려오라는 김오봉의 말을 뒤로 하고 일행은 산채를 향해 떠났다.

당마루를 벗어나자 곧장 숲이 울창한 잿길이었다. 산채 가는 길은 진산 가는 길로 10여 리쯤 올라가다가 왼쪽으로 꺾어들고 있었다.

그들이 길을 금방 꺾어들려는 참이었다. 갑자기 길가 언덕 위에서 손에 칼을 든 장정이 하나 뛰어내렸다. 달주는 기겁을 했다.

"두령님, 어서 오십시오."

"갑수甲洙냐? 잘 있었냐?"

졸개 두 놈이 또 뒤따라 나서며 임군한에게 절을 했다.

"웬 일들이냐?"

그들의 거동이 좀 수상쩍은 듯 졸개들을 번갈아 보던 임군한이 갑수를 향해 물었다.

"부잣집 종놈이 어디로 이바지 짐을 지고 가글래."

갑수는 시르죽은 소리로 대답했다. 임군한은 졸개들의 거동을 다시 한 번 훑고 나서 그들이 내려왔던 언덕으로 성큼 올라섰다. 모두 뒤따라갔다. 저만치 숲속에 웬 농부 차림의 사내 하나가 무릎을 꿇고 앉아 있고, 지게에는 큼직한 대바구니가 지워져 있었다.

"호걸님들, 제발 한번만 봐주슈. 호걸님들까지 이러시면 우리 같은 무지렁이들은 어떻게 살란 말이유?"

사내는 임군한더러 들으라는 듯 사뭇 우는 소리로 하소연을 했다.

"시꺼!"

갑수가 깡 고함을 질렀다.

"아니올시다유. 정말로 저는 이 아래 말로은이란 동네에서 남의 소작을 부치고 사는 놈입니다유. 아시다시피 금년에는 비가 고르지 못한데다가 충해蟲害까지 겹쳐 산등성이 하나로 먹고 못 먹는 *구메농사 아니었등게뷰. 그런디 지주가 농사를 잘못 지었다고 명년에는 소작을 떼겠다고 하잖겠이유. 그래서 음식을 좀 장만해 가지고 빌러가는 길입니다유. 뒤지동 방필만이라면 *타끈스럽고 강팍하기가 근동에서 이름난 사람이유."

농부는 울먹이는 소리로 죽는 시능을 했다.

그때 갑수가 다시 깡, 고함을 지르고 나섰다.

"우리가 네깐 놈 수작에 속아 넘어갈 줄 아냐? 네놈 말솜씨부터가 *모주 할미 열바가지 내두르듯 하는 것이 예사 농투산이가 아녀.

204

소작인이라고 비대발괄하면 불쌍하다고 봐줄지 알고 새빨간 거짓부렁이를 씨부려? 우리가 네까진 놈한테 속을 것 같냐?"

"처, 천만에 말씀입니다유. 마침 덫에 멧돼지가 한 마리 걸렸글래 그걸 삶고, 맑은 술을 좀 마련해가지고 지주한테 지고 가는 길입니다유."

두 놈의 수작을 바라보고 있던 임군한은 눈초리가 점점 치켜올라가고 있었다.

"종이건 소작인이건 이런 데서 느그들보고 누가 *뜨내기질하라고 하더냐?"

낮으나 잔뜩 속힘이 꼬인 소리였다. 뜨내기질이란 도둑패들이 두목의 허락 없이 제멋대로 도둑질을 해서 자기들끼리 챙기는 짓을 일컫는 말이었다.

잡아먹을 것 같은 임군한의 서슬에 졸개들은 자라목처럼 목이 움츠러들었다. 졸개들 앞에 나선 임군한이 태도는 여태 농을 지껄이던 허랑한 태도와는 전혀 딴판이었다. 갑자기 다른 사람이 되어버린 것 같이 위엄이 넘쳤다. 졸개들은 고양이 앞에 쥐 꼴로 숨을 죽이고 있었다.

잔뜩 상판이 으등그러졌던 임군한이 이내 농부를 향했다.

"방가란 자가 그렇게 나쁜 놈인가?"

"말씀 마슈. 작인들은 일년 농사짓고 나면 이놈이 소작을 떼어가지 않는가, 항상 *부등가리 안 옆 조이듯 부쩌지를 못합니다유. 그놈 논 부치고 사는 작인들은 도무지 사는 것이 사는 것이 아닙니다유."

"그 방가란 자가 칠십객 늙다리로 색을 바쳐도 예사로 안 바친다는 자렷다?"

"그렇습니다유. 방필만이라면 그쪽으로도 널리 소문이 난 놈이지유. 젊은 첩을 서너 명이나 거느리고 있답니다유. 우리 동네에서도 소작을 떼간다고 작인들을 윽대겨 처녀를 하나 뺏어갔잖았는게뮤."

농부는 살았다는 듯이 방필만을 헐뜯고 나섰다.

"으음!"

임군한 상판이 새로 일그러졌다.

그때였다.

"저놈들은 웬 놈들이지?"

김덕호가 저 아랫길을 내려다보며 혼잣소리로 이죽거렸다. 모두 그쪽으로 눈이 갔다. 저 아래 산굽이에 장정들 한 떼가 나타났다. 손에 몽둥이를 들고 살기등등한 기세로 내달아오고 있었다. 다섯 명이나 되었다. 앞장선 두 사내는 도포에 갓을 썼고, 나머지는 동저고리 바람이었다.

"그놈들인가?"

임군한이 뇌었다.

"그자들 같습니다."

달주가 끼어들었다.

"그래? 오냐, 이놈들 호랑이굴로 잘 기어들었다. 네놈들이 그래도 정을 못 다셨다면 톡톡히 맛을 한번 보여주마!"

임군한은 이를 앙다물며 졸개 손에서 칼을 빼앗아 들었다.

"성급하게 굴지 말게!"

김덕호가 가로막고 나섰다.

"형님은 가만히 여기서 구경이나 하고 계십시오. 저까짓 것들 대번에 둑머슴 무 토막 자르듯 모가지를 베어 보이겠습니다."

"가만있어. 좋은 수가 있네."

"좋은 수라니요?"

김덕호는 임군한 말에는 대꾸를 않고 갑수를 향했다.

"자네가 갑수라 했지? 저자들은 우리를 뒤쫓는 자들이네. 저 사람 지게를 바구니째 저대로 지고 내려가서 길가에 지게를 받쳐놓고 쉬어 앉아 있게. 저자들이 우리 세 사람 행색을 대며 그런 사람들이 이리 지나가지 않더냐고 물을 걸세. 그러거든 금방 가더라고 하게. 그러면서, 그 우두머리는 뒤지동 방필만 아들이라고 둘러대게."

"그 우두머리만 방필만의 아들이라고 하란 말씀이오?"

"그 우두머리는 아들이고 나머지는 그 아들이 거느린 건달들이라고 적당히 둘러대게. 그 아들은 동학도인데 자기 아버지하고는 달리 만만찮은 협객이라고 하게. 어서 가봐."

"예."

"그럴듯하게 둘러대야 하네!"

"염려 마십시오!"

갑수는 바구니째 소작인 지게를 지고 길로 내려갔다. 길 한쪽에 지게를 받치고 천연덕스럽게 앉아 있었다. 위에서는 모두 숲속으로 들어가 몸을 죄어 앉으며 아래를 내려다보고 있었다. 그들이 가까이 왔다.

"방금 이리 불한당 놈들 세 놈이 지나갔는데 못 봤는가?"

도포 입은 사내가 더운 김을 사뭇 내뿜으며 갑수한테 물었다.

"뒤지동 방부자 아드님 말씀입니까요?"

"뭐라구? 뒤지동 누구?"

"한 분은 도포에 갓을 쓰고 또 하나는 긴 배자를 껴입고 또 하나
는 그냥 맨 저고리 바람이고, 그런 사람들 말씀이지라우?"

"그래, 그들이 누구라고?"

"그 도포 입은 이는 방필만의 큰아들이고 나머지는 그가 거느리
고 댕기는 건달들입디다. 그 아비는 험한 놈이지만 그이는 동학도라
만만찮은 협객이지라우."

"으응, 그놈이 틀림없구나."

도포 입은 자가 자기 일행을 돌아보며 이를 갈았다.

"그런께, 시방, 호걸님들은 지금 쫓고 있는 것이 *돝인지 괭인지
도 모르고 쫓고 계셨단 말씀이오? 허허, 밤새도록 통곡을 하고도 어
느 마누라 초상인지 모른다등마는 꼭 그 짝이요그려."

갑수는 되바라지게 핀잔을 주며 껄껄 웃었다.

"이놈이 어디다 대고 함부로 아가리를 놀리냐?"

작자들은 경황 중에도 눈알을 부라렸다. 갑수가 헤실거리자 그들
은 더 참견하지 않고 가던 길을 내달았다.

"하하, 형님 술수가 제갈량 뺨치겠소. 조금만 있으면 방가 놈 집
구석은 쑥대밭이 되겠습니다그려."

임군한이 감탄을 했다. 모두 한바탕 호들갑스럽게 웃었다.

"여보게 농부, 이제 자네 지주집은 금방 쑥대밭이 되고 말 걸세.
초상난 데 제물이라면 모를까 이걸 지고 가봤자 받아먹을 사람이 없
지 않겠는가?"

김덕호의 말에 모두 따라 웃었다.

"자, 이것이면 과히 섭섭하지 않을 걸세? 이걸 받아가지고 가서 요긴하게 살림에 보태 쓰고 술하고 안주는 여기 놓고 가게!"

김덕호는 은자 대여섯 냥을 내밀었다. 농부는 잠시 어리둥절한 표정이었다. 김덕호가 받으라고 채근하자 그는 갑수 등 자기를 닦달했던 졸개들의 눈치를 살피며 엉거주춤 손을 내밀었다.

"자네 이름이 뭔가?"

"하대두河大斗라 하옵니다유. 이 아래 말로은이란 동네 삽니다유."

"알았네. 자네 이름을 잘 새겨두겠네. 이 일은 발설해서는 안 되네. 함부로 발설을 했다가는 우선 자네부터 다쳐. 방가 이름을 댄 것도 자네고, 그자가 못된 놈이라고 말한 것도 자넬세. 그래서 우리가 겸사겸사 그놈을 징치한 걸세. 알겠는가?"

"예, 예. 호걸님 말씀 깊이 명심하겠습니다유."

하대두는 사뭇 고개를 주억거렸다.

"짐 내려놓고 어서 가보게나."

하대두는 짐을 내려놓고 깊숙이 고개를 숙여 인사를 한 다음 돌아섰다.

"자, 한잔씩 하세!"

칼로 멧돼지고기를 숭덩숭덩 썰었다. 술은 잔이 없어 병째 돌려가면서 양껏 마셨다.

"형님은 어쩌다가 그렇게 기막힌 술수가 생각나셨소?"

임군한이 물었다.

"술수 중에서 제일 으뜸가는 술수가 어떤 술순줄 아는가?"

"제일 으뜸가는 술수라니요?"

"그것은 싸우지 않고 이기는 걸세. 이이제이以夷制夷, 오랑캐로 오랑캐를 치는 거야, 하하."

김덕호가 걸쩍하게 웃었다.

"나쁜 놈들을 잡아다가 서로 박치기를 시키는 격이군요. 그럴 듯합니다."

모두 또 한바탕 웃었다.

"뒤가 어떻게 되는지 그 동네로 사람을 한번 놓아보는 것이 어떻겠소?"

"그렇게 하게."

"왕삼이하고 막동이 너희들 둘이 아까 그놈들 뒤를 밟아 결판이 어떻게 나는가 알아보고 오너라. 행인 행세로 눈치껏 다녀와야 한다."

"알았습니다."

두 놈은 병나팔을 불어 꿀꺽꿀꺽 술을 몇 모금씩 더 들이켠 다음 옷소매로 입을 문지르며 급히 자리를 떴다. 갑수한테는 술과 고기를 지운 다음 산채로 향했다.

산채로 가는 길은 잠깐 산자락을 감고 돌다가 깎아지른 듯한 골짜기를 따라 올라갔다. 골짜기 길은 가파르기가 코가 땅에 닿을 지경이었다. 게다가 길이 꼭대기까지 *너덜이어서 걷기가 이만저만 *지덕이 사납지 않았다. 한참 올라가다가 달주가 대거리로 짐을 졌다.

"아 참, 두령님!"

갑자기 무슨 생각이 났는지 갑수가 임군한을 불렀다.

"뭐냐?"

"그 오거무란 놈 있잖소!"

"응, 그래!"

임군한이 깜짝 놀라 되물었다.

"그 작자를 우리 패거리들이 강경서 봤는디, 그만 놓치고 말았소."

"뭐여? 오거무를 봤는디 놓쳐?"

"예, 이놈을 때려 잡을라고 바람만바람만 뒤를 따르고 있는디, 이 불여시 같은 놈이 어느새 눈치를 채고 튀더라지 않소?"

"허, 병신들! 어떤 새끼냐, 놓친 놈이?"

"그놈이 튀는데야 잡을 장사 있겠소?"

갑수는 혼자 웃었다. 오거무란 하루에 500리를 걷는 비범한 재주를 지닌 자로 옛날 임군한의 졸개였다. 얼마 전 그에게 돈 심부름을 보냈는데 그 돈을 가지고 줄행랑을 놔버렸던 것이다.

"허, 병신들, 그 작자를 봤으면 그 자리에서 대번에 골통부터 깔 일이지 뒤를 재고 앉았어?"

임군한은 화가 나서 못 견디겠는지 버럭 고함을 질렀다.

"그 작자 언제 잡혀도 잡힐 것이오. 작자가 중심은 웬만한 것도 같은디, 색을 너무 바쳐 그것이 탈입디다. 그때도 돈을 가지고 가다가 틀림없이 계집 까탈로 탈이 났을 것이오. 여각이나 어디서 자다가 계집 밑으로 돈을 축내고, 에라 모르겠다고 통째로 들고 줄행랑을 쳤을 거요."

"임마, 네가 뭘 그렇게 잘 알아?"

"틀림없을 거요. 잡더라도 살살 달래서 부리는 것이 날 것 같습디다. 먼 길 행역에 다리가 늘어질 때면 그 작자 생각이 간절합디다."

임군한은 대답하지 않았다. 재주라면 그만한 재주를 지니 놈도 쉽지 않았다. 말이 하루에 500리지 예사 사람 닷새 길이었다.

재 꼭대기에 거진 올라섰을 때였다.

"아이고, 두령님 안녕하셨습니까요?"

젊은이 하나가 뛰어나오며 반갑게 인사를 했다. 파수 섰던 졸개인 듯 했다.

"잘 있었냐?"

"예."

호남벌이 서남쪽으로 아득하게 펼쳐졌다. 지평선이 일망무제로 아득했다.

저쪽에서 으얏 으얏 기합소리가 났다. 졸개들이 무술 연습을 하고 있었다. 두 패였다. 한 패는 대칼로 검술을 연습하고 있었고, 한 패는 맨손으로 태견을 연습하고 있었다. 대칼을 들고 있던 50대의 사내가 이쪽으로 오며 일행을 반갑게 맞았다. 두령 임문한인 듯했다.

임문한은 머리에 썼던 수건을 벗고 김덕호의 손을 잡으며 반겼다. 졸개들도 다가와 인사를 했다. 바람이 찬데도 모두 얼굴이 벌겋게 익어 있었다.

졸개들은 그대로 무술 연습을 계속하고 임문한은 산채를 향해 앞장섰다.

2

꼭대기에서 서북쪽 태고사 쪽으로 능선을 타고 돌았다. 태고사가 붙은 산줄기 반대편 골짜기에 임문한의 산채가 박혀 있었다. 얼기설기 *막치로 지은 집이 세 채였다.

임문한이 들어 있는 집은 바위에 의지해서 토굴처럼 지어져 있었고 나머지 집들도 반쯤 땅에 묻힌 *귀틀집이었다. 산이 얕기 때문에 약초꾼이나 사냥꾼들의 눈을 피하려고 숲을 교묘하게 이용하여 주로 경계에 편리하도록 지은 것 같았는데, 금방 버리고 떠나도 별로 아까울 게 없을 것 같게 허술했다.

임문한은 이 사람이 산적 두목일까 싶게 조용하고 차근한 인상이었다. 성큼하게 큰 키에 곱게 빗어 올린 상투며 정갈하고 단정한 옷매무새가 산적 두목으로는 도무지 어울리지 않았다. 더구나 이런 사람이 민란을 주모했다니 두루 믿어지지가 않았다. 그럴싸한 점이 있다면 전봉준처럼 빛을 발하는 눈뿐이었다.

방 안에는 한쪽에 등잔이 껑충하게 놓여 있고, 윗목에 이불이 얌전하게 개켜 있었다. 벽에는 동학 주문呪文이 붙어 있었다.

이 주문을 보자 달주는 이 사람이 동학도인이구나 하는 생각이 들어 새삼스럽게 다시 그의 얼굴을 쳐다봤다. 임군한이나 김덕호와 전혀 다르게 느껴지는 임문한의 기품은 바로 그가 동학을 제대로 믿고 있는 데서 우러난 것이 아닌가 싶었다.

그는 산적이기 전에 교조의 신원을 하려고 민란을 주모했던 동학도인이었고, 지금도 와신상담 이렇게 때를 기다리고 있는 사람이었다.

임군한과 김덕호도 동학을 믿는다고는 했지만, 여기까지 오는 사이 달주는 그들이 주문을 외는 것이나 *심고心告를 하는 걸 본 적이 없었다. 더구나 그들은 동학에서 금기로 여기는 개고기까지 아무 거리낌 없이 먹었다.

임군한이 달주를 소개했다.

"전봉준 접주님께서도 안녕하신가?"

"예."

임문한도 전봉준을 잘 아는 것 같았다. 달주는 전봉준이 이렇게
까지 지면이 넓은가 새삼 놀라웠다.

달주는 임문한 앞에서는 실없이 몸이 조여지고 조심스럽기만 했다.

술상이 들어왔다. 아까 가지고 왔던 멧돼지고기에 민어포가 한
접시 더 오른 조촐한 술상이었다. 아담한 백자 두루미병이 한결 정
갈하게 보였다.

"머루줍니다."

임문한이 김덕호 잔에 술을 따랐다. 임군한이 술병을 넘겨받아
임문한 잔에 술을 따랐다.

달주는 또 술상을 보자 좀 어이가 없었다. 여기까지 오는 사이 앉
은 데마다 술이었고 안주는 으례 기름기였다. 삼례에서는 개고기를
서 근이나 먹었고, 밤실에서는 닭국에다 명태찜에 굴비였고, 당마루
에서는 노루고기였으며, 아까는 멧돼지였고, 또 여기서는 멧돼지고
기에 민어포였다. 더구나 아까는 술이 맑은술이었다. 그 어느 한 자
리의 음식만도 웬만한 시골 사람은 일 년 가다 한 번이나 맛볼까 말
까한 것들이었다. 당장 달주 스스로도 지난여름 작은집에서 개를 잡
았을 때 개고기를 한번 맛보았을 뿐 명태는 고사하고 갈치자반 한
토막도 맛을 본 게 언제였던가 기억이 까마득했다.

임군한이나 김덕호는 말로는 자기들이 이 세상을 다 구할 것같이
도도했지만, 이렇게 먹는 것부터가 시골 무지렁이들하고는 너무 동

떨어져 달주는 그들의 말이 한참 자위가 뜨는 느낌이었다. 그들을 예사 사람들하고 단순하게 비교할 수는 없다고 생각하면서도 달주는 생각이 쉽게 접어지지가 않았다. 그들을 따라오며 주는 대로 먹었던 자기마저 꼭 무슨 죄를 짓고 다닌 느낌이었다.

"저는 나가 있겠습니다."

"그래라. 앞으로 얼릴 사람들이니 무술 연습하는 구경도 하고 낯도 익혀라."

김덕호 말에 임군한이 갑수를 불러 달주를 내보냈다.

"일해 선생이 공주 감영에 소를 올리기로 작정한 것 같소."

임문한이 조용하게 입을 열었다.

"벌써 결행을 한답디까?"

김덕호가 깜짝 놀라 물었다.

"그렇소. 오는 스무사흘, 공주 장날로 날을 받은 것 같소."

"장날을 택한 것은 도인들을 모아 감영으로 몰려간다는 것인가요?"

"군중의 힘으로 강박을 하지는 않을 것 같습니다마는 널리 알리기는 할 모양입니다."

"그럼 해월 선생하고는 이야기가 어떻게 된 것입니까?"

"이번으로 마지막 담판을 하고 온 모양이오. 해월 신사께서는 결코 누그리지 않은 것 같소."

"그럼, 이제 두 분이 영영 갈라섰다는 소리요?"

"중민을 하늘같이 우러러 중민과 더불어 가자는 것이 동학의 본지이니, 중민이 저렇게 아우성이면 이제 우리가 갈 길은 대로같이 환하잖느냐고 하시면서 해월은 대로를 두고 소로로만 가자는데, 언젠가 해월도 소로를 버리고 대로로 나서서 뒤따라오기를 바랄밖에 없다고 하십디다."

김덕호는 고개를 끄덕였다.

"하, 오랜만에 체증 가라앉는 소리 한번 시원하게 들어보겠소."

임군한은 대번에 들떠버렸다.

"해월인가 그 양반은 여염집에서 손주들 밤이나 구워주고 앉았을 양반이 길을 잘못 든 것 같습디다."

임군한이었다.

"경망스럽기는."

임문한이 가볍게 노기를 띠며 눈을 흘겼다.

"가는 데마다 백성의 아우성에는 피가 맺혔는데, 이런 아우성에 무작정 귀를 막고 계시는 해월 선생은 그럼 어쩌자는 것이오? 때가 이르지 않았다, 때가 이르지 않았다. 이필제 선생이 형님하고 문경 거사를 할 때부터 하던 그 곰삭은 소리를 20년이 지난 지금까지 되뇌고 앉았으니, 도대체 그이가 말하는 때는 언제 온단 말이오? 전라도 쪽에 가보시오. 지난 추석 무렵 무장 선운사 미륵에서 비결을 꺼낸 뒤로는 이제 하늘이 때를 허락했다고 바글바글 끓고 있소."

임군한은 마치 임문한이 해월이기라도 한 듯 대들었다.

"누가 몰라서 하는 소린가?"

"일해 선생이 결단을 내렸다면 이제 뒤도 옆도 돌아볼 것이 없습니다. 일해 선생이 대로라 말씀하셨다니 말씀입니다마는 이제 길은 그 대로로 거침없이 내닫는 길밖에 없을 것이오."

작년 10월 충청 감사로 부임해 온 조병식趙秉式은 어느 감사보다도 가혹하게 동학도를 탄압했다. 전라도와 함께 전국에서 어느 도보다도 동학 교세가 센 충청도 교도들은 관의 탄압에 견디다 못해 어서 대책을 세우라고 교주가 있는 중앙 법소法所에 빗발치듯 하소연을 했다. 그러나 중앙 법소에서는 아직 때가 이르지 않았다고 교도들을 달래기만 할 뿐 아무런 대책을 세우지 못하고 있었다.

그러나 지난 7월 서장옥과 서병학은 지금 동학교도들이 해야 할 일은 교조 신원 한가지뿐이라고 교주 해월에게 강력히 의견을 내세웠으나, 해월은 여전히 아직 때가 이르지 않았으니 참고 자중하라고만 할 뿐이었다. 대판 언쟁이 벌어졌으나 해월은 자기주장을 전혀 누그릴 기색이 아니었다. 그 조그만 체구가 꼭 바위벽처럼 미동도 하지 않았다. 해월의 이런 태도를 전해들은 교도들은 노골적으로 불만을 터트리기 시작했다.

교조 최제우가 좌도 혹민의 죄목으로 처형이 되었기 때문에, 동학은 지금도 공식적으로 혹세무민하는 자도로 취급이 되고 있었다. 따라서 관으로서는 너무도 당연한 탄압의 명분을 가지고 있는 셈이었다. 그러니까, 교조의 이 죄명을 벗기는 일은 교도들로서 마땅한 도리기도 하려니와 관이 탄압할 구실을 없애는 일이기도 했다. 그래서 교조 신원은 30여 년간 동학들의 한결같은 염원이었으며, 20년 전 이필제가 영해·문경 민란을 일으킨 명분도 바로 이것이었다.

지금 충청도나 전라도 지방에서는 관의 늑탈 때문에 교도들이 도무지 재산이라고는 밭 한 뙈기 제대로 지니고 살아갈 수가 없었다. 살림을 다 팔아 바칠 때까지 관에서는 시도 때도 없이 잡아다 무작정 두들겨 팼다. 그래서 이 신원운동은 교조에 대한 도리를 떠나 교도들의 절실한 생존문제로 등장하고 만 것이다. 관가놈들만 그러는 것이 아니라 유생들은 유생들대로 관을 업고 반명을 앞세워 횡포가 말이 아니었다.

그러나 교주 최시형은 기본방침을 좀처럼 바꾸려 하지 않았다. 사실 그는 교주가 된 이래 소백산이나 태백산 등 심산유곡으로 숨어다니며 천신만고 꾸준히 포교를 해왔고, 그런 포교방법이 결국 오늘과 같은 엄청난 교세를 이루기도 했으니, 그런 그의 태도는 지금까지 그런 대로 설득력을 지녀오고 있었다. 그러나 교도들의 인내는 이미 한계점에 도달한 것 같았다.

점심상이 들어왔다.

"감영에서 소를 묵살할 것은 두말할 것도 없는 일이고 더하면 소두들을 잡아들이지 않을까요?"

임군한이 술잔을 들며 김덕호에게 물었다.

"일해 선생의 이번 일은 전국적으로 신원의 기폭제가 될 거네. 당장 서장옥 선생 휘하 여러 접주들이 벌떼처럼 일어날 게 아닌가? 만약 그를 잡아들인다면 그 기세는 소 정도로 끝나지 않을 걸세. 손화중, 김개범, 김덕명 등이 일어났다 하면 전라도 일대는 하루아침에 요원의 불길처럼 타오를 게 아닌가? 그렇게 되어 백성이 한바탕 들고일어나는 날에는 일판은 옛날처럼 어느 한 고을에서 끝나고 말지 않을걸. 그 불은 바로 충청도로 옮겨 붙을 것이니, 그 다음 일은 예측할 수도 없을 걸세. 일해 선생이 몸소 나선 것은 그만한 승산을 내다보고 움직인 것이네. 다른 사람을 내세우지 않고 몸소 나선 것은 얼핏 가볍게 움직이는 것같이 보일지 모르지만, 그게 아닐세. 충분한 승산을 내다보고 일신을 내던지는 당신 일생일대의 대결단이야."

김덕호는 담담하게 대답했다.

"형장 말씀을 듣고 나니 비로소 일해 선생이 하시던 말씀의 속뜻을 제대로 알 것 같소. 나도 일해 선생이 몸소 나서시는 것이 위태로워 넌지시 그 점을 말씀드렸더니, 사람은 거취에 때가 있다고 하십디다. 그때는 무슨 말씀인가 했더니, 그 소리가 이제 생각해 보니 그렇게 큰 결단을 하셨다는 말씀이구면요. 사람 눈을 피해 항상 잠행을 하시던 이가 이렇게 선뜻 나서시다니 살신성인, 역시 사람의 국량이란 게 크고 작기가 이렇게 차이가 있습니다그려. 속말로 개구리가 움츠리는 것은 멀리 뛰자는 속셈이라더니 이제야 그분 큰 뜻을 알 것 같소."

임문한은 감탄해 마지않았다.

"이제 일해 선생의 결단으로 세상은 수레가 대마루판을 넘어선 꼴이 되고 말았습니다."

"그런 것 같습니다. 그런데 일이 그렇게 되면 중앙 법소는 어떻게 되는 것입니까? 공중에 떠버리지 않겠습니까?"

임문한이 물었다.

"잘 보셨습니다. 그러기에 우리도 나서서 해월 신사께 그런 사정을 소상히 말씀드려야 할 것 같습니다. 일해 선생이 저렇게 나서면 교도들의 향배는 모두가 일해 선생한테 쏠려 법소나 교주는 허수아비가 되고 말 것입니다. 이것은 불을 보듯 뻔한 일이 아니겠습니까?

손병희나 손천민 같은 사람들은 만만찮은 책사들이라 이미 그걸 간파하고 있을 것입니다마는, 모두가 거들어 해월의 마음을 돌려야 할 것 같습니다. 중앙 법소나 해월 선생이 신도들의 신망을 잃는다는 것은 어느 모로 보나 엄청난 손실입니다. 우선 동학이 두 동강 나지 않겠습니까?"

임문한은 연방 고개를 끄덕였다.

"나는 지금 그러지 않아도 해월 신사를 만나 뵈러 법소로 가던 길이었습니다. 그동안 제가 돌아본 삼남의 사정을 두루 말하여 결단을 촉구할 참이었소. 이제 일은 성큼 한발 앞서 갔으니 마찬가지 말씀으로 일해 선생의 결단은 옳다고 역설해야겠소. 그래야 두 사람 사이가 조금이라도 덜 벌어질 것 같소. 어찌 하겠소. 임두령에 대한 신사의 신임이 두터우니 형편이 허락하시면 동행하십시다."

김덕호가 임문한에게 은근한 표정으로 동행을 청했다.

"나는 만일을 몰라 아이들을 이끌고 공주로 갈까 하고 있소만."

"그이는 이미 신명을 내던지고 나섰으니 그럴 필요가 없을 것 같습니다. 그보다 이 일이 더 중요합니다."

"그럴 것 같소."

"고맙소이다."

김덕호는 고개를 주억거렸다.

"그럼 저는 어찌할까요?"

임군한이었다.

"하루 이틀 사이에 무슨 규정이 날 것도 아니니 그대로 다녀오게."

김덕호였다.

"여러 가지 일로 한양을 거처 함경도 원산까지 다녀올 참입니다."

"원산까지?"

임문한은 놀라 물었다. 김덕호가 나섰다.

"일이 이렇게 되고 보니 눈이 조금 늦게 띄었습니다마는, 저는 이번에 여러 지방을 돌아보고 나서 장사를 한번 크게 벌일 계획을 세웠습니다."

"무슨 장삽니까?"

임문한이 의아한 눈으로 물었다.

"총장삽니다. 지금 양총이 들어오고 있는데, 사냥꾼들이 환장을 합니다. 삼남 일대에 깔려 있는 사냥꾼들한테 이것을 죄다 먹일 판입니다. 제씨가 한양에 갈 일이 있다니 내친걸음에 원산까지 좀 다녀오라 했습니다. 거기에는 일인들이 *산피점山皮店을 크게 내고 있다는데, 총기도 같이 취급을 하는 것 같습니다."

"총장사라? 그게 이문이 좋습니까?"

"이문도 이문이지만, 그런 총을 그렇게 쫙 깔아노면 언젠가는 그 총이 짐승만 향하지 않을 것입니다. 그 많은 총을 사서 비축해 놀 수는 없고 그걸 사냥꾼들한테 풀어 어느 땐가 제대로 쓰일 때까지 사냥이나 하고 있게 하는 것이지요. 사냥꾼들이 스스로 총을 사서 때가 올 때까지 감수하고 있게 하는 셈입니다. 돈도 돈이지만 또 관의 눈을 피하기에는 이만큼 좋은 방법도 없을 것입니다."

김덕호는 웃으며 말했다. 임문한도 따라 웃으며 크게 고개를 끄덕였다.

"그런데 함경도라면 운반 문제가 있잖습니까? 강경의 일상日商들을 통하면 안 됩니까? 장사속이라면 강경 일상들도 꽤 신의가 있다던데."

"이미 강경 상인들과는 상담이 이루어지고 있습니다. 그래 저쪽에 가서 거기서 팔리는 가격이며, 서양에서 어떤 경로를 거쳐 일본으로 들어오는가, 그런 것을 소상히 알아야 이곳에서 상담을 할 때 유리합니다. 이쪽은 거래선이 한 구멍뿐이라 이 작자들이 너무 배짱을 퉁기고 있지요."

임문한은 거듭 고개를 끄덕였다.

"함경도에는 임오군란 때 도망쳤던 내 친구들이 포수로 많이 박혀 있습니다. 내 그놈들을 만나면 그런 길속만 알아내는 것이 아니고, 그놈들을 몽땅 우리 편으로 끌어들이겠습니다."

임군한이 큰소리를 쳤다.

"어림없는 소릴세. 그들은 세상일에는 호락호락 나서지 않네."

"병인양요 때는 왜 나섰습니까?"

"그때는 조정에서 동원을 했어. 싸움에 이기면 중상은 물론이고 져도 조정에서 동원을 했으니 사냥의 편의는 떼놓은 당상 아닌가?"

"그들을 너무 얕보는 것 같습니다."

"포수란 족속들이 원래 그래. 사냥에 미치면 여편네도 잊는다지 않던가? 실제로 그 사람들은 여편네고 가정이고 내던지고 짐승 쫓는 재미에 세상일에는 절간 중놈들보다 더 오불관언이야. 더구나, 요새는 일상들 덕분에 셈속도 푼푼할 테니 모두 늦가을 오소리처럼 배때기에 기름기가 끼었을 걸세. 그런 눈으로야 시골 무지렁이 사정쯤 강 건너 불구경 아니겠어?"

222

"그럼 아까 어느 땐가는 그 총구가 짐승들만 향하지 않을 것이란 말씀은 뭐요?"

"여기 올 때 저 아래서 자네는 어쨌던가? 자네 손에 칼이 없으니까 졸개 칼을 빼앗지 않았던가?"

김덕호는 가볍게 웃었다.

"하하, 형님 당할 사람은 없겠소."

임군한은 크게 웃었다.

"그럼 우리는 먼저 떠날까요?"

"그렇게 합시다."

"잠깐 계십시오. 용배龍培 그 아이 두루 쓸 만하던데 얼마간 제가 좀 부립시다."

"졸 대로 하시오."

"용배하고 달주 좀 불러주게!"

임군한이 문을 열고 파수 선 졸개한테 두 사람을 불러오라 했다. 곧장 두 젊은이가 달려왔다. 용배란 젊은이는 벌겋게 익은 얼굴에 더운 김을 뿜고 있었고 달주는 썰렁한 얼굴이었다.

"용배 너는 당분간 김덕호 어른 일을 좀 거들어야겠다."

"무슨 일인데요?"

"들어봐라."

"여기서 자세한 이야기를 할 수는 없고 재치로 하는 일이다마는, 더러는 완력도 쓰임새가 있는 일이다."

"아무거나 좋습니다."

"내가 서찰을 하나 써줄 것이니 너희들 둘이 그걸 가지고 강경 용

암사龍岩寺란 절에 가서 월공月空 스님이란 분을 만나거라. 그이하고 같이 일을 하게 될 것이다. 지략이 있고 도량도 넓은 스님이니 마음에 맞을 것이다."

"스님이요?"

용배가 마뜩찮은 듯 뇌었다.

"스님이라니 따분하게 느껴지는 모양인데 그렇지 않다. 몸에 가사만 걸쳤지 너희들보다 더한 협객이다."

용배는 모르겠다는 듯 고개를 갸웃거렸다.

"달주 너는 실은 중앙 법소에 가서 거기 얼마간 눌러 있으면서 그곳 물정도 익히게 한 다음 다른 일을 시킬까 했다마는 여기 와서 보니 일이 바빠져서 예정을 변경했다. 용배 하고 같이 가서 월공이란 스님을 만나는 것이다. 너희들 두 사람은 여러 모로 의기가 투합할 것 같으니 사이좋게 지내면서 일을 하도록 해라."

"예."

달주는 고개를 주억거렸다. 두멍 쓰고 밤길 걷듯 아무것도 모르고 따라만 왔던 판이라 여기서도 절간에 따라간 새댁처럼 시키는 대로 따를밖에 없었다.

"만날 날짜는 돌아오는 스무나흗날이다. 그 사이 공주를 좀 다녀서 그리 가야겠다. 공주 사비정이란 청루에 가서 이 어음을 바꾸어다 월공 스님한테 주어라. 아마 용배 너도 그 주인여자를 알 것이다."

"예, 압니다."

"나하고 동행하자. 나는 한양 가는 길이니 너희 집에도 들러 용배 너의 아버지도 좀 만날 겸 그쪽으로 가겠다."

임군한이었다.

"나하고 여기 임 두령은 갈 데가 있어 지금 곧장 길을 떠난다."

"나는 갑수를 좀 데리고 갔다 오겠소. 떠날 때부터 여기서 갑수를 데리고 갈려고 혼자 나섰소."

임군한이 김덕호한테 말했다.

"좋도록 하게."

김덕호와 임문한은 저녁 새참 때쯤 산채를 떠났다.

해거름이었다. 아까 김가들 뒤를 밟았던 왕삼하고 막동이 돌아왔다.

"어떻게 됐느냐?"

"말도 마십시오. 난리가 났습니다. 방필만 그 영감을 죽여버렸답니다."

"뭐라구?"

"놈들은 선불 맞은 멧돼지처럼 그 집에 뛰어들어 대문에서부터 머슴이고 주인이고 닥치는 대로 두들겨팼답디다. 방필만을 보자 상투를 잡아끌고 외양간으로 들어가 어물작두로 상투를 싹둑 잘라버리고 수염까지 몽땅 쥐어뜯어버린 다음에 패 죽여버렸다지 않습니까? 남자라고 생긴 놈은 이 영감까지 예닐곱 명을 모조리 이렇게 작살을 내놓고 이번에는 장광이고 농짝이고 닥치는 대로 짓부쉈답니다. 방필만의 큰아들은 그때 마침 나들이 갔다 오다 맞닥뜨렸는디, 단매에 골통을 깨버렸답디다. 그때 방필만 마누라가 살인이야 하고 악을 씀시로 동네로 뛰어나온께 놈들은 그때야 무춤하등마는 이내 집을 빠져나와 바람같이 달아나 버렸다지 않습니까?"

"한 놈도 잡히지 않고 다 도망쳤단 말이냐?"

"우리가 그 동네로 들어갈 때는 그들이 쫓겨오고 있습디다. 그런디, 그 집 사내들은 모두 골통이 깨지고 팔다리가 부러져 늘어져 있으니, 동네 사람들은 영문을 몰라 놀란 토끼 벼락바위 쳐다보듯 도망치는 놈들만 멀거니 건너다보고 있습디다. 어디서 온 놈들이 무슨 일로 그런 북새질을 쳤는지 아무도 알 까닭이 없었지라우."

"하하, 날벼락이란 게 따로 없구먼."

임군한이 소리 내어 웃었다.

"동네 사람들이 한마디씩 수군거리는 소리를 들어봤더니, 그 영감이 원체 색을 바쳐 전부터 여자 까탈로 원한을 산 일이 많은 모양인디, 아마 이 북새질도 그런 뒤끝이 아닌가 모르겠다는 눈치들입디다."

임군한은 통쾌한 듯 연방 껄껄 웃었다.

저녁밥을 먹고 났을 때였다.

"두령님!"

"누구냐?"

왕삼이 방문을 열었다.

"주막에서 중노미가 올라왔습니다."

"급히 알려 드릴 말씀이 있어 왔소."

중노미가 앞으로 나섰다.

"뭐냐?"

"지금 포교 하나가 졸개 하나를 달고 주막에 들었습니다. 고부서 왔다는데, 그자가 내민 인물 *파기가 저 젊은이하고 똑같았습니다."

중노미는 달주를 가리키며 말했다.

"뭐라고?"

임군한은 깜짝 놀라 달주를 돌아봤다.

"댕기를 땄다는 것만 다르고 다 같습니다."

달주는 얼굴이 새파래졌다.

"그래 뭐라고 했느냐?"

"그런 사람 본 적 없다고 했소."

"더는 뭣을 묻지 않더냐?"

"둘이 다 말을 탔는데, 몹시 지친 꼴입디다. 여기까지 오면서 물어볼 만한 데는 다 물어봐도 봤다는 사람이 없으니 허탕 아니냐며, 진산 군아에 가서 거기까지 다녀왔다는 증표나 한 장 받아가지고 돌아가자고 짜증스럽게 말하는 것을 얼핏 들었습니다."

"알았다. 지금 내려가겠느냐?"

"예, 저쪽 방에 있다가 달뜨면 갈랍니다. 누구 한 사람 달려 보내주십시오."

"알았다."

갑수는 왕삼한테 중노미 저녁밥을 먹이라 했다.

"전접주님께서 잡혀가신 걸까요?"

"글쎄."

달주가 숨을 헐떡이며 묻자 임군한이 미간을 모았다.

"행방까지 댄 것을 보면 꽤나 심하게 당하신 것 같은데요."

"아니다. 조심성이 있는 사람이라 아침까지 집에 눌러 있지는 않았을 것이다."

"말을 달려 여기까지 뒤쫓게 할 정도라면 틀림없이 발각이 됐다는 얘기 아니겠소?"

"발각이 나지는 않았더라도 네가 너의 집에서 전접주 집에까지 올 때 그 길로 지나온 것이 알려진 모양이다. 그 일이 벌어지기 전에 네가 그 길로 오고 있는 것을 본 사람들이 있었겠지?"

"예, 탑선리란 동네를 지나왔은께 본 사람이 여럿 있었겠소."

"거기서 *짜드락이 난 것 같다."

"그러면, 저의 식구들은 지금 *겨린 잡혀 있겠지요?"

"글세, 이거 일판이 좋지 않게 돌아가는구나."

임군한이 고추 먹은 소리를 했다.

"가만 있자."

임군한은 갑자기 눈을 밝혔다.

"계교가 하나 있다. 일판 생긴 것이 전에 내가 한번 썼던 계교하고 사개가 딱 들어맞는다."

임군한은 지레 얼굴이 환해지며 말했다.

"혹시 여기 아이들 가운데서 말 탈 줄 아는 아이 있느냐?"

임군한이 갑수한테 물었다.

"모두 촌놈들인디, 누가 말을 타봤겠소. 말이라면 내가 좀 탈 줄 아요."

"음, 네가 어떻게?"

"내가 역졸 출신 아니오."

"허, 그렇지. 이번에는 내가 길을 떠날 때 일진이 좋았나? 왜 이리 일판마다 사개가 딱딱 맞아떨어지지? 달주 너 안심해라. 그럴싸한 계교가 하나 있다. 이 계교를 쓰면 너뿐만 아니라 너의 식구 등 모두 무사할 것이다."

얼마나 신통한 계교인지 임군한은 제물에 들떠버리고 말았다.

"이 일에는 용배까지 너희들 세 사람 말고 두 사람이 더 있어야겠다. 활솜씨 있는 놈으로 두 놈만 더 추려라."

"아까 왕삼이하고 막동이 활솜씨가 웬만하오?"

"좋다. 새벽같이 일어나 아침밥을 먹고 점심을 싸되 점심은 네 사람치만 싼다. 무기는 칼 두 자루하고 활 두 자루씩만 챙겨라."

"칼하고 활 두 자루씩하고 점심 네 사람 치하고……."

"맞다. 여기서 날 새기 전에 내려가야 한다. 그리고 점심은 두 사람 치씩 따로 싸라."

"알겠소."

"가서 그 두 아이한테 일러놓고 여기 와서 같이 자자."

"예."

갑수가 나갔다.

"이 계교는 틀림없이 맞아떨어질 테니 마음 턱 놔. 너는 이런 일이 첨이라 떨릴 것이다마는 나만 믿고 어서 자. 하늘이 무너져도 솟아날 구멍이 있는 법이다."

임군한은 베개에 고개를 눕히자마자 드르렁드르렁 코를 골았다. 달주는 도무지 얼얼한 기분이었다. 임군한의 장담이 하도 땅이 꺼져 조금 안심이 되기는 했으나 가슴은 방망이질을 했다.

한참 만에 갑수도 들어와 잠이 들었으나 달주는 도무지 잠이 오지 않았다. 어머니와 누이동생 남분 얼굴이 떠올랐다. 둘 다 옥에 갇혀 오들오들 떨고 있는 모습이 눈앞에 선했다.

되새겨보니 집 나온 지가 불과 사흘밖에 되지 않았으나, 그 사흘이 삼 년도 더 된 것 같았다.

경옥 얼굴이 떠오르고 감역의 얼굴도 떠올랐다. 처마 밑에 서서 놀란 눈으로 자기를 바라보고 있던 해쓱한 모습의 경옥 얼굴이 너무도 선명하게 머리에 박혀 있었다. 자기가 그 아버지에게 논흙을 갖다 주어버렸다는 소리를 혹시 들었다면 경옥이는 어떤 생각을 했을까? 달주는 새삼스럽게 가슴이 에어지는 것 같았다.

감역에게 논흙까지 갖다 주어버린 것은 너무 지나친 일이 아니었던가 후회되기도 했다. 그 나졸들이 술이 취했으니 조금만 참았더라면 이렇게 일판이 커지지 않는 건데 너무 경솔했다는 후회가 치밀기도 했다. 감역에게 막보기로 그 흙만 가져다주지 않고 그냥 동네를 나왔더라도 나졸들을 그렇게 해치지는 않았을는지 모른다. 그러나 아무리 후회해 봤자 이제 와서는 모두가 깨진 그릇 맞추기였다.

아랫마을에서 아스라하게 닭 우는 소리가 난다고 생각하며 그제야 까무룩 잠이 들었다.

갑수가 몸을 흔들었다. 달주는 벌떡 일어났다. 이미 밥상이 들어와 있었다.

밥을 먹은 다음 어제 저녁 임군한이 말한 대로 여섯 사람이 산채를 떠났다. 어제 왔던 길이었다.

산채에서 산을 내려가는 길은 셋이 있었다. 하나는 지금 일행이 가고 있는 어제 왔던 길이고, 하나는 태고사를 지나 북쪽으로 빠지는 길로 어제 김덕호와 임문한이 간 길이었으며, 나머지 하나는 서북쪽으로 내려가 연산을 거쳐 계룡산을 오른쪽으로 끼고 공주 곁을 빠져 한양으로 가는 길이었다.

어제 하대두란 농부를 만났던 큰길에 이르렀다. 동쪽 하늘에 부옇게 동살이 잡혀오고 있었다.

잿길을 한참 올라갔다. 임군한이 발을 멈췄다. 임군한은 달주 하고 용배 두 사람을 뒤로 따냈다.

"너희들 두 사람은 저기 숲 속에 숨어 있어라. 이따 그놈들이 오면 나하고 갑수가 저기 저 재 꼭대기에서 그놈들 말을 빼앗아……."

임군한이 낮은 소리로 계책을 일러주었다.

"지루하겠지만, 저기 그대로 숨어 점심을 먹고 저녁 새참 때쯤 일을 시작해야 한다. 그래야 그만큼 우리 두 사람이 멀리 내뺄 시간을 벌지 않겠냐?"

"예."

"내가 시킨 대로 잘 해내겠냐?"

"해볼라요."

"여러 사람 목숨이 왔다갔다하는 일이다. 정신 똑바로 차리고 해야 한다. 그런다고 마음을 너무 동여매도 안 된다. 아랫배에다 힘을 주고 이판사판이다 하고 느긋하게 능청을 부리는 거여, 알겠냐?"

임군한은 달주에게 거듭 다짐을 두었다.

"예, 잘 알겠습니다."

달주가 고개를 주억거렸다.

"아참, 잊을 뻔했다."

임군한은 돌아서려다 다시 달주를 향했다.

"이 일이 어떻게 되든 강경 가서 월공을 만나거든 고부서 있었던 일의 자초지종을 모두 털어놓고 의논을 해라. 월공은 이만저만 지혜 주머니가 아니다. 설사 여기서 일이 뒤틀렸다 하더라도 그의 지혜를 빌리면, 웬만하면 일을 잘 발라낼 것이다."

"감사합니다. 잘 다녀오십시오."

"오냐, 다음에 만나자."

달주하고 용배는 산으로 올라가고, 임군한은 세 젊은이를 거느리고 바삐 잿길을 올라갔다. 임군한 일행이 재 꼭대기에 이르렀다.

임군한은 길 아래 숲을 한번 살펴본 다음 일행을 거느리고 길 위의 숲 속으로 들어갔다.

"느그들 둘이 할 일은 일이랄 것도 없다. 이따 우리가 그놈들한테 수작을 걸 때 여기서 내려다보며 활만 겨누고 있으면 된다."

그때였다.

"저기 오요."

정말 저 아래서 말 탄 벙거지 둘이 올라오고 있었다.

"조금만 늦었더라면 큰일 날 뻔했구나."

모두 얼굴에 긴장이 감돌았다.

"우리가 말을 타고 달아나면 저녁 새참 때 저 아래서 용배하고 달주가 여기 와서 그놈들한테 수작을 걸 것이다. 그들이 수작을 끝내고 저 벙거지들이 떠날 때까지 여기서 지긋이 눌러 있어야 한다."

"알겠소."

"모두 얼굴을 가려라."

임군한 자신도 수건으로 얼굴을 가려 수건 끝을 뒤통수께다 단단히 잡아맸다.

"내려가자."

임군한과 갑수가 칼을 들고 길로 내려섰다.

벙거지들이 나타났다.

"멈춰라!"

두 사람이 불쑥 앞으로 나서며 칼을 겨누었다. 벙거지들은 깜짝 놀랐다.

"웬 놈들이냐?"

앞장섰던 포교가 칼을 빼들며 호령을 했다.

"이놈아, 큰소리치기 전에 저기부터 쳐다봐라!"

임군한이 칼끝으로 길 위쪽을 가리켰다. 벙거지들은 얼핏 위쪽을 쳐다봤다. 복면을 한 두 사내가 불과 10여 보 거리에서 아래를 내려다보며 활을 겨누고 있었다.

"여차직하는 날에는 저 화살이 날은다. 그냥 공중으로 나는 것이 아니라 네놈들 모가지로 날아와 쇠고기 산적 꼬챙이 꿰듯 꿰고 말 것이다. 정신 똑바로 차리고 시키는 대로 해라!"

임군한이 여유만만하게 말했다.

"이놈들, 나는 보다시피 관가의 포교다. 관속한테 대적하면 무슨 죄가 되는 줄이나 알고 설치느냐?"

포교가 한껏 위의를 갖춰 호령을 했다.

"하하, 이놈아, 그 따위 *희떠운 소리는 관가 안마당에서나 씨부려라. 여기가 어디라고 여드레 삶은 호박에 *도래송곳도 안 들어갈 소리를 뇌까리고 자빠졌냐? 모가지에 화살이 박히기 전에 어서 말에서 내리기나 해라!"

임군한이 껄껄 웃으며 호령을 했다.

"도대체 우리를 어쩌자는 것이냐?"

포교가 조금 누그러졌다.

"잔소리 말고 내려라! 죽이지는 않겠다."

"우리가 돈을 가졌을 리도 없는데, 무엇 때문에 괜한 불집을 *버르집겠다는 것이냐?"

"아가리 닥치고 어서 내리지 못하느냐?"

임군한이 칼을 꼬나들며 고함을 질렀다. 포교는 하는 수없이 말에서 내렸다. 포졸도 따라 내렸다.

"칼을 땅에 놔라!"

"도대체 무엇 때문에 이러시오?"

"잔소리가 많다."

포교는 산 위를 한번 힐끔 돌아보더니 이내 칼을 땅에 놨다. 포졸도 놨다.

"뒤로 물러서!"

벙거지들이 두어 걸음 뒤로 물러섰다. 임군한이 갑수한테 눈짓을했다. 갑수는 벙거지들 칼을 챙겨 한쪽으로 치웠다.

다시 갑수가 다가가 포졸 허리에서 오라를 풀었다.

"손 이리 내!"

"도대체 어쩌자는 것이오?"

포교는 한 발 뒤로 물러서며 다시 소리를 질렀다.

"목숨을 살려줄 것이니 순순히 말을 들어라!"

임군한은 가볍게 얼렀다. 포교는 하는 수 없다는 듯 오라를 받았다. 포졸도 묶였다.

"이리 따라오너라!"

임군한이 길 아래로 먼저 내려갔다. 갑수는 두 사람을 앞세우고 따라갔다. 한참 내려가다가 멈췄다.

"네놈들 말하고 옷이 욕심이 났을 뿐이다. 그래서 어제부터 뒤를 밟았다. 목숨은 해치지 않을 테니 그건 안심하고 순순히 옷을 벗어라."

갑수가 그들 옷을 벗겼다. 순순히 벗었다. 옷을 갈아입었다. 대번에 모습이 바뀌었다.

두 놈을 소나무 밑에 꿇어앉힌 다음 소나무 밑동에다 단단히 묶었다. 입에는 재갈을 물렸다. 묶은 자리를 임군한이 다시 한 번씩 죄어 묶었다.

"고생스러울 것이다마는, 네놈들을 살려줄 활인불이 나타날 때까지 참아라."

임군한과 갑수는 길로 올라와 말에 올라탔다. 위에 있는 졸개들과 저 아래 있는 두 사람에게 손을 흔들어놓고 말에 채찍을 가했다. 산굽이를 돌아 진산 쪽으로 바람처럼 사라져버렸다.

왕삼이와 막동이는 벙거지들 칼을 챙긴 다음 그대로 바위 뒤에 숨어서 저 아래 묶여 있는 포교와 포졸을 내려다보고 있었다. 길에서는 안 보이는 곳이지만 여기서는 제대로 보였다.

벙거지들은 처음에는 몸뚱이를 한참 뒤채더니 지쳤는지 나무 등걸에 다소곳이 등을 기대고 앉아 있었다.

저 아래서 사람이 올라오고 있었다. 두 사람이었다.

"혹시, 저놈들이 재 꼭대기에서 그 아래로 똥이라도 싸러 가면 어떡한다?"

달주가 용배를 돌아봤다.

"저 위에 있는 자들도 상당히 약삭빠른 놈들이다. 호랑이야 하며 도망이라도 칠 것이다."

용배가 웃었다.

"흐음, 그러면 그 행인들도 혼비백산 도망을 치겠구나."

달주가 웃었다.

"산적이라니까, 일을 완력으로만 하는 줄 알지 모르지만, 그렇지 않다. 이런 일에는 우선 술수하고 임기응변이다. 머리가 제대로 돌지 않는 놈들은 웬만해서는 이런 일을 맡기지 않는다. 지금 여기 나선 놈들은 모두 완력이나 통수가 두루 만만찮은 놈들이다. 갑수는 역졸 출신인데, 찰방이란 놈하고 시비가 붙어 그 작자를 두들겨 패놓고 내빼왔고, 저기 지키고 있는 두 놈 가운데 왕삼이란 놈은 전라도 광양 어디서 어살을 쳐서 세 식구가 근근이 풀칠을 하고 살았다는데, 그 알량한 어살에서 어세를 한철에 세 번이나 첩징을 하는 바람에 어세 받으러 온 서원놈을 팬다는 게 그만 식어버려 도망쳐 온 놈이고."

"식다니?"

"임마, 판소리도 못 들었냐? 사람이 숨이 끊어지면 몸뚱이가 어떻게 되냐?"

달주는 맥살없이 웃었다.

"그런데 왕삼이란 놈은 고약한 버릇이 하나 있다. 갯가에서 고기나 잡아먹고 살던 놈이 어떻게 공부를 했던지 식자도 꽤나 들었는데, 이놈이 양반하고는 무슨 원수가 져도 얼마나 험하게 졌는지 양반이라면 눈에 쌍심지를 켜는 놈이다. 어디 으슥한 데서 양반하고 맞닥뜨렸다 하면, 그놈은 왕삼이 밥이다. 어떻게든 반 죽여놓는다. 이놈이 다른 일에는 인정도 있는데 웬일인지 양반이라면 못 본다. 지난번에는 나하고 둘이 금산을 갔다 오는데, 양반 놈이 가마를 타고 가다가 쉬어 있잖냐? 이 작자가 상판이 일그러지길래 또 무슨 심통을 부리려나 했더니, 아니나 다를까 양반 놈이 오줌을 누고 막 가마로 들어가자 그 가마 곁으로 가더니, 두어 길이나 되는 개울로 그 가마를 홀쩍 뒤집어버리잖냐?"

"저런!"

용배는 재미있다는 듯 깔깔거렸다.

"그 양반은 안 죽었냐?"

"몰라. 도망치느라 정신이 없었으니까."

달주도 맥살없이 따라 웃었다.

"이 작자는 양반만 미워하는 것이 아니라, 양반을 배행하고 댕기는 구종배들도 사정을 두지 않는다. 어제 저 아래서 돼지고기 짊어지고 방필만 집에 간다던 놈을 그렇게 닦달을 한 것도 어느 양반집 종놈이 제 주인 심부름 가는 줄 알고 왕삼이가 잡아다 족쳤던 거다."

"전에 살던 데서 양반한테 몹시 구박 당하고 살았던 모양이지?"

"모르겠어. 물어도 통 그런 이야기는 않으니까."

"또 하나는 막동이랬지?"

"그 막동이란 놈은 전라도 진도 놈인데, 그놈도 한 놈 식혀놓고 들어온 놈이다. 봄에 식량이 떨어져 그 누이동생이 남의 산에서 송기를 벗기다가 산주한테 걸려 얻어맞았던 모양이더라. 어린 누이가 맞는 걸 보고 분에 받쳐 팬다는 것이 얼마나 험하게 팼던지 이놈도 식어버려 춧자를 났다. 저 셋이 우리 산채에서는 제일 비상한 놈들인데, 재치나 눈치도 절간에 가서 젓갈 얻어먹을 놈들이고, 무술도 다 한가락씩 만만찮은 솜씨들을 지녔다. 갑수는 봉술이 출중하고, 왕삼이는 태껸 솜씨가 그놈을 따를 놈이 없다. 유독 발길질이 일품이다. 발을 손쓰듯 해. 막동이도 태껸 솜씨가 볼 만한데, 주먹이 세기가 기왓장 열 장을 포개놓고 단번에 깨버린다."

"기왓장 열 장을?"

달주가 놀라 물었다.

"나도 다섯 장은 깬다."

"너도 태껸 솜씨가 그렇게 비상하냐?"

"나는 주먹보다 발이다."

용배는 자기도 솜씨가 웬만한지 입이 벙그러졌다.

해가 설핏해졌다.

"이제 슬슬 시작해 보자. 지금까지 내뺐으면 임 두령께서는 내뺄 만큼 내뺐겠다."

용배가 일어섰다.

두 젊은이는 잿길을 오르기 시작했다. 한참 올라가다 달주가 노래를 부르기 시작했다.

어화 청춘 벗님네야 산천경개를 구경가세. 죽장망혜 단
표자로 천리강산을 들어가니 일봉래 이방장 삼묘향이 예

아닌가. 만산홍엽은 일 년 일도 다시 피어 춘색을 자랑하
고 청송취죽은 창창울울이요, 기화요초 난만 중에 꽃 속
에 잠든 나비 자취 없이 날아든다.

달주 노래 솜씨는 제법이었다. 재 꼭대기에 가까워지자 저 아래
묶여 있는 고부 벙거지들 들으라는 듯이 한층 신나게 뽑아댔다.

제비는 물에 차고 기러기는 짝을 지어 거지중천에 높이
떠서 두 나래를 훨씬 펴고 천리강산 머나먼 길 어이 갈꼬
슬피 운다.

재 꼭대기에 올라섰다.
"야, 저게 천등산이구나!"
용배가 소리쳤다.
"나 작은집에 좀 다녀올란다. 수염이 대자라도 묵어야 양반인디,
묵는 것만 양반이 아니라 싸는 것도 양반이다."
달주가 너스레를 떨며 길 아래로 내려섰다. 아까 부르고 오던 노
랫가락을 흥얼거리며 포교가 묶여 있는 데까지 갔다.
"어어, 이게 웬 사람들이오?"
달주가 놀라 자빠질 듯한 표정을 지으며 입을 딱 벌렸다. 재갈이
물린 그들은 멀거니 달주만 건너다보고 있었다. 달주는 한껏 놀라는
눈으로 그들을 빤히 건너다보고 있다가 한 발 물러서며 위를 향해
소리를 질렀다.

"용배야!"

"뭐냐?"

용배가 뛰어내려왔다. 용배도 한껏 놀라는 표정이었다.

"재갈부터 풀어!"

용배가 포교의 재갈을 풀었다.

"고맙소."

포교는 고맙다는 말을 해놓고 우선 입을 우물거려 새끼 자국이 벌건 입 근육부터 풀었다.

"가만 있자, 당신은?"

달주는 나졸의 재갈을 풀려다 말고 포교를 보며 부러 눈을 주발 만하게 떴다. 포교도 달주를 건너다봤다.

"당신 혹시 고부군아 포교 아니오?"

"당신이 어떻게 나를 아시오?"

포교도 놀라는 표정으로 물었다. 달주는 실제로 그가 눈에 익은 얼굴이기도 했다.

"나도 고부삽니다. 우덕면 하학동이오."

"뭐, 하학동?"

포교는 입이 떡 벌어지며 포졸을 돌아봤다. 달주는 포졸의 재갈을 풀며 대답했다.

"예 하학동 사는 김달주라고 합니다. 그런데 어쩌다가 이 꼴을 당했소? 옷은 또 왜 이렇게 입었소?"

달주는 나무에 묶인 오라를 풀어내며 거듭 물었다.

"도대체 어찌 된 일이오?"

240

달주가 거듭 다그쳤다. 포교와 포졸은 얼빠진 놈들처럼 서로를 건너다봤다.

"강도한테 당했네. 그런데 자네가 하학동 사는 김달주라 했지?"

"그렇습니다. 읍내서 포교님을 여러 번 뵈서 저는 금방 알아보겠습니다."

달주는 천연덕스럽게 말했다.

"헌데, 자네 고부를 떠날 때 아무 일도 없었던가?"

"그게 무슨 말씀이오?"

달주는 멀뚱한 표정으로 되물었다.

"집을 떠날 때 탑선리 쪽으로 돌아서 왔지?"

"아니 그걸 어떻게 아시오?"

달주는 한껏 놀라는 표정을 지었다.

"거기서 뭣, 뭣 못 봤나?"

"멋을 보다니라우?"

달주는 눈을 껌벅이며 도대체 무슨 소리를 하고 있느냐는 표정을 지었다.

"자네가 거기를 지난 것이 해거름이었지?"

"맞습니다. 그런데 뭣이 어쨌다는 거요?"

"거기를 지나면서 도리깨고개에서 사람 죽어 있는 것 본 일 없는가?"

"사람이 죽어요?"

달주는 더욱 놀라는 표정으로 거듭 되물었다.

"실은, 그 무렵 거기서 나졸 둘이 누구한테 맞아 죽어 지금 자네를 지목하고 우리가 자네 뒤를 쫓다가 이 꼴을 당한 걸세."

포교는 낭패한 표정으로 말했다.

"뭐요? 나를 뒤쫓았어라우?"

달주는 뒤로 한걸음 물러서며 물었다.

"알았으니 안심하게. 그리고 본께 우리가 허깨비를 쫓고 있었네."

"그런께, 제가 살범으로 지목받았단 말이오?"

"살범으로 지목을 받았다기보담도 자네가 그 시간에 거기를 지나 갔은께 알아보자는 것이지."

"허허, 내가 그런 일로 지목을 받다니."

"지금 우리는 이거 어찌해야 좋지?"

"어쩌다가 강도를 만났소?"

"그놈들을 잡기만 하면 요절을 내고 말겠네."

"어디로 도망쳤소?"

"진산 쪽으로 간 것 같아. 진산 군아에 가서 고변부터 해야겠구만."

그들은 길 위로 올라섰다.

"가만 있자, 자네를 어찌 한다?"

포교는 잠시 생각하는 표정이었다.

"실은, 자네 어머니가 자네 때문에 옥에 갇혀 있네."

"우리 어머님께서라우?"

달주는 어느 만큼 짐작을 하고 있었으나, 정작 그 소리를 들으니 손발에 힘이 쭉 빠지는 것 같았다.

"그럼 제가 빨리 가야 우리 어머님께서 나오시지 않겠소?"

"우리는 진산 포교들하고 그 강도놈들 뒤를 쫓아야 할 판이라, 아무래도 여기서 여러 날 걸릴 것 같은데……."

"저는 하루라도 먼저 내려가야겠습니다. 어머니께서 옥에 계신다는데 어찌 한참인들 지체할 수 있겠소?"

"그럼 자네는 먼저 내려가게."

"알겠습니다."

"어차피 알려질 일인께 우리가 여기서 당한 이야기도 군아에 가서 제대로 말하게. 그리고 말을 잘해서 자네 허물을 벗도록 하게."

"감사합니다. 다녀오십시오."

달주는 이내 그들과 작별을 했다. 포교와 포졸이 급히 진산 쪽을 향해 잿길을 내달았다. 그들이 저쪽 산굽이를 돌아서자 바위 뒤에 숨어 있던 젊은이들이 뛰어내려왔다.

"근사하게 해냈구나."

네 사람은 바람같이 산채를 향했다.

7. 민부젼

"시방 이 자리에 뫼일 만한 사람은 대충 다 뫼었은께 동네 회의를 따로 뫼일 것 없이 대강 쪼깨 이얘기를 들어봤으먼 어쩌겠는가 해서 시방 하는 소린디……."

동임 양찬오가 늘어진 소리로 말했다.

"먼 소리여?"

"그 죽은 나졸 치상을 모레 치루는 모냥인디, 그 치상에 우리 동네 사람들도 그냥 손 개얹고 앉아만 있어서는 안 될 것 같아서 시방 하는 소리여."

"손 개얹고 있잖으면 쫓아가서 상여를 메자는 소리여, 작대기 짚고 곡을 하자는 소리여?"

조망태가 핀잔조로 나왔다.

조망태는 어려서부터 불알 한쪽이 태산불알로 불알 크기가 망태만 하대서 붙은 별명이었다.

"우리가 그 동네 두레꾼도 아닌께 상여 메고 나설 처지도 아니고, 곡을 할 처지도 아닌디, 멋이냐, 이것이 짝하면 입맛이더라고, 우리는 시방 속이야 어디로 두었건 그래도 사람이 죽었은께, 뭣이냐, 안됐다는 시능은 해사 그것이 인사가 아니겠냐 해서 시방 하는 소리구만."

"먼 이얘긴디, 이얘기가 그렇게 변죽만 빙빙 돌아?"

조망태가 양찬오의 느러터진 소리를 채뜨리며 핀잔이었다.

"그런께, 시방 내가 말을 하기는 해도 멋이냐, 이것이 내 사날로 하는 소리라기보담도, 툭 까놓고 말하면, 반은 옆구리를 찔려서 하는 소린디, 그 나졸 초상에 말이여, 다문 얼마씩이라도 멋이냐, 쪼깐 마음을 써사 안 쓰겠냐 시방 이 소리여."

"맘을 쓰다니?"

"그런께 시방 서로가 십시일반으로 쪼끔씩 보태서……."

"보태기는 뭣을 보태?"

"그런께, 똥이 무서워서 치는 것이 아니고 더러워서 치더라고, 이일이 시방 시끄러워도 보통 시끄러운 일이 아닌께 동네 초상났다 생각하고, 멋이냐, 조금씩 내자 이것인디……."

"조금씩이고 많이고 내기는 멋을 내자는 소리냐 말이여?"

조망태가 끈질기게 물고 늘어졌다.

"아, 이 사람아, 먼 말을 해도 쪼깨 *얼랑녁수가 있어사제 그렇게 초장부터 다그치기만 하면 어쩔 것이여?"

"그런께, 맘을 쓰고, 내고, 보태고 하자는 것이 멋이여, 어디 툭 까놓고 한번 말을 해봐!"

"까놓고 말을 하자먼 부조를 하자 이 말인디……."

"부조오? 허!"

"쉽게 말하먼 부존디……."

"그럼 어렵게 말하면 또 멋이여?"

"어렵게 말하면 민부전民賻錢인가?"

누가 곁에서 웃으며 거들었다.

"허허, 먼 소리가 얼마나 이쁜 소리가 나올라고 깜진 여편네 첫애기만큼이나 어렵게 나오는고 했등마는, 참말로 듣다가 이쁜 소리 한번 들어보겄네. 얌전하게 명색까지 쉽고, 어렵고, 무식하고 유식하게 부조에다 민부전에다 고루고루 갖췄구만."

조망태였다.

"그런께 시방 나졸 초상에 재 너머 중놈이 부존가 민부전인가를 해사 쓴다 이 말인가?"

박문장朴文章이 나섰다. 본이름은 박몽학朴夢鶴이었는데, 꿈에 학을 보고 낳았대서 지은 이름으로, 학을 본 태몽은 문장이 될 꿈이래서 박문장이란 별명까지 붙었다. 아버지는 이 근방에서 이름나게 식자가 든 사람이었으나, 박문장은 별명과는 달리 겨우 천자문밖에 떼지 못해 문장은커녕 겨우 까막눈을 면했을 뿐이었다.

"시국 치레를 잘못하고 나서 별의별 무명잡세를 다 물어봤제마는 나졸 초상에 부존가 민부전인가는 살다가 또 한번 첨 들어보는 소리네."

"헌디, 나졸 초상에 부조라면 내중에 군아 강아지 죽은 데는 어쩔 것이여?"

하도 어이없는 소리가 나오고 보니 모두 중구난방으로 여기저기서 핀잔이 쏟아졌다. 가만히 듣고만 있던 전 동임 김이곤金利坤이 나섰다.

"어야, 찬오, 아까 이것이 자네 사날로 하는 소리가 아니고 옆구리 찔려서 하는 소리라고 했는디, 그것이 먼 소리여? 그러면 군아에서 부조를 하라고 시켰단 말인가?"

"그런께, 이것이 꼭 군아에서 시켰다기보담도, 하기사 따지고 보면 시킨 것이나 마찬가지기는 한디 뭣이냐, 도매다리 김영달金永達이 안 있다고? 그 사람이 시방 이쪽 안통 동네를 말짱 맡아갖고 일을 하기로 된 모냥이여."

"멋이? 김영달? 제깐 놈이 멋이간디, 지가 이 안통 동네를 맡고 말고 해? 그 새끼 먼 일이든지 전부터 이런 일에는 나설 데나 안 나설 데나 헌 바지에 좆대가리 볼가지대끼 쏙쏙 볼가지등마는, 그러잖아도 이쁘잖은 것이 또 달밤에 삿갓 쓰고 나서네."

조망태였다.

"시방 이것이 여그 몇 동네만 그러자는 것이 아니고 이 고을 사람들이 여그저그 여러 동네서 그러고 나서는 모냥이여."

"그러면 이것이 군아에서 떠맡긴 일도 아니고, 이 동네 저 동네 김영달 같은 알랑쇠들이 나서갖고 차치고 포치고, 그런께 이것이 시방 그 때려죽일 것들이 남의 등 쳐다가 제놈들 낯내자는 수작이구만."

"먼 이얘기를 그렇게 야박하게 하고 있어?"

"그러면 멋이여? 나졸 초상에 부존가 민부전인가를 내라고 한 놈이 누구여? 군아 놈들도 아니고 시방 그놈들 아니면 누구냐 말이여?"

"형편이 생기기를 그로크롬 생겼은께, 군아 사람들도 같이 있는 자리에서 대강 여러 사람의 의견이 모아져 갖고 이 근방 일을 김영달이 맡은 모양이여. 그런께 시방 이걸 갖고 누가 내라 했냐 마라 했냐 따지기로 하면 일이 처음부터 질서가 틀린 이얘기가 아니겠어?"

"질서가 틀린 이얘기는 멋이 질서가 틀린 이얘기여? 질서가 틀리기로 하면 나졸 초상에 부조 내라는 소리부터 질서가 틀려도 그냥 틀린 것이 아니고 처음부터 사정없이 홱 비틀어진 것이제 멋이여? 질서가 비틀어져도 이렇게 사정없이 비틀어졌는디 질서를 찾기는 어디서 질서를 찾아?"

"허허, 참말로."

양찬오는 벌레 씹은 상판이었다.

"어디 내막이나 한번 지대로 들어보세. 그럼 우리 동네는 얼마를 내사 쓴다는 이얘기란가?"

김이곤이었다.

"그런께, 시방 우리 동네서 얼마를 내라기보담도 동네 호수가 쪼깨 많고 적은 동네가 있기는 하제마는, 대충 한 동네서 한 섬씩이면 어짜겠냐 이러는디, 시방 이 자리에서 그것까지도 이얘기를 해보자는 것이여."

"멋이라고? 우리 동네가 한 섬? 그러면 50가혼께 한 집에서 얼마여? 한 집에서 쌀 두 되씩이란 말인가?"

박문장이었다.

"멋이, 나졸 초상에 부조가 쌀이 두 되? 허허, 살다가 까마귀 아래턱 튕길 소리 한번 들어보겠네."

조망태였다.

"아니, 김영달인가, 이영달인가 그 작자 정신이 총한 작자여 미친 작자여? 친사돈네 대사에도 쌀 한 되면 대문간에서부터 큰기침하고 들어가는디, 나졸 초상에 쌀이 두 되라니, 이것이 *땅나구 방구 소리여, 조랑말 *투레질 소리여?"

"그런께, 시방 중놈 *해웃값도 아니고, *몽구리 횟값도 아니고, 나졸 초상에 재 너머 중놈 부존가 민부전인가 그것이 시방 흉년에 다섯 식구 열흘 양식이라?"

중구난방으로 핀잔이 쏟아졌다. 해웃값은 화대를 일컫는 말이고, 몽구리란 중을 얕잡아 부른 말이었다. 양찬오는 죽 쏟은 며느리처럼 눈만 껌벅거리고 있었다. 핀잔이 한물 지나자 다시 입을 열었다.

"아닌 게 아니라 이치를 제대로 발라 말을 하기로 하면 이것이 중놈 해웃값도 아니고 몽구리 횟값도 아녀논께 나도 시방 말을 하기는 해도 쎗바닥이 삶아논 개다리맹키로 제대로 안 돌아가는디, 까놓고 말을 하면 이것이 말이 부조제, 그것이 꼭 부졸 것이여? 저놈들이 시방 살변 까탈로 일을 몰고 가는 것이 이쪽 사람들을 다 잡아다 조질 성부른께 저놈들 서슬에 방패막이로 이렇게 대강 인정을 써두는 것이 좋지 않겄나 해서 비벼낸 궁린디……."

"방패막이는 또, 먼 소리여?"

김이곤이었다.

"김영좌 자네는 쪼깨 늦게 와서 읍내 이얘기를 제대로 못 들었는 것 같은디, 통모한 놈들 잡는다고 돈 묵은 놈만 내주고, 다른 사람들은 돈 나올 때까지 가둬둘 눈치라잖은가? 그 서슬로 시방 새로 나졸을 풀어 마구잡이로 묶어간다는 것이여."

영좌란 두레 우두머리를 일컫는 호칭이었다. 전 동임 김이곤이 이 동네 두레 영좌였다.

"그런께, 살범하고 통모한 놈을 잡는다고 마구잡이로 생사람을 잡아들인 것 같다 이 말인가?"

"그려, 시방 씨은어 한 마리 갖고 우물귀신 생사람 잡아들이대끼 걸리는 대로 후리자는 배짱인 것 같어."

"그래도 잡아갈 사람은 다 그만한 꼬투리가 있은께 그러겄제 아무나 잡아가겄어?"

"이 사람아, 시집살이 삼 년이면 씨엄씨 하품소리만 듣고도 하루 일기를 보더라고, 저자들 행티를 하루 이틀 보고 살았는가? 사람을 잡아들이자도 죄목이 없어 못 잡아들이던 놈들인디, 살변 통모라면 얼마나 기막힌 죄목이겄는가? 아무나 잡아다 놓고 박목수가 네놈하고 통모했다고 하더라, 바른 대로 대라, 이러고 족치면 어느 장사가 배겨나겄어? 아무 놈이나 잡아다 놓고 불목이니 상피니 어거지만 쓰던 놈들이 백성 조지는 언턱거리로야 이만한 언턱거리가 쉽게 있겄어? 그놈들한테는 도깨비방망이도 이런 방망이가 없을 것이네. 노루 친 막대기 삼 년 우려먹더라고 이만한 구실이면 이놈들이 몇삼 년을 우려먹을지 누가 알어?"

양찬오는 여전히 늘어터진 소리였다. 딴은 그럴 듯한 소리였다. 그는 계속했다.

"그 불똥이 언제 누구한테로 튕길지 모른께 이것이 시방 말이 부조제 부조 명색으로 액막이를 해보자 이것이여. 더구나 저자들이 김영달 옆구리를 찔러 그것이 나한테까지 울려 왔는디, 치는 시늉을 하면 우는 시늉을 하랬더라고, 그래도 방불하게 시늉을 해사제, 쌀 한두 되 상관에 저자들 눈 밖에 났다가, *아낱말로, 저자들이 앙심을 묵고 우리 동네를 덮치기로 하면 그때는 쌀 한두 되빡이 말하겠냐 이것이여."

양찬오는 말을 마치며 좌중을 돌아봤다.

"액막이라고 한께 말인디, 그 무지한 작자들이 쌀 한 섬에 한두 사람도 아니고 한 동네에다 몽땅 사정을 두고 말고 할까 몰라?"

김이곤이었다.

"고지기 준 것은 *휘로 치더라고 그래도 이쪽에서 인정을 쓴 다음에야 말로 쓴 인정이 되로 줄어질망정 그 작자들이라고 그냥이사 삭히겠어?"

휘란 곡식을 되는 그릇의 하나로 열닷 말 드는 것도 있고 스무 말 드는 것도 있다. 그러니까, 고지기 준 것 휘로 친다는 말은 고지기하고 무슨 거래가 있을 때, 일테면 흉미 같은 것을 주고받을 때 그것을 되면서 안 듯 모른 듯 그만한 이익이 오간다는 소리였다.

"그 무지한 것들 인심을 누가 장담해? 촌놈들 상관이라면 숙주나물 맛 변하듯 조석으로 변하는 놈들이 그놈들인디."

"장담이야 누가 하고 말고 할 것이여. 액막이라고 말이 나왔은께 말이제마는 액막이란 것이 처음부터 공중에 대고 어팟쉰디, 푸닥거리할 때 뜬귀신한테 약조 받고 물밥 퍼주는가?"

"그래도 김영달인가 그자가 그런 작자들하고 이런 일로 속닥속닥할 적에는 혓바닥 맞물고 귀엣말로 했을 것인디, 기왕에 앞에 나서서 일을 하기로 했으면 그 작자들한테 눈 한 짝을 깜작여 속다짐을 받더라도 방불하게 다짐을 받고 일을 해사제, 쌀 한 섬이 뉘 동네 강아지 이름이간디, 쌀 한 섬을 허투루 내던져?"

조망태였다.

"그래도 이것이 명색이 부존디, 부조를 가지고 어뜨크롬 장바닥에서 갈치자반 흥정하대끼 속다짐 받고 겉다짐 받고 할 것이여?"

"그놈들 먹는 속으로는 제 주머니에 찔러 주는 것도 아침에 먹는 밥 따로, 새참에 먹는 술 따로, 안면 바꾸기를 막창 계집년 서방 바꾸듯 하는 놈들이 그놈들인디, 임자 없는 쌀 한 섬에 인정 끼고 사정 끼고 할 것 같어?"

"그렇게 따지기로 하면 한정이 없고, *딱따구리 부적도 귀신 쫓는 수가 있는 것인께, 동티난 디 푸닥거리하는 셈치고 일을 해사제 그것을 어뜨코 촘촘히 따짐시로 할 것이여. 기왕에 뜯기고 살기로 팔자에 박혀난 놈들, 저놈들이 뜯어묵자고 덤비는 데야 별 조화 있겄는가? 기왕에 줄 적에는 꽤댕이 활딱 벗고 주렸더라고 군소리 말고 내는 것이 좋을 것 같네."

김이곤이었다.

"그런디 아까 우리 동네를 50호 잡고 계산을 했다고 했제? 미리 말이제마는 나 같은 사람은 내자도 낼 쌀이 없은께 처음부터 거그서 빼놓고 계산을 하소."

여태 한쪽에서 말이 없던 장일만張一萬이었다.

"이 사람아, 다 되어가는 의논에 그것은 또 먼 소리여?"

"내 형편을 몰라서 하는 소린가? 산자락에 붙은 *석비레 하늘받이

252

닷 마지기에서 오소리 검불 뜯어들이대끼 뜯어 들여갖고 그것으로
물어낸 잡세만도 열두 가지여. 그러고도 남은 세목이 시 가지나 시퍼
렇게 살아서 호랭이 아가리 벌리대끼 입을 떡 벌리고 있네. 그 아가
리에 처널 것도 처널 것이라고는 내 대가리밖에는 없는 형편이여.”

석비례란 푸석돌이 많은 땅이었다.

“그래도 자네 같은 사람이 초장부터 *엄발을 내고 나오면 동네 일
을 어뜨크롬 하자는 소리여?”

양찬오가 눈살을 찌푸리며 핀잔이었다.

“엄발을 안 나자도 형편이 형편인디 어쩔 것인가? 우리 집에 쌀
명색이라고는 약에 쓰자도 없네. 없는 쌀을 어디서 가져다 부조를
할 것이여? 시방 제대로 이름자 달고 있는 세목도 내장산 몽구리한
테 족징을 물릴 형편이구만.”

장일만은 말을 해놓고 얼굴을 한쪽으로 걷어갔다.

“이러면 앞에 나서서 일하는 사람은 논 팔아서 일하란 소린가?”

“내자도 낼 쌀이 없는디, 그럼 나는 어쩌란 소리여? 우리 집에서
쌀 이름자 들어본 지도 오래고, 다른 잡곡도 보릿동은커녕, 세안에
감자(고구마) 두 대까지 바닥이 날 판이여. 형편이 이렇게 생겼은께
나 같은 놈은 몸뚱이나 잡아다 조지라고 하게. 뒤집어 노면 빨간 똥
구멍밖에 없고 엎어 노면 별로 크지도 않은 불알 두 쪽밖에 없네. 잡
아다가 삶아 묵든지 지져 묵든지 알아서 하라고 해! 첨부터 부려 묵
을 것이라고는 천한 몸뚱이밖에 없는 놈이라 이런 데서도 부릴 것이
라고는 몸뚱이밖에 없네.”

“이 사람아, 발을 뻗어도 뻗을 자리 봐감시롱 뻗고, 엄살을 피워

도 따질 것은 대강 따져보고 엄살을 피게. 시방 이것이 말이 부조제 동네에 닥칠 벼락을 피하자는 액막인디, 한 그늘에 든 사람이 그렇게 어깃장을 놓고 나오면 어쩌자는 것이여?"

양찬오가 목소리를 높였다.

"내가 엄살을 핀다고? 뒤져보게. 우리 집에 가서 뒤져봐! 좁쌀 몇 말하고 감자 서너 가마니 내놓고 뭣이 더 있으면 그대로 가져가게. 시방 빈 뒤지 앞에서 한 어깨에 일곱 식구 목구멍을 짊어지고, 내년 보릿고개를 영광 이앙당재 쳐다보대끼 아득하게 쳐다보고 있는 놈한테 엄살이라고? 남의 초상에 부조하기 전에 우리 집구석에서부터 줄초상이 나게 생겼어."

장일만은 영광 이앙당재를 말할 때는 정말 이를 앙다물었다. 이앙당재란 재가 너무 가팔라 이를 앙다물고 넘어간다 해서 붙은 이름이었다.

"어야 일만이, 이것이 시방 쪽박 쓰고 벼락 피하자는 것인지 작대기로 하늘 괴는 짓인지는 모르겠네마는, 어쨌던지 우리가 지금 한 쪽박 밑에 들었네. 그러면 어쩔 것인가? 내년 봄 영광 이앙당재 올라갈 때 이빨 한번 독하게 더 앙다물 셈치고 이 일에는 힘을 합하세. 동네 당산굿에는 강아지 새끼도 *우줄거려 한몫 아니던가? 이런 일에 빠진 사람이 있어노면 내는 사람도 맥살이 풀리잖겠어?"

조망태였다. 조망태는 처음에는 사뭇 가시 세게 나왔으나, 사정을 듣고 보니 하는 수 없겠다 싶었던지 마음을 풀쳐먹은 것 같았다.

"액막이라고 한께 말인디, 액으로 치면 당장 굶어죽게 생긴 액보다 더 큰 액이 어디 있어?"

"동네 형편이라면 피차에 뉘 집 강아지 눈 뜨는 날짜까지 뻔히 아는 형편에 시방 자네 살림속을 짐작 못할 사람이 누가 있다고 방색이 그렇게 요란스런가?"

양찬오였다.

"그러면 우리 집에 가서 뒤져보란 말이여!"

"안 뒤져도 뻔히 아는 것을 멀라고 품 버려서 뒤지고 말고 해. 체면도 생각할 때는 생각을 하게."

"당장 굶어죽게 생긴 판에 체면이 뭣이여? 뒈지는 년이 밑 감출까?"

"이 사람아, 자네같이 그래도 경오가 웬만한 사람이 꼭 그렇게 나오면 으짜란 것이여. 사람들이 한군데 모여 이렇게 동네를 지어 사는 것이 호랑이 무서워 그러는가?"

양찬오는 잔뜩 비윗장 상한다는 표정으로 장일만을 할기시 노려보며 쏘아붙였다.

"말 잘했네. 자네가 경오를 말했은게 하는 소린디, 어째서 자네는 경오를 따져도 자네 형편에 맞는 대로만 경오를 따지는가? 경오란 것이 너나없이 누구한테나 합당해사 그것이 제대로 경오가 아니겠어? 그런디 자네 경오는 그러지 못한 것 같어. 지금 의논이 액막이 의논이라 했은게 말인디, 시방 자네들이 따지고 있는 액은 나 같은 사람한테는 *강아지한테 별성마마여. 저놈들이 나와서 사람을 후려갈 때는 돈 나오라고 후려갈 것인디, *천렵에 깨구락지도 유분수제 나같이 살 한 점 발겨낼 데가 없는 놈을 멋하자고 후려가겠는가? 나같이 비패런 놈은 잡아가라고 내맡겨도 안 잡아가! 경오가 이런디,

섬지기 농사짓는 사람이나 석비레 닷 마지기 이기고 있는 놈이나, 부조가 똑같이 두 되고 이승二升이라?"

장일만이 제 속마음을 밤송이 까놓듯 뒤집어놓자 모두 멍청하게 그를 건너다보고 있었다. 장일만은 말을 이었다.

"아까 체면타령이 나왔은께 말인디, 나도 없잖아 체면도 있고 낯짝도 있네. 있은께, 별만한 사람들이 내먼 나같이 몸뚱이밖에 없는 놈은 그것을 읍내까지 져다주는 일이나 내가 맡을라네."

장일만 말에 한참 동안 침묵이 흘렀다.

"어야, 김영좌!"

여태 말이 없던 김한준이었다.

"일만이 이얘기도 일리가 없잖은 것 같네. 우리가 생각이 쪼깨 짧았던 것 같아. 일만이 같은 형편이 한두 집이 아닌께, 살림속이 좀 나은 집으로만 형편에 맞춰서 쌀을 걷고, 나머지는 동네 쌀로 귀를 채우는 것이 어짜겄어?"

동네 쌀이란 동답 20마지기에서 나온 것과 두레꾼들이 *걸립을 쳐서 걷은 것인데, 그 관리는 동임이 하지만 그 씀씀이에 대한 실권은 두레 영좌가 가지고 있었다.

"동네 쌀도 지금 셈속이 여러 가지로 쪼들리기는 하네마는 의논대로 하세."

영좌 김이곤이 선선하게 나왔다.

"그럼, 내고 안 내는 사람은 어뜨코 가를 것이여?"

"두레 일할 때 참 내고 안 내는 집으로 가르면 으짜겄어? 이것도 *옴니암니 따지기로 하면 한정이 없을 것 같고, 그렇게 하는 것이 대

256

충 수원수구가 없을 것 같네."

김한준이었다.

두레로 농사일을 할 때는 농토가 많고 적고를 따지지 않고 동네 농사 일 전부를 두레가 맡아 공동으로 해버리는데, 농토가 많은 집은 따로 그 만큼 노임을 내고 또 일할 때 참을 내거나 걸립 때 쌀을 어느만큼 많이 내는 것으로 그 벌충을 했다. 그러니까, 장일만같이 농토가 적은 집은 농토가 많은 집과 일을 한날 묶어서 하면서 참을 내지 않고 넘어간다.

"한준이가 말을 해도 잘한 것 같네."

김이곤이 동의를 했다.

"진장, 그러면 죽는 사람만 자꼬 죽으란 소리여?"

저쪽 자리에서 볼 부은 소리가 튀어나왔다. 김천석이었다. 농사를 어지간히 짓고 있었으나, 거의가 소작이어서 두레 일할 때 참은 내지만, 살림 형편은 자작논 버는 사람과 전혀 달랐기 때문이다.

"그렇게 서 곱 너 곱 따지기로 하먼 한이 없어."

"그래도 형편을 따질 만큼은 따져야 할 것 아녀?"

김덩실이었다. 그도 김천석과 사정이 비슷했다.

"그러면 으쨌으면 쓰겠어?"

양찬오가 물었다.

"기왕에 두레쌀에 손을 대기로 하면 아무리 참을 내는 사람이래도 우리 같은 사람은 쪼깨 사정을 둬사 쓸 것 같어."

김천석이었다.

"그러면 자기 쌀 내는 사람은 몇 사람이겄어?"

"몇 사람이 되았건 형편대로 일을 해사 쓸 것 아녀."

"그렇게 따지기로 하면 쌀 낼 사람 하나도 없네. 우리 동네 형편에 명년 보릿동 댈 사람이 몇 사람이겠는가? 더 따지지 마세."

김이곤이 아퀴를 지어버렸다. 김천석과 김덩실은 얼굴을 펴지 않았으나, 더 따지고 나오지 않았다.

"두레 이야기까지 나오고 본께 내가 너무 야박하게 따진 것 같아서 면목이 없네마는, 형편이 형편이라 할 수 없이 말을 한 것인께 모두 양해하게."

장일만이 좀 미안한 표정으로 말했다.

"우리 처지에 그것을 가지고 양해하고 말 것이 어디 있어. 아까 한준도 말했제마는 자네한테서 그런 말이 나오도록까지 기다린 것은 우리가 생각이 짧은 탓이었네. 미안하기로 하면 우리가 더 미안스런께 멋하게 생각 말게."

양찬오가 너울가지 있게 나왔다.

그때였다. 문이 비짓이 열리며 김한준 아내 정읍댁이 김한준더러 밖으로 좀 나오라는 시늉을 했다.

김한준이 나갔다.

"집으로 쪼깨 갑시다."

정읍댁은 얼굴이 굳어 있었다.

"먼 일인디?"

"감역 댁에 누가 왔다 간 것 같소."

"누가 왔다 가다니?"

"가서 이얘기합시다. 시방 집에 강쇠네가 와 있소."

김한준은 그 아내를 따라나섰다.

"군아에서 호방이 감역 댁에 왔다 갔다는 것 같소."

"뭐, 호방?"

"예."

"이 밤중에 군아 호방이 여기까지 멋하러 왔다 갔단 말이여?"

"종자 하나를 달고 왔다 갔다는디, 달주하고 상관이 있는 일 같소."

"달주하고?"

"가서 들어보시오."

사립을 들어서자 강쇠네가 마당에 서성거리고 있었다. 방으로 데리고 들어갔다.

"무슨 일로 이 밤중에 호방이 여기까지 왔다던가?"

"아무래도 예삿일이 아닌 것 같그만이라우."

"예삿일이 아니라니?"

"막 와서 이야기를 시작할 때는 바깥에 아무 소리도 안 들리등마는 느닷없이 감역 나리께서 호방 나리한테 꽝 곰을 지르십디다. 그 소리가 어찌나 크던지 아래채까지 들렸어라우."

"뭣이라고? 감역이 호방한테 고함을 질러?"

"무슨 소린지는 모르겠는디, 그 뒤부터는 감역 나리 얼굴이 새파래져 갖고 수염까지 부들부들 떠는 것 같습디다. 유월례가 술상 가지고 갈 때 저도 주전자를 들고 따라가서 얼핏 방 안을 들여다봤는디, 감역 나리 얼굴이 백지장입디다."

"무슨 일인지 짐작을 못하겠어?"

"경옥 아씨 이야긴 것 같더만이라우."

"뭐, 경옥이?"

"남의 집 규수 어쩌고 하는 소리를 얼핏 들었소. 그 사이 간간이 흘러나온 소리가 틀림없이 경옥 아씨 이애긴 것 같습다."

"경옥이 이야기라면 무슨 이야기란 말인가?"

"아무래도 달주 도령하고 이애기가 아닌가 모르겠소."

"달주하고 이애기라니?"

"호방이 갈 때는 감역 나리께서 대문 밖까지 바래다 주셨는디, 감역 나리께서 큰방으로 들어감시로 하는 소리를 들어본께, 이 못된 년이 집안 망해묵고 말겠다고 장탄식이 땅이 꺼집다. 유월례는 더 자세히 들은 것 같아서 물어봐도 통 입을 안 여는디, 눈치가 틀림없는 것 같소."

"눈치라니?"

"달주 도령 이애기더냐고 유월례한테 물은 게 아니라고 하는디, 내 눈치를 여러 번 보는 것이 틀림없이 그 이애긴 것 같소."

"달주하고 이애기라면 그것을 호방이 어떻게 알았으까?"

"그것이사 누가 알겠소마는, 예삿일이 아닌 것 같아서 시방 알려 드릴라고 이렇게 왔그만이라우."

"고맙네."

"그런디 그 호방이란 작자 못되묵어도 험하게 못되묵은 작자 같습다. 처음에 유월례가 술상을 가지고 들어간께, 유월례 얼굴을 빠히 쳐다보등마는, 감역 나리한테, 나리께서는 기막힌 미녀를 거느리고 있습니다그려 어쩌고 함시롱 음충맞게 웃지 않겠소?"

강쇠네는 제물에 입침을 튀겼다.

"내중에 유월례가 안주를 가지고 갈 때도 주전자를 가지고 내가 따라갔는디, 유월례가 들어간께 이 작자가 또 유월례를 보고 헤벌쭉하게 웃음시롱 볼수록 미녀라고, 거그 앉아서 한잔 따르라고 안하요. 축축한 눈으로 유월례를 쳐다봄시로 웃는 것이 얼핏 봐도 꼭 구렁이같이 징그럽디다."

강쇠네는 몸서리를 쳤다.

김한준은 멍청하게 강쇠네 말을 듣고 있었다.

"감역 나리는 그 작자 앞에서 죽을상이 되아갖고 담배만 뻑뻑 빨고 앉아 기시는디, 그런 감역 나리 앞에서 그 작자는 멋이 좋다고 껄껄 웃기만 함시롱, 그 지랄 아니요. 그 작자가 감역 앞에서 웃음을 웃어도 웃는 소리가 사람을 아주 얕잡아보는 웃음입디다."

강쇠네는 분해 못 견디겠다는 표정이었다.

"가기는 금방 갔는가?"

"예, 그 작자가 가자마자 이리 달려왔소."

"경옥이가 밥을 안 먹는다는 소문이 있던디 그것은 참말인가?"

"예, 이불을 뒤집어쓰고 버틴답디다."

"지금도 안 묵어?"

"쉬쉬한께 잘은 모르겠소마는, 큰마님 바글바글 끓는 것만 봐도 그렇고라우, 안방마님 얼굴이 안 펴진 것을 봐도 틀림없이 지금도 안 묵고 있는 것 같그만이라우."

"알았네. 호방이 왔다 간 이얘기나 경옥 이얘기는 어디서 함부로 입을 열지 말게. 알겠는가?"

"어련하겠소. 여그 와서 내가 말을 한 것도 달주 도령님 이얘긴 것 같아서 말을 했제 달래 했간디라우."

"상만相萬이는 집에 없었는가?"

상만은 이감역 아들이었다.

"그 어른이 계셨더라면 호방 그 작자를 가만 뒀겠소? 다리몽댕이를 부질러 앉혀놨제."

"어디 갔는가?"

"어제 정읍 가셨다는 것 같습디다. 오늘 저녁이 돌아가신 안방마님 제삿날이라 늦게라도 오실 텐디 아직 안 오신 것 같소."

오늘 저녁이 감역 전처前妻 제사라 감역 집에서는 여자들이 모두 부엌에서 음식을 장만하고 있었다.

"이 집구석에서는 아무리 진수성찬으로 상다리가 부러지게 제상을 차려와 봤자 다 소용 없어. 제사 받아묵을 귀신들이 찾아와서 *운감을 할라면 발걸음이 활발해사 지대로 들어와서 운감을 하든지 말든지 할 것 아녀? 그런데 이 집구석에는 안방 뒷방에 방마다 서양 귀신이 떡 버티고 있구만. 그런 데를 어뜨코 활발하게 들어와서 운감인들 할 것이여?"

경옥 할머니 김제댁이 오금을 꼭꼭 박아가며 가시돋친 소리를 하고 있었다. 감역댁한테 울려가란 소리였다. 그가 천주학 신자였기 때문이다.

안방 뒷방에 방마다 버티고 있다는 것은 경옥과 유월례도 천주학 신자라는 소리였다.

"아이고, 할무니는 이런 날은 그런 말씀은 담아두셨다가 해도 내중에 쪼깨 하씨요."

262

시집간 딸 연옥이었다. 이상만 바로 손아래로 이웃 태인이 시가인데, 자기 어머니 제사에 온 것이다. 감역댁은 시어머니 말을 못 들은 체 *저냐 부치는 손만 부지런히 놀리고 있었다.

"내가 못할 소리 했냐?"

80이 가까운 늙은이가 어디서 저런 기력이 나올까 싶게 목소리가 카랑카랑했다.

그때 강쇠네가 들어섰다.

"자네는 일을 쪼깨 거들라먼 딸꾹스럽게 착 달라붙어서 거들든지 말든지 하제 가실 다람쥐맨키로 어디를 그로코 싸대고 댕긴가?"

김제댁은 강쇠네를 허옇게 쏘아보며 핀잔이었다. 김제댁은 *살천스럽기가 웬만한 말에도 서릿발이 쳤으나, 그래도 강쇠네한테는 늘 한풀씩 접어주는 편이었다.

"끼니 앓힐 것은 없어도 도둑 줄 것은 있더라고 문단속을 지대로 안 하고 온 것 같글래 집에 쪼깨 갔다 왔소, 깔깔깔."

강쇠네는 깔깔거리며 넉살을 떨었다. 잠시 눈들이 강쇠네한테로 쏠리는 순간, 저냐 부치는 곁에 앉아서 거들고 있던 모종순이 저냐한 점을 냉큼 집어 치마 밑으로 감췄다.

"아이고, 이 급살맞일 년! 손에 그것이 멋이냐?"

어느새 그걸 봤던지 김제댁이 모종순 대가리를 주먹으로 쥐어박았다. 열댓 살 난 계집종이었다.

"이 찢어쥑일 것이, 처묵기도 처묵을 만치 처묵는디, 걸신이 들려도 몇 벌로 들렸으면 이 지랄까? 오늘 저녁만 하드래도 내가 감기에 들어서 숟가락을 들다 말았은께, 그 *대궁상을 온상으로 처묵고, 누룽지는 누룽지대로 처묵고, 아까 인절미까지 통째로 한나 처묵고, 그러고도 멋이 부족해서 아직 상도 안 채린 음석에다 또 이 급살이까?"

모종순이 저냐를 채반에다 슬그머니 던져놨다.

"이 찢어 쥑일 년아, 그 더런 손으로 만졌던 것을 또 놓기는 어디다 놓냐?"

김제댁은 이를 앙다물고 또 모종순이 대가리를 쥐어박았다. 모종순은 자라처럼 목만 움츠릴 뿐 조금도 아프다는 표정을 짓지 못했다.

"그냥 묵어라!"

행랑어멈이 저냐를 집어 모종순한테 내밀었다. 모종순은 김제댁 눈치를 살피며 저냐를 받았다. 그는 저냐를 입에 넣지도 못하고 뜨거운 것 들 듯 엉거주춤 들고 앉아 있었다.

"처묵어불고 일 거들제 또 먼 급살을 맞고 앉었냐?"

주먹이 또 날아올까봐 모종순이는 잔뜩 겁먹은 표정으로 저냐를 냉큼 입에 넣고 우물거렸다.

"너무 욱대기지 마시오. 세상에 아무짝에도 못 쓸 것 두 가지가 멋인지 아시오? 먹지 않는 종하고 투기 않는 계집이라요. 묵어사 꿍 일을 하제라우."

연옥이 너울가지 있게 *엉너리를 치며 웃었다.

"아이고, 니 말이 딱 맞다. 우리 집구석에는 그렇게 투기하는 년에다 걸신들린 종년에다 꼭 그렇게 쓸 것들만 모였구나. 거그다가 또 있다, 또 있어!"

또 있다는 대목에는 서릿발이 칠 만큼 살기어린 소리로 오금을 박았다. 감역댁을 가리키는 소리 같았다. 감역댁은 그냥 못 들은 척했다. 투기 어쩌고 하는 대목에서는 이상만 아내 얼굴이 굳어졌다.

"시방 집에 우환이 몇 겹이여? 해마다 징험을 해보먼 이러코 큰 지사 있을 때면 꼭꼭 집에 우환이 생기등만. 이번에도 으째서 멀쩡한 만득이까지 잡혀가서 곤욕을 치르까? 이런 일이 절로 생기는 일인 중 알어? 이녁 부모 귀신을 배반하고 엉뚱한 서양 귀신을 모시는디, 귀신인들 발동을 안 하고 배기겄냐 말이여?"

김제댁이 카랑카랑한 쇳소리로 앙칼지게 쏘아붙였다.

"아이고, 그만해 두시오."

연옥이 다시 말렸다.

"너는 모른다. 시방 이 집구석이 얼마나 험하게 돌아가고 있는지 너는 몰라."

"저하고 저리 가십시다. 가서 저하고 이얘기나 합시다."

연옥이 할머니 손을 잡아끌고 안채 쪽으로 갔다.

"아이고, 저렇게 집안을 생각하시는 양반이 자기 피붙이 행실은 시렁에 얹어놓고 나보고 투기한다고 나무래? 그런 일에 종년 닦달하는 것도 투긴가?"

이상만 아내가 투덜거렸다. 모두 말이 없었다. 유월례는 그런 듯 표정이 없었다.

늙은이가 가고 나자 태풍이 지나가고 난 것 같았다.

8. 황산벌

진산재에서 고부 포교한테 계교를 부린 다음날, 달주는 용배와 둘이 대둔산 산채를 떠났다. 두 젊은이는 대둔산 서북쪽 계곡을 타고 내려갔다. 초겨울 갓밝이의 냉기가 차갑게 볼을 할퀴었다. 길가의 낙엽에는 서리가 내려 있고, 나뭇가지에도 *상고대가 허옇게 피어 있었다.

용배는 나이도 열여덟, 달주와 같고 키도 비슷했다. 얼굴은 계집상을 질러 해사했으나, 목소리는 또 얼굴 같지 않게 거쿨지고, 유독 웃음소리가 호방했다.

용배는 여기서 공주 가는 길처인 경천점敬天店이란 마을에서 자랐다고 했다. 용배 양부는 거기서 여각을 내고 있는데, 계룡산에서 나오는 목물을 모아 파는 목물도가를 겸하고 있어 여각보다 목물도가 셈속이 더 낫다고 했다.

달주는 옥에 겨린이 잡혀 있는 어머니 때문에 마음이 다급했으나, 그런다고 무작정 고부로 갈 수는 없었다. 우선 자기를 뒤쫓던 포교가 돌아간 다음에 가는 것이 안전할 것 같았고, 임군한이 말했던 대로 월공 스님과 전후사를 제대로 의논을 한 다음에 가더라도 가야 할 것 같았다.

여기서 공주까지는 백여 리 길인데, 용배는 이 근방 지리를 손바닥 들여다보듯 환히 꿰고 있었다. 석수장이는 눈짐작부터 배우고 화적은 내빼 다닐 길부터 익히는 것이라며 용배는 킬킬거렸다.

"나는 아버지가 셋이다."

용배는 느닷없는 소리를 했다.

"뭐, 아버지가 셋?"

"그래."

"그게 무슨 소리냐?"

이부지자二父之子란 말이 있지만, 말이 그렇지 실제로는 이부지자도 있을 수가 없는 법인데, 둘도 아니고 셋이라니 어리둥절하지 않을 수 없었다.

용배는 달주의 어리둥절한 표정을 보며 혼자 한참 웃었다.

"나를 낳은 아버지, 나를 주워온 아버지, 나를 기른 아버지, 이렇게 셋이다. 여기 대둔산 아버지는 나를 주워온 아버지고, 지금 우리가 가는 경천점 아버지는 나를 기른 아버지, 그리고 나를 낳은 진짜 아버지는 어디 있는지 모르지만 분명 그 아버지도 있을 거고, 그러니까, 나를 난 아버지는 생부, 나를 주워온 아버지는 의부, 나를 기른 아버지는 양부, 이 세상에서 아버지가 이렇게 명색 있는 대로 있는 놈은 나뿐일 것이다, 하하."

용배는 한참 웃었다.

달주는 뭐라 얼른 참견을 하고 나서지 못했다. 이야기를 남의 이야기하듯 우스개조로 하고 있었으므로, 마음이 쓰이는 것은 아니었지만, 덩달아 웃기에는 사연이 너무 복잡한 것 같았다.

"대둔산 두령님이 내 의부다. 그 아버지가 강보에 싸인 돌잡이를 전라도 태인에서 주워다 경천점 아버지한테 맡겼던 모양이야. 경천점 아버지나 어머니는 나를 친아들같이 알뜰하게 길러줬다. 성은 주워온 아버지 성을 따라 성은 임가로 쓰고 있는데, 경천점 양부모들이 하도 나를 잘 키워줘서 나는 고생을 모르고 자랐다. 참 고마운 분들이다. 나는 이렇게 근본이 없는 놈이기는 해도 아버지들은 양쪽 다 한다 하는 사람들이니 따지고 보면 나만한 가문을 가진 놈도 없을 것이다. 의부는, 천하의 호걸들을 거느린 호걸 중의 호걸이고, 양부는 한 고을은 몰라도 경천점이란 큰 마을 하나는 쥐락펴락하는 사람이고, 또 산채 의부 족 의형제를 따지기로 하면 얼마나 벌족하냐?"

용배는 너스레가 흐드러졌다.

"경천점 양부는 어떤 분이냐?"

"깊은 속은 모르겠는디, 산채 두령님하고 호형호제하는 걸 보면 본색은 녹자 돌림인 것 같어. 어머니는 청자 돌림이고……."

용배는 쿡쿡 웃었다.

"청자 돌림이라니?"

녹자 돌림의 녹이란 녹림객 같은데, 청자 돌림이란 소리는 아리송했다.

"청루靑樓 말이다. 이따 봐라마는 이만저만 미모가 아니다. 근본은 청루 출신이지만 마음씨가 비단결 같고 그렇게 자상할 수가 없다. 나를 친자식보다 더 살뜰하게 아껴준다. 지금은 나보고 장가가라고 성화가 이만저만이 아니다. 그런데 나는 가고 싶지가 않아."

"왜?"

"한편으로는 솔깃하잖은 것도 아닌데, 내가 장가를 들어 살림을 차린다 생각하면 그건 터무니없는 짓 같다. 뿌리 없이 자란 놈이라 그런지 나는 어디로 떠돌아다니며 살아야 제격일 것만 같다. 두 아버지가 다 말리는 것을 한사코 우겨서 작년에 산채에 들어갔는데, 일년 남짓 지내보니 산채 졸개들하고 친형제보다 가깝게 한몸이 되어버렸다. 이제 그들을 저버리고 도저히 평지에는 내려올 수 없게 돼버렸어. 그런 친구들을 놔두고 나 혼자만 장가들어 비단이불 속에 계집 껴안고 집구석에 구어박힌다면 그것은 배신도 두 벌 세 벌 배신 아니겠어?"

여태 껄렁하게만 보이던 용배가 이런 대목에서는 여간 진지해 뵈지 않았다. 달주는 고개를 끄덕이며 용배 얼굴을 다시 봤다.

"대둔산 두령님 이야기는 갈재 임 두령님한테서 들었다마는 막상 만나뵈니 꼭 선비 같더라."

"외유내강이란 말 있잖냐? 그 소리는 그이를 두고 난 소리 같다. 겉으로는 선비 같지만 마음이 단단하기가 한번 마음을 먹었다 하면 누그리는 법이 없다. 배짱은 또 곁에 벼락이 떨어져도 꿈쩍 않는 분이다. 그런 분이 꼼꼼하기는 또 꽁생원도 그런 꽁생원이 없어. 꼼꼼하다 못해 좀상스럴 지경인데, 어쩔 때 보면 저런 *쥐알봉수가 어떻게 산적 두목인가 싶을 지경이야."

용배는 제물에 한참 웃고 나서 다시 말을 이었다.

"하기야, 매사를 그렇게 꼼꼼하게 가리고 따지며 살아오셨으니, 저 생활이 20년토록 무사하셨겠지. 그런데 인정은 또 어찌나 많은지, 어쩔 때 보면 꼭 마음씨 좋은 시골 아주머니 같다. 나 주워온 얘기만 들어봐도 그렇다. 영해·문경 난리가 꼭 20년 전이고 내가 지금 열여덟이니, 난리 낸 뒤 숨어 댕길 때 아니겠냐? 그 판에 돌잡이 애기를 주워가지고 100리도 넘는 경천점까지 안고 오셔서 맡겼다니, 그런 사람이 쉽게 있겠냐? 나를 안고 오실 때 내 똥오줌은 어떻게 처치했던가 궁금해서 그걸 물어봤더니 웃기만 하시더라구."

"허, 대단한 분이시구나."

달주가 감탄을 했다.

"그런데 이분이 또 얼마나 속이 깊으신가 봐. 나는 성도 그렇고 해서 얼마 전까지도 그이가 내 생분 줄만 알았거든. 그런데 저재작년일 게야. 그이가 경천점에 오시더니 사내가 열두 살이면 호패를 차는 법인데, 거기서도 세 살이나 더 먹었으니 이제 알 만한 것은 알아야 할 나이라며 내 내력을 털어노시는 거야. 자기는 내 생부가 아니라 나를 주워왔을 뿐이라며 나를 데리고 태인으로 가시더니, 바로 여기가 너를 주워온 자리라고 어느 논두렁을 가리키지 않겠냐? 거기에 어떤 할머니 한 분이 죽어 있었는데, 그 곁에 이빨이 두 개 난 돌잡이 아이가 강보에 싸여 울고 있더란거다. 그 곁에는 근방 도랑에서 잡아온 듯한 *징거미 몇 마리가 아직 물기가 덜 가신 채 살아 있고, 그러니까 우리 할머니는 굶어서 돌아가신 것 같아."

"그럼 할머니 묘는 찾았냐?"

"그렇게 이름도 성도 모르게 *거리부정 난 할머니 묘를 어디서 찾아?"

그런 어리석은 소리가 어디 있느냐는 투였다.

"그렇지도 않을걸. 논두렁에 시체가 누워 있었다면 그 논임자가 묻어줬을 게 아냐? 자기 땅에서 죽은 사람을 잘못 대접하면 객귀客鬼가 범한다고, 논밭 주인이면 논밭 주인, 논밭이 아니면 그 동네 사람들이 묻어주는 법이다. 20년 안짝이면 그렇게 먼 세월도 아닌께 그 논임자를 찾아가서 물어보면 어디다 묻었는지 알잖겠어?"

"그럴까?"

앞서 가던 용배가 걸음을 멈추며 돌아봤다.

"그 논임자가 거기 지금도 살고만 있다면 틀림없이 찾을 수 있을 것 같다."

"듣고 보니 그럴 법하구나."

용배는 크게 고개를 끄덕이며 다시 길을 걸었다.

"태인이면 바로 우리 게서 거기가 거기다. 태인 어디지?"

"칠석동七石洞이란 데다."

"칠석동? 모르겠어. 언제 나하고 같이 가서 한번 찾아보자!"

"네 말을 듣고 보니 당장 쫓아가고 싶은걸. 그렇게 천하게 돌아가신 사람을 누가 묻어줬으면 얼마나 알량하게 묻어줬겠냐? 묘만 찾으면 볕 바른 데다 제대로 이장을 시켜 드려야겠다."

"그럼, 우리 산에다 이장을 시켜 드리자. 마침 좋은 묏자리가 하나 있다."

"묏자리를 주겠다고?"

"우리 훈장님이 잡아주신 자린데, 형국이 기형괴혈奇形怪穴이라고 아주 좋은 자리라더라. 진룡眞龍혈이라는데, 필유진룡必有眞龍이면 필유진인必有眞人이래서 진인이 날 형국이란다."

"그럼 조상 덕으로 나더러 진인이 되라는 소리냐? 오랜만에 나도 조상 덕을 보겠구나."

용배는 껄껄 웃었다.

"그러고 보니 네 이름이 용 자가 용 용龍이랬지? 이름하고도 딱 맞아떨어진다."

달주도 웃었다.

"도랑가에서 용 새끼를 주워다 기른다고 용배라 했다던가?"

둘은 한참 웃었다.

"하여간, 그런 묏자리는 쉽지 않다더라. 우리 훈장님은 풍수로도 그 근방에서는 널리 이름이 나신 분이다. 혹시 너도 듣지 않았냐? 고부 접주, 전봉준."

"아, 그분이 그런 일도 하시냐?"

"화제도 잘 내시고 침도 잘 놓으시고 두루 유식하시다. 그런 일을 하시면서도 틈만 있으면 여기저기 산세를 살피고 다니시는데, 산세 이야기하시는 걸 옆에서 들어보면 남선南鮮 천지를 손바닥에 놓고 보듯 훤하시더라."

"나는 그분이 협기만 대단한 분인 줄 알았더니 그게 아니구나. 그러니까, 그러고 다니시다가 갈재 두령님을 만나 혼쭐을 내셨던 모양이구나."

272

용배는 혼자 웃었다.

"갈재 임 두령이 우리 훈장님한테 혼쭐이 나셨다고, 언제?"

"어라, 그 이야기도 모르냐?"

달주는 머쓱한 표정이었다.

"하하, 그 재미있는 이야기를 모르다니, 전 접주님이 그렇게 산을 싸다니시다가 그랬던지 장성 갈재서 갈재 두령님하고 맞닥뜨렸던 모양이야. 칼을 휘두르며 그 봇짐을 풀어노라고 호령을 했겠지. 그러자 전 접주님께서 되레, 깡 불호령을 내렸어. 이 불한당 놈들, 그쯤 허우대가 멀쩡한 놈들이 기왕에 이런 길로 나섰으면 백성 늑탈하는 관가 봉물을 털든지, 못난 놈 괴롭히는 양반놈들한테 칼끝을 겨눌 일이지, 기껏 *액색한 행인들 때 묻은 봇짐이나 노린단 말이냐? 이렇게 호령을 하시자 그 기가 얼마나 드셨던지 갈재 두령님이 그만 그 앞에 무릎을 꿇고 엎드리며 절을 했다는 거야. 세상을 객기 하나로 살아오신 갈재 두령님이 얼마나 기가 질렸으면 칼 든 사람이 맨손 앞에 무릎을 꿇었겠냐?"

용배는 그 장면을 생각만 해도 우스운지 한참 웃었다.

"여태 사람을 많이 만나봤지만 그렇게 기가 무서운 사람은 난생 처음이라고 혀를 내두르시더라구. 키는 작달막하지만 천하를 호령할 기개와 도량을 지닌 사람이라고 찬탄에 침이 마르더구나."

"그런 일이 있었던가?"

"갈재 두령님은 삼국지나 무슨 그런 무협담에서 그러듯이 전 접주님 앞에 무릎을 꿇고 고개를 주억거리며 이 우매한 놈을 이끌어주십시오, 이랬던 모양이야. 그렇게 해서 가까워지신 모양인데, 하여간 갈재 두령님은 전 접주님한테 홀딱 반해버렸어. 이 세상에는 전 접주님밖에 없다는 식이다."

"글세, 눈이 좀 매섭기는 하지만, 그렇게 담이 크신 분일까? 나는 그런 이야기는 처음 듣는다."

"그 뒤 김덕호 씨도 데리고 가서 소개를 시킨 모양인데, 김덕호 씨도 만나보고 나서 대단한 인물이라고 감탄을 하셨다는 것 같더라. 그렇지 않고서야 녹림객들이 어떤 사람들이라고 예사 사람들하고 속을 트고 지내겠냐?"

"그러니까, 모두들 그렇게 해서 만나셨구나!"

"전 접주님이 산을 싸다니신다는 말을 듣고 보니 그분은 아무래도 큰 뜻을 품고 계시는 것 같다."

"큰 뜻이라니?"

"그만한 국량과 기개를 지니신 분이 기껏 묏자리 같은 것이나 잡자고 그렇게 산을 싸다니시겠냐?"

"그럼?"

"김덕호 씨 같은 이도 전접주님을 범상찮은 인물로 보셨다면 전접주님은 예사 인물이 아닌 게 틀림없다. 그렇다면 흉중에 만만찮은 뜻을 지니고 계실 것 같아. 천하를 바로잡을 포부를 지니고 제갈량이나 홍경래처럼 미리 지리를 익히자는 것이 아닌가 모르겠어."

"지리를 익히다니?"

"홍경래도 일을 벌이기 전에는 풍수였더래. 풍수였다기보다 풍수인 체 두루 산천을 돌아다니며 지세를 익혀 훗날을 도모했던 거지. 제갈량도 마찬가지였다잖냐? 제갈량은 풍수는 아니었지만, 유비가 초려삼고를 하기 전에는 맨날 산을 싸다녔거든."

"하하, 우리 훈장님이 그런 엄청난 뜻을 가지고 계시는 분일까?"

달주는 혼자 가볍게 웃었다.

"지금 산채에서는 세상이 여차직했다 하는 날에는 그분이 크게 한번 떨치고 나설 것이라고 모두들 생각하고 있다. 두령님들 사이에서도 그렇게 생각하는 것 같은 눈치고 졸개들은 더 그래. 요새 세상 사람들치고 누구나 세상이 뒤집히기를 바라지 않는 사람 없겠지만, 그중에서도 세상에서 몰리고 쏠려 산속에 숨어들어온 산적들 심정이야 평지 사람들한테 비기겠냐? 모두가 누구든 앞장만 서주기를 칠년대한 비 바라듯 바라고 있다. 그런데 갈재 임 두령 말을 듣고 나서부터 우리 산채에서는 모두들 전봉준 접주님이야말로 때가 되면 앞장을 서실 사람이라고 생각하고 있다. 전접주님이 그렇게 나서겠다고 약조라도 한 것처럼 그분이 언제 떨치고 일어날 것인가만 기다리고 있는 판이다."

"나는 너무 엉뚱한 소리라 어리둥절하기만 하다."

달주는 좀 어이가 없어 혼자 웃었다.

"등하불명이라고 가까이서는 모를 수도 있겠지. 갈재 두령님 같은 천하의 호걸이 호령 한마디에 그 앞에 무릎을 꿇었다면 예사 인물이 아니잖겠냐? 어제 산채 식구들 너한테 대하는 것 봐라. 모두 배짱이야 뭐야 저마다 한가락씩 지닌 호걸들인데, 너 대하기를 상전 대하듯 하잖더냐? 전접주 밑에 있는 사람이라니까 지레 너한테 그렇게 긴 거야."

그러고 보니 정말 그랬다.

"모두 살갑게 맞아주길래 산채 풍속이 그런가부다고만 생각했더니 그러고 본께 내가 사또 덕에 비장 나리 호사였구나."

두 사람은 유쾌하게 웃었다.

"갈재 패거리는 어떤가 모르겠다마는, 우리 산채 패거리는 모두 전봉준 접주님 얼굴 한 번 보기가 평생소원이다."

"허, 어쩌다가 그렇게 됐지? 나는 어렴풋이 모두가 의적이겠거니만 생각했더니, 듣고 본께 천하를 건질 호걸들은 모두 산에 모여 있구나."

달주는 새삼스럽게 감탄을 했다.

"그렇게 말해도 과언이 아니다. 모두가 썩은 관속들이나 같잖은 양반나부랭이들 앞에 고분고분 굽실거리고는 못사는 놈들이다."

그들은 계곡 맨 윗마을인 신고을을 지나 중보실을 거처 곰치재를 넘었다. 대둔산에서 30리 되는 지점이었다. 여기서 뒷목재를 다시 넘으면 계백 장군 최후의 결전장이던 황산벌이 나온다.

뒷목 동네에는 잎사귀를 홀랑 벗어버린 감나무에 빨간 감이 주렁주렁 탐스럽게 달려 있었다. 재를 향해 동네 뒤를 지나다가 용배가 길을 멈추고 감나무를 쳐다봤다. 감나무는 울타리 너머 길가로 가지를 뻗고 있었다. 감나무가 유독 크고 감도 컸다. 용배가 달주를 보며 한번 씽긋 웃었다.

이내 용배는 울타리를 올라가기 시작했다. 울타리에서 홀딱 뛰어 감나무에 붙었다. 아름드리 감나무를 사다리 올라가듯 죽죽 뽑아 올라갔다. 등에 붙은 괴나리봇짐이 궁상맞았다.

"조심해!"

달주는 조마조마해서 한마디 주의를 주었다. 나무 타는 솜씨는 다람쥐 같아 그건 안심이었으나, 그 집 마당에서 보면 지붕 너머로 훤히 보일 것 같아 가슴이 조였다. 용배는 평지 걷듯 이 가지 저 가지 옮겨 다니며 마치 제 것 따듯 감을 거침없이 뚝뚝 따서 봇짐에 쑤셔 넣었다. 주인이 보고 쫓아오면 독 안에 든 쥐 꼴이어서 봉변도 그런 봉변이 없을 것 같은데, 그런 것은 조금도 마음에 안 걸리는지 천연스럽게 감만 땄다. 간이 크기가 맞춰온 산적이었다.

"기왕 올라갔은께 내 몫까지 두둑이 따가지고 내려오게!"

달주는 깜짝 놀라 뒤를 돌아봤다. 어디서 나타났는지 중년 사내 하나가 다가오며 웃고 있었다. 주인은 아니었다. 나그네 행색이었다.

그때였다.

"감나무에 웬 놈이냐?"

마당 쪽에서 고함이 터졌다.

"행인인데 감이 하도 탐스러워 몇 개 따요."

용배는 마당을 내려다보며 천연스럽게 대답했다.

"이 불한당 놈, 멋이 으째?"

주인은 악을 쓰며 뒤란으로 달려왔다.

"예끼 여보슈. 감 몇 개 갖고 불한당이라니, 양반 고장에서 뭘 그리 인심 궂힐 소리를 하요?"

길 위로 뻗은 가지로 성큼성큼 내빼면서 소리를 질렀다.

"이 때려죽일 놈아, 우리도 아까워서 아직까지 남겨두고 있다. 당장 안 내려오냐?"

"예, 지금 내려가요. 그런데 나를 쫓아올 생각은 마시오. 내 발은 식전 백 리를 뛰는 발이라 쫓아와 봤자 소용없소, 킥킥."

용배는 능청스럽게 비아냥거리며 발 디뎠던 가지를 손으로 잡고 몸을 밑으로 축 늘어뜨렸다. 가지 끝으로 성큼성큼 손을 옮기자 가지가 울타리 밖 길 위로 축 늘어졌다. 살풋 길로 몸을 내려놨다.

세 사람은 킬킬거리며 뛰었다.

"이 때려죽일 놈들아!"

주인은 울타리 안에서 악을 썼다.

"미안하요."

주인은 고래고래 악을 썼으나 울타리가 단단해서 쉽게 뚫고 나올 수도 없고, 높이도 사뭇 높아 얼른 뛰어넘을 수도 없을 것 같았다. 사립으로 돌아오자면 동네를 한 바퀴 돌아야 할 판이었다.

"안 쫓아오요."

꽁무니에서 뛰던 용배가 걸음을 늦췄다.

"허허, 감 하나 얻어먹으려다가 아침부터 도둑 쫓김을 당하다니 체신이 말이 아니구면."

사내가 웃으며 너스레를 떨었다.

"고생하셨습니다. 하나 드십시오."

용배가 봇짐 속에서 감을 꺼내 사내한테 하나 넘겼다.

"크다."

"어디까지 가시오?"

"노성魯城. 자네들은?"

"경천점이오."

"노성 큰길까지는 같이 가겠구만. 혼자 심심하다 했더니 잘 만났네. 우리 인사나 하세. 나는 진산 사는 황방호黃方鎬라고 하네."

"저는 경천점 사는 박무성이라 하요. 이 친구는 전라도 전주 사는 김명팔이고요."

"전주? 존 데지."

달주가 나중에 어째서 내 이름을 명팔이라고 둘러댔느냐니까 잠시 이름을 팔아버려야 하니 명팔이고, 자기는 실제로는 성을 모르니 없을 무자 무성이 아니냐고 웃었다. 그래서 그 뒤부터 달주는 변성명을 할 때는 그 이름을 썼다.

"감 맛이 좋지요?"

"어디서 오는데, 연산連山서 감 맛을 이야기하나? 노성 참게에다 연산 오골계烏骨鷄하고 이 감은 진상품 아닌가? 유독 저 아래 왕바위 감이 이름이 나서 진상은 그 감을 보낸다네. 연산 감은 은진 수박하고 성환 참외를 합쳐 이 근방 삼대 명물이지."

"젠장, 맛있는 것은 모두 임금 놈이 다 처먹는구나."

"에이 사람!"

사내가 깜짝 놀랐다.

"왜 그러시오? 임금 놈한테 덕본 것 있소?"

"이 사람아, 그래도 그렇게 말을 해서는 안 되제."

"안 되기는 왜 안 되라우. 임금인가 상감인가 그 떡을 칠 놈이, 이렇게 맛있는 것만 백성이 골라다 바쳤으면 그걸 처묵고 그만치 나라를 잘 다스려사 쓸 것 아니오. 그 처죽일 놈이 맨날 고량진미로만 처묵고 앉아서 배때기 드윽드윽 긁음시로 계집년 엉뎅이만 두들기고 자빠졌은께 지금 나라꼴이 이 꼴이 아니오?"

"허허, 이 사람 말하는 것 본께 당최 상종 못할 사람이네."

사내는 말하는 것하고는 달리 겁먹은 표정이 아니었다.

"내 말이 틀렸소? 댁에서는 관가 놈들한테 안 뜯겨봤소?"

용배는 해실거리며 연방 어긋지게 나갔다.

"아까 오골계도 진상품이라 했지요? 그 게는 어떻게 생긴 게요? 참게하고 비슷하게 생겼소?"

달주가 말머리를 돌렸다.

"하하, 참게는 그냥 냇가에 참게고, 오골계란 살이며 뼈가 말짱 까만 닭이야. 그러니까, 이때 계는 닭 계자지."

"그런 닭도 있소?"

"옛날에는 그 오골계가 여기밖에 없었다는데, 그것이 지금은 다른 지방으로도 많이 퍼져나갔다는구먼. 풍이나 습중, 허약중에는 오골계를 덮을 약이 없어."

일행은 재 꼭대기에 올라섰다. 고개티를 올라서자 바람이 한결 시원했다. 차근히 쉬어 앉아 감을 하나씩 더 나눠 먹었다. 황방호는 막불경이 살담배를 주먹에 쥐고 호호 불어 한참 숨을 죽인 다음 곰방대에 우겨넣었다.

"자네는 아직도 감나무 임자가 쫓아올 것 같아 서성거리는가?"

황방호가 달주를 보며 이죽거렸다.

"아니라우."

"그럼 왜 먹구름장 밑에 소금장수 졸밋거리듯 하는가? 앉아서 먹게. 음식이란 물 한 모금을 마시더라도 창자를 달래가며 마셔야 하는 걸세."

달주는 웃으며 앉았다.

"젊은이들 이것이 무슨 잰 줄 아는가?"

"뒷목재 아니오?"

용배가 아는 체했다.

"뒷목재는 뒷목잰디 옛날에 무슨 일이 일어난 재냐 이 말이네."

"그건 잘 모르겠소마는 저기 저 들판이 옛날 계백 장군이 신라군하고 최후의 결전을 했던 황산黃山벌이라며요?"

"맞네. 여기서 내려가면 바로 이 재 아래 동네가 황산리고 그 앞들이 황산벌이네. 그런께, 바로 이 재로 신라군이 물밀 듯이 넘어가지 않았겠어?"

"그랬겠소."

"자네들은 지금 어디서 오는 길인가?"

"진산서요."

"그러면 아까 넘은 것이 곰치재, 거기서 또 시오리쯤 저쪽으로 가면 숯고개炭峴 아닌가? 그 다음이 마전馬田으로 해서 경상도로 빠지는 길이지. 신라군이 마전에서 숯고개를 넘어와 곰치산성을 깬 다음 이 고개에서도 한판 붙고 황산벌로 들이닥쳤을 걸세. 이 고개가 마지막 고개였으니 이 고개 싸움도 만만찮았을걸. 바로 저 아래 저 봉우리가 국사봉이고, 또 이 위쪽 저 봉우리가 깃대봉인디, 두 봉우리에 모두 성터가 있어. 그 성들이 이쪽 신라군을 막자는 성이었을 텐께 여기서 한바탕 제대로 붙지 않았겠어?"

"그랬겠소."

용배가 연방 맞장구를 쳤다.

"그러고 아까 그 뒷목 바로 아랫마을 이름이 장골이고 또 그 아랫마을이 숭적골이네. 숭적골이란 글자 그대로 적을 이긴 골짜기란 소리가 아니겠어? 장골도 장수 장將 자 장골이라기도 하고 장사 지낸다는 장葬 자라고도 하네. 하여간, 이 근방은 지명이 말짱 이렇게 전쟁하고 연이 있는 이름들이거든. 바로 그 장골하고 숭적골 사이 윗날맹이에도 옛날에는 큰 성이 하나 있었던 모양이네. 지금은 성터만 있는디 여기에 재미있는 전설이 하나 있구만."

"재미있는 전설이라우?"

황방호는 곰방대를 털면서 일어섰다. 그는 앞장을 서며 이야기를 시작했다.

"아까 그 장골이란 동네서 남매 장수가 났어. 한 집에서 두 장수가 나면 집안이 망하는 법이라 결국 두 남매 중 하나가 죽어야 할 형편이었구만. 남녀 간에 목숨이 아깝기는 피차에 마찬가지 아니겠는가? 그래서 두 남매가 내기를 해서 진 사람이 죽기로 했네. 오빠는 굽이 석 자 되는 나막신을 신고 한양 가서 소를 팔아오기로 하고, 누이는 여기다 성을 쌓기로 한 걸세. 내기에 이긴 사람이 진 사람을 죽이고 성주가 되기로 한 거여. 마침내 내기가 시작됐네. 오빠는 굽이 석 자나 되는 나막신을 신고 한양으로 소를 팔러 가고, 누이는 치마로 돌을 날라다 성을 쌓기 시작하는구만. 그 어머니는 누구도 죽어서는 안 되겠다 싶어 발만 동동 구름시로 애를 태우고 있는디, 딸이 성을 쌓는 것을 본께 딸이 이기게 생겼거든. 처음에는 누구 편도 들 생각이 없었으나, 정작 딸이 이기면 아들이 죽게 된다 싶자 아들이 죽어서는 안 되겠다는 생각이 들었네그랴. 그래 꾀를 하나 생각했어. 팥죽을 쑤어가지고 성 쌓고 있는 딸한테 가서, 애야 이 죽을 먹고 쌓아도 늦지 않을 것이다. 배고플 테니 먹어가면서 일을 해라. 이러고 딸을 꼬였구만. 딸은 마음이 급했지만, 어머니의 말씀이 고맙기도 하여 일을 멈추고 죽을 먹고 있었어. 헌데, 바로 그때 아들이 도착을 해버렸네그랴. 약속대로 오빠가 누이를 죽이고 성주가 되었다는 이야길세, 하하."

두 젊은이도 따라 웃었다.

일행은 황산벌을 오른쪽에 끼고 신앙뜸을 지나 연산 현아가 있는 청동골을 향하고 있었다.

"여기서 서쪽으로 오리쯤 되는 곳에 가장굴假葬窟이란 데가 있네. 바로 거기에 계백 장군 묘가 있어. 망해버린 나라의 패장敗將이라 아무케나 가장을 해버려 가장굴이란 이름이 붙은 것 같아. 그 가장굴이 있는 동네 이름이 충곡린디, 거기에 충성 충자가 붙은 데도 그럴듯한 내력이 있을 법하지. 바로 저기 저 동네는 울바위란 동넨디 한자로는 울 명자, 바위 암자 명암鳴巖이니, 이런 이름도 모두 그런 전쟁하고 상관이 있잖겠어?"

"그렇게 이야기를 해서 듣고 보니 여기저기서 군사들 함성과 비명이 요란스런 것 같습니다."

용배가 웃으며 말했다.

"그뿐인 줄 아는가? 여기는 또 후백제가 망할 때 견훤과 왕건이 마지막 결전을 한 곳이기도 하네. 견훤은 그 싸움에서 패해 죽었지."

"그러니까, 본백제와 후백제가 말짱 여기서 깨졌구만요."

"아까 우리가 넘어온 뒷목재 저 위로 뻗어 올라간 산줄기 보이지?"

황방호는 걸음을 멈추고 뒤를 돌아보며 산줄기를 가리켰다.

"저 줄기가 지금 대둔산에서 이쪽으로 뻗어 올라간 마지막 줄길세. 아까 그 국사봉, 깃대봉에 이어 저기 저 그 다음 큰 봉우리가 함박봉, 더 주욱 올라가서 십 리쯤 저쪽으로 보이는 저게 천호봉일세. 그리고 이 건너 왼쪽으로 보이는 저 봉우리는 함지봉인데, 저것은 계룡산 줄기가 아래로 주욱 뻗어 내려오다가 멈춘 마지막 봉우리야. 그런게, 아래서 빋어 올라간 대둔산 줄기와 위에서 뻗어 내려오던 계룡산 줄기가 연산천을 끼고 협곡을 이루며 저렇게 십리쯤 더 뻗어 올라가다가 끝나는 바로 그쪽 계룡산 안통이 정감록으로 유명한 신도안 아닌가?"

"아아, 그런가요? 정씨가 거기다 도읍을 정하고 나라를 세운다는?"

달주가 고개를 끄덕였다.

"그렇네. 여기가 이렇게 동북쪽으로는 대둔산과 계룡산, 서북쪽으로는 공주 주미산舟尾山 줄기가 가로막고 있네. 거기다가 전라도 무주에서 발원하여 역류 7백 리를 하다가 계룡산을 싸고돌아 공주에서 갑자기 길을 남쪽으로 잡아 부여로 흐르는 금강이 남북을 가로막고 있으니, 여기는 이렇게 산과 강으로 이뤄진 천연의 요새일세. 그래서 여기는 옛날부터 내리 싸움터가 되었던 모양이야."

"듣고 보니 산세가 그럴 법합니다. 그런데 아까 역류 7백 리라 하셨는디, 금강이 무주에서부터 7백 리나 북쪽으로 흐르다가 공주에서 남쪽으로 꺾인단 말이오?"

달주가 물었다.

"공주에서 꺾이는 것이 아니고 충청도 연기에서 북쪽에서 흘러오는 강줄기를 맞아 두 강줄기가 합쳐지며 거기서 비로소 남쪽으로 길을 꺾네. 무주서 연기까지가 오불고불 7백 리란 걸세. 정감록에 전라도는 산세가 배역하고 강이 역류한게 모반자가 많이 난다고 했는디, 광주천이나 전주천도 역류를 하네마는, 산세가 배역하고 강이 역류한다는 소리는 주로 이 금강을 두고 하는 소리라더만. 사실은 그 7백리가 태반은 충청돈디 그리고 보면 정감록을 쓴 사람은 전라도하고 유감이 있던 사람 같아."

모두 웃었다.

"왕건과 견훤이 여기서 어떻게 싸운 줄 아는가?"

"그 얘기 한번 들어봅시다."

용배가 착 달라붙었다.

"바로 저 천호봉 밑에 개태사開泰寺란 절이 있네. 왕건이 견훤하고 싸우던 때는 저 절이 없었는디, 왕건은 저 개태사 자리에다 진을 치고, 견훤은 여기서 서남쪽으로 곧장 내려가면 이십 리쯤 되는 곳에 은진현 마산이란 데가 있는디 거기다 진을 쳤어. 그러던 어느 날 저녁에 왕건이 꿈을 꿨는디, 큰 가마솥을 머리에 쓰고 물속으로 들어가는 꿈을 꿨구만. 그러지 않아도 견훤보다 군사가 약세여서 싸움을 붙이지 못하고 있는 판에 이런 험한 꿈을 꾸었으니 기분이 어떠겠는가? 아무래도 내가 여기서 망할 운순가 보다고 코를 빳고 있었구만. 그러다가 이 근처 한삼내란 곳에 해몽을 잘하는 부인이 있다더라는 생각이 번쩍 떠올라 그 달음으로 평복으로 옷을 갈아입고 부랴부랴 그 부인을 찾아갔구만. 그 집에 간게, 여남은 살 먹은 계집아이가 나오더니, 해몽하러 오셨구만요, 우리 어머니는 지금 먼데 나들이를 가시고 안 계십니다. 저한테 말씀하십시오. 저도 해몽을 할 줄 압니다. 왕건은 이런 되바라진 계집아이가 있나 싶었지만, 조급한 마음에 혹시 모르겠다 싶어 꿈 이야기를 했구만. 당신은 변복을 했지만 대단한 귀인이십니다만, 그 꿈은 흉몽입니다. 쇠붙이인 가마솥을 쓰고 물에 빠졌으니, 가라앉으면 머리부터 가라앉지 않겠습니까? 죽어도 그냥 죽는 것이 아니라 험하게 횡사를 하실 꿈입니다. 크게 조심하십시오. 이러네그랴, 하하."

황방호는 혼자 웃었다.

"자기가 생각한 것하고 비슷해서 왕건은 콧병난 병아리 꼴로 고개를 떨구고 그 집을 나오는구만. 그러다가 골목에서 그 부인과 맞닥뜨렸어. 귀인께서 해몽을 하러 오셨던 모양인데, 혹시 우리 집 딸년한테서 언짢은 소리를 들으신 것 아니오? 그 계집아이가 어미 흉내를 낸다고 되잖은 소리를 곧잘 하는 버릇이 있으니 그 아이 소리는 괘념 마시고 저한테 꿈 이야기를 하십시오, 제대로 해몽을 해 드리리다. 이러거든. 왕건이 다시 꿈 이야기를 했더니, 그 부인은 무릎을 탁 치면서 길몽입니다, 이만저만 길몽이 아닙니다, 얼마나 길몽이었던지 이 여편네는 감탄 소리가 지레 침이 마르는구만. 머리에 솥을 썼으니 그것은 면류관입니다. 면류관은 솥처럼 겉이 시커멓지 않습니까? 그것을 쓰고 물속으로 들어간 것은 용궁으로 들어간 것입니다. 장차 왕이 되실 꿈입니다. 부처님께 축원을 하시고 일을 도모하시면 틀림없이 소원성취하실 것입니다. 아, 이러고 정중히 절을 하지 않겠어? 왕건은 그때야 땅가뭄에 소나기 만난 푸성귀같이 팔

286

팔 힘이 나서 진으로 돌아왔구만. 돌아오는 길로 버썩 서둘러 천호산 밑 지금 개태사 자리에다 단을 쌓고 부처님 앞에 정성스레 축원을 드렸어. 그러고 나서 견훤을 치려고 출진을 하니 갑자기 어디서 난데없는 군사가 수수만 명 나타나지 않겠나? 부처님이 보낸 신병이야. 이렇게 인병, 신병이 합세를 해서 용운산 아침 안개 피어나듯 내달았으니 견훤이 결딴이 나지 않고 배기겠어?"

황방호는 유쾌하게 웃었다.

"왕건은 그 싸움에 이기고 나라를 세운 뒤에 그 해몽해 준 부인을 잊지 않으려고 거기를 부인천면夫人川面이라 이름을 지었고, 저 산은 신병이 나타나 도운 산이래서 천호산이라 했으며, 또 단을 쌓았던 자리에는 지금 저 개태사를 지었다는 걸세. 그리고 그때 그 꿈을 기리려고 개태사에 엄청나게 큰 솥을 만들었다는디 그 솥이 지금도 있네. 천 명이나 되는 개태사 중들 밥을 한꺼번에 그 솥에서 했다니 얼마나 큰지 짐작하겠지? 그 솥은 그동안 땅속에 묻혀 있었는데, 요 얼마 전에 제방공사를 하다가 파냈다더구만. 나도 봤는데 엄청나게 큰 솥이야."

"왜 그 솥이 땅속에 묻혀 있었을까요?"

달주가 물었다.

"언젠가 큰비가 와서 장마에 그 절 한쪽이 쓸려 내려갔다는데, 그 솥도 그때 떠내려가 땅속에 묻혔다는구만."

"그 이야기는 저도 들었습니다마는, 좀 다릅니다."

용배가 나섰다.

"그게 임진왜란 때 일이라 합디다. 우리 의병들이 그 솥에다 밥을 해먹었는데, 그 의병들이 왜놈들하고 싸움이 붙었다 하면 승승장구 이기기만 합니다. 왜놈들이 그 까닭을 알아보니 그 솥에다 밥을 해먹기 때문이라는 겁니다. 그래 왜놈들이 의병을 섬멸한 뒤 그 솥을 가져가려고 하자 갑자기 하늘에서 뇌성벽력이 치며 엄청난 비가 쏟아져 그 비에 솥이 떠내려가 땅속에 묻혀버렸다더군요. 그 솥을 빼앗기지 않으려고 부처님이 그렇게 조화를 부렸다는 것이지요."

"음, 그 이야기가 훨씬 그럴듯하구먼. 그건 그렇고, 견훤은 또 그 싸움에서 어떻게 졌는 줄 아나?"

"어떻게 졌습니까?"

용배는 이야기가 재미있는지 더욱 달라붙었다.

"아까 견훤이 저 아래 마산에다 진을 쳤다고 했지? 견훤은 거기다 진을 친 다음 출전을 앞두고 진중에서 부하 장수들과 연회를 베풀었어. 술을 마시다가 무슨 생각이 났던지 여기가 무슨 들이냐고 묻지 않았겠나? 부하 하나가 닭다리벌이라고 대답을 했구만. 그 순간 견훤은 그만 들고 있던 술잔을 쨍그랑 떨어뜨리고 말더라."

"왜 그랬을까요?"

용배가 성급하게 물었다.

"그 부하들도 금방 자네처럼 무슨 일이냐고 깜짝 놀랐겠지."

모두 웃었다.

"그러자, 견훤은 대번에 닭의똥 같은 눈물을 뚝뚝 떨어뜨리며, 이제 내 운수도 다했구나 하고 장탄식이 땅이 꺼지는구만. 나는 지렁이 정기를 타고난 사람인데 닭다리 벌에다 진을 쳤으니 지렁이가 닭발에 밟힌 꼴이 아니냐며 연방 탄식이 땅이 꺼지네그랴. 장수가 이 꼴이니 판이 뭐가 됐겠나? 왕건의 군대는 인병에 신병을 합쳐서 동해바다 파도같이 밀려드는데, 이쪽에는 초상난 집구석 꼴이니 벌써 기세부터가 강약이 부동이잖겠어? 허지만 견훤도 일세를 호령하던 장수라 마지막 힘을 내어 칼을 내두르며 내달았구만. 그러나 왕건의 무서운 기세 앞에 견훤의 군대는 소나기 만난 소금마당이 되고 말았다는 걸세."

"어째서 그런 장수가 하필 지렁이 정기를 타고났을까요?"

"거기에는 또 이런 이야기가 있네. 견훤이 전라도 광주 사람인데, 광주에 큰 부자가 한 사람 있었더라. 그 부자한테 예쁜 딸이 하나 있었는데, 하루는 그 딸이 아버지한테 말하기를, 제 방에는 밤이면 어디로 들어왔는지 웬 남자가 들어와 저하고 슬그머니 동품을 하고 갑니다. 그런데 그 남자가 누군지 알 수가 없습니다 이러거든. 그 아버지는 깜짝 놀라 오늘 저녁에도 그 사내가 나타나거든 바늘에다 실을 꿰어 그 사내 옷에 슬쩍 꽂아 두어라, 이랬구만. 그날 밤도 역시나 그 사내가 들어와 이 처녀를 껴안거든. 그래 이 처녀는 아버지가 시킨 대로 실 꿴 바늘을 그 사내 옷에다 슬그머니 꽂아뒀어. 다음날 아침에 일어나 보니 그 실이 문틈으로 나가고 있지 않겠는가? 부녀가 그 실을 따라가 보니 그 실이 담 밑으로 들어갔구만. 그래 거기를 파보았더니, 이게 뭐야? 허리에 바늘이 꽂힌 지렁이가 한 마리 죽어 있잖겠어? 그 처녀는 그날부터 태기가 있어 아들을 낳았는데, 그게 바로 견훤이라는 걸세."

"견훤은 처음부터 그렇게 지렁이 정기밖에 타고나지 못한 시시한 사람이었던 모양이지요?"

"아니지. 지렁이니까 땅의 정기를 타고난 거지. 지렁이를 지룡地 龍이라고도 하거든. 잠시나마 천하를 호령했던 걸 보라구. 견훤의 아이 때 이야기를 들어봐도 그래. 그 어머니가 내중에 다른 사내한 테로 시집을 갔던 모양이야. 처녀가 애를 낳았으니 어디 산골 가난 한 사람한테 후살이나 갔던가, 떼밭 파는 남편한테 곁두리를 가지고 가서 아이를 잠시 수풀 속에 눕혀 놓고 남편 일을 거들고 있었어. 한 참 일을 거들다 보니 엄청나게 큰 호랑이란 놈이 그 애를 덮치고 있 지 않겠나? 처음에는 질겁을 했으나 애를 안고 있는 호랑이 모습을 찬찬히 보니 호랑이가 애한테 젖을 빨리고 있구만. 호랑이는 산신의 사자니 산신이 돌본 거지. 이런 사람이라 왕건은 그와 호남벌판에서 수십 년간 싸웠지만 그를 당하지 못했지. 그때 견훤한테 얼마나 혼 쭐이 났으면 왕건이 내중에 죽으면서 차령산맥 이남 사람들한테는 벼슬을 주지 말라고 유언을 했겠는가? 차령산맥 이남이라면 견훤의 근거지였던 호남이지."

"왕건이 그자도 시시한 자였구먼. 견훤을 치고 나라를 통일했으 면 모두 제 백성인데, 그런 못난 소리를 하고 죽는단 말이오?"

용배가 참견했다.

"하하, 자네 전라돈가?"

"전라도건 경상도건 마찬가지지요."

"그때부터 전라도 사람들이 관시를 받기 시작했나요?"

달주가 물었다.

"사실은 그때부터라기보다 더 올라가서 본백제가 망한 뒤부터였겠 지. 망한 나라 백성이니 신라 조정의 말을 고분고분 들을 리 없고, 또 신라 조정에서는 억누르자니 별의별 험한 짓을 다 하지 않았겠어?"

"본백제 땅에서 후백제가 일어났던 것을 보면 그랬을 법도 합니다."

"아까 그 마산 근방에 견훤총이라고 견훤 묘가 있지. 견훤은 그때 죽으면서 내가 죽거든 나를 여기서 옮기지 말고 저 아래 미륵산을 향해 내 나라 한양이 보이는 곳에 묻어달라고 했다는구만. 후백제 서울이 전주라고 하는데, 이런 이야기로 보면 여산현 왕궁리王宮里란 데가 한양이었다는 소리가 맞는 것 같아. 바로 견훤총에서 왕궁리까지는 남쪽으로 이십여 리고, 그 서쪽에 미륵산이 있거든."

이런 영웅설화는 역사적인 실제 사건과는 전혀 다르게 꾸며지는 경우가 허다하다. 설화에는 비슷한 유화類話나 주변 설화들이 있게 마련인데, 거기 나오는 사건들은 일정한 허구 위에 서로 유기적인 통일성을 지니고 있다. 이것은 그 민담을 전승하고 있는 민중의 일반적인 의식을 바탕으로 그들의 소망이 강하게 투영되기 때문일 것이다. 견훤의 출생설화의 경우 모든 설화가 한결같이 그의 출생지가 광주나 그 근방인 동복同福으로 되어 있고, 삼국유사도 고기古記라 하여 견훤 설화를 전하고 있는데, 여기에도 견훤의 출생지가 광주 북촌北村으로 되어 있다. 그러나 삼국사기에는 삼국유사와 달리 견훤의 출생지를 경상도 상주라 기록하고 있다. 삼국사기가 사실이라면 이 지방 민중은 견훤이가 외지 사람이라는 사실을 심정적으로 그만큼 거부하고 있었다는 이야기가 된다.

그리고 설화에서는 견훤의 최후를 운명론적 비감을 곁들여 계백의 최후와 비슷하게 미화시키고 있으나, 삼국사기에는 그 아들 신검과 골육상쟁의 추태를 보이다가 전쟁판에서가 아니고 등창으로 비참하게 죽은 것으로 되어 있다.

삼국사기의 기록이 틀림없다면, 이 지방 사람들은 견훤의 최후에 대한 애석함과 나라의 멸망에 대한 비분을 이 설화에서처럼 영웅적으로 미화시켜 마음을 달랬다고 할 수 있을 것이다.

삼국사기의 견훤조를 요약하면 이렇다.

견훤은 상주 사람으로 그 아버지는 농부로 전락을 했으나 윗대는 *각간을 지낸 일도 있는 진골 계급이었다. 견훤은 군대에 들어가 호남 남부지방에서 근무하며 공을 세워 한때는 사불성의 성주가 되기도 했다. 신라 말 귀족들의 사치와 향락이 극에 달해 농민은 과중한 조세 부담을 견디다 못하여 유민으로 흩어져 도적이 되기도 하고, 떼를 지어 반란을 일으키기도 했다. 이런 혼란을 틈타 견훤은 백제 유맹流氓의 원한을 등에 업고 역모를 꾸몄다. 의자왕의 원한을 갚는다는 명분을 내세워 백제 재건의 기치를 치켜든 것이다. 맨 먼저 무진주(武珍州 현 광주)를 점령하여 후백제 창업의 기틀을 마련한 다음, 여기서부터 세를 얻어 전주에 도읍을 정하고 후백제를 세웠다.

그는 경주에 쳐들어가 경애왕을 죽이는 등 후삼국 중 가장 큰 세력을 떨치기도 했고, 특히 왕건과는 20여 년간 피비린내 나는 혈투에 혈투를 거듭하던 중 왕위 계승 문제로 내분이 일어났다. 그는 여러 아내 가운데서 난 아들이 10여 명이나 있었는데, 넷째 아들 금강을 세자로 책봉하자 장남 신검이 불만을 품고 견훤을 금산사에 연금시킨 다음, 스스로 왕이 되었다. 석 달 만에 금산사에서 탈출한 견훤은 왕건에 투항하여 왕건의 삼만 대군과 함께, 아들 신검을 쳐 자기가 세웠던 나라를 제 손으로 멸망시키니 후백제의 역사는 45년으로 막을 내리고 말았다. 왕건이 특사를 내려 신검을 살려주자 견훤은 그에 불만을 품고 울분을 짓씹다가 등창이 나 황산의 어느 절간에서 70세로 죽었다는 것이다.

"하여간 왕건은 이 호남지방에서 얼마나 혼이 났던지 저 개태사를 본사로 하여 그 밑에 팔만 구천 개의 암자를 지었다는구먼. 그건 부처님 힘으로 여기를 지키자는 것이라기보다 이쪽에서 무슨 일이 일어나면 그 중들을 금방 군대로 동원하자는 생각에서였겠지."

"아저씨는 어디서 사시는데 이 근방 이야기를 그렇게 소상히 아시오?"

용배가 물었다.

"지금은 아까 곰치재 못미처 거먹바위란 동네서 사네마는, 노성서 나서 놀메論山에서도 좀 살았네."

"거먹바위에서 뒤지동은 멉니까? 그제 그 뒤지동에서 난리가 났다면서요?"

용배가 시치미를 떼고 물었다.

"하하, 그 소문을 젊은이들도 들었나? 그 방가 놈 누가 시원하게 잘해주었어."

"사람이 죽었다는데 시원하다니요?"

"죽기는 누가 죽어?"

"그 방부자 영감 말입니다"

"까무러쳤다가 다시 깨어났다는구만."

"죽지는 않았군요. 그런데 왜 그랬답니까?"

"하하, 모두가 묻느니 그 말인디, 그 늙은이는 그 분탕질을 친 놈들이 누구냐고 곁에서 아무리 물어도 얼음판에 나자빠진 황소처럼 눈만 껌벅일 뿐 말이 없다는구먼. 하도 놀라 정신이 나가버렸다고들 하는디, 그게 아니고, 보나마나 일판이 제놈 뿌리 까탈로 일어난 일이라 뒤가 구려 입을 봉하고 있는 게 틀림없네."

"뿌리 까탈이라니요?"

"자고로 사람은 세 뿌리를 조심하라 하지 않았나? 혀뿌리, 가운뎃뿌리, 발뿌리. 이 세 뿌리만 조심하면 만사에 시비가 없는 법인데, 그 작자는 늙은 것이 그 가운뎃뿌리 놀리기를, 고지기놈 세곡섬에 *색대질하듯 아무데나 푹푹 쑤시고 댕겼으니 탈이 안 붙고 배겨? 돈 많은 놈이라 인삼 녹용으로만 장복을 해서 그런지 젊어서부터 그 길로는 이골이 난 놈인디, 70이 넘은 놈이 지금도 색 바치기를 갓난아기 주린 젖 조르듯 하는 모양이야. 그 집에 거느리고 있는 첩년만도 새파란 것으로만 서넛 된다니 말 다 했지 뭔가? 소작인들 딸 중에서 좀 반반하다 싶은 년만 눈에 띄면 소작을 미끼로 기어코 결딴을 내고 만다네. 이 작자가 탐을 내도 꼭 열대여섯 살짜리, 귓불에 솜털도 안 벗은 애숭이들만 골라 그 지랄이라는구먼."

"늙어도 더럽게 늙은 영감이군요."

"그놈이 어린것들만 탐을 내는 데는 따지고 보면 까닭이 있어. 이 놈이 부자가 된 게 조상한테서 재산을 물려받아 부자가 된 것도 아니고, 그렇다고 제 몸뚱이 부려 그렇게 재물을 모은 것도 아니네. 머슴살이하다가 주인집 과부 딸을 낚아, 그 집 살림을 차지하게 된 걸세. 그 마누라가 그 집 외동딸이었어. 그래서 이놈이, 처음부터 처녀 장가 못 가본 것이 한이 되어 그런지, 하여간 젊어서부터 숫처녀 면 유독 환장을 했다는구면. 이놈 색 바치는 것은 근동에 이름이 나서, 누가 무슨 일로 추근추근하게 달라붙으면 방가 놈 색 바치듯 한다고 빗대 웃을 지경일세."

"그렇게 난장판을 치고 간 사람들이 누군지 지금까지 아무도 모른단 말씀이오?"

"방가 놈이나 알지 곁에서야 누가 알겠어? 모르긴 해도 어느 동네 총각놈이, 어느 색시한테 마음을 두고 있다가 방가놈한테 빼앗기고 나서 그 앙심으로 작당을 해가지고 그렇게 분풀이를 했기 십상일 걸세. 방가놈은 그렇게 당하고도 제 버릇 개 못 준다고 그 버릇 못 고치고 뒈질 거로구만. 버릇이 굳어 늦여름 고사리 쇠듯 쇠버렸어. 망령이라면 몰라도 그 나이에 철들겠는가? 그 사람들 기왕 자르려면 상투 뿌리를 자를 것이 아니라 가운뎃뿌리를 자를 것이지, 일을 잘하다가 끝에 가서 잘못했어."

황방호가 방가 험담에 신명이 났다.

그들이 연산읍을 거쳐 계룡산 산줄기를 오른쪽으로 하고 덕바위를 지나 통미에 이르렀을 때는 점심참이 넘어 있었다. 감으로 요기를 하며 그대로 길을 걸었다.

거기서 조금만 가면 큰길이었다. 공주를 둘러싸고 있는 주미산 줄기와 계룡산 사이로 나 있는 삼남대도三南大道다. 한양서 충청도 남부지방과 전라도, 그리고 경상도 서부지방으로 이어지는 글자 그대로 대도 중의 대도였다.

그들이 큰길로 접어들기 전 반송미란 조그마한 동네 앞에 이르렀을 때였다. 일행은 깜짝 놀라 발걸음을 멈추고 말았다. 나졸을 거느린 포교가 그 동네서 사람 하나를 묶어가고 있었기 때문이었다. 동구 앞에는 가족인 듯한 사람들이 나와 눈물을 찔끔거리고 있었고, 동네 사람들도 몰려 있었다.

"무슨 일이오?"

용배가 동네 사람들한테 물었다.

"동학교도라고 잡아간대유. 죽일 놈들, 동학 도인들이 제 어미를 잡아먹었남."

"아니, 자네 황방호 아닌가?"

동네 사람 가운데서 황방호를 보고 알은체하는 사람이 있었다.

"아이고, 참 자네가 이리 이사 왔었다지? 그런데 저게 무슨 일인가?"

"자네, 장억쇠라고 모른가?"

"모르긴? 저 사람이 지금 장억쇠란 말인가? 그럼 혹시 내일 일이 *짜드락난 게 아닐까?"

"모르겠어. 자네도 지금 내일 공주장에 그 일로 오는 길인가?"

"그려. 지금 범바위로 가네."

"그럼, 어서 가서 거기 사람들한테도 장억쇠가 묶여갔다고 알리게. 장억쇠가 여태 피해 다니다가 내일 그 일 때문에 여기 들른 것인디, 그가 집에 온 걸 어떻게 알았는지 귀신같이 알고 와서 저렇게 채가지 않는가? 아무래도 무슨 낌새를 챈 모양이야."

"그 일이 짜드락이 났다면 큰일인걸. 자네도 내일 장에 오겠지?

296

공주서 만나세."

황방호는 그와 다급하게 작별을 했다.

"아저씨도 동학교도요?"

용배가 물었다.

"젊은이가 그걸 어떻게 알았나?"

황방호는 깜짝 놀라는 표정이었다.

"내일 그 일이란 게 소 올리는 일이겠지요?"

"그럼 자네들도 거기 가는가?"

"꼭 그 때문만은 아닙니다마는, 그러지 않아도 공주 갈 일이 있어 겸사겸사 한번 가볼 참입니다."

큰길로 들어서자 황방호가 길을 멈췄다.

"나는 저쪽으로 가네. 여기서 작별해야겠네. 그럼 내일 감영 앞에서 만날지 모르겠구만. 헌데, 일이 심상치 않으니 조심들 하게."

"감사합니다. 참 재밌게 왔소. 낼 뵙시다."

그들은 황방호와 작별을 하고 큰길을 잡아 섰다.

"빨리 가자. 우리 아버지도 경천점 접주다. 어서 알려야겠다."

용배와 달주는 꽁무니에 불단 걸음으로 내달았다. 경천점까지는 십릿길이었다.

용배 양부 박성호朴聲鎬는 용배를 보자 깜짝 반색을 했다.

"반송미 장억쇠란 이가 포교한테 묶여갔소."

"뭐, 장억쇠가?"

"예, 금방 오다가 봤소."

박성호는 잔뜩 미간을 찌푸렸다.

"우선 인사나 받으십시오. 제 친굽니다."

달주가 꾸벅 절을 했다. 박성호는 건성으로 인사를 받았다.

"혼자만 잡혀가더냐?"

"예, 혼자였습니다."

"오매, 내 새끼 언제 왔냐?"

양어머니 과천댁果川宅이 대문을 들어서며 반겼다.

"잘 계셨소?"

"얼굴은 좋다마는, 이놈아, 집에서 편히 있잖고……."

과천댁은 본디 수다스런 성격인 듯 용배 손을 잡고 설레발이 요란스러웠다.

"반송미 장억쇠가 관가에 끌려간 모양이구만."

"오매, 이것이 먼 소리라요?"

"폰개 어디 갔제?"

"갱갱이江景로 목물 낸다고 *마바리꾼 구하러 간 것 같소."

"오거던 돌수이로 해서 별당마루까지 휘딱 한 바퀴 돌아 모두 알리라고 혀! 나 잠깐 다녀올 데가 있어."

"알겠소."

방으로 들어갔다.

"제 친굽니다."

용배가 그 어머니한테 달주를 소개했다. 달주는 큰절을 하며 이름을 댔다.

"아이고, 의젓하기도 해라. 얼굴도 준수하고, 오행이 반듯하구나.

존 친구 사귀었다."

그때 누가 사립 쪽에서 구시렁거리며 들어왔다.

"제미, 까마구 똥도 약이라면 낙동강에다 찍 깔긴다등마는, 말 똥
구멍이나 들여다보고 사는 것들이 되게 비싸게 노네."

"어디를 싸다니냐?"

과천댁이 문을 열며 소리를 질렀다.

"몰라서 묻슈? 갱겡이 목물. 하, 용배 왔냐? 언제 왔냐?"

폰개는 말을 하다 말고 용배를 보자 깜짝 반겼다.

"잘 있었냐?"

"나는 잘 있다. 공부 많이 했남? 과거는 언제 보남?"

폰개는 거듭 다그쳤다.

"조금만 기다려라. 장원급제해서 어사화 꽂고 올 날도 며칠 안 남
았다."

용배가 달주한테 눈을 찡긋하며 너스레를 떨었다.

"얘기는 나중에 하고 너 얼른 다녀올 데가 있다."

과천댁이 말을 무질렀다.

"지금 당장 짐을 실어야 하는디 다녀오기는 워디를 다녀오라고 그
러시유? 갱겡이 손바우 집에서는 지금 숨넘어가는 소리를 하는디."

폰개가 볼 부은 소리를 했다.

"갱겡이고 손바우고 이것이 더 급한 일이여."

"안 돼유. 지금은 못 가유. 내일 신새벽에 떠나는 배에 싣는다고
우엣탯가까지 준다고……."

"잔소리 말고 어서 갔다 와! 돌수이로 해서 박살미, 별당마루까지

휘딱 한번 돌고 와야겠다."

"아이고, 별당마루까지유? 그러면 해전에는 못 와유. 손바우가
급하다고 야단인디, 워디를 거기까지 갔다 온단 말이유?"

"이놈아, 장억쇠가 관가에 묶여갔어!"

"뭣이유, 장억쇠가 묶여가유?"

"그래!"

"오매, 일났네유."

폰개는 대번에 눈이 주발만해졌다.

"그래서 지금 바쁘단 거여. 여기 자주 다니던 돌수이 장원달張元
達, 박살미 새꼽둥이, 그리고 별당마루, 거 누구냐, 지난번에 여기 와
서 풍물 칠 때 버꾸놀이 잘하던 총각 있지?"

"알아요."

"빨리 그 사람들한테 장억쇠가 묶여갔다고 전하고 오너라!"

"허허, 이것 큰일났네유. 그럼 말이유. 마바리꾼들이 오거들랑유,
저쪽 헛간에 있는 목기하고 방망이 홍두깨 그런 것 실으라고 하슈."

폰개가 밖으로 뛰어나갔다.

"형아야!"

폰개가 나간 뒤 꼬마들이 뛰어들었다. 여남은 살짜리 사내를 위
로 오누이였다.

"잘 있었냐?"

"형아야!"

"오빠야!"

남매는 용배 목을 껴안으며 반가워 못 견뎠다.

9. 유월례

날이 밝자마자 김한준 집에 강쇠네가 달려왔다.

"웬일인가?"

물동이를 이고 막 부엌을 나서려던 김한준은 아내 정읍댁과 부딪쳤다. 동네서 말 물어나르기로는 늦가을 다람쥐보다 부지런한 강쇠네였다. 말똥만 굴러도 그것을 속에 담아두고는 못 배기는 성미였다. 더구나, 이번에는 제 남편이 옥에 갇혀 놓으니 그런 쪽의 낌새라면 가랑잎이 바스락거리는 소리도 안 놓치려 *발싸심이었다.

"감역 댁에 아무래도 대수롭지 않은 일이 있는 것 같소."

"대수롭지 않은 일이라니?"

"이런 소리를 물어내서 쓸란가 모르겠소마는 이런 일이 먼 일인가 싶어서 왔소."

그때 김한준이 방문을 열고 내다봤다.

"오늘 새벽 감역 댁 작은 나리께서 첫닭이 울자마자 집을 나가신 모양이그만이라우."

작은 나리란 감역 외아들 이상만을 말했다.

"집을 나가다니?"

김한준이 물었다.

"무슨 일인지는 모르겠는디, 첫닭이 홰를 치자마자 나귀를 타고 나가시더랍니다."

"어딜 갔단 말인가?"

"잘은 모르겠는디, 일상 어쩌고 하는 것이 줄포 가신 것이 아닌가 싶다고 하그만이라우."

"줄포?"

"예, 행랑어멈이 제사 치다꺼리하느라고 새벽까지 *바장임시롱 방에서 새어나온 소리를 간간이 들은 것 같소."

"상만이는 어제 정읍 갔다고 하더니 언제 돌아왔다던가?"

"예, 호방이 가고 나자마자 오셨던 모양이오. 그때부터 새벽까지 부자간에 귓속말을 하시더니 새벽같이 또 길을 떠나시더랍니다. 제사에는 염이 없는 것 같더라요. 그런께 뜬눈으로 밤을 지새고 그 달음으로 새벽길을 치신 것이지라우."

김한준은 미간을 모으며 고개를 갸웃거렸다.

"먼 일이까라우? 암만해도 일이 좋게는 안 풀리는 것 같은디, 그러면 부안댁이랑 우리 애기 아부지는 오늘도 못 나오까라우?"

강쇠네는 안달이 난 표정이었다.

"두고 볼 일인께 입 다물고 있게."

"입이야 다물제마는 먼 일이 더 커진 성만부른께 애가 닳아서 견딜 수가 있어사제라우."

"애 닳는다고 마음대로 되는 일이 아녀. 죄 없는 사람 죽이지는 않을 것인께 쓸데없이 덤벙대지 말게!"

'나 같은 것이 덤벙대 봤자 앉은뱅이 용쓰기제 뭣이겠소마는, 일이 풀리는 것이 아니라 되레 더 꼬여가는 것만 같아 부쩌지를 못하겠소."

"어서 읍내 밥들이나 서둘러서 빨리들 가져가!"

"오늘도 읍내 가시지라우?"

"나는 형편 봐서 늦게 갈 것인께 밥 가지고 먼저들 가게!"

김한준은 문을 닫았다.

동임 양찬오는 자루와 됫박을 챙겨들고 조망태 집으로 갔다.

"허허, 아침부터 반가운 손님 한 분 오시네."

여물솥에 삭정이를 꺾어 넣고 있던 조망태가 웃으며 핀잔이었다.

"적선 좀 하게."

"적선? 말을 곱게 빚으면 도둑놈보고도 *양상군자梁上君子란다더니 이쁜 이름이 또 하나 더 붙었네그려."

"쌀 부조 이얘기가 아녀."

"쌀 부조가 아니면 보리 부조가 또 있었던가?"

"더 큰 부조가 하나 있네."

"더 큰 부조?"

"나하고 같이 좀 댕기세. 강쇠란 놈이 없어논께 혼자 댕길 수도 없고 또 내 비위 가지고는 한 집도 제대로 못 가고 주저앉을 것 같네."

"그런께, 시방 나보고 동네 제지기 대 서란 소린가?"

"예끼 이 사람!"

"그럼 멋이여?"

"대로 따지면 자루 메고 댕길 사람은 난께, 대라면 내가 대제 자네가 댈 것이여?"

"들고 치나 메고 치나?"

"좋자는 일에 뭘 그리 따져?"

"뭐, 좋자는 일? 이것이 시방 말이 고와 부조제 날강도질인디, 그래 *도척이 행차에 재 너머 산지기가 앞*교군 서라?"

"이 사람아, 이런 일에 자네 넉살이라도 앞세워사제, 욕설에 핀잔이 섬으로 쏟아질 판인디, 내 비위 갖고 어떻게 그걸 다 받아넘기겠는가?"

"그런께, 동임은 자네가 하고 동네 *욕가마리는 내가 되라?"

"친구 좋다는 것이 뭣이여?"

"친구가 좋으면 존 일에 찾잖고, 비오는 날 나막신 찾대끼 진일에만 찾아?"

"진일 마른일 가리는 것이 친구관대?"

"허허, 부존지 민부전인지 타령소리도 만만찮은 공사에 친구 얼러 멋 먹이자는 심보네그랴. 하여간 가세. 가기는 가세마는 해보다가 안 되겠으면 그대로 내뺄란께 댕기다가 없으면 내뺀 줄 알어."

"이 사람아, 나를 혼자 두고 내빼기는 어디로 내빼?"

"하여간 가보세."

조망태는 웃으며 앞장을 섰다. 맨 먼저 김이곤 집으로 갔다.

"뚜르르 돌아왔소. 구름 같은 댁에 신선 같은 나그네 왔소."

조망태가 넉살을 피우며 들어섰다. 김이곤이 뒷간에서 고의춤을 챙기며 나왔다.

"*궂은일에는 셈찬 아제비더라고, 명색 좋은 *물읍이라 첫발 디밀 데는 이 집이 제일 만만하구만."

"조망태가 동임 고지 묵었나?"

김이곤이 웃으며 핀잔이었다.

"고지를 많이 묵어 우아랫배가 터질 지경일세."

"들러리가 듬직해서 오늘 일은 별반 어렵잖겠구만."

"제길, 초례청 들러리는 인물 자랑으로나 서제마는 이놈의 들러리는 쌀 한 섬 걷다가 욕은 몇 섬이나 뒤집어쓸런지 모르겠구만. 몇 집 돌아봐서 싹수가 글렀으면 내뺄 참이네."

"이 사람아, 애기를 봐줄라면 애기 어매 올 때까지 봐주랬다고 기왕 벌린 춤, 죽으나사나 끝장을 봐사제, 내뺀다는 소리는 또 먼 소리여?"

김이곤은 핀잔을 주었다.

"명색 고운 쌀 한 섬에 욕이 몇 섬일지 모르는디, 양찬오 충신 나서 시호 내리관대 일편단심하란 소리여?"

"그것이 다 적선이여. *동네 적선은 도깨비 명당보다 나은 것이네. 일편단심하게. 어차피 귀먹은 욕인께 욕을 꿀로 알고 어긋하게 대들어."

"꿀이고 깨묵이고, 아재비 못난 것 조카 장물짐 진다등마는, 조카 하나 잘못 됐다가 오늘 조망태는 영락없이 좆망태 될 성부르네."

그때 김이곤 아내가 쌀을 퍼가지고 나왔다.

"아무리 뜯기고 살라는 팔자제마는 이로크롬 갓도 끝도 없이 뜯어가면 백성은 멋을 묵고 살란 소리라요?"

"누가 아니라요?"

자루를 벌려 쌀을 받으며 조망태가 맞장구를 쳤다.

"헌디, 감역 댁은 암만해도 뭣이 수상한 것 같잖어?"

김이곤이 물었다.

"먼 소리여?"

"어제 저녁 군아 호방이 왔다 갔다는디, 시방 온 집안이 그냥 초상난 꼴이라여. 아침 우물가에서 소문이 쫙 퍼진 것 같은디, 군수가 감역을 보잔다는 소리도 있구만."

"군수가 감역을 불러?"

"여자들 입에서 나온 소리라 확실히는 모르겄는디, 일판이 심상찮은 것 같구먼."

"그러면 감역이 이번 살변에 무슨 상관이 있다는 소린가?"

"설마 그럴 리야 있겄는가마는 때가 때라 놔서 멋이 좋잖은 것 같어."

어제 저녁 감역 댁에 호방이 다녀간 일은 식전에 소문이 온 동네에 쫙 퍼졌다. 우물가에 모인 여인네들 입을 통해서 삽시간에 퍼지고 만 것이다. 동네 소문은 언제든지 우물길에서 퍼지기 마련이었다.

새벽은 닭장에서 장닭이 홰를 쳐서 열고, 동네 아침은 우물가에 모인 동자꾼들이 깔깔거려 열었다. 희부옇게 날이 새면 동네 여인들은 맨 먼저 물동이를 이고 우물가에 모여들어 어제 맞춘 품일을 다짐하기도 하고, 또 밤사이 베갯맡에서 남편한테서 얻어 들은 소문을 퍼뜨리기도 했다. 소문이 바닥이 나면 소문이 엉뚱한 새끼를 치기도 했는데, 군수가 감역을 보잔다는 소리도 새끼를 쳐 나온 소린지 어쩐지는 알 수 없었으나 그 소문 또한 삽시간에 동네에 퍼졌다.

양찬오와 조망태는 너덧 집을 드나들며 쌀을 걷었다. 생각했던 것과는 딴판으로 말썽 없이 쌀이 걷혔다. 감역 댁 이야기가 퍼지자 그것이 쌀 걷는 데 큰 부조가 된 것 같았다.

감역집에 일이 터지면 그 불똥이 어떻게 튀길지 모르는 판이라 그 두려움에 티격은커녕 쌀을 내오는 손들이 어느 때 없이 날랬다. 더구나, 부조에 말썽을 부리면 그 나졸 귀신이 발동을 하지 않을까 *사위스럽기도 한 모양이었다. *거리귀신한테 내전밥 내주듯 쌀 한 두 됫박으로 잡귀를 내치자는 심사인 듯했다.

"여기도 잠깐 들렀다 가게!"

박문장이 마루에 서서 *울바자 너머로 소리를 질렀다.

"흉년거지 불러 뭣 하자는 거여?"

"쌀 부조는 못해도 말부조나 할랑께 잠깐 쉬었다 가게."

"허허, 가다가 오란 사람도 있으니 반갑기는 반갑구만."

두 사람은 박문장 집으로 들어갔다.

"안으로 들어와!"

"먼 일이여?"

"쌀자루 빼앗아가든 않을 것인께 안심하고 들어들 오게!"

두 사람은 토방에 쌀자루를 놓고 방으로 들어갔다.

"오늘 아침이 사실은 우리 아버님 생신이네. 내 형편에 잔치 차릴 수는 없고 좁쌀 한 주먹 부벼넣으라 했등마는 그것이 한잔 있어. 저쪽에서 소리가 나글래 목을 지키고 있었네. 한준이한테도 애를 보냈구만."

"댕기다 본께 이런 수도 있구만. 아까 명당 어쩌고 하등마는 *사시 하관巳時下棺에 오시 발복午時發福일세그려."

조망태가 걸쩍하게 웃었다.

"어째, 댕길 만한가?"

"군치리집 중노미질보다는 낫네."

"때려죽일 놈들이 돼지면서도 자루를 벌리니 좋아할 사람이 있겠어?"

이내 김한준도 왔다. 상이 들어왔다. 도라지나물, 고사리나물 등 산나물이 정갈하고, 호박고지나물, 무나물 등 술상이 알뜰했다. 애자배기에 노란 막걸리가 치문했다. 걸걸하던 판이라 절로 군침이 돌았다.

"어서 마른입부터 축이게."

박문장이 표주박으로 막걸리를 치며 재촉을 했다.

"카아!"

조망태의 카아 소리는 유독 요란스러웠다. 꼭 물벼락 맞은 숯불 소리를 내지르며 얼굴을 얄궂게 찡그렸다. 방 한쪽 구석에 옹기종기 몰려 앉아 군침을 삼키고 있던 박문장의 꼬마놈들이 킬킬거렸다.

술이 두어 순배 돌았다.

"소문 들었는가?"

조망태가 김한준을 보며 물었다.

308

"무슨 소문?"

"군수가 감역을 보잔다는 소문도 있어."

"군수가?"

김한준은 입으로 가져가려던 잔을 멈추며 조망태를 건너다봤다.

"여자들 입에서 나온 소리라 믿을 소린지 모르겄는디……."

김한준은 이내 천천히 잔을 기울였다.

"상만이 새벽같이 줄포 갔다는 이야기도 있고……."

"그런께, 줄포를 갔다면 돈 구하러 갔다는 이얘길까?"

조망태 말을 김이곤이 받았다. 줄포는 여기서 삼십 리쯤 되는 포구인데, 세곡이며 이 지방 물산의 집산지로 일본 상인들 점포가 여럿 있었다.

"글세, 그런 짐작밖에는 안 가는구면."

김한준이 받았다.

"가만 있자, 조병갑이 군수로 온 지가 언젠고? 다른 놈 같으면 벌써 갈려 갈 때가 넘은 것 같은디……."

"지난 5월에 왔던가?"

"맞네. 모내기할 때 왔던 것 같네."

"반년이 넘었는디, 안 가고 버티는 것을 보면 이놈은 뒷배가 아주 든든한 놈인 모양이구면."

"이 사람아, 조병갑이 한양 조간지 모르고 하는 소린가?"

한양 조가라면 조대비의 집안이었다. 조대비를 정점으로 한 한양 조가들의 세도는 민가들과 어금지금할 지경이었다.

그러나 조병갑의 악명이 아직 그렇게 높이 나고 있지는 않았다.

조병갑의 탐학이 다른 수령들보다 덜해서가 아니라, 죄 없는 사람 잡아다가 억지 죄명 뒤집어씌워 돈을 울궈내거나, 세곡 늑징하는 솜씨가 이놈 저놈이 어슷비슷해서 그런 것으로는 크게 표가 안 났기 때문이었다.

다만 이 고을 사람들이 고개를 갸웃거리는 것은 조병갑이 온 지 반 년이 넘었는데도 *체임이 안 되고 있다는 점이었다. 다른 수령들은 보통 3,4개월이면 바뀌었고, 더구나 늑징 시절인 추수기를 끼고 이렇게 오래 있는 수령은 별로 본 일이 없었기 때문이었다. 법으로 정해진 고을 수령 재임기간은 2년이었으나, 2년은커녕 두 달도 제대로 채우지 못하고 떠나는 수령도 수두룩했다. 자꾸 바뀌어야 조정이 돈을 울궈먹을 수 있기 때문이었다.

그러나 고부 사람들 편에서 보면 수령이 이렇게 바뀌지 않는 것은 한편으로는 크게 다행한 일이기도 했다. 수령 체임에 따른 숱한 세금을 물지 않아도 되기 때문이었다.

"군수가 왜 만나잔다는 얘기는 없던가?"

"문틈으로 듣고 물어낸 소린디 앞뒤가 제대로 닿겄어?"

그때였다. 마당에 감역 댁 머슴 청룡바우가 들어섰다.

"정읍 양반 여기 계시오?"

정읍 양반은 김한준의 택호였다.

"왜?"

김한준이 내다봤다.

"감역 나리께서 좀 뵙자고 하시오."

"감역께서? 먼 일로?"

"모르겠소. 모시고 오라고만 합디다."

세 사람은 서로 눈을 맞댔다.

김한준은 앞에 놓인 잔을 들어 단숨에 마시고 자리에서 일어섰다.

감역집으로 들어섰다. 그렇게 보아 그런지 집안이 썰렁하게 느껴졌다. 김한준을 보자 집안사람들이 놀란 눈으로 힐끔거렸다.

감역은 사랑방에서 장죽을 빨며 김한준을 맞았다. 얼굴이 알아보게 초췌했다.

"앉게!"

안쪽으로 자리를 권했다.

"오늘 자네 형수가 나오기로 되었네."

"제 형수님이오?"

갑작스런 소리에 김한준은 눈이 둥그레졌다.

"만득이, 강쇠, 모두 같이 나올 걸세."

감역은 담담하게 말했다.

"감역 어르신께서 힘을 쓰신 게로구먼요, 감사합니다."

김한준은 고개를 주억거렸다.

"헌데, 살변의 불똥이 묘하게 나한테 튀겼네. 상말에 죄는 도깨비가 짓고 벼락은 고목이 맞는다더니, 지금 내가 벼락을 맞아도 너무 어이없는 벼락을 맞고 있네. 이것이 자네 집안하고 상관이 있는 일이어서 지금 자네를 보자고 했네."

"제 집안하고요?"

그때 술상이 들어왔다. 제사 음식이라 술상이 그들먹했다.

"들게!"

감역이 주전자를 들며 잔을 권했다.

"먼저 받으십시오."

"아닐세, 먼저 받아."

김한준은 주전자를 달라고 했으나 감역은 한사코 김한준 잔에 먼저 술을 따랐다. 김한준은 하는 수 없이 먼저 술잔을 받았다. 동동주였다. 희끗희끗한 술구더기가 운치 있게 떠올랐다.

"기왕에 일이 이렇게 된 것 숨김없이 터놓고 말하겠네."

감역은 침통한 표정이었다.

"우리 집 아이가 정읍 김진사 댁하고 혼담이 있다는 것은 소문을 들어 자네도 알고 있을 것이네. 그런데, 우리 아이가 자네 조카 달주를 마음에 두고 있다는 소문이 났다네그랴. 더구나, 요사이 며칠 앓아누워 있는 것을 가지고 달주를 못 잊어 그런 것이라고 입방아를 찧고 있다는 걸세. 생사람을 잡아도 유분수지, 그게 어디 입에 담을 소린가? 어떤가, 사대부집 규수로서 도대체 그런 해괴망측한 짓을 할 수 있다고 생각하는가?"

감역은 입술을 파르르 떨었다. 감역은 잠시 김한준은 건너다보고 있다가 말을 이었다.

"동아속 썩는 속은 밭 임자도 모른다더니, 이런 소문이 꽤 오래 전부터 났던 모양인데, 나는 까맣게 모르고 있었네그랴. 그런데 이런 허무맹랑한 헛소문이 이번 살변 문초하는 형문에서 묻어났네. 호방이 우리 동네 세 사람을 혼자 도맡아서 문초를 한 것 같은디, 그 작자가 문초를 하면서 그 소문을 뽑아낸 모양일세. 그 작자가 그 일

312

로 어제 저녁 우리 집에까지 다녀갔네."

감역은 헛웃음을 쳤다.

"이 맹랑한 소문을 미끼로 호방이란 놈이 나한테서 돈을 울궈내자는 배짱이네. 군수가 알고 노발대발이라는 걸세. 사대부집 규수한테 이런 맹랑하고 불칙한 일이 있다면 관의 도리로써 이런 혼사가 이루어지는 것을 어찌 가만 보고 있을 수 있느냐고 펄펄 뛴다는구만. 상풍죄로 다스려야 한다고 서슬이 시퍼렇다는 걸세."

감역은 속에서 불덩어리가 치미는 모양이었으나 내색을 않으려고 안간힘을 쓰는 것 같았다.

"이놈들이 돈 울궈낼 기막힌 언턱거리를 하나 잡은 걸세. 강도 중에서도 제일 흉악무도한 날강도 놈들이 그놈들인데, 제놈들은 냉수도 씻어 마시는 것같이 이렇게 날뛰고 있다니, 세상에 이런 기막힌 일이 어디 또 있겠는가?"

감역은 앞에 놓인 술잔을 들어 벌컥벌컥 들이켰다. 김한준은 멍청하게 감역만 건너다보고 있었다.

"하지만, 이번에 우리 동네서 잡혀간 세 사람 입에서 그런 소리가 나갔다니 꼼짝달싹 없이 당하게 생겼네. 그래서 저놈들하고 만 오천 냥을 주기로 흥정을 했네. 군수한테 만 냥, 호방한테 오천 냥을 주기로 한 걸세."

김한준은 만 오천 냥이란 소리에 입을 떡 벌렸다. 상만이 새벽에 집을 나간 까닭을 알 수 있었다.

"만당간에 이 일이 정읍 쪽에 알려져 파혼이 되는 날에는 우리 집안은 그것으로 끝장일세. 명색 감역이라고 큰기침하던 내 몰골도 주먹 맞은 망건 꼴이 되겠지만, 따지고 보면 그것은 둘째고, 그때부터 내 재산은 저자들 재산이 되는 것이나 마찬가질세. 상풍이란 소리를 이미 제놈들 입으로 했으니, 그것을 빌미로 거기다 또 별의별 희한한 죄목을 다 부벼내서 농간을 부리지 않겠는가? 상피네, 불효네, 생판 터무니없는 억지 죄목도 예사로 부벼내는 놈들인데, 이런 꼬투리를 잡아놨으니 얼마나 험하게 날뛰겠는가? 죄목 하나가 튀어나올 때마다 내 재산은 한 귀퉁이씩 뭉텅뭉텅 무너지는 걸세. 상풍죄로 딸년을 다스리겠다고 설칠 것이고, 제가를 못했다고 나를 위협할 것이고."

감역은 은 앞에 놓인 잔을 들어 단숨에 들이켰다.

"여기서 내가 살아날 길은 딱 한가지뿐일세."

감역은 김한준을 빤히 건너다봤다. 눈이 튀어나올 것 같았다.

"기어코 이 혼사를 성사시키는 일일세. 이 혼사가 성사되기만 하면 그때는 김진사 위세 때문에 저놈들이 감히 그 일을 입에 올리지 못하지 않겠는가? 그때는 내게도 생각이 있네."

감역은 주먹을 쥐었다.

"그런데, 저자들 입을 아무리 틀어막아 놔도 동네서 소문이 정읍 쪽으로 흘러가면 나무아미타불일세. 그래서 그 방도를 좀 의논하자고 자네를 만나자고 했네. 지금 우리 동네에 퍼져 있는 소문이나, 또 앞으로 날 소문을 자네 쪽에서 좀 재워 줘야겠네. 우리 쪽에서는 아무리 나대보았자 나댄 만큼 되레 소문만 더 키우는 꼴이 되고 말 것 같네. 길은 자네 쪽에서 나서주는 길밖에 없겠는데, 어떤가?"

"어떻게 해드렸으면 좋겠소?"

김한준은 조용히 물었다.

"고맙네. 헌데, 기왕지사는 기왕지사, 뉘 입에서 호방한테 그런 소리가 나갔는지 그런 것은 굳이 따지지 않을 생각이네. 그런디 우선 그 사람들이 동네에 돌아와서 문초받을 때 어쩌고 어쨌다는 소리가 나와서는 안 되겠네. 무슨 소리냐 하면, 그 안에서 우리 집 아이 이야기 묻더라는 소리는 절대로 입 밖에 내서는 안 되겠다 이 말이네. 자네 형수님이야 어련하겠는가마는, 하여간 그 일은 전혀 없었던 것으로 해야겠은께 단단히 일러주게. 그리고 또 한 가지는, 그런 헛소문이 형문 때 나오게 된 것은 달주가 집을 나간 까닭을 캐다 보니 그런 소리가 나오게 된 모양이네. 그러니 달주가 집을 나간 까닭을 그럴싸하게 좀 꾸며서 이야기를 해주게. 일테면 누가 공짜로 공부를 시켜 주겠다는 사람이 있어 공부하러 간 것이랄지 말일세."

김한준은 고개를 끄덕였다.

"그리고 요사이 우리 집 아이가 밥을 안 먹은 것도 달주를 어쩌고 어째서가 아니고 몸이 아파 안 먹은 것이라고 그 소문도 제대로 퍼뜨려야겠네."

"그거야 여자들이 할 일 아니겠습니까?"

"그렇네. 하여간, 자네 내외간에 잘 좀 거들어주게. 그 은혜는 내 결코 잊지 않겠네."

"은혜랄 것까지야 있습니까? 그런데 그보다는 아까 그 돈을 언제 주기로 했습니까?"

"오늘 주기로 했네. 그래서 새벽에 상만이 돈을 구하러 줄포에 갔네."

"오늘 다요?"

"그렇네."

"그자들한테 돈을 건네는 일은 좀 깊이 생각해봐야 하지 않을까 싶습니다만."

"생각이라니?"

"그 돈을 오늘 한꺼번에 다 주어버리면 그자들이 또 손을 벌리지 않을까요?"

감역은 김한준을 빤히 건너다보고 있었다.

"으음."

이내 고개를 크게 끄덕였다.

"그러니 오천 냥쯤은 지금 주고 나머지는 혼사가 끝난 다음에 준달지 그래야 하지 않을까 싶습니다만."

감역은 거듭 고개를 끄덕였다.

"허! 그렇구먼."

감역은 눈이 둥그레지며 낭패한 표정으로 무릎을 쳤다.

"하도 억장이 무너지는 소리에 그놈 입 틀어막는 것만 다급해서 하자는 대로 홍야홍야 했더니만, 자네 말을 듣고 본께 내가 생각이 짧아도 너무 짧았네. 허, 이거!"

감역은 어쩔 줄을 몰랐다.

"지금이라도 늦지 않을 것 같습니다. 호방 그 작자 혼자 우리 동네 세 사람을 다 문초했다면 그것을 군수한테까지 알렸을 까닭이 없습니다. 그 작자가 어떤 작자라고 이런 노다지판을 군수한테까지 알리겠습니까? 십중팔구 제 혼자 알고 있으면서 여기 와서는 군수를

316

빙자해서 농간을 부렸을 게 틀림없습니다. 그러니 이쪽에서도 배짱을 한번 부려볼 만하지 않겠습니까?"

"맞네, 옳은 소리야. 자네 말이 틀림없어."

감역은 몇 번이고 고개를 끄덕였다.

"그러면 자네가 지금 곧바로 읍내를 조금 가주게. 줄포에서 오는 길목을 지키고 있다가 상만이 오거든 방금 그 말을 좀 일러주게. 그 작자 입 막을 것에만 경황이 없어 범 본 여편네 창구멍 틀어막듯 하다 본게 일을 해도 너무 어리총찮게 했구만. 어서 좀 가주게."

"줄포를 다녀오려면 그렇게 빨리야 당도하겠습니까? 서둘지 않아도 될 것입니다."

"하긴 그렇군."

감역은 제정신이 아니었다.

"그것은 그렇고, 한 가지 더 말씀드리고 싶은 일이 있습니다."

"뭔가?"

"아까 그 소문이 다른 동네로 안 흘러가도록 동네 사람들 입을 막아 달라고 말씀하셨는데, 그러기 전에 감역 어른께서 하실 일이 있습니다."

"내가 할 일이라니?"

"일이 일이다 보니 저도 터놓고 말씀드리겠습니다. 요즘 감역 어른께서 동네 사람들한테 소홀하신 점이 없지 않으셨습니다."

"뭐, 뭣이라고? 내가 동네 사람들한테 소홀했다니, 그게 무슨 말인가?"

감역은 깜짝 놀랐다.

"지난번 농기사건 있잖습니까?"

"농기사건? 아니, 그게 지금까지?"

"지금까지가 아니라 그 때문에 동네 사람들 감정이 딩딩해 있습니다."

"그래?"

감역은 놀라는 표정이었다.

농기사건이란 지난여름 이 동네 두레가 만물 논매기할 때 감역이 나귀를 탄 채 농기 앞을 지나간 사건이었다.

"실은, 그때 내가 술에 흠뻑 취해 있었어. 향교 일로 읍내에 갔다가 모처럼 한잔 마신 게 그만 너무 취하고 말았던 걸세."

"어쨌든 지난번 호미씻이 때만 사과를 해버렸더라면 괜찮았을 것인데, 그게 불찰이었던 것 같습니다."

호미씻이란 두레의 마지막 논매기를 끝내고 7월 백중날 두레꾼들이 벌이는 잔치였다.

"그랬던가? 이만저만 실수가 아니었구만. 왜 그런 말을 이제야 해주는가?"

"오는 동계 때 그 일을 따질 기세들입니다. 그 자리에서는 감역댁을 두레에서 빼자는 소리가 나올지도 모르겠습니다."

"허!"

감역은 벼락 맞은 표정이었다.

"그럼, 이 일을 어찌 했으면 좋겠는가?"

"동네 사람들 감정이 이렇게 딩딩해 가지고야 아까 그런 소문도 좋게 날 리가 없습니다. 영좌를 불러 사죄를 하시고 의논을 하십시오."

"알겠네. 오늘 중으로 사죄를 하겠네."

김한준은 사죄란 말이 혀끝에 걸렸으나 그대로 내뱉은 것인데, 다급한 판이라 감역 스스로도 사죄라 하고 있었다.

두레가 일을 할 때는 '농자천하지대본農者天下之大本'의 농기를 일하는 근처의 큰길가에 꽂아둔다. 이 농기는 말할 것도 없이 두레의 상징이기 때문에 두레꾼들은 이 기를 이만저만 신성시하지 않는다. 그래서 이 기가 지나갈 때는 누구든지 길을 멈추고 이 기에 길을 내주어야 하고, 가마나 말을 타고 가던 사람들도 가마나 말에서 내려야 한다. 그 기가 꽂혀 있는 곁을 지날 때도 마찬가지다. 시골 양반 따위는 말할 것도 없고, 고을 수령뿐만 아니라, 설사 그것이 재상의 행차라 하더라도 이 농기 앞에서는 말이나 가마를 내리는 것이 관행으로 되어 있다.

만약 누가 이 관행을 범하면 두레꾼들이 벌떼같이 쫓아가서 말고삐나 가마채를 잡고 길을 되돌려 기어코 내려서 걷게 한다. 그래도 듣지 않으면 두레꾼들이 길에 늘어앉아 길을 막아버린다.

그런데 지난여름 감역이 이 관행을 범하고 만 것이다.

그때는 농기가 바로 동네 곁에 꽂혀 있었는데, 두레꾼들은 거기서 한참 먼 데서 일을 하고 있었기 때문에 그때는 그걸 보지 못했고, 그것이 나중에야 알려져 말썽이 됐던 것이다. 호미씻이 때 따지기로 했으나 그때는 감역이 또 어디 원행을 나가버리고 없어 못 따졌다. 동네 사람들은 감역이 일부러 피해버린 것이라고 흥분하며 정월초 동계 때 따지기로 했던 것이다.

김한준은 감역 집에서 나왔다. 술이 알맞게 취했으나 왠지 떨떠름한 기분이었다. 감역한테 이래라 저래라 하기는 했지만, 되레 그의 손바닥에서 한참 놀아난 것 같은 기분이었다.

갑자기 달주 얼굴이 떠올랐다.

"작은아버님만 믿고 떠납니다."

돌아서던 달주의 눈에 맺혔던 이슬이 새삼 찡하게 가슴을 울려왔다.

"못 오를 나무는 쳐다보지도 말아야 하는 건데, 끌끌."

김한준의 아내는 치맛귀로 눈물을 찍어내며 달주의 뒷모습을 애처롭게 건너다봤었다. *애옥살이 궁색한 살림이 그때처럼 가슴을 저미던 일은 근래 없었다.

예 갖춰 혼담이 오갔던 일은 없었지만, 따지고 보면 감역 댁에서 달주의 혼담을 내친 것이나 마찬가진데, 저쪽에다 혼사를 성사시키려고 내가 밥 싸 짊어지고 다니면서 거든다?

골목으로 접어들던 김한준의 발걸음이 저절로 멈춰지고 말았다.

달주를 생각하고 나니 감역하고 수작을 했던 것이 달주한테 크게 배신이라도 한 것같이 느껴졌다. 동네 사람들이 모두 달주 편을 들고 있는데, 자기 혼자 감역 편에 빌붙어 알랑거린 꼴이 되고 말았다.

달주 어머니가 나온다는 것에 대한 감격과 호방의 무자비한 짓에 대한 흥분에 휩싸여 이야기가 내닫다 보니 자신도 모르게 자신의 처지를 잊고 너무 깊이 빠져들고 말았던 것이다. 술 탓도 있었지만, 달주를 생각하더라도 너무 채신머리없는 짓을 한 것 같았다.

사립을 들어서자 남분이 밥보자기를 싸다가 마루에 놓고 김한준을 기다리고 있었다.

"읍내 가져갈 밥이냐?"

"예, 저녁밥까지 한꺼번에 쌌어라우."

"그럼 먼저 가거라."

"작은아부지는 안 가실라요?"

"뒤따라가겠다."

"그럼 밥을 넣어주고 기다리께라우."

"그래라."

남분은 밥보자기를 이고 나갔다. 밥보자기를 이고 나서는 남분의 뒷모습이 새삼 가엾게 느껴졌다. 오늘 나올 것이라는 이야기를 해줄까 하다가 입을 닫았다.

김한준은 방에 들어와 아랫목에 번 듯 누웠다.

한잔 한 게 노곤하기도 했고 달주에 대한 배신감이 새삼스럽게 머리를 쩌눌렀다.

정읍 김진사 댁과의 혼담이 아니더라도 경옥과 달주 혼사는 이루어질 수 없는 일이었다. 수천 냥을 주고 감역 벼슬까지 사가며 세상에 내노라 행세를 하려고 나대는 감역이, 살림이건 뭐건 어느 한 가지 내놓을 것이 없는 달주한테 선선히 딸을 맡길 리는 만무한 일이었다.

그렇지만 동네 사람들은 그 소문이 퍼진 뒤부터 앉으나 서나 그 일로 귓속말이었다. 그게 꼭 남의 말 좋아해서만 그런 것이 아니었다. 동네 사람들은 모두가 은근히 달주와 경옥이 짝 지어지기를 진심으로 바라는 눈치였다. 그것은 달주가 그만큼 동네 사람들한테 잘 보여서라기보다, 동네 사람들을 한참 눈 아래로 보고 있는 감역을 고깝게 느껴오던 심사가 그렇게 드러나는 것 같았다.

김한준은 번듯 누워 이런저런 생각을 하다가 그만 까무룩 잠이 들고 말았다. 눈을 떴을 때는 아침 새참 때가 훨씬 넘어 있었다. 김한준은 깜짝 놀랐다. 부랴부랴 옷을 갈아입고 집을 나섰다.

김한준은 숨을 헐떡이며 걸음을 재촉했다. 그러나 읍내에 이르렀을 때는 점심참이었다.

군아 문 앞으로 갔다.

"작은아부지!"

어느새 남분이 김한준을 보고 쪼르르 달려왔다. 강쇠네도 다가왔다.

"여기 주욱 있었는가?"

김한준은 다급하게 강쇠네한테 물었다.

"예, 밥 넣어주고는 여그 주욱 있었소."

"그럼, 혹시 호방이 밖에 나오지 않던가?"

"아까 나갔다가 방금 도로 들어갔소. 저 아래 여각에서 감역 댁 작은 나리를 만나신 것 같습디다."

"어느 여각인가?"

"저쪽 여그 들어오자면 왼쪽 골목 여각에서 만났을 것이오."

김한준은 바삐 발길을 돌렸다.

"어디 가시오?"

강쇠네가 다급하게 물었다.

"자네가 알 일이 아닐세."

"혹시 감역 댁 작은 나리 만나러 가시오?"

"왜?"

김한준이 발길을 멈추고 물었다.

"저 그냥."

강쇠네는 말꼬리를 오므렸다.

김한준은 그 여각으로 바삐 갔다. 꽤 큰 여각이었다. 중노미가 한 쪽 방으로 술상을 들여가고 있었다.

"여기 하학동서 오신 분 어느 방에 계시냐?"

"저쪽 저 뒷방이요마는, 왜 그러시오?"

"급히 만날 일이 있다."

김한준은 바삐 집 모퉁이를 돌아갔다.

"잠깐 계십시오."

중노미가 상을 방으로 들이려다 말고 다급하게 소리를 질렀다. 김한준은 우뚝 멈추며 중노미를 돌아보고 나서 얼핏 저쪽 마루 밑으로 눈이 갔다.

순간, 김한준은 깜짝 놀라고 말았다. 쪽마루 밑에 신이 두 켤레 놓여 있었기 때문이었다. 하나는 짚신이었으나 크기가 여자 신이고, 하나는 의젓한 남자 갖신이었다. 김한준은 제물에 그만 한걸음 뒤로 물러서고 말았다. 그제야 아까 남분과 강쇠네가 있던 자리에 유월례가 없던 것이 생각나며, 강쇠네가 뭐라 참견을 하려다가 말꼬리를 흐리던 까닭이 이것이구나 싶었다. 아까 왜 그러냐고 강쇠네를 채근하려다가 본래 오지랖이 넓은 여자거니 하고 바쁜 김에 돌아서 버렸던 것이 불찰이었다.

그때 중노미가 다급하게 달려왔다. 그쪽으로 가려 했다.

"그만두게. 조금 있다 옴세."

김한준은 못 볼 것이라도 본 것같이 다급하게 돌아섰다. 대문을 나오려던 김한준이 다시 돌아섰다. 중노미를 불렀다.

"저 사람보고 누가 왔더라는 말 하지 말게."

김한준은 거리로 나왔다. 구정물이라도 뒤집어쓴 것같이 기분이 지저분했다. 어디로 갈까 잠시 망설이고 있는 참이었다. 저잣거리 쪽에서 깔깔거리는 여자 웃음소리가 났다. 사람들이 웃으며 그쪽을 보고 있었다. 지난번 그 미친년이었다. 미친년은 뒤에 개구쟁이들을 달고 이쪽으로 오고 있었다. 금방 깔깔 웃더니 또 금방 처량하게 애조를 띤 노랫가락을 흥얼거리고 있었다.

가네 가네 나는 가네
못다 살고 나는 가네
넘기 좋은 산매등도
못다 넘고 나는 가네
못다 살고 가드라소
놀기 좋은 가재등도
못다 놀고 가드라소
매기 좋은 사래긴 밭
못다 매고 가드라소
산도 좋고 물도 좋은
두승산 밑 양지마을
못다 살고 가드라소

미친년은 깔깔거리는 개구쟁이들을 달고 저쪽으로 사라져버렸다.

김한준은 여각 길목 주막에 들러 막걸리를 한잔 하고 한참 만에 다시 여각으로 갔다.

"들어가 보시오."

중노미가 저쪽으로 고갯짓을 했다.

짚신은 없고 갖신만 놓여 있었다. 김한준이 기침을 하자 문이 열리며 이상만이 내다봤다.

"아니, 웬 일이시오?"

이상만은 한껏 놀라는 표정이었다. 그는 김한준이 조금 전에 여기 다녀간 줄을 모른 것 같았다.

"실은, 오늘 아침 감역 나리하고 의논한 일이 있어, 나리 부탁을 받고 일찍 온다는 것이 그만 한발 늦고 만 것 같소."

"무슨 일인데요?"

이상만은 김한준보다 대여섯 살 손아래였으나 서로 양존을 하고 있었다.

"아침에 감역 어른이 불러 댁에 갔는데……."

김한준은 감역하고 했던 이야기를 늘어놨다.

"으음!"

이상만도 미간을 모았다.

"한데, 벌써 돈을 넘겨버렸으니 어떡하지요?"

"허 참, 나는 이렇게 빨리 다녀올지는 몰랐소."

"*총총들이 반병이라고 경황없이 나대다 본께 생각이 너무 외곬으로만 쏠려부렀소. 이런 낭패가 없구만."

이상만도 몹시 후회하는 표정이었다. 그 소문이 나면 집안이 두루 작살이 난다는 생각에 부자간에 다 제정신들이 아니었던 모양이다.

"일이 이렇게 되고 보니 처음부터 그런 소리를 하지 않느니만 못하게 됐소그랴."

김한준이 미안한 표정으로 이죽거렸다.

"한 가지 수가 없는 것은 아니오. 실은 호방이란 자가 우리 집 유월례한테 혹한 것 같소."

지난번에 강쇠네가 하던 소리가 생각났다.

"이 작자가 만 오천 냥으로도 부족해서 만득이하고 유월례를 덤으로 자기 집에 넘기라는 겁니다."

"덤으로요?"

"그렇소. 이놈이 아주 가죽을 다 벗기자는 심보요."

이상만은 어이없다는 표정으로 멀겋게 웃었다.

"만득이는 오늘 나오는 길로 그 집으로 보내고, 유월례는 며칠 뒤에 보내기로 했소. 이놈 눈치가 유월례를 첩으로 삼을 생각인 듯합니다. 그러니 유월례를 우리 집 혼사가 끝날 때까지 잡아두고 이놈이 더 농간을 못 부리게 해야겠소."

"첩을 삼으려면 유월례만 데려갈 일이지, 어째서 만득이까지 데려간단 말이오?"

"그 속이야 알 수가 없지만, 이 작자가 유월례 얼굴에 바짝 단 것만은 틀림없소."

유월례는 감역집 씨종이 아니었다. 정읍 어느 몰락한 양반집 종이었는데, 그 얼굴에 반한 이상만이 많은 돈을 주고 사왔다. 유월례가 열일곱 살 때의 일이니 4년 전이었다. 그런데 이상만의 검은 속셈을 눈치 챈 아내가 가만있지 않았다. 눈에 불을 켜대고 나대다가 시아버지를 졸라 이듬해 만득이와 짝을 지어버렸다. 그러나 종년은 누운 소 타기라 이상만은 틈만 있으면 유월례를 범했다. 그 때문에 그들 부부는 지난번 호방 말마따나 맨살에 밤송이 낀 꼴로 *앙앙불락이었고, 유월례를 보는 이상만 아내 눈에는 항상 시퍼렇게 독기가 서려 있었다. 그러나 유월례는 종이라 그저 죽어지낼 수밖에 없었다.

그런데 유월례는 지금까지 애가 없어 이상만이 그렇게 농락할 속으로는 안성맞춤이었다. 이런 유월례를 호방한테 주기로 했다니 이상만도 어지간히 똥줄이 당긴 모양이었다.

저녁때 달주 어머니가 풀려나 집으로 왔다. 강쇠도 마찬가지였다. 그런데 만득이는 어찌 됐는지 모른다고 했다. 달주 집에는 동네 사람들이 가득 몰려들었다.

김한준 내외가 달주 집에서 느지막이 집에 오자 느닷없이 감역 집 행랑아범이 들어왔다. 손에는 큼직한 보퉁이를 하나 들고 있었다.

"그것이 멋이오?"

김한준이 놀라 물었다. 예사 보자기가 아닌 것 같았다.

"감역 나리께서 갖다 드리라고 합디다."

"멋인디?"

"나도 잘 모르겠소."

행랑아범은 보자기를 정읍댁한테 맡기고 그냥 돌아서버렸다.

"멋이까?"

정읍댁이 얼른 보자기를 풀었다.

"아니?"

내외는 눈이 둥그레지고 말았다. 비단이었다. 공단하고 법단이 한 필씩이었다. 내외는 멍청하게 서로 건너다보고 있었다.

"여보시오."

김한준이 골목으로 달려가며 행랑아범을 불렀다.

"지금 상만이 집에 와 있소?"

"예."

"언제 왔소."

"해거름에 왔소."

"저것 보내는 것 상만이도 아요?"

"예, 부자가 같이 앉은 자리에서 보냅디다."

김한준은 고개를 갸웃거리며 들어왔다.

"먼 일이라요?"

정읍댁이 잔뜩 겁먹은 눈으로 김한준을 바라보며 물었다.

"나도 잘 모르겠구만."

김한준은 고개를 갸웃거렸다. 그는 오늘 있었던 일을 아내에게 주욱 늘어놨다.

"일도 잘못돼 부렀는디 이것은 으째서 보냈으까라우?"

"딸 소문 때문인 것 같구만."

"그란께 우리보고 앞장을 서서 그 소문을 막아달란 소리요?"

"그런 것 같구만."

"그런 일에 이렇게 값비싼 비단을 두 필이나 보낸단 말이오?"

"글세."

"하도 엄청나 논게 나는 겁부터 나요."

"그런다고 돌려보낼 수도 없고……"

김한준은 무슨 엄청난 음모에 말려드는 것 같기도 하고 도무지 뒤숭숭한 기분이었다.

10. 금강

금강錦江은 전라도 무주에서 발원 금산, 영동, 옥천, 보은, 대덕, 청원, 연기까지 북쪽에서 북쪽으로 올라오다가, 연기에 이르러 위쪽에서 내려오던 줄기와 합류하여 비로소 아래로 방향을 꺾는다. 위쪽에서 내려오던 줄기는 경기도와 충청도 경계의 음성에서 발원한 터라 줄기가 별로 크지는 않으나, 아래서 올라오던 줄기는 마치 이 줄기를 만나려고 굽이굽이 그렇게도 먼 길을 7백 리나 치달아 온 듯이 이 줄기와 합류하고 나서야 비로소 한숨 돌린 듯 서남쪽으로 방향을 바꾸어 유유히 공주 쪽으로 내려가는 것이다.

역류길 7백 리는 이만저만 험한 길이 아니었다. 굽이굽이가 심산유곡이었다. 산굽이를 에워 돌고, 비껴 돌고, 또 한참 거꾸로 내려가다가 다시 길을 되잡아 굽이치고, 웅덩이로 여울지고, 수없이 감돌고 휘돌아온 길이었다. 오던 길을 되돌아가듯 크게 굽이치는 곳만도

50여 군데, 직선거리로는 불과 150리 길을 다섯 배나 되는 7백 리나 누비고 올라왔으니, 너무도 고달픈 여정이었다. 그렇게 숨차게 올라오던 길이 여기서 방향을 바꾸면서부터는 길이 곧아지고 강폭도 훨씬 넉넉해져서 여유 있는 기세로 들판과 산줄기를 거침없이 가르고 내려간다. 여기저기 강가에 허연 모래톱을 달고 곰나루의 전설과 옛날 백제 멸망 때의 산천 궁녀 원한을 안은 채 강경을 거쳐 군산으로 빠져 서해로 내닫는다.

달주는 꿈속에서 가위에 눌려 *모질음을 쓰다가 눈을 떴다.

경옥과 남분 꿈을 꾼 것이다. 눈을 뜨며 달주는 여기가 어딘가 잠시 어리둥절했다. 경천점 용배네 집이란 것을 깨닫고 비로소 안심이었다. 그게 현실이 아니고 꿈이었다는 안도감에 후유 한숨을 내쉬었다. *띠살문에 희부옇게 달빛이 비치고 있었고, 용배는 세상모르고 쿨쿨 코를 골고 있었다.

꿈속의 광경이 생시인 듯 눈앞에 역력했다.

꽃가마를 탄 경옥이 예쁘게 단장을 하고 방실방실 웃고 있었다. 신랑은 고부 군수 조병갑이라기도 하고, 임군한이라기도 하고, 용배라기도 하는 것 같았다. 가마 곁으로는 동네 사람들이 세곡섬을 지고 줄줄이 가고 있었다.

달주는 경옥이 시집을 가서는 안 된다고 생각하면서도 뭐라 말을 하지 못하고 멍청하게 지켜보고만 있었다. 꽃가마에는 경옥 혼자 타고 있는 것이 아니라 남분도 함께 타고 있었다. 그런데 그 꽃가마는 가마가 아니고 감옥이기도 했다.

군수 앞으로 끌고 가려고 그런다며 경옥과 남분을 꽁꽁 묶고 있었다. 경옥의 까만 눈이 달주를 애처롭게 쳐다보고 있었다. 달주는 경옥의 눈만 멀거니 건너다보고 있을 뿐이었다. 그러는 사이 수많은 나졸들이 달려들어 달주를 빙 둘러쌌다. 나졸의 우두머리는 뜻밖에 임군한이었다. 칼을 든 임군한은 달주를 보며 껄껄 웃고 있었다. 달주는 임군한을 향해 악을 썼다. 나졸들이 달려들어 달주를 붙잡았다. 달주는 계속 악을 썼지만 말이 되어 나오지 않았다. 다시 모질음을 써서 악을 썼다. 말이 튀어나오는가 하는 순간 잠이 깨고 말았다.

달주는 꿈이 너무 뒤숭숭해서 한참 동안 멍청하게 눈만 껌벅이고 있었다. 꿈에 보았던 경옥의 눈이 유난히 까맣고 애처로웠다. 집을 떠난 뒤 한 번도 잊어본 적이 없는 얼굴이었다. 달주는 가슴이 에어지는 것 같았다. 절로 한숨이 새어나왔다. 오르지 못할 나무는 쳐다보지도 말라고 중얼거리던 작은어머니 말이 귓가에 엉겨 있었다.

지금 그들이 무슨 심상찮은 일을 당하고 있든지, 달주 자신에게 닥쳐올 무슨 위해가 이런 꿈으로 예시되고 있든지, 하여간 좋은 꿈은 아닌 것 같았다.

요 며칠 사이의 일이 눈앞을 스치고 지나갔다. 그것도 하나의 긴 꿈만 같았다.

고부에서 나졸을 죽이던 일, 김덕호와 임군한을 만나 밤길을 도망치던 일, 밤실 김진사의 수염을 뽑아버린 일, 애먼 방부자 집을 쑥대밭을 만들어버린 일, 고부 포교들한테 계교를 부려 골탕을 먹인 일, 이런 엄청난 일들이 나흘 사이에 일어났던 것이다. 자기가 살아온 18년의 생애를 다 합친 것보다도 그 부피가 훨씬 크게 느껴졌다. 그런 엄청난 일들을 너무 쉽게 저질렀고, 또 하나같이 당장은 탈이 없었다. 사람을 죽이고 양반 수염을 뽑고 그런 엄청난 일들이 한결같이 탈이 없이 넘어갈 수 있을까?

오늘 공주에서 소를 올린다는 것은 예사로운 일이 아닐 것 같았다. 거기 가서 얼씬거린다는 게 아무래도 꺼림칙했다. 어제 장억쇠가 잡혀간 것만 보더라도 그렇다. 일을 저지르지 않았는데도 미리 사람을 잡아갈 지경이라면 정작 소를 올린 다음에는 어떨 것인가? 자칫 그 *싸개통에 휘말려 잡혀 들어갔다가 본색이 드러나는 날에는 죽도 밥도 아니었다.

달주는 다시 잠이 들었다가 당나귀 *워낭소리에 잠이 깼다. 어제 저녁 강경으로 목물을 싣고 갔던 폰개가 밤길을 되짚어 온 모양이었다. 날이 훤히 새어 있었다. 곧장 밥상이 들어왔다.

"장억쇠 일은 어떻게 됐지요?"

밥상머리에 앉으며 용배가 그의 아버지 박성호에게 물었다.

"오늘 소 올리는 일이 짜드락난 것은 아닌 것 같다. 관에서 전부터 장억쇠 뒤를 재고 있었는데, 이번에 집에 왔다가 재수 없이 그 작자들 눈에 띈 모양이다. 장억쇠는 이 근방에서 제일 먼저 도인이 된 사람이고 그동안 그만큼 열심히 포덕(포교)에 앞장섰던 사람이라 전부터 지목을 받아 쫓기고 있었다."

"그러면 어떻게 할 참이오?"

"어떻게 하긴?"

"사람이 잡혀갔으면 빼낼 방도를 생각해야지요."

"방도라고는 돈을 모아다 바치는 방도밖에 없잖느냐? 허지만 이제부터는 그런 짓을 하지 말자고 통문이 진작 돌았다."

"통문이라니요?"

"잡혀가는 사람마다 돈을 꼴아박고 빠져나오니 이놈들이 기름 먹은 강아지처럼 바로 그 돈맛에 동학도들을 잡다 패는 것이 아니겠냐? 아무리 두들겨 패도 끝까지 모두가 돈을 내지 않고 버텨봐라. 저 자들이 돈이 나오지 않으면 그런 짓을 할 것 같으냐? 그래서 동학도들이 모두 합심을 해서 죽는 한이 있더라도 이제부터 돈을 내고 빠져나오는 짓은 하지 말자고 한 것이다. 처음 당하는 사람은 그 고통이 이만저만이 아니겠지만 얼마 동안만 마음을 합쳐 참아내면 될 것이다."

"매 앞에 장사 없다는데, 그것이 될까요?"

"두고 볼 일이다."

"공주 사비정에 간다고 했지?"

박성호가 말머리를 돌렸다.

"예, 김덕호 씨 어음을 거기서 챙겨야 합니다."

박성호가 아내 쪽으로 고개를 돌렸다.

"윤영기尹永璣가, 지금도 거기 드나든다고 합디까?"

윤영기는 공주 감영 영장이었다.

"군자란이 어떤 여자라고 세곡선 닻줄보다 더 든든한 그런 줄을 놓치겠소? 그 집 설야월雪夜月이라든가 그 계집한테 퐁당 빠져서 나무칼로 귀때기를 베어가도 모를 지경이라고 합디다."

"거기 보낼 만한 것이 좀 값나가는 것으로 뭐 없소? 남의 심부름이기는 하지만, 내 집 아이를 보내면서 맨손으로 보내기는 좀 뭣하고, 또 장억쇠 일도 있고……."

"공단하고 법단이 물색 좋은 것으로 저고릿감이 몇 감 있긴 하요."

"거기 색시들 줄 만한 것으로 뭐 자잘한 것은?"

"색주가 색시들한테까지 인정을 쓰다니, 당신 좀 수상하구려."

과천댁이 남편의 위아래를 훑어보며 웃었다.

"실없는 소리 말고 지난번 갱갱이 왕서방이 보낸 것 몇 가지 내놓구려."

"아이고, 그것은 용배 혼수감으로 뭉지어논 것이라 한양 진상을 보낸대도 안 돼요. 수경手鏡이나 연지 같은 것이 있은께 그런 것이나 보냅시다. 그런 것도 다 배타고 건너온 물건이라 아무데서나 쉽게 만질 수 없는 물건이오."

"하여간 그런 것도 몇 가지 챙기시오."

과천댁은 농문을 열고 물건을 챙기기 시작했다.

"거기 가거든 군자란 이모한테 여기 장억쇠가 잡혀갔다는 이야기를 해라. 전부터 장억쇠를 잘 알고 있다. 그 이모도 동학도다."

"아, 그이도 동학도였소?"

"우리보다 먼저 입도한 사람이다. 네 어머니하고 사이도 사이지만, 그 때문에 우리하고 더 깊이 기맥을 통하고 있다."

"군자란이 그런 여자던가?"

"이모라지 않고 군자란이 뭐냐?"

과천댁이 눈을 흘겼다.

"그냥 유곽 주인인 줄만 알았더니 그게 아니구먼."

"보통 여자가 아니다. 감사까지는 몰라도 영장이나 어지간한 고을 수령쯤은 한손에 넣고 쥐락펴락한다."

용배와 달주는 행리를 챙기고 집을 나섰다.

"공주 가남?"

저쪽에서 폰개가 다가오며 물었다.

"응."

"가자면 효포孝浦 있잖남?"

"그래, 왜?"

여기서 공주까지는 30린데, 공주를 10여리쯤 남겨둔 지점에 효개란 동네가 있었다.

"그 동네 앞을 지나다가 누가 시비를 붙거든 대거리하지 말고 그냥 수굿하게 지나쳐라. 그 동네 한부자 종놈들이 아주 못돼먹은 것들이다. 이것들이 유독 장날이면 일삼아서 거기 목을 지키고 있다가 만만한 놈이 지나가면 찌그렁이를 붙는다. 이만저만 감때사나운 것들이 아닌데다 가락수도 만만찮은 놈들이다. 그냥 지나쳐도 한사코 집적이거든 막걸리 값이라도 쥐어 주는 것이 좋을 거여. 원체 못돼먹은 것들이라 그밖에 수가 없다."

폰개는 그 작자들한테 되게 경을 치기라도 했던지 손사래까지 치며 설레설레 고개를 내둘렀다.

"같잖은 종놈들이 아무한테나 시비를 붙는단 말이냐?"

용배가 시답잖다는 표정으로 퇴겼다.

"말 마라. 노성 주천석이라면, 이 근방 씨름판을 쓸고 다니는 장사 아닌감? 그놈들이 그 주천석을 때려눕혔다면 말 다했지 뭐여? 그중한 놈은 발을 손 쓰듯 하는디, 그 놈 발이 한번 휘딱했다 하면 그 앞에 나가떨어지지 않는 놈이 없다더라. *두발당성으로 발을 한번 휘딱하면 한꺼번에 두 놈이면 두 놈, 세 놈이면 세 놈이 턱주가리가 간데없다잖남. 그중에 또 한 놈은 주먹질이 무서운디, 그놈은 주먹으로 항아리를 지르면 항아리가 깨지는 것이 아니고, 퐁 구멍이 난대여."

폰개는 발길질 손길질 흉내까지 내면서 겁먹은 시늉을 했다.

"허허, 촌놈들이 솜씨가 제법인 게로구나."

용배는 가볍게 웃었다.

"괜히 드센 체 말고 조심해여! 이놈들이 제놈들 상전 한가들 떠세로 설치는 판이라 두루 만만찮대여."

"알았다, 알았어. 집구석이 망하려면 구정물통에서 호박씨가 논다더니 세상이 못되는께 별것들이 다 설치는구나."

용배가 웃으며 돌아섰다.

길에는 사람이 많이 붙어 있었다. 삼남대도 큰길이기도 하지만, 오늘은 공주 장날이라 사람이 더 많았다. 이고 지고 가는 장꾼들 말고도 세곡을 실어가는 마바리도 줄을 짓고 있었다.

펑퍼짐한 널치고개를 넘어 가마울과 소정이를 지나 효개 앞에 이르렀다. 아나나 다를까, 동네 앞에 대여섯 명의 젊은이들이 서성거리고 있었다.

"저것들이 한가 종놈들인가?"

용배가 이죽거렸다. 가까이 보니 놈들이 웬 스님을 붙잡고 킬킬거리고 있었다. 바랑을 벗겨 뒤지고 있는 것 같았다.

"저것들을 그냥 둬서는 안 되겠는걸."

용배가 얼렀다.

"그냥 안 두면 어쩌겠다는 거냐?"

"좀 주물러 놔야지."

달주 말에 용배가 웃으며 대꾸했다.

"그냥 지나치자."

"저것들을 힘으로 조질까, 술수로 조질까?"

"괜히 건드렸다가 뒤가 시끄러우면 우리 일이 낭패다."

"그렇겠구나. 그럼 술수를 써서 꼼짝 못하게 할 테니 너는 구경만 해라. 그럴 듯한 술수가 있다."

"괜한 불집 버르집는 게 아니냐?"

"염려 비끄러매라. 그런디 너 엽전뭉치 챙기고 있지?"

"웅!"

달주가 소맷자락을 만지며 웃었다. 엽전뭉치란 동전 구멍에 실을 꿰어 예닐곱 닢을 묶은 거였다. 달주 돌팔매 솜씨를 본 용배가 돌멩이 대신 그걸 항상 지니고 다니라며 고안해낸 것이다. 용배는 어제 저녁 달주 소맷깃 아래쪽을 조금 기워 양쪽에 그걸 하나씩 넣어 주었다. 사람을 해치자는 것이 아니라 길가다가 갑자기 토끼나 꿩 같은 것이 나타나면 *발밭게 꺼내 쓰라는 것이었다.

둘은 가까이 갔다.

"이 분네들은 어디서 오시는 귀인들인고?"

패거리 중에서 한 놈이 나서며 두 사람을 향해 비아냥거렸다. 용배는 그자 말에는 대꾸를 않고 중을 빤히 건너다봤다. 중도 이쪽을 봤다. 사십쯤 되어보였다.

"아니, 대사님 아니십니까요?"

용배가 사뭇 놀라는 척 눈을 휘둥그렇게 떴다. 중은 멀뚱한 눈으

338

로 용배를 건너다봤다.

"소인 문안드리옵니다. 그동안 기체 강녕하셨사옵니까요?"

용배는 대번에 땅바닥에 무릎을 꿇고 너부죽이 큰절을 했다. 중
은 느닷없는 일에 이건 또 무슨 봉변인가 하는 표정으로 한발 뒤로
물러섰다.

"뉘, 뉘신고?"

중은 눈이 주발만해지며 떠듬떠듬 물었다. 곁에 섰던 건달들도
멀뚱하게 용배를 내려다보고 있었다.

"뵈온 지가 오래 돼서 기억이 없으시나 봅니다. 한양 심정승 댁
억쇠올시다요."

"뉘, 뉘댁이라고?"

"영의정 심순택 대감 말씀이옵니다요."

"시, 심대, 대감?"

"그렇사옵니다. 그 마나님 내간을 가지고 전주 감영에 다녀오는
길입니다요."

용배는 그대로 땅바닥에 무릎을 꿇은 채 고개를 사뭇 주억거리며
정중하게 대답했다.

심정승 댁 누구라는 소리에 중보다 더 놀란 것은 곁에 늘어섰던
건달들이었다. 튀어나올 것 같은 눈으로 서로를 건너다봤다.

"그, 그런가."

중은 도무지 어리둥절하기만 한 표정이었다.

용배는 두 손을 모아 쥐고 더욱 정중하게 고개를 주억거리면서
일어섰다.

"대감께서는 얼마 전에도 대사님을 찾으려고 금강산으로 사람을 놓았으나, 종적을 알 수 없었사옵니다. 지금도 만나는 사람한테마다 대사님을 수소문하고 계십니다요."

"그, 그렇던가?"

중은 그제야 웃물이 조금 도는 듯한 표정이었다.

"하온데, 노변에서 어찌 이러고 계십니까요?"

용배는 건달들을 돌아보며 물었다. 바랑을 뒤지던 놈은 바랑을 무슨 뜨거운 것 들 듯 덩둘하게 들고 서서 겁먹은 눈으로 멍청하게 용배를 건너다보고 있었다.

"아, 아닐세. 아무 일도 없었네. 어서 가세."

중은 바랑을 낚아 어깨에 꿰며 말했다. 그러나 용배는 들은 척도 않고 작자들을 노려보며 상판이 험상스럽게 일그러지고 있었다.

"이놈들, 대사님께 무슨 짓을 했느냐?"

용배가 그쪽으로 한발 다가서며 그중 키가 덩실한 놈을 향해 물었다. 폰개가 말하던 발길질 잘한다던 놈이 아닌가 싶었다. 눈초리 달아맨 것이 목자가 여간 사납지 않았다.

"죽을죄를 졌습니다."

놈은 대번에 기죽은 강아지 꼴로 몸뚱이가 오그라들며 허리를 굽실거렸다.

"죽을죄를 져? 그러니까, 대사님께 행패를 부렸단 말이구나."

"한번만 용서해 주십시오."

"가만있자. 이 근처에 대중없이 설치는 종놈들이 있다는 소리를 들은 것 같은데, 그러고 보니 그놈들이 바로 네놈들이구나, 그렇지?"

놈들은 서로 돌아볼 뿐 대답이 없었다.

"틀림없구나. 네놈 주인이 어떤 놈이냐?"

"죽을죄를 졌습니다."

"이놈아, 네놈 주인을 묻지 않느냐?"

용배가 버럭 고함을 질렀다.

"이 동네 한씨올시다."

"뭐 한씨? 한씨라면 성씨가 괜찮은 사람들인데, 아랫것들을 이렇게 놓아먹이다니, 이 동네 한가놈은 제 어미가 어느 날탕패한테 서방질을 해서 싸질러논 작잔가?"

용배가 얼굴을 더욱 험상스럽게 일그러뜨리며 노려봤다.

"그건 그렇고, 너 이놈들, 네놈들이 이런 데서 패악질하는 것을 보니 힘꼴이나 쓰는 것 같은데, 힘을 쓰면 얼마나 쓰는지 어디 솜씨 한번 보자. 누구든지 나한테 덤벼봐라. 나한테 덤벼서 대번에 나를 작살을 내면 모르거니와 그러지 못했다가는 *어제가 바로 네놈들 제삿날이다. 자 덤벼라!"

용배가 가슴을 벌리고 키다리 앞으로 다가갔다. 용배는 그냥 몸뚱이를 내맡기는 자세였다.

"아, 아닙니다요."

키다리는 한껏 오그라들며 사뭇 다급하게 손사래를 쳤다.

"빨리 들어오지 못할까?"

용배가 고함을 지르며 다가섰다.

"살려주십시오!"

키다리는 무춤무춤 물러서며 설설 빌었다.

"에라 이 못난 새끼들!"

용배의 몸이 제 자리에서 한번 핑글 도는가 하는 순간이었다. 엉뚱한 데서 발이 퉁겨 올라 키다리 턱에 찰싹 붙었다.

ㅡ턱.

"윽!"

키다리가 턱을 싸쥐고 발랑 나가떨어졌다.

"어디 또 덤빌 놈 없느냐?"

용배가 곁엣 놈들을 돌아봤다. 놈들은 잔뜩 겁을 먹고 지레 무춤무춤 물러섰다.

"이런 *병추기 같은 새끼들!"

용배가 몸을 홱 날리며 또 한 번 제자리에서 핑글 돌았다. 동시에 두 발이 타닥 퉁겨 올랐다. 거푸 한 바퀴 더 돌면서 또 타닥했다. 네 놈이 연거푸 턱을 싸쥐고 나둥그러졌다. 용배의 몸은 마치 바람개비가 돌아가는 것 같았고, 놈들은 바람개비 날개에 맞아 나가떨어지는 꼴이었다.

"병신 같은 것들!"

용배는 허리에 손을 얹고 놈들을 내려다보고 있었다. 놈들은 버지럭거리며 턱을 싸안고 일어났다.

"모두 이리 와서 꿇어!"

용배가 악을 썼다. 작자들이 미치적거리고 있었다.

"어서 꿇지 못할까?"

용배가 거듭 악을 쓰자, 놈들은 우르르 다가와 한 줄로 꿇어앉았다. 그 사이 장꾼들이 몰려서서 구경을 하고 있었다. 동네 조무래기들도 몰려나왔다. 갈퀴를 꽂은 지게를 진 놈들도 저만치 서서 겁먹은 눈으로 건너다보고 있었다. 용배는 나무꾼들 곁으로 가서 그들 손에서 지겟작대기를 낚았다. 세 개를 모아 쥐고 돌아왔다.

"그만 가세!"

중이 겁먹은 표정으로 채근했다.

"잠깐 계십시오."

용배는 지겟작대기 하나를 오른손에 꼬나쥐며 놈들 앞으로 갔다.

"이 못돼먹은 것들, 이런 점잖은 스님한테까지 행패를 부리는 걸 보니 네놈들 평소 행티를 알 만하다. 못된 양반들보다 너 같은 놈들은 더 용서할 수 없다. 너 이리 나와!"

키다리를 향해 악을 썼다. 키다리는 겁먹은 눈으로 무릎걸음을 쳐 몇 발 나았았다.

"등 돌려!"

키다리는 손으로 작대기를 막으며 잔뜩 오그라들었다.

"등을 돌려!"

순간 지겟작대기가 등에 불을 냈다. 거푸 두 대를 갈겼다.

"일어서!"

키다리가 일어섰다.

"이놈을 방금 내가 친 것만큼 세게 쳐! 만약 살살 쳤다가는 알지?"

지겟작대기 하나를 키다리한테 넘겼다.

"쳐!"

"살려주십시오."

"이 새끼야, 누가 너를 죽인다더냐?"

용배가 놈의 등을 또 사정없이 후려갈겼다. 놈은 몸뚱이를 비비 꼬며 오만상을 찌푸렸다.

"쳐!"

용배가 작대기를 또 어르며 다그쳤다. 놈은 하는 수 없이 한 놈 등을 쳤다. 그러나 작대기 소리가 시원찮았다. 용배 작대기가 또 키다리 등짝에 불을 냈다. 놈은 몸을 비꼬았다. 용배가 치라고 또 고함을 질렀다. 이번에는 키다리가 마치 그놈이 용배이기나 한 듯 세게 쳤다. 거푸 쳤다. 이번에는 맞은 놈한테 작대기 하나를 건네며 키다리를 치라고 했다. 서로 번갈아가며 치게 했다. 놈들은 제물에 약이 올라 서로 사정없이 후려갈겼다. 둘이 다 축 늘어졌다.

다른 놈들도 두 놈씩 짝을 지어 모두 그렇게 치게 했다. 모두 축 늘어졌다.

이내 용배가 앞으로 나섰다.

"네놈들 소알퉁이로 보면 모두 모가지를 잘라 저 개펄에다 처박아버려야겠지만, 오늘은 이쯤 해놓고 두고 보겠다. 내가 또 일간 이 길을 지나갈 것이다. 그때도 그런 버릇을 안 고쳤으면, 네놈들뿐만 아니라 네놈들 주인 한가 놈까지 모가지를, 풍뎅이 모가지 비틀 듯 비틀어버리고 말 것이다, 알겠느냐?"

"예!"

"알긴 뭘 알았느냐, 어디 네가 한번 말해 봐라! 내가 말한 대로 그대로 한번 되새겨봐!"

키다리를 향해 말했다. 키다리는 떠듬떠듬 용배 말을 되새겼다.

"두고 보겠다."

용배는 그제야 작대기를 내던지며 돌아섰다.

"대사님 가시지요."

용배는 중 앞에 정중하게 허리를 주억거렸다. 일행은 말없이 한참 걸었다.

"못된 놈들을 패주고 나니 시원합니다."

용배가 웃으며 비로소 입을 열었다.

"관세음보살!"

"시천주조화정 영세불망만사지."

용배가 익살을 부렸다.

"동학돈가?"

"예, 그러고 보니 동학도가 불제자를 지옥에서 건져 드렸구먼요."

"고맙네! 관세음보살!"

"헌데, 아무런들, 저런 쥐새끼 같은 놈들한테 능욕을 당하고 계신단 말씀입니까?"

"중이나 종이나 다 같은 천열賤列인데, 종한테 당했대서 특별하게 뭣할 거야 있겠는가?"

중은 맥살없이 웃었다.

"같은 천열이라니요?"

"반열이란 말이 있으니 천열이란 말도 있겠지. 천열은 반열보다 줄이 길어 팔천八賤 아닌가?"

"팔천이라면 여덟 가지 천인이란 소린데, 스님들도 그 천열에 낀단 말씀입니까?"

"그걸 몰랐나? 노비, 백정, 무당, 광대, 상여꾼, 기생, 공장工匠, 그리고 중 이렇게 팔천 아닌가?"

"그렇던가요? 하여간 천인이건 양반이건, 그런 못된 짓 하는 놈들은 도술을 한바탕 부려 날려버릴 일이지, 그렇게 당하고만 계시냐 이 말씀입니다."

"나무아미타불!"

"기껏 나무아미타불인가요? 동학도가 불제자를 지옥에서 건져줬으니, 이런 것을 놓고 보더라도 불법은 이제 시운이 다했다는 우리 교조 수운水雲 선사의 말씀이 맞은 것 같습니다."

"나무아미타불."

"나무아미타불이고 관세음보살이고, 그런 것은 이제 아무리 외어봤자 불 꺼진 화로 뒤적이는 것보다 더 속절없는 공염불입니다. 불법은 이미 운세가 끝나버렸습니다."

"법이란 원래 시작이 없는데, 끝인들 있겠나?"

"그게 무슨 말씀입니까? 세상만사가 다 흥망성쇠가 있는데, 어째서 시작이 없고 끝이 없단 말씀입니까? 하늘에 떠 있는 구름도 저렇게 시작과 끝이 있어 변화무쌍하지 않습니까?"

용배는 건달들을 멋들어지게 처치했던 기세로 제법 호기 있게 대들었다.

"우주만물의 흥망성쇠가 변화무상하다는 그 법, 바로 그 법은 시작도 없고 끝도 없는 걸세."

"우주만물의 흥망성쇠가 변화무상하다는 법, 바로 그 법에는 변화가 없다? 으음, 그건 그럴 듯합니다."

용배는 스님을 쳐다보며 고개를 끄덕였다.

"그러면 불교는 그 법을 알아내자는 것인가요?"

"꼭 그렇다고만 할 수도 없네만, 그렇다고 해두세."

"벌써 아리송해지는데요. 하여간, 그건 그렇다 치고 그걸 어떻게 알아냅니까?"

"그냥 머리로 알아내는 것이 아니고 그 속으로 들어가야 알 수 있네."

"어떻게 들어갑니까?"

"들어가려면 문을 찾아야지 않겠나?"

"그 문이 어디 있습니까?"

"우리 마음속에 있지. 마음을 맑고 잔잔하게 가지면 그 문이 열리네."

"그 문이 어떻게 생긴 문인지는 모르지만 그 문을 들어서면 어떻게 됩니까?"

"허허, 자네가 꽤나 요령지게 묻네그랴. 그 문을 들어서면 우주 만물의 운행하는 이치가 스스로 훤해지네."

"그게 도통道通이란 겁니까?"

"그렇다고 할 수 있지."

"그 도통의 경지에 이르면 어떻게 됩니까?"

"그것은 먹어보지 않은 사람한테 감 맛이 어떻고 고욤 맛이 어떻고 하는 소리하고 같아. 하지만, 이렇게 빗대 말을 할 수는 있을 걸세. 아까 젊은이 말대로 나를 그 건달들한테서 구해 줄 때 범상치 않은 계교를 썼잖은가? 그 계교가 머리에 떠오른 것은 어느 찰나였을 걸세. 요리조리 궁리를 해서 짜낸 것이 아니고, 어느 순간에 그런 지혜가 번개처럼 번쩍하고 떠올랐을 거야."

"아닙니다. 그것은 제 친구한테서 들은 계교를 제가 거기서 써먹었을 뿐입니다."

"친구건 누구건 마찬가지야. 그 친구한테도 원래 그런 계교의 요체가 떠오른 것은 어느 찰나였을 걸세. 번갯불 말일세. 번갯불이 번쩍할 때 그 한순간은 세상이 환해지거든. 헌데 그것이 한 번 번쩍하고 마는 것이 아니고, 그 번쩍하는 찰나에 딱 멈춰 그대로 세상을 비추고 있다 생각해 보게. 그러면 세상 만물이 대낮같이 우리 눈에 훤히 뵈지 않겠는가? 그와 마찬가지로 아까 그 지혜가 번쩍했던 찰나가 그대로 계속된다고 생각해보게. 번갯불 밑에 온 세상이 환해지듯 어둠에 가렸던 우리 마음의 눈이 훤히 뜨여 우주만물의 이치가 눈앞에 훤해지지 않겠는가? 하하, 나무아미타불!"

"그럴 듯합니다."

용배와 달주는 고개를 끄덕이며 웃었다.

"잘 알았습니다. 헌데, 내친 김에 한 가지 더 물어보겠습니다. 그렇게 세상, 아니 우주만물의 이치를 훤히 알아가지고 어쩌자는 겁니까? 저기 앞을 보십시오. 마침 저기 가마가 하나 오고 있구먼요."

정말 저 앞에서 사인교가 하나 오고 있었다.

"저는 저 가마만 보면 언제든지 밸이 꼴려 못 견디는 놈입니다. 모두가 다 똑같은 사람인데, 어떤 놈은 타고 가고 어떤 놈은 메고 갑니다. 한 놈이 좀 편하자고 지금 메고 가는 네 놈은 죽을 지경입니다. 타고 가는 놈은 극락에 있지만, 메고 가는 놈은 지옥에서 허덕이고 있습니다. 타고 가는 놈 몸뚱이 무게뿐만 아니라 가마 무게가 또 사람 무게보다 더 무겁습니다. 메고 가는 놈은 사람 무게에다 덤으로 가마 무게에까지 눌려 곱빼기로 죽을 지경 아닙니까? 그 우주만물의 이치를 훤히 꿰뚫어보시는 그 훤한 눈으로 보시면 저게 어떻게 보입니까? 전생의 업보業報라는 그런 매가리 없는 말씀을 하시려면 처음부터 아예 이야기하지 마십시오. 저는 지금 저런 세상의 법도가 옳은가 그른가 그것을 묻고 있습니다. 우주만물의 법도가 아니고 바로 사람이 살아가는 저런 법도가 옳은가 그른가 그걸 알고 싶습니다."

"관세음보살."

"관세음보살이 어떻다는 겁니까? 저 사람들한테 관세음보살더러 자비를 베풀어달라는 말씀이신가요? 저것은 우주의 이치를 꿰뚫어보는 눈이 아니고 우리같이 어두운 눈으로 봐도 글러먹은 짓입니다. 글러먹어도 이만저만 글러먹은 짓이 아니지요. 이 세상에는 저 가마 위에 또 가마가 있고 그 위에 또 가마가 있습니다. 이렇게 층층으로 사람이 사람한테 눌려 맨 밑바닥에 깔려 있는 놈들은 저 가마꾼들처럼 아가리로 창자가 기어나올 지경입니다. 우리 동학은 인내천, 사람이 곧 하늘입니다. 그 하나하나가 다 하늘이니 모두가 다 똑같이 하늘처럼 귀하다는 것입니다. 다 그렇게 귀할 뿐 차별이 없다는 것이지요. 상놈이라고 하여 핏속에 짐승의 피나 무슨 구정물이 섞인 것도 아니고, 몸뚱이에 짐승같이 무슨 꼬리가 달린 것도 아니며, 무슨 털이 난 것도 아닙니다. 왕후장상에 씨가 없듯 종놈이나 상놈이나 원래 양반하고 씨가 달랐던 것도 아닙니다. 다 똑같이 사람의 종자입니다. 이렇게 한 종자를 갖다가 양반, 상놈으로 갈라논 것은 누굽니까? 사람들입니다. 양반, 상놈의 차별만 없어도 상놈들한테는 이 세상이 반은 극락일 겁니다. 저 가마 위에 타고 가는 놈도 제 몸뚱이 하나는 제 발로 걸어다니라고 한울님께서 다른 사람한테 그러듯 두 다리를 만들어주셨는데, 걸어다니는 수고를 조금 덜자니까, 다른 놈은 그 한 놈이 편한 것보다 열 배는 더 고통입니다. 그 한 놈의 편함을 빼앗아버리면 열 놈의 고통이 없어집니다. 더구나, 저 수고를 곡식 가꾸는 데다 써보십시오. 세상의 이득은 그만큼 커질 것입니다. 동학은 저런 못된 법도를 뜯어고쳐 개벽을 하자는 것입니다. 동학에서 말하는 후천개벽이란 다른 것이 아니고, 저런 못된 법도를 뜯어고치자는 것이지요."

"훌륭한 생각일세."

"스님께서도 동학을 훌륭하다고 보십니까?"

"아무렴, 나무아미타불!"

"허허, 결국 나무아미타불이군요."

일행은 같이 웃었다.

눈앞에 금강이 나타났다. 양쪽에 허연 모래톱을 끼고 금강은 고인 듯 유유히 흘러가고 있었다. 달주는 말로만 듣던 금강이 이렇게 큰 줄은 미처 몰랐다. 일행은 금강을 오른쪽에 끼고 장기대나루를 지나 한참 걸었다.

공주 성문이 가까워지고 있었다.

"스님께서는 어디까지 가십니까?"

"저쪽으로 더 가서 곰나루를 건널 참이네."

"가만 있자, 남의 집 삼 년 살고 주인 성 묻는다더니, 저희가 그 짝입니다. 스님께서는 법호를 어떻게 쓰십니까?"

"거월, 갈 거去 달 월月일세."

"저는 경천점 사는 박무성입니다. 스님께서는 어느 절에 계십니까?"

"그 위 갑사甲寺."

"거월 스님. 거월, 가버린 달, 가는 달, 역시 아리송하군요. 언젠가 또 뵈올 날이 있겠지요. 안녕히 거하십시오."

두 사람은 웃으며 스님과 헤어졌다.

11. 백지결세

"언젠가는 너를 다시 데려올 것이니 그리 알아라."

이감역은 훌쩍이는 유월례한테 한마디 하고 나서 고개를 돌렸다.

유월례는 치맛귀로 콧물을 훔치며 감역에게 큰절을 했다.

"평안히 계십시오."

감역은 고개를 돌린 채 담배를 빨고 있었다. 감역댁도 치맛귀를 말아 올려 눈물을 닦았다. 유월례가 일어섰다. 감역댁도 유월례를 따라 방을 나왔다.

그날 이상만은 김한준 말을 듣고 그제야 화다닥 정신이 나서 호방을 다시 만나 유월례 이야기를 했다. 대사를 앞두고 입에 혀같이 부리는 유월례가 없으면 집안 일손에 자국이 너무 크게 나겠으니 대사 때까지만 자기 집에 두자고 했다. 그러나 호방은 한마디로 안 되겠다고 거절했다. 그렇게 되면 자기가 예정하고 있는 전후 일이 크게 위각이 나겠다는 것이다. 이상만은 거듭 사정을 했으나, 호방은 지금 여기서 말하기는 곤란하지만, 그럴 만한 사정이 있으니 양해해 달라고 되레 사정조로 나왔다. 이상만은 잔뜩 꿀려 있는 입장이라 하는 수 없이 포기하고 말았었다.

"경옥 아씨 얼굴이나 한번 보고 갈라요."

유월례가 애원하는 눈초리로 감역댁을 돌아봤다.

"그래라."

감역댁은 젖은 눈으로 고개를 끄덕이며 유월례를 안채로 데리고 갔다. 문이 열리자 경옥은 이불 속에서 퀭한 눈을 이쪽으로 돌렸다. 평소에도 유독 크고 까만 눈이 더 크고 까맸다.

"아씨!"

유월례는 왈칵 달려들어 경옥 손을 잡았다. 경옥도 유월례 손을 맞잡았다. 감역댁은 문을 닫고 돌아섰다.

"아씨 얼른 기력을 회복하셔야지라우."

유월례 눈에서 굵은 눈물이 쏟아졌다.

"지금 가냐?"

"예, 흑흑."

경옥이 유월례 손에서 손을 빼고 일어나려 했다.

"그냥 누워 계십시오."

"괜찮다."

경옥은 자리에서 일어나 앉으며 저고리 섶을 여미고 머리 매무새를 가다듬었다.

"몸은 쪼깨 나으신가라우?"

"만득이는 바로 그 집으로 갔다며?"

"그랬다는 것 같소."

"그 집에서 지금 너를 데리러 왔냐?"

"예, 그 집 찬모라고 하요. 감역 나리께서는 다시 이리 데리러 올 것인께 그리 알라고 하요마는."

경옥은 멍청하게 벽 한군데다 눈을 박고 있었다. 경옥은 어제부터 밥을 먹기 시작했다. 자기 때문에 집안이 당하고 있다는 엄청난 이야기를 듣고부터 밥을 먹기 시작한 듯했다. 그러나 그는 어머니한테고 누구한테고 이렇다 저렇다 무슨 말이든 말은 한마디도 건네지 않았다.

"남분이 오빠는 자기 훈장어른 심부름 갔다기도 하고, 먼 데로 공부하러 갔다기도 하고 그라요."

경옥이 이내 유월례한테로 고개를 돌렸다.

"왜 말이 두 갈래냐?"

"처음에는 심부름 갔다더니 어제 남분을 만났등마는 자기 작은아버지가 그러더라고 공부하러 갔다더라고 하더만이라우."

"포교들이 뒤를 쫓고 있다던데?"

"그 소문도 들으셨는가라우?"

"그 뒷소식은 못 들었냐?"

"남분 어머니랑 강쇠랑 옥에서 풀려난 뒤로는 군아 쪽 소식은 통 모르겠구만이라우."

"남분의 오빠가 포교들한테 혹시 잡혀온 것 아니냐?"

경옥 눈에 긴장이 피어올랐다.

"오빠가 포교들한테 잡혀왔다먼 그 식구들은 알 것 같은디 어제 남분을 만나도 그런 이야기는 없더만이라우."

"그럼, 공부하러 갔으면 어디로 갔다더냐?"

"그것은 모르겠구만이라우."

경옥이 길게 한숨을 내쉬었다.

"너한테 부탁이 있다."

"부탁이라니라우?"

"경황이 없는 너한테 이런 부탁을 해서 미안하다마는, 강쇠네한 테, 포교들이 남분 오빠 뒤쫓는 일은 어찌 되었는가, 그리고 공부를 하러 갔으면 어디로 갔는가, 그것을 좀 알아뒀다가 틈이 있으면 나 한테 눈치껏 전해달라더라고 귀띔을 쪼깨 하고 가거라."

"그렇게 할라요."

"저 농문을 열고 안에 있는 서랍을 좀 열어봐라!"

경옥은 무슨 생각에선지 윗목에 있는 자개농을 가리켰다. 자개가 섬세하게 박힌 농이었다. 유월례는 농문을 열고 서랍을 빼며 경옥을 돌아봤다.

"그 속에 옥합 있지?"

장도, 염낭, 그리고 각종 향낭이며 노리개 등이 오밀조밀 들어 있 는 서랍 밑에 됫박만한 옥합이 하나 있었다. 뭉청한 옥합을 경옥한 테 넘겼다. 참새알만한 자물통이 대롱거리고 있었다.

경옥은 서랍 속에 있는 비단 주머니를 달래서 거기서 열쇠를 꺼 내 옥합을 열었다.

은자 20닢을 세어냈다. 일본돈 1원짜리였다. 일화 1원은 우리 돈

10냥과 맞먹었다. 그리고 조그마한 십자가를 하나 꺼냈다. 예수 *고
상의 조그마한 십자가였다.

"이 돈은 잘 간수해 두었다가 요긴한 데 써라. 그리고 이 십자가를
항상 몸에 지니고 댕김시로 예수님을 마음에 새기고 성모 마리아님
께 기도를 드려라. 성모 마리아님은 하나님과 함께 항상 니 곁에 계시
면서 니가 기도할 때마다 한마디도 빼놓지 않고 다 챙겨 들으신다."

경옥이 돈과 십자가를 내밀었다.

"오매, 뭣을 이런 것을 주시오."

유월례는 깜짝 놀라 멀거니 경옥을 건너다봤다.

"깊이 챙겨라."

"십자가는 받을라요마는 돈까지야……."

"암말 말고 챙겨 뒀다가 요긴한 데 써!"

경옥이 다시 채근하자 유월례는 십자가와 은자를 받으며 다시 눈
물을 흘렸다. 그러나 경옥은 그려놓은 듯 얼굴에 무슨 감정이 나타
나지 않았다.

호방 댁에서 유월례를 데리러 왔다는 소문은 삽시간에 하학동
에 퍼졌다. 마을 아낙네들이 한두 사람씩 골목으로 몰려나오기 시
작했다.

읍내 호방 댁으로 유월례와 만득이가 팔려가게 되었다는 소문은
부안댁과 강쇠 등이 출옥하던 날 이미 동네에 퍼졌다. 세 사람 가운
데 만득이가 오지 않았으니 그 소문은 의심할 여지가 없었다. 소문
은 꼬리에 꼬리를 물었다.

왜 그리 팔려가는가 하는 추측이 여러 갈래였기 때문이다.

감역 댁 형편이 종을 팔아넘길 형편이 아닌데다가 만득이는 힘이 장사여서 일을 예사 장정 두 배는 너끈하게 해치우는 장골이고, 또 이상만이 유월례를 사온 경위를 보더라도 모두가 도무지 알 수 없다는 표정들이었다. 소문이 여러 갈래로 날밖에 없었다.

감역 댁에서 내는 소문은 호방이 이번에 만득이를 문초하다가 만득이의 곧은 심지에 감탄해서 이런 충복을 한번 거느려 봤으면 소원이 없겠다고 하도 사정을 하는 바람에 그리 넘기게 됐다는 것이었다. 공무가 바쁜 틈에 밤길을 쳐 여기까지 와서 하도 사정을 하는 바람에 하는 수 없이 넘기게 됐다고, 지난번에 호방이 여기 왔던 일까지를 그럴싸하게 후무려 소문을 퍼뜨렸다. 그러나 그런 소문을 곧이 듣는 사람은 없었다. 호방이 유월례한테 혹해서 첩을 삼으려고 데려간다는 소문이 나돌기도 했다. 그러나 첩을 삼으려면 혼자만 데려갈 일이지 부부를 데려갈 리가 있겠느냐는 것이어서 그 소리도 먹혀들지 않았다.

결국 달주와 경옥의 소문이 이번 문초할 때 묻어나서 그 입막음을 하려고 종을 준 것 같다는 소문이 서로 속을 주는 사람들 사이에서만, 아주 깊은 귓속말로 은밀하게 나돌기 시작했다. 이것은 진즉부터 나도는 소문이기는 했으나, 잘못 발설했다가는 혀를 뽑힐 소리라 그만큼 은밀했을 뿐이다.

유월례가 옷 보퉁이를 들고 집을 나섰다. 항상 도끼눈으로 말마디마다 독이 시퍼렇던 이상만 아내도 눈물을 찔끔거렸다. 모종순은 엉엉 소리 내어 울었고, 행랑어멈도 연방 치맛귀로 눈물을 훔쳤다. 청룡바우와 행랑아범도 대문을 나서는 유월례 뒷모습을 멍청하게 건너다보고 있었다.

"어디 가서 살든지 몸이나 성해라."

"어디서 살면 별다를라디야."

동네 여인들이 모두 한마디씩 했다.

"은제 보까?"

강쇠네가 유월례 손을 잡으며 눈물을 쏟았다.

"나하고 쪼깨 저쪽으로 갑시다."

유월례가 강쇠네를 한쪽으로 따냈다. 경옥 말을 전했다. 강쇠네
는 고개를 끄덕였다.

유월례는 젖은 눈으로 동네 여인들에게 건성으로 인사를 하고 돌
아섰다. 유월례는 호방 댁의 늙은 찬모 뒤를 따라 동네를 나섰다. 옷
보퉁이에 얼굴을 파묻고 멀어져가는 유월례의 모습은 그지없이 쓸
쓸해 보였다.

"종 팔자에, 어디 간들 비단 깔린 청산이 기다릴까마는 그래도 거
기는 내로라는 관가 그늘인께, 그런 그늘에라도 가려노면 이번같이
험한 관재 같은 것은 당하지 않겠제."

"시방 우리 사는 것도 종 팔자보담 나을 것이 멋이냐?"

"말인께 그러제, 매어사는 종살이가 그것이 인생살이라고 그런
소리를 하고 있어? 당장 소 팔리듯 팔려가는 심정만 생각해 봐!"

"하기사 그러제마는, 천리같이 아득한 내년 보릿고개를 쳐다보면
밥걱정 않고 사는 종 팔자가 되레 부러워하는 소리여."

그때였다. 유월례의 뒷모습을 바라보고 있던 동네 여인네들은 깜
짝 놀라 서로를 돌아봤다. 도포 입은 사내 하나가 나졸 셋을 뒤에 달

고 유월례 일행을 지나쳐 동네로 들어오고 있었다.

"뭔 일이라요?"

"글씨 말이여."

서로 놀란 눈을 맞대며 속삭였다. 도포자락을 휘날리고 오는 사
내는 군아 이속 같았는데, 들이닥치는 기세가 만만찮았다. 여인들은
한군데로 조여들며 그들을 멍청하게 건너다보고 있었다. 먼 데서 옷
자락만 팔랑거려도 가슴에서 쿵쿵 쥐덫이 내려앉던 나졸들을 셋이
나 달고 들어오니 겁을 먹지 않을 수 없었다.

골목에서 나오던 사내들도 그들을 보자 제자리에 우뚝우뚝 말뚝
이 박혀버렸다.

도포 입은 사내는 세금을 걷는 군아 서원書員이었다. 그는 동임
집을 물었다. 저기라고 하자 양찬오 집 골목으로 쏠려 들어갔다.

"먼 일이여?"

"모르겠구만."

동네 사람들은 무슨 일인가 모두 썰렁한 눈으로 모여들었다.

그들은 한참 만에 양찬오를 앞세우고 나왔다. 그 골목 맨 위에 있
는 조망태 집으로 들어갔다. 작두로 여물을 썰고 있던 조망태가 덩
둘한 표정으로 일어섰다.

"당신이 조막동이오?"

"그라요."

"어떻게 생긴 사람이 그렇게 배짱이 두둑한가 했등마는 바로 당
신이구만."

서원은 들고 온 문서를 들여다보며 핀잔부터 안겼다. 나졸들도

조망태를 아니꼬운 눈초리로 건너다보고 있었다.

"무슨 말씀이오?"

조망태는 자다가 홍두깨 맞은 표정으로 눈을 씀벅이며 물었다.

"무슨 말씀이냐고? 당신 무슨 배짱으로 세미를 안 내고 버티고 있소?"

"아니, 세미를 안 내다니라우?"

"그럼 세미를 다 냈단 말이오?"

"진상 뭣인가 하는 것 한두 가지만 남고 다 냈는디라우."

조망태는 뚤럼한 눈으로 서원과 양찬오를 번갈아 보며 시르죽은 소리로 뇌었다.

"전운요미轉運料米만도 안 낸 것이 몇 가지라고 지금 무슨 봉창을 뜯고 있소?"

전운요미란 전세田稅나 대동미大同米, 삼수미三手米, 포량미砲糧米 같은 정공正供으로 내는 세곡을 한양까지 배로 운송하는 데 드는 여러 가지 곁다리 세목이었다.

"전운요미라면 대동미나 그런 것 낼 적에 한꺼번에 싹 몰아가지고 한 가지도 빠진 것 없이 싹 씻어부렀는디, 그것이 먼 소리라요?"

조망태가 다시 눈이 둥그레지며 서원과 양찬오를 번갈아 봤다.

"그렁께 시방 이것이 그것이 아니고……."

양찬오가 벙거지 시울 만지는 소리로 끼어들었다.

"당신은 가만있어요!"

서원이 꽥 악을 썼다.

"한 가지도 빼놓지 않고 싹 씻어부렀다면 어디 씻어분 세목을 한

360

번 세어보시오."

"무식한 놈이 그 많은 세목을 어뜨크롬 다 총넘을 하고 있겄소. 세목을 총넘은 못해도 내라는 대로는 다 냈소."

조망태는 비로소 고개를 제대로 들고 제 목소리로 말을 했다.

"답답한 사람 하나 보겄네. 무엇 무엇을 냈는지도 모르는 사람이 다 냈단 말이오? 당신이 낸 것은 선가미船價米, 가승미加升米, 곡상미斛上米, 첨가미添加米, 부가미浮價米, 인정미人情米뿐이고 간색미看色米, 민고미民庫米, 전관미傳關米, 기선요미騎船料米, 낙정미落庭米, 타석미打石米 같은 것은 그대로 시퍼렇게 남아 있어요."

서원이 문서뙈기를 들여다보며 주워섬겨 놓고, 잔뜩 비웃는 표정으로 조망태를 건너다봤다.

"이 사람아, 이것이 먼 소리란가? 나는 세목을 들어도 모두가 그것이 그것 같은께 잘 모르겄는디, 이것이 시방 어뜨크롬 된 것인가?"

조망태가 양찬오를 빤히 건너다보며 다그쳤다.

"그런께, 시방 서로 따지는 질속이 다른께 이렇게 위각이 나는구만. 내가 동네 사람들한테서 전운요미를 받을 적에는 선가미가 얼마, 가승미가 얼마, 이러코 따로따로 따지지 않고 그 사람한테서 받을 전운미 전부를 한꺼번에 뭉뚱거려서 받았거든. 그런디, 일테면 자네 전운요미를 받아가지고 가면, 군아에서는 그것을 자네 것으로 조목조목 촘촘히 치부를 해주는 것이 아니라, 그것으로 우리 동네 가승미면 가승미 한 조목 전부를 낸 것으로 치부를 해분께 시방 그것이 이렇게 위각이 나는구만. 그래서 동네 사람 가운데 전운요미를 한 가지도 안 낸 사람도 가승미 같은 것은 내진 것으로 되어 있고,

자네같이 다 낸 사람도 간색미 같은 것은 또 안 낸 것으로 되어 있어. 그렇게 동네 사람들이 전운요미를 다 내번지면 촘촘히 따지잘 것도 없이 제절로 끝이 날 것인디, 안낸 사람이 있어논게 시방 이 꼴이구만."

양찬오가 가닥을 추려 말을 했다.

"그러면 이것은 나하고 따질 일이 아니지 않소?"

조망태가 서원한테 눈초리를 세웠다.

"여보시오. 그것은 당신네 동네 사람들끼리 따지든지 말든지 할 일이고, 우리 군아에서는 군아 계판計板에 적어진 것만 가지고 한 사람 한 사람 개인 상대를 하기로 했어요."

"그라제마는, 이미 낸 사람한테 또 세미를 내라고 한단 말이오? 세미를 다 낸 집에 와서 이러코 따지면 과부댁에 와서 바깥양반 찾기도 아니고 다 낸 사람은 어쩌란 소리요?"

"뭐요, 과부댁이 어쩌고 어째요. 우리는 군아 계판만 가지고 따지기로 했은께 이미 냈건 말았건 그것은 당신네 동네 사람끼리 따지란 말이오. 이래도 무슨 말인지 못 알아먹겠소?"

"그러면 나는 다 냈은께 동임 자네가 알아서 하게."

"뭐요?"

서원은 조망태를 노려보며 꽥 소리를 질렀다.

"당신, 한번 말을 하면 지금 누구를 놀리는 거요 뭐요? 우리는 군아 계판 당신 이름자 밑에 적혀 있는 것만 가지고 따진다 이 말이오. 이래도 내 말을 못 알아먹겠소?"

"들고 치나 메고 치나 그것이 그것 아니오?"

"왜 그것이 그것이란 말이오. 우리는 이장하고는 상대하지 않고 이 계판에 적힌 사람하고만 상대를 한다는데 그것이 들고 치나 메고 치나 같단 말이오?"

서원이 하도 몽둥이로 소 몰 듯 거세게 다그치는 바람에 조망태는 어이없다는 표정으로 한참 동안 멀거니 서원 얼굴만 건너다보고 있었다. 이것은 세미를 내지 않은 사람 몫을 동네 사람들한테 인징을 물리자는 수작이 분명했다.

"그건 그렇고, 또 어제 나온 세미는 얼만 줄 알고 계시오?"

"어제 나온 세미라니라우?"

"그것은 아직 동네 사람들한테 미처 말을 못했소."

양찬오가 나섰다.

"여보시오, 세미가 날파가 됐으면 득달같이 말을 해사제 당신이 모두 물어낼라고 꾸물거리고 있소?"

서원은 양찬오를 향해 눈알을 부라렸다.

"당신이 조막동이라 했지요? 당신은 부족미不足米 7되, 표선접응미漂船接應米 5되, 가급미加給米 5되, 모두 한 말 일곱 되요."

"부족미는 뭣이고 또 표선 뭣은 뭣이라요?"

"그것은 동임한테 알아보시오!"

서원은 툭 쏘았다.

"그런께, 시방 세미 시 가지가 더 나왔구만. 그중에서 부족미라는 것은, 지난번에 낸 세곡을 배로 싣고 경강京江에 가서 되본께 그것이 크게 부족한디, 그것은 세미를 낸 사람들이 쌀을 덜 말려서 그런 것인께 그 부족한 것만큼을 더 내란 것이여. 그것이 시방 정공미 한 섬에 일곱 되 꼴이라는구만."

정공미는 조망태의 경우 10마지기(삼등전 기준 반 결)에 10말 2되였
다. 양찬오가 더듬거리며 설명을 하자 마당가며 울타리 너머에 몰려
섰던 사람들이 어이없다는 표정으로 웅성거렸다.

"그러면 대동미 같은 정공미 낼 때 받아간 가승미, 곡상미, 낙정
미, 간색미 같은 것은 뭐여? 그런 것이 다 그렇게 부족할 때 벌충한
다고 받아간 것인디, 그것으로도 모자라서 또 낸단 말이여?"

"여보시오, 당신 그것이 말이라고 묻고 있소? 가승미는 말질을
할 때 말질을 하고 나서 다시 해보면 부족한 경우가 있은께 그럴 때
벌충하자고 받아간 것이고, 곡상미는 쥐 같은 것이 먹어 축날 때 벌
충하는 것이고, 낙정미는 말질 할 때 마당에 떨어져서 축나는 것을
벌충하자는 것이고, 간색미는 색대로 쌀을 뽑아 미질을 검사할 때
축나는 것을 벌충하자는 것인디, 그 속에 덜 말려서 벌충하자는 조
목은 어디에 들어 있다고 엉뚱한 소리를 하고 있소?"

서원이 조망태를 허옇게 노려보며 주워섬겼다.

"알겠소. 알겠는디, 그것이 우리가 낸 조목에는 안 들었다고 하더
라도 우리가 낸 것을 한번 따져봅시다. 내가 낸 것 중에 아까 그 가
승미란 것만 가지고 말하더라도 내가 전세나 대동미 같은 원정액이
한 섬인디, 내가 낸 가승미가 일곱 되였소. 아까 말씀하셨대끼 가승
미란 것은 말질을 할 때 말질을 하고 나서 다시 말질을 해보면 축이
나는 수가 있은께 그것에 대비하자는 세목인디, 원정액 한 섬을 쏟
아놓고 말질을 하고 나서 다시 해보면 일곱 되나 축이 나는 수가 있
다는 소리 아니요? 세상에 말질을 하면 어뜨크롬 하간디, 한 섬에 일

364

곱 되나 왔다갔다 하는 수가 있다요? 이렇게 걷어갔으면 쪼깨 방불해사제 또 덜 말려서 축이 나도 한 섬에 일곱 되나 축이 났단 말이오? 전운소에서는 세미 받을 때 눈 감고 받았간디, 물이 팅팅 불은 쌀을 받았더라요."

조망태가 만만찮게 대들었다.

"여보시오, 그런 것을 따질라면 전운소에 가서 따지시오."

서원은 버럭 악을 썼다.

"또 쥐 같은 것이 묵어서 축날 때 벌충하자는 곡상미도 원정액 한 섬에 일곱 되였소. 그 쌀을 쟁여논 곳간에서는 쥐를 몇만 마리나 키우간디 사람도 못 묵는 쌀을 한 섬에서 일곱 되나 묵어 자친다요? 또 낙정미란 것은 덕석에다 쌀을 쏟아놓고 말질을 할 때 덕석 밖으로 흩어져 축나는 것을 벌충하자는 것이란디, 그것도 닷 되였소. 세미되는 마사니란 놈들은 말질은 안하고 쌀을 마당에 흩뿌리고 댕긴단 말이오? 색대질하는 그 간색미란 것도 서 되였소."

"그런 것은 따질라면 전운소에 가서 따지라는디 바쁜 사람 붙잡고 무슨 장설을 풀고 있소."

서원이 버럭 역정을 냈다.

"당신은 이런 것을 걷으러 댕기는 사람인께 이런 것을 걷으러 댕길라면 이런 것은 당신들이 그 사람들한테 따져줘사 쓸 것 아니오?"

조망태도 지지 않았다.

"나는 시키는 일만 하는 사람이제 그런 것 따지는 사람이 아니오."

"그라면 그것은 다 지난 일인께 그런다 치고, 기왕 말이 나왔은게 아까 새로 나온 그 가급민가 그것은 또 뭣이라요?"

김이곤이었다.

"당신들이 의당 내야 할 세미를 이렇게 안 내고 있은께 다른 일도 바쁜 우리들이 동네마다, 집집마다, 골목골목 누비고 댕김시로 이렇게 가욋일을 하고 있지 않소? 우리는 당신네들 종 났다고 이런 가욋일로 날마다 밤낮 없이 쏘다니란 말이오? 이 가욋일 하는 급료미가 바로 이 가급미요. 조금이라도 염치가 있는 사람이라면 이것 가지고 따지지는 못할 것이오."

서원은, 염치 좋은 사람 있으면 어디 한번 나서보라는 듯 울타리 뒤에 몰려 있는 동네 사람들을 한 바퀴 훑어봤다.

"지난번에 인정미도 적잖았는 것 같았는디……."

박문장이 시르죽은 소리로 뇌었다.

"이 사람들이 시방 남의 말을 들을 귀에는 말뚝을 박았다냐? 인정미는 처음 댕길 때 수고한 댓가로 주는 것이고 이것은 가욋일에 대한 급료란 말이오, 가욋일!"

서원은 버럭 언성을 높였다.

"표선 뭣인가 하는 것은 듣느니 또 첨이오."

김천석이었다.

"이것도 당신들이 세미를 안 내고 있은께 자업자득으로 번 것이오. 지금 세곡선이 줄포 앞바다 한가운데 떠서 당신들이 세미 낼 때까지 기다리고 있소. 알고 있지라우? 그동안 세곡선 격졸들은 뭣을 먹고 살 것이오? 바다에 배타고 댕기는 뱃놈들인께 물속에 사는 물고기맨키로 갯물 퍼마시고 살 것이오? 그 사람들도 사람인께 밥을 먹어야 할 것이고, 허구헌날 할 일없이 갯바람에 출출할 때는 막걸리라도 한잔씩 먹어야 할 것 아니오?"

"어디 세목 명색이나 똑똑히 압시다. 그것이 표선 뭣이라 했소?"

김천석이었다.

"표선접응미라 하잖던가?"

양찬오가 퉁겼다. 서원의 비위를 또 *덧들일까 싶은 모양이었다.

그러나 서원이 한 소리는 사뭇 엉뚱한 소리였다. 표선접응미란, 이양선 즉 외국배가 표류해 왔을 때 조사하고 처리하는 데 드는 비용을 말하는 것인데, 그걸 모르고 엉뚱한 소리를 하고 있는지, 알면서도 이렇게 엉뚱하게 후무려 억지를 쓰는 것인지 모를 일이었다. 따지고 보면 바다에 인접하지 않은 고부 같은 고을과는 전혀 상관없는 억지 세목일 법도 했다.

"그것도 전에 낸 선가미니 기선요미니 그런 것 가지고 다 벌충이 안 되는 것이여?"

박문장이 또 이죽거렸다.

"여보시오, 쇠뿔도 각각 염불도 몫몫인데 그 속에 가외로 바다에서 기다리며 밥 먹고 술 마시는 값이 어디가 들었단 말이오? 선가미는 세곡선 부리는 값이고, 기선요미는 선창에서 바다 한가운데 떠 있는 세곡선까지 싣고 가는 종선 뱃삯이고, 전관미는 창고에서 종선에 싣는 품삯이고, 또 민고미는 창고에 재워두는 창고센디, 그 속에 어디가 격졸들 가외 밥값이 들었소?"

서원은 그런 억지소리가 어디 있느냐는 듯 시퍼랬다.

서원이 말하는 선가미는 1말 8되, 기선미가 3되, 전관미·민고미가 각각 7되씩이었다.

"허허, 농사 지어갖고 줄포까지 60리길을 져다주고 선가미에 기선요미에 전관미, 민고미 그만치 물었으면 그만이제 뱃놈들 술값은 또 뭣이여?"

조망태가 웃으며 돌아섰다.

"여보시오, 당신 지금 어디다 대고 웃고 있소?"

서원이 악을 버럭 썼다.

"어디다 대고 웃는 것이 아니라 배보다 배꼽이 크다듯마는 대동미보다 그것을 실어가는 뱃삯이 더 많아서 어이가 없글래 나 혼자 웃었소."

"여보시오, 많기는 뭣이 많단 말이오. 쌀 한 섬을 한양까지 7백리길을 지고 가보시오. 그 수고는 놔두고 객비는 또 얼마나 나겠소? 백성의 그런 손해 덜어주자고 세곡선 내서 실어다 주는 것도 어딘데 뭣이 으짜고 으째라우?"

서원이 시퍼렇게 쏘아붙였다.

"백성 수고 덜어주느라고 염려 많이 해주서서 고맙소."

조망태도 지지 않았다.

"여보시오, 당신이 지금 어긋하게 나오는 것이 나하고 시비를 한번 붙자는 배짱이오?"

서원은 눈초리를 치켜세우며 조망태를 노려봤다.

"무슨 시비는 시비겠소?"

양찬오가 웃으며 막아섰다.

"당신은 전운요미도 그렇고 읍용邑用 세미도 그대로 남았구만."

서원은 또 문서를 들여다보며 조망태를 노려봤다.

"그것도 한 가진가 두 가지 남고 다 냈소."

"뭐요. 삭선별첨미朔膳別添米하고 진상역가미進上役價米밖에 안 냈는디, 거진 다 냈단 말이오?"

서원은 노상 성질 사나운 강아지처럼 눈초리를 세우고 다그쳤다.

"그것도 동네 사람들하고 여러 갈래로 얽혀서 그렇소."

양찬오가 나섰다.

"나는 동네 사람들하고 얽힌 것은 모른다는데 또 잔소리를 하기요?"

서원이 양찬오를 향해 또 악을 썼다.

"경주인역가미京主人役價米, 영주인역가미營主人役價米 그리고 서원고급미書員考給米가 각각 한 말씩, 그래서 당신이 안 낸 것이 전부 엿 말 너 되요. 전운요미는 전운소轉運所로 내고, 읍용은 군아로 지고 오시오. 모레까지 지고 와야 해요. 자, 여기 도장 찍으시오."

"그것은 또 뭔 도장이라요?"

"모레까지 다 내겠다는 도장이오."

"그 도장은 자네가 찍게."

조망태가 이장을 향해 말했다.

"당신보고 찍으라지 않았소?"

서원은 잡아먹을 듯이 악을 썼다.

"이번에 새로 나온 것 말고는 전엣것은 두 가지밖에 안 남았는디, 나하고는 아무 상관도 없는 데다 생도장을 찍으란 말이오?"

"몇 번 말을 해야 알겠소. 나는 군아 계관에 있는 것만 가지고 개인 상대한다고 하잖았소?"

"그래도 나는 냈은께 그런 도장은 못 찍겄소."

조망태가 버텼다.

"정말 못 찍겄소?"

착 가라앉은 소리로 다그쳤다.

"못 찍겄소."

"그러면 여기서 당신한테 오라를 지워 군아로 끌고 가는 수밖에 없소. 나는 사또나리 추상 같은 영을 받들고 온 사람이오. 모레까지 못 내겠다고 버티는 사람이 있으면 오라를 지워 끌고 오라는 영을 내렸소. 그 영을 제대로 거행을 못하면 내 모가지가 날아간께 하는 수 없소. 다시 한 번 묻겄는디 잘 생각해서 대답하시오. 오라를 받겄소, 도장을 찍겄소?"

서원은 착 가라앉은 소리로 다그쳤다. 나졸들은 허리춤에서 오라를 풀었다.

"묶여갔으면 갔제 도장은 못 찍겄소."

"하는 수 없구만. 묶어!"

나졸들이 조망태한테로 달려들었다.

"워매, 워매, 이것이 먼 일이라요?"

조망태 아내가 쫓아나오며 나졸들을 가로막았다.

"찍으시오. 어서 찍으란 말이오. 사람이 살고 봐사제 이것이 먼 일이라요. 어서 찍으시오."

조망태 아이들까지 울며 달려들었다.

"허허, 세미가 한 벌로도 어깨가 내려앉는디, 남의 세미까지 두 벌로 짊어지란 소린가? 한울님이 콧구멍을 두 개 뚫어논 이치를 인

자사 알겠네."

조망태는 마치 실성한 사람처럼 하늘을 쳐다보며 헛웃음을 쳤다.

이내 서원이 내민 문서에다 도장을 찍고 말았다.

조망태는 논 10마지기에, 나라에 내는 정공미는 1섬 2되인데, 전운요미 등 잡세가 그 배에 가까운 1섬 7말 5되였다.

서원은 도장을 받아가지고 다음 집으로 갔다. 조망태가 당한 꼴을 본 동네 사람들은 모두 기죽은 강아지 꼴로 고분고분했다. 일은 마루 넘은 수레 굴러가듯 쉬웠다. 서원은 다람쥐 담구멍 드나들 듯 이집 저집 바삐 드나들었다.

"이세곤李世坤 집이 어디요?"

"그 집은 애초에 세미하고는 상관이 없는 집인디……."

동네 사람 가운데서 누가 이죽거렸다. 그러나 서원은 양찬오를 앞세우고 다 쓰러져가는 이세곤의 움막으로 들어섰다.

"당신이 이세곤이오?"

서원은 시퍼런 서슬로 물었다.

"예, 내가 이세곤이오."

토방에 앉았던 이세곤은 일어날 생각도 않고 그 자리에 앉아서 서원을 한참 보고 있다가 입에 물었던 곰방대를 뽑으며 대답했다.

이세곤은 입이 한쪽으로 사뭇 돌아간 비틀이었다. 입이 귀밑으로 한참 돌아가다가 중간쯤에서 닭똥구멍처럼 오므려 있었다.

"당신 세미 통지 받았소, 안 받았소?"

이세곤은 그 비틀어진 입으로 느닷없이 택 침만 뱉었다.

"받았소, 안 받았소?"

서원이 발을 구르며 꽥 악을 썼다.

"받기는 받았소."

이세곤이 그제야 자리에서 일어서며 늘어진 소리로 대답했다.

"그러면 왜 지금까지 안 내고 있소?"

서원은 이세곤을 잡아먹을 듯이 노려보며 악을 썼다.

"정신없는 늙은이 죽은 딸네 집 간다등마는 정신이 없어도 유분수제 먼 정신없는 세미통지가 나한테까지 찾아들었는고 하고 시방 그 까닭을 쪼깨 알아볼라고 하던 참인디 잘 왔소. 몽구리 횟값도 아니고 내장사 부처님한테 군포도 아니고 우리 집에 찾아온 세미통지가 그것이 먼 통지라요?"

이세곤은 조금도 동색하는 기색이 없이, 오금을 꼭꼭 박아 잔뜩 비꼬는 가락으로 나왔다. 비틀어진 입에서 나온 소리라, 그러지 않아도 얼른 알아먹을 수 없는 소리를 한껏 늘어지게 빼고 있었다.

"뭐요? 나라에 바치는 세미가 몽구리 횟값?"

서원은 말꼬리를 독 오른 뱀 대가리처럼 빠듯 치켜올렸다.

"아무리 생각해 봐도 그것이 몽구리 횟값입디다."

"뭣이? 어째서 나라 세미가 몽구리 횟값이란 말이오?"

서원은 이를 앙다물었다. 이세곤이 물었던 곰방대를 다시 빼고 또 택 침을 뱉었다.

"처음부터 전세나 대동미, 삼수미 같은 것하고는 아무 상관도 없는 논에 세미가 나와도 한두 가지가 아니고 곁다리까지 주렁주렁 열댓 가지나 나왔습디다. 또 다른 사람하고 같이 나온 것도 아니고 다른 사람들은 거진 다 낸 뒤에사 생애 나간 뒤에 부고장맨키로 그런 것이 나왔는디, 세미하고는 아무 상관도 없는 논에 그런 것이 나왔은께 그것이 괴기하고는 아무 상관도 없는 몽구리 횟값이제 멋이겠소?"

이세곤이 시치미를 떼고 능청을 떨었다.

"논에다 농사를 지었으면 세금을 내는 것은 백성의 도린디, 그것이 어째서 아무 상관이 없단 말이오?"

"진황진께 상관이 없지라우."

"진황지건 뭐건 논에다 농사를 지었으면 세금을 받으란 것이 사또나리 영이오."

"세미를 내지 말라는 사람이 있는디, 그라면 그 사람 소리는 그것이 먼 소리라요?"

"누가 내지 말라고 했단 말이오?"

"누가 아니고 임금님한테서 특지를 받았다고 하는 김창석金昌錫인가 균전산均田使가 그 사람이, 농사짓기 전에 찰떡같이 한 소리요. 그 사람이 이 동네 나와서 진황지를 개간하면 그 논에서는 3년간 세미를 안 받는다고 했소. 그 소리를 해도 한두 번 한 것이 아니고 두 번 시 번 집터에 달구질하대끼 곱새겨서 했소."

"진황지건 균전답이건 그런 건 나는 모르는 일이오. 나는 사또 영을 받들어 세미를 받으러 왔을 뿐이오."

"그러면 균전산가 김창석인가 그 작자는 뭣하는 사람이라요? 나는 그 사람 말 듣고, 지리산에서 산전 일구고 살다가 여기 와서 농사를 지었는디, 그러면 나는 어느 장단에 춤을 추까라우?"

"나는 이 고을 사또가 보내서 온 사람이제 김창석이 보내서 온 사람이 아닌디 어째서 자꼬 김창석이오? 어서 세미나 내시오. 내 말 못 알아듣겄소?"

"예, 말씀 알아듣기는 똑똑히 알아듣겄소. 알아듣기는 알아듣겄소마는 뱀장어가 눈은 작아도 제 먹을 것은 보더라고 우리가 아무리 무식해도 지 살 속으로는 살아가는 짐작이 있는 법인디, 이것이 먼 판인가 통 알 수가 없소."

세곤이 또 한 번 침을 택 뱉었다.

"내겄소, 못 내겄소?"

"사람을 다그쳐도 가닥이나 방불하게 추려놓고 다그치시오. 그 균전산가 하는 사람도 나라님이 옥새 찍은 직첩 쥐어서 내려보낸 관리고, 여그 사또나리도 나라님이 옥새 찍은 직첩 쥐어서 내려보낸 관린디, 으째서 한 임금이 내려보낸 관리들이 이 사람 말 다르고 저 사람 말 다르다요? 북, 장구가 그것이 따로따로 다른 소리로 놀제마는 그것이 가락은 한 가락인께 거기다 맞춰 춤을 추는 것이 아니겄소? 나라님 말씀도 한 장단이래사 백성이 진황지를 일구든지 지리산 산전을 일구든지 할 것인디, 이것이 두 장단이 되아논께 어느 장단에 춤을 춰사 쓸지 모르겄소."

이세곤이 느려터진 소리로 능청을 떨었다.

"그것은 내가 알 바 아닌께 알고 싶거든 한양 가서 상감마마께 알아보시오. 나는 사또 영을 받고 세미 받으러 온 사람인께 세미 받는 것이 내 소임이제, 당신 춤장단까지 추리고 있을 경황은 없소."

서원은 엉뚱하게 후무렸다.

"허허, 나 같은 촌놈보고 상감을 만나서 알아보라고 하셨소? 상감은 김창석인가 균전산가 그 사람보고 만나서 백성이 골을 내도 이렇게 내사 쓰겠냐고 물어보라고 하시오."

"여보시오, 내가 당신 그런 객담 듣자고 나졸 거느리고 여기까지 온 사람인 줄 아시오? 모래까지 내시오. 여기 도장 찍어요."

"모레까지라우?"

"그래요!"

"허허, 그러면 한 가지만 더 알아봅시다. 처음부터 허황한 소리라 알아보고 말 것도 없소마는, 시방 그 문서에는 내가 농사를 몇 마지기 지은 것으로 적혀 있소?"

"사등전四等田 열서 마지기를 지었제 얼마를 지어라우? 반 결이 조금 넘제마는 반 결 잡고 계산을 했소."

"열서 마지기라우? 거그서도 이얘기가 한참 법성포로 빠졌소. 그 논이 전부 열서 마지기는 열서 마지기요마는, 내가 갈아엎은 것은 열 마지기가 못 되고 모를 꽂은 것은 일곱 마지기 푼수가 될까말까 하요. 그나마 거그서 나락같이 생긴 것을 뜯어들인 논바닥은 잘해야 닷 마지기나 될 것이오. 당장 가서 보면 아요."

"그것이사 당신이 농사를 잘못 지어서 그렇게 된 것인디 어디다 대고 엉뚱한 소리를 하고 있소? 그 필지에 손을 댔으면 우리는 그 필지에 농사를 다 지은 줄 알제 바쁜 사람들이 촌사람들 논고랑까지 세고 댕기란 말이오?"

"허허, 송장 치고 살인 낸다등마는 내가 꼭 그짝이구만."

이세곤은 비틀어진 입으로 한번 웃어놓고 곰방대를 빼면서 또 퇴침을 뱉었다.

"전세가 3두, 대동미가 6두, 삼수미가 6승, 포량미가 6승, 이것이 원정액인디 이것이 한 섬 2승요. 그리고 치시미가 2두, 선가미가 1두 8승."

"치시미는 뭣이라요?"

"원님이 잡수실 별식과 땔나무 값이제 뭣이오. 하여간, 당신은 관에서 이제사 세미를 내라고 했은께 부족미하고 가급미, 표선접응미는 빼고 그 나머지가 한 섬 닷 말 여덟 되요."

조망태하고 같았다.

"그러면 그것이 전부 얼마요?"

"두 섬 엿 말이제 얼마요?"

"내 복에 무슨 난리라고, 기왕에 들어갔은께 지리산에서 국으로 산전이나 일구고 칡뿌리나 캐묵고 사는 것인디, 허허, 무단한 *선왕제 지내고 지벌 입는다등마는 내가 꼭 그짝이구만. *풋바심한 것부텀 전부 게워내서 되도 두 섬이 될까말까 하는디, 세미가 두 섬 엿 말이라니 지리산 멧돼지가 들으면 웃다가 아가리 찢어지겄네."

이세곤은 입은 비틀어졌어도 할 소리는 다 했다.

"그런 되잖은 넋두리는 됐다가 당신 안방에서나 하시고 여기 도장이나 찍으시오!"

"찍읍시다. 촌놈 볼기고 엉뎅이고 처음부터 내논 것인디, 손가락인들 내 맘대로 놀리고 안 놀리고 하겄소?"

이세곤은 칡뿌리 같은 손가락에다 인주를 듬뿍 묻혀, 문서에다 꾹 눌렀다. 지장발이 비온 날 황토밭에 왱새기 자국만 했다.

"당신 지리산 어쩌구 객설 푸는 것이 쪼깨 수상한 구석이 있는디, 만약 여기다 이렇게 도장 찍어놓고 엉뚱한 짓 했다가는 이것을 동네

376

사람들이 물어낼 것인께 똑똑히 알아둬! 우리 사또는 이런 일에는 인정사정 안 두는 분이여, 알겠제?"

서원이 반말지거리로 만만찮게 얼렀다. 도망치면 동네 사람들한테 인징을 물리겠다는 으름장이었다. 그때 이세곤 눈에 빠듯 모가 섰다. 물고 있던 곰방대를 빼며 비틀어진 입에 한껏 힘을 모아 택 침을 뱉었다.

"여보게, 서원!"

세곤이 느닷없이 반말로 서원을 불렀다.

"자네 지금 어디다 대고 반말인가? 같잖은 서원 주제에 어디다 대고 반말이여?"

비틀어진 입으로 꼭꼭 씹어서 말을 뱉었다.

입이 꼭 닭똥구멍이 움찔거리는 것 같았다. 서원은 느닷없는 소리에 멍청하게 이세곤을 건너다보고 있었다.

"자네가 군아 서원이면 서원이제, 그 따위 버릇을 어디서 배웠는가? 물 밖에 났어도 용은 용이더라고 내가 아무리 사는 주제가 이렇게 쪼그라졌네마는 양반은 양반이네. 취할 준浚 자, 경사 경慶 자 동고東皐 할아버님을 중시조로 모시고 있는 남원 둔덕 이씨라면 양반 중에서도 그냥 양반인 줄 아는가?"

이세곤이 눈알을 디룩거리며 악을 썼다. 서원은 이세곤을 멀겋게 건너다보며 비실비실 웃고 있었다.

"허허, 주제에 양반 타령 한번 요란하네. 진황지로, 지리산으로, 유민인지 멧돼지 사촌인지, 누더기에 살 하나도 제대로 못 감추는 주제에 양반? 아까 지리산 멧돼지가 웃다가 아가리 찢어지겠다등마는, 이댁 중시존가 누군가 그 작자가 땅속에서 이 소리 들었으면 웃다가 해골 대가리 빠개지겠구만."

서원은 잔뜩 비꼬는 소리로 핀잔을 주었다.

"지금 자네 누구를 보고 그 작자라 했는가? 여보게, 자네가 지금 찢어진 아가리라고 열어지는 대로 벌리고 있는디, 방금 우리 중시조 동고 할아버님을 그 작자라고 능멸했겄다? 자네가 양반 맛을 한번 보고 싶은 모냥이구만. 지금 여기 있는 나는 호랑이 새끼 중에 스라소니 꼴로 주제부터가 이렇게 말이 아니네마는, 남원에 가면 우리 집안 기세가 어떤 줄 아는가? 우리 조상을 능멸하고도 자네가 무사할 성부른가? 양반을 능멸하면 어떻게 징치를 받는 줄은 대충 알겄제? 여기서 사죄를 하게. 사죄를 하면 모를까 그렇지 않으면 가만두지 않겠네. 나는 기왕 파탈을 하고 나선 사람인께 내가 능멸당하는 것은 참을 수 있네마는, 우리 조상을 능멸하는 것은 그냥 넘길 수가 없어. 어서 엎드려 사죄를 하지 못할까?"

이세곤은 얼굴이 시뻘겋게 악을 썼다.

"뭣이 사죄를 하라고?"

서원은 어이없다는 듯 허허 웃었다.

"웃어? 하룻강아지 범 무서운 줄 모른다등마는 자네가 바로 그 짝일세. 양반 문중에서 양반 능멸한 죄인을 묶어가면 그걸 말릴 장사가 없어. 지금 자네가 나졸 거느리고 건들거린께 눈에 뵈는 것이 없는 모양일세마는……."

"이 사람아, 그걸 가지고 뭘 그리……."

양찬오가 끼어들며 말렸다.

"여보게, 이 일이 무슨 일이라고 자네가 함부로 나서는가? 조상 능멸하는 것을 보고 어물어물 넘겼다가 그 소문이 우리 문중에 들어가는 날에는, 이 험한 주제에 이름 석 자까지 족보에서 지워질 판이야."

그 사이 서원은 성큼성큼 밖으로 나가고 있었다. 겉으로는 큰소리를 쳤으나 속으로는 꿀린 모양이었다.

"이놈, 어데로 꽁무니를 빼냐?"

이세곤이 악을 썼다.

"육갑 못하는 병신 없다듯마는 육갑도 가지가지구먼."

서원은 혼잣소리로 비웃으며 골목을 빠져나갔다. 이세곤은 고래고래 악을 쓰며 쫓아나갔다. 양찬오가 가로막았다.

서원은 이세곤같이 진황지 일군 집 서너 집을 더 돌아 도장을 받은 다음 동네를 빠져나갔다.

"저놈들 진황지에 터무니없는 결세하는 것 본께, 보나마나 동네 사람들한테 인징 물리자는 속내가 환하그만. 저놈들 나대는 서슬이 지금 동네다 벼락 때리자고 자리를 잡아도 크게 잡고 있는 것 같구만. 살변 업고 촌놈들 가죽을 벗겨도 한두 벌로 벗길 배짱이 아니네."

조망태였다.

"노루 친 막대기 삼 년 우려먹는다듯마는 살변 하나 갖고 고루고루 우려먹을 배짱이 뻔하구만."

박문장이었다.

"떡 삶은 물에 중의도 데치고, 고쟁이도 데치고, 손도 씻고 발도 씻고, 우려먹을 대로 다 우려먹자는 배짱이구만."

모두 한마디씩 판잔이었다.

"자기 몫도 짊어지고 일어나지 못 하는디, 남의 것까지 날벼락으로 떨어지는 날에는 이 일을 어쩌제?"

"허허, 하늘은 벼락 아껴뒀다 어디다 쓸 것인고?"

모두 한숨이 땅이 꺼졌다.

그날 밤이었다. 밤이 이슥했을 때였다. 이세곤은 이웃집 김칠성을 불러왔다. 이세곤과 마찬가지로 동네를 떠나 살다가 진황지 얘기 듣고 다시 들어왔던 젊은이였다. 그도 오늘 이세곤과 똑같이 터무니없는 문서에 도장을 찍었다.

이내 술상이 들어왔다. 술상이 예사롭지 않았다.

"먼 일이오?"

"오늘 저녁이 우리 아버님 제사네. 그 작자들한테 당하고 난께 한잔 생각이 나서 *웃국 질러놓고 걸러보라고 했네, 드세."

두 사람은 잔을 주욱 들이켰다. 그때 뒤안에서 뭐가 푸드득하더니 땅바닥에 턱하고 떨어지는 소리가 났다.

"무슨 소리요?"

김칠성이 놀라 물었다.

"여보게, 뒤안에 얹어놓은 오소리가 떨어진 것 같네. 저쪽으로 쪼깨 주워 올려봐!"

이세곤이 부엌문을 열고 아내에게 말했다.

"오소리라니, 먼 오소리요?"

김칠성이 놀라 묻자 이세곤은 그냥 웃기만 했다.

"자네도 언젠가 봤제? 남원 지리산 골짜기에 사신다는 우리 외삼촌 말일세. 그이가 오소리를 잡아 이리 팔러 오셨다가 다 폴고 한 마리가 남았던지 나보고 풀어서 가용에 보태 쓰라고 놓고 가셨구만."

"아, 그러셨구만이라우. 오소리가 솔찮이 비싸단디라우?"

"비싸다뿐인가, 얼병든 데는 똥물 말고 오소리를 덮을 약이 없다더만. 한 굴에서 다섯 마리를 잡으셨던 모양인디, 그걸 여기 와서 한 마리에 백 냥씩 받았다는구만."

"백 냥이오?"

김칠성은 입이 떡 벌어졌다.

"그이는 젊어서부터 사냥으로 늙은 양반인디, 사냥 솜씨가 저런 오소리나 너구리 같은 굴 사냥에는 귀신이네. 늦가을이면 오소리 굴을 맞춰놨다가 목을 봐서 잡다 크게 한몫씩 봐. 아마 그이는 그런 오소리 굴을 지금도 서너 개쯤 아껴놓고 계실걸."

"아껴놓고 계시다니라우?"

"목을 몰라고."

"목이라니라우?"

"저런 오소리가 약으로 팔리는 대목 말일세."

"그런 대목도 있다요?"

"밤, 대추는 시제 때가 대목이고 우산은 장마철이 대목 아닌가? 그럼 오소리는 얼병에 영약인게 언제가 대목이겠는가?"

세곤이 웃으며 물었으나 칠성은 멍청한 표정이었다.

"이 사람아, 지금 우리 고을같이 옥사 났을 때가 대목이제 언제가 대목이겠어?"

두 사람은 한참 웃었다.

"전에는 오소리 굴을 봤다 하면 보는족족 잡으셨던 모양인디, 요새는 오소리 굴을 보먼 예장 받은 벙어리맨키로 입 딱 봉하고 앉아서 어디서 옥사가 나는가 그 소문만 기다리네. 그이는 오소리 잡는 솜씨도 귀신이제마는, 요새 와서는 그런 장삿속으로도 이렇게 미럽이 나서 그 재미가 여간 쏠쏠하지 않네. 내가 지리산에 살적에는 지리산 저쪽 피아골이란데서 살았는데, 이따금 거기까지도 오서서 사냥을 하셨어. 그렇게 사냥으로 살아가는 것을 본께 요새 세상에는 사냥같이 속편한 농사도 없겄등만. 산으로만 쏘다닌께 보기 싫은 놈 안 보고, 세금을 물겄는가, 누구한테 뜯기기를 하겄는가?"

"허허, 그런께 관속한테 안 뜯기는 벌이는 도둑질백이 없는 중 알았등마는 사냥도 그런 속편한 농사그만이라우."

두 사람은 또 한바탕 웃었다.

"웬만하면 기왕 들어가셨은께, 외숙님한테 그런 사냥 솜씨도 배우고 거기서 눌러 사실 일이제 멋허러 나오셔서 이런 못볼 꼴을 보시오?"

"그러기 말일세. 자식 커난 것을 본께 자식 하나라도 볕바른 데서 키워얄 것 같아서 나왔등마는 그게 앞짜른 생각이었어. 그래 다시 들어갈까 하네."

"저도 지금 어디로 다시 떠날 생각뿐이오."

"그런가? 그럼 자네는 어디로 떠날 생각인가?"

"생각 중이오."

그는 정읍서 머슴살이를 하다 왔다.

"실은, 오늘 저녁에 자네를 보자고 한 것은 그 의논을 한번 해보자고 오란 것이네. 내가 살던 동네는 피아골에서도 한참 들어간 산속인디, 거기 세 집이 모아 살았네. 내가 나가겄다고 한께 그 사람들이 어찌나 섭섭해하던지 꼭 부모나 처자식 배반하고 나온 것 같이 가슴이 아팠구만. 요새는 지나새나 그 사람들 생각뿐인디, 지금 이 꼴을 당하고 본께 이것이 그 사람들 배반하고 나온 *앙얼이 아닌가 싶을 지경이네. 그런 깊은 산중에 살려면 서너 집은 모아 살아야 하거든. 누가 어디 나들이를 나가더라도 동네에 남자 한둘은 남아야 하잖겄어. 그런 깊은 산길을 혼자 댕기기도 멋하제마는, 동네는 동네대로 여자들만 두고 어디를 갈 수도 없거든. 그동안 같이 살던 정분도 정분이제마는 그래서 내가 떠나올 때 그렇게 섭섭하게 생각했던 거여."

"그러겄소."

"어떤가, 자네 나하고 그런 데 들어가 같이 살 생각 없는가? 거기는 산나물에 칡뿌리를 캐먹더라도 당장 굶어죽을 염려는 없네."

칠성이는 고개를 끄덕일 뿐 얼른 대답을 하지 않았다.

"우리한테 나온 세미를 동네 사람들한테 동징 물릴 것을 생각하면 발이 안 떨어질 것 같네마는 따지고 보면 우리 손에 내놀 쌀이 없는 도막에는 우리가 여기 눌러 있든지 떠나든지 동네 사람들한테 동징 물리기는 마찬가지네. 우리가 여기 버티고 있더라도 우리가 못내면 동네 사람들한테 물리제 어디다 물리겄는가? 우리들이 여기 눌러 있으나 떠나거나 동네 사람들한테 죄는 이미 지어논 죄네."

이세곤이 길게 한숨을 쉬었다.

"나도 그것이 마음에 걸려 주춤거렸는디, 방금 말씀하신 대로 동네 사람들한테 죄는 이미 지어논 죄글래 떠나기로 작심을 했소. 그런디, 나는 아주 깊숙이 섬으로 가면 으짜까 싶소.”

“섬?”

“예, 들어본께 숭년 안 타기로는 섬만한 데도 없겄습다. 고기도 쉽게 낚을 수가 있은께 생선은 이런 육비 한다는 부자보담 더 푼푼하고, 바지락이니 고동이니 그런 것도 그렇고 미역이야 톳이야, 먹을 것이 늘어졌답디다. 사람이 그런 것만 묵고 살겄소마는 하여간 숭년에 굶어죽는 사람은 없답디다.”

“듣고 본께 그럴 법도 하네마는 사람이란 것이 원래 육지에서 살게 생긴 짐승이라 암만해도 그런 깊은 섬에 들어가서 살기는 여간 거시기하잖을까 싶어?”

“그러기는 하요마는 배고픈 설움에다 대겄소?”

“섬에 들어가면 손잡아 줄 사람은 있는가?”

“없소마는 다 사람 사는 덴께 무작정 들어가 볼 참이오.”

“그렇게 어정쩡하면 나하고 같이 지리산으로 가는 것이 으짜겄어? 아무런들 섬이 사람 살 데겄는가?”

“그럼 어디 다시 한번 생각해 봅시다.”

칠성은 밤이 이슥해서 돌아갔다.

384

◎ 녹두장군 1권 어휘풀이

각간角干 신라 때에, 십칠 관등 가운데 첫째 등급.

간짓대 대나무로 된 긴 장대.

강단剛斷지다 굳세고 꿋꿋하여 견디어 내는 힘이 있다.

강아지한테 별성마마다 강아지는 천연두에 걸리지 않으므로 천연두를 전
　　파하는 별성마마가 무섭지 않다는 말.

개 물려보냈나 무엇을 쉽게 잃었거나 잊었음을 빈정대는 말.

거리귀신한테 내전밥 내주듯 별로 중요하지 않은 사람을 곁붙이로 대접하
　　는 경우를 이르는 말. '내전밥'은 무속에서 머리가 아플 때 접시에 담아
　　머리맡에 두는 밥으로 자고 일어나서 내다 버리면 아픈 머리가 낫는다고
　　한다.

거리부정 떠돌아다니다가 길거리에서 죽음.

거미줄 늘이다 거미줄 치다. 죄인을 잡기 위해 여러 방면에 비상선을 널리
　　늘여놓다.

거쿨지다 몸집이 크고 말이나 하는 짓이 씩씩하다.

걸립乞粒 동네에 경비를 쓸 일이 있을 때, 여러 사람들이 패를 짜서 각처로 다
　　니면서 풍물을 치고 재주를 부리며 돈이나 곡식을 구하는 일.

겨린(을) 잡히다 살인범의 이웃 사람이나 범죄 현장 근처를 지나가는 사람
　　이 증인으로 불려 가다.

고상苦像 수난을 그린 그림이나 새긴 형상.

곤댓짓 뽐내어 우쭐거리며 하는 고갯짓.

곰상스럽다 성질이나 행동이 잘고 꼼꼼한 데가 있다.

과객질 노자路資 없이 먼 길을 가다가, 도중에 모르는 이의 집에 들러 밤을 지
　　내고 거저 밥을 얻어먹는 짓.

괘사 변덕스럽게 익살을 부리며 엇가는 말이나 짓.

교군 가마꾼

구메농사 농사가 고르지 아니하여 고장에 따라 풍흉이 같지 않은 농사.

군치리집 개고기를 안주로 하여 술을 파는 집.

궂은일에는 셈찬 아재비다 궂은일 의논할 사람은 사리 밝은 집안 어른이라
　　는 사실을 이르는 말.

귀틀집 큰 통나무를 우물 정자형으로 귀를 맞추어 층층이 얹고 틈을 흙으로
　　메워 지은 집.

기름 먹어본 강아지 꼴 기름 먹어본 개 같다. 한번 맛을 본 후로는 그 맛을
　　못 잊어 자꾸 또 하고 싶어 하는 모양을 이르는 말.

김치보시기 김치를 담아 먹는, 주발보다 작은 모양의 그릇.

깍짓동 몹시 뚱뚱한 사람의 몸집을 비유적으로 이르는 말.

깐치 '까치'의 사투리.

나가시 공청이나 동네서 각 집에 부담시키던 공전.

꿩 구워 먹은 자리 어떤 일의 흔적이 전혀 없어져버린 것을 이르는 말.

남산골샌님 역적 바라듯 소외된 사람들일수록 정권이 바뀌기를 바라는 경
　　우를 이르는 말.

너덜 돌이 많이 흩어져 있는 비탈.

너울가지 남과 잘 사귀는 솜씨. 붙임성이나 포용성 따위를 이른다.

농투사니 '농투성이(농부)'의 사투리.

누운변   다달이 갚지 아니하고 본전과 함께 갚는 변리

눈에 헛거미가 잡히다   욕심에 눈이 어두워 사물을 바로 보지 못하다.

능갈   얄밉도록 몹시 능청을 떪.

대가람大伽藍   큰 절.

대궁상   먹고 내놓은 밥상

덧들이다   남을 건드려서 언짢게 하다.

덩둘하다   어리둥절하여 멍하다.

데설궂다   성질이 털털하고 걸걸하여 꼼꼼하지 못하다.

도깨비 가시덤불 헤치듯   형편 따라 되는 대로 일을 밀고 나가는 경우를 이
　　르는 말.

도래송곳   자루가 길고 끝이 반달 모양으로 생긴 송곳. 자루를 이쪽저쪽으로
　　돌리면서 좀 큰 구멍을 뚫는 데 사용한다.

도척이 행차에 재 너머 산지기가 앞교군 선다   못된 자들이 하는 일에 엉
　　뚱한 사람이 앞장서게 되는 경우를 이르는 말. '도척盜跖'은 중국 춘추시
　　대의 큰 도적으로 악인惡人의 대명사를 뜻한다.

독살스럽다   성품이나 행동이 살기가 있고 악독한 데가 있다.

동곳   상투를 튼 뒤에 그것이 다시 풀어지지 아니하도록 꽂는 물건.

동네 적선은 도깨비 명당보다 낫다   자기가 사는 동네에다 좋은 일을 하면
　　나중에 그만한 덕을 본다는 말.

동살   새벽에 동이 터서 훤하게 비치는 햇살.

동학 13주문   13자로 되어 있는 동학의 기본 주문. 시천주조화정 영세불망만
　　사지侍天主造化定永世不忘萬事知.

돝   '돼지'의 사투리. '돼지'의 옛말.

두남두다   자기 마음에 드는 편만 힘써 주다. 편들다.

두발당성   두 발로 차는 발길질.

뒤안 '뒷마당'의 사투리.

드레지다 사람의 됨됨이가 가볍지 않고 점잖아서 무게가 있다.

드잡이판 서로 머리나 멱살을 움켜잡고 벌이는 싸움판.

들떼놓고 꼭 집어 바로 말하지 않고.

등글개첩 늙은이의 가려운 데를 긁어주는 첩으로, 늙은이의 젊은 첩을 일컬음.

딱따구리 부적도 귀신 쫓는 수가 있다 하찮은 방법으로도 큰 위험을 방어
할 수 있다는 말. 딱따구리 부적은 딱따구리가 나무를 쪼아놓듯 부적 시늉
만 낸 부적이란 뜻으로, 명색만 그럴듯하게 갖추는 것을 이르는 말.

떠꺼머리 장가나 시집 갈 나이가 넘은 총각이나 처녀가 땋아 늘인 머리. 또
는 그런 머리를 한 사람.

땅나구(당나귀) 방구 소리여 조랑말 투레질 소리여 누가 하는 말을 아주
낮잡아서 핀잔을 주는 말.

뜨내기질 도둑놈들이 패거리나 두목 몰래 사사로이 도둑질을 하여 따로 챙
기는 짓.

띠살문 문살을 상, 중, 하의 세 곳에 띠 모양으로 배치한 문.

마바리꾼 짐을 실은 말을 몰고 다니는 것을 직업으로 삼는 사람.

마사니 타작마당에서 마름을 대신하여 곡식을 되는 사람.

막불겅이 불겅이보다 질이 낮은 살담배

막치 되는대로 마구 만들어 질이 낮은 물건.

만수받이 아주 귀찮게 구는 말이나 행동을 싫증 내지 않고 잘 받아 주는 일.

모주 할미 열바가지 두르듯 주막집 주모할미가 술항아리에서 술을 뜰 때
술바가지로 술을 휘휘 내둘러 저어서 아주 솜씨 있게 떠내는 모습을 이르
는 말로, 익숙한 솜씨로 날렵하고 거침없이 일하는 모습을 비유적으로 이
르는 말.

목구멍에 불 단 모루쇠가 기어오르다 몹시 울화가 치밀어 오름을 이르는

388

말. '모루쇠'는 모루로 대장간에서 쇠를 불릴 때 받침으로 쓰는 쇳덩이.

모질음   고통을 견디어 내려고 모질게 쓰는 힘.

목로木壚   주로 선술집에서 술잔을 놓기 위하여 쓰는, 널빤지로 좁고 기다랗
　　게 만든 상.

몽구리   중의 별명. 바싹 깎은 머리.

물음   잡부금.

미사리   삿갓 같은 것의 안쪽에 쓸 때 머리에 걸어 얹히도록 단 둥근 테두리.

바장이다   부질없이 짧은 거리를 오락가락 거닐다.

발밭다   기회를 놓치지 않고 재빠르게 붙잡아 이용하는 소질이 있다.

발싸심   어떤 일을 하고 싶어서 안절부절못하고 들먹거리며 애를 쓰는 짓을
　　비유적으로 이르는 말.

배코   상투를 앉히려고 머리털을 깎아 낸 자리.

배코칼   배코를 치는 데 쓰는 칼.

버르집다   파서 헤치거나 크게 벌려 놓다.

변모없다   남의 체모는 돌보지 아니하고 거리낌 없이 말이나 행동을 하다.

별쭝맞다   말이나 하는 짓이 아주 별스럽다.

병추기   병에 걸려서 늘 성하지 못하거나 걸핏하면 잘 앓는 사람을 낮잡아 이
　　르는 말.

보릿동   햇보리가 날 때까지의 보릿고개를 넘기는 동안.

부등가리 안 옆 조이듯   무슨 일을 저질러 놓고 마음이 놓이지 아니하여 안
　　절부절못하는 모양을 비유적으로 이르는 말. 부등가리는 아궁이에서 숯
　　불을 담아내는 깨진 오지 그릇을 말하는데, 그것으로 숯불을 담아낼 때 옹
　　색스럽고 손이 뜨거우므로 조심스럽게 손을 놀려야 하는 데서 온 말.

부쩌지 못하다   '부접(을) 못하다'의 사투리. 한곳에 붙어 배기거나 견디어 내
　　지 못하다.

불콰하다 얼굴빛이 술기운을 띠거나 혈기가 좋아 불그레하다.

비실비실 눈치를 보며 비굴하게 행동하는 모양.

비쌔다 어떤 일에 마음이 끌리면서도 겉으로 안 그런 체하다.

비패하다 성질이나 행동이 비열하고 막되다.

빈지 한 짝씩 끼웠다 떼었다 할 수 있게 만든 문. 흔히 가게에서 문 대신 쓴다.

빚지시 빚을 주고 쓰고 할 때에 중간에서 소개하는 일.

사개가 맞다 ‘사개’는 기둥머리를 도리나 장여를 박기 위해 네 갈래로 도려
      낸 부분을 말하는데, 그것을 맞추었을 때 짜임새가 맞는다는 의미로 일이
      아귀가 딱 들어맞는 것을 일컫는 말.

사날 제멋대로만 하는 태도.

사발무더기 사발에 가득히 담은 음식의 부피.

사시 하관巳時下棺에 오시 발복午時發福이다 사시에 묘를 써서 두 시간 뒤인
      오시에 효험이 난다는 의미로, 명당 자리의 효험이 빨리 나는 경우를 과장
      해서 이르는 말.

사위스럽다 마음에 불길한 느낌이 들고 꺼림칙하다.

사표師表 학식과 덕행이 높아 남의 모범이 될 만한 인물.

산피점 짐승의 가죽을 파는 점포.

살천스럽다 쌀쌀하고 매섭다.

상고대 나무나 풀에 내려 눈같이 된 서리.

상제보다 복재기가 더 설워한다 직접 일을 당한 사람보다도 오히려 다른
      사람이 더 걱정하고 있음을 비유적으로 이르는 말. 늑상인은 설워 아니하
      는데 복인이 더 설워한다.

상피相避 가까운 친척 사이의 남녀가 성적性的 관계를 맺는 일.

색갈이 봄에 양식이 귀할 때 묵은 곡식을 꾸어 주었다가 가을에 햇곡식이 나
      면 그것으로 바꾸어 받는 일. 또는 그 곡식.

색대질 색대는 가마니나 섬 속에 든 곡식을 조금 빼내어 간색하는 데 쓰는 기구를 의미하므로 색대질이란 그 색대로 곡식을 빼내 간색하는 일을 말함.

석비레 푸석돌이 많이 섞인 흙 또는 그런 흙으로 된 논.

선변 빌어온 돈에 대하여 다달이 갚는 변리.

선왕제 지내고 지벌 입는다 남에게 좋은 일을 해주고 도리어 화를 입게 됨을 이르는 말. '선왕재善往齋'는 죽기 전에 절에 가서 죽은 뒤 천도하기 위하여 드리는 불공. '지벌'은 신불神佛의 노여움을 사서 당하는 벌.

소태 먹은 상판 소태 씹은 상판. 회충약으로 썼던 소태껍질은 씹으면 매우 쓰므로 그것을 씹었을 때의 얼굴 표정을 가리키는 말로, 잔뜩 일그러진 상판을 이르는 말.

쇠앙치 '송아지'의 사투리.

숫돌물 숫돌에 물을 치며 칼 따위의 날붙이를 갈 때 나오는, 녹가루와 돌가루가 섞인 툽툽한 물.

시겟금 시장에서 파는 곡식의 시세.

시르죽다 기를 펴지 못하다.

신발차 심부름하는 값으로 주는 돈.

신산辛酸 힘들고 고생스러운 세상살이를 비유적으로 이르는 말.

심고心告 동학교인들이 어떤 일을 할 때마다 먼저 한울님께 고하는 일.

싸개통 여러 사람이 둘러싸고 다투며 승강이를 하는 상황.

씨아귀에 불알 물린 꼴 크게 고통을 당하면서도 어떤 고통인지 말도 못하고 안절부절못하는 꼴. '씨아'는 목화의 씨를 빼는 기구이며, '씨아귀'는 두 개의 기둥이 맞물려 돌도록 가락의 끝 부분을 꽈배기처럼 다듬어 만든 부분이다.

아낙말 아니할 말.

아귀 일을 마무르는 끝매듭.

앙앙불락怏怏不樂 매우 마음에 차지 아니하거나 야속하게 여겨 즐거워하지
　　아니함.

앙얼殃孽 지은 죄의 앙갚음으로 받는 재앙.

애옥살이 가난에 쪼들려 고생스럽게 살아감. 또는 그런 살림.

액색阨塞 운수가 막히어 생활이나 행색 따위가 군색함.

양상군자梁上君子 도둑을 완곡하게 이르는 말. 중국 후한 때 진식이라는 사
　　람이 들보 위에 숨어 있는 도둑을 가리켜 '양상의 군자'라고 한 데서 유래
　　한 말.

어금지금하다 서로 엇비슷하여 정도나 수준에 큰 차이가 없다.

어제가 바로 네놈들 제삿날이다 너희들은 오늘 죽게 된다고 겁을 주며 으
　　르는 말.

어혈진 도깨비 개천물 마시듯 되게 다쳐서 혼이 난 도깨비가 정신없이 맛
　　도 모르고 개천물을 들이켜듯 한다는 뜻으로, 물이나 술 같은 것을 마구
　　들이켜는 모양을 낮잡아 이르는 말.

언덕거리 남에게 무턱대고 억지로 떼를 쓸 만한 근거나 핑계.

얼렁녁수 남의 의사를 받아들이는 따위의 융통성.

엄발 벗나가는 태도. 어깃장.

엄지머리총각 평생을 총각으로 지내는 사람.

엉너리 남의 환심을 사기 위하여 어벌쩡하게 서두르는 짓.

엉터리없다 정도나 내용이 전혀 이치에 맞지 않다.

여자 팔자란 뒤웅박 팔자 여편네 팔자는 뒤웅박 팔자. 해녀한테 뒤웅박처
　　럼 여자 팔자는 남편한테 매어있다는 말. '뒤웅박'은 해녀들이 끌고 다니
　　며 물질하여 딴 전복이나 문어 따위 해산물을 담는 도구.

연비연비聯臂聯臂 여러 겹의 간접적인 소개로.

올깃하다 혼자 따로 생각하는 실속이 있다.

392

옴니암니 자질구레한 일까지 좀스럽게 셈하거나 따지는 모양.

왜장치다 쓸데없이 큰 소리로 마구 떠들다.

외자상투 정혼하지 아니하고 틀어 올린 상투.

욕가마리 욕을 먹어 마땅한 사람.

우줄거리다 몸이 큰 사람이나 짐승이 가볍게 율동적으로 자꾸 움직이다.

우질부질 성질이나 행동이 곰살궂지 아니함. 활달하고 모험적인 모양.

운감殞感 제사 때에 차려 놓은 음식을 귀신이 맛봄.

울바자 대, 갈대, 수수깡, 싸리 따위로 만든 울타리.

웃국 간장이나 술 따위를 담가서 익힌 뒤에 맨 처음에 떠낸 진한 국.

워낭 마소의 귀에서 턱 밑으로 늘여 단 방울. 또는 마소의 턱 아래에 늘어뜨린 쇠고리.

으등그러지다 이맛살 따위가 찌푸러지다.

음충하다 마음이 음흉하고 불량하다.

이치가 튕겨논 먹줄 같다 경위가 튕겨 놓은 먹줄 같다. 경위가 아주 분명하다는 말.

인두겁 사람의 형상이나 탈.

입이 바지게로 풍년이 들며 입이 풍년을 만나다. 먹을 것이 푸짐히 생겼을 때를 두고 이르는 말. '바지게'는 발채를 얹은 지게로 두엄이나 꼴을 져 나르는데 사용한다.

잘코사니 1.고소하게 여겨지는 일. 주로 미운 사람이 불행을 당한 경우에 하는 말이다. 2. 미운 사람의 불행을 고소하게 여길 때에 내는 소리.

잡죄다 아주 엄하게 다잡다. 몹시 독촉하다.

장리쌀 장리長利로 빌려 주거나 또는 장리로 갚기로 하고 꾸는 쌀.

저냐 얇게 저민 고기나 생선 따위에 밀가루를 바르고 달걀을 입혀 기름에 지진 음식.

졸밋거리다 무엇이 비어져 나올 듯 나올 듯해서 불안하다.

주억거리다 고개를 앞뒤로 천천히 끄덕거리다.

죽 먹은 개 욱대기듯 못된 짓한 사람 닦달하듯.

쥐알봉수 잔꾀가 많고 약은 사람을 놀림조로 이르는 말.

지덕 사납다 땅이 걷기에 험하다.

진휼賑恤 흉년을 당하여 가난한 백성을 도와줌.

집장사령執杖使令 장형杖刑을 집행하는 일을 맡아 하던 사람.

징거미 징거미새우.

짜드락나다 감추고 있던 일이 탄로나다.

차첩差帖 '차접'의 원말. 구실아치를 임명하던 사령장.

참언 앞일의 길흉화복에 대하여 예언하는 말.

처깔하다 문을 아주 굳게 닫아 잠가 두다.

체임遞任 벼슬을 갈아 냄.

치문하다 술이나 물 같은 것이 그릇에 넘칠 만큼 가득하다.

천렵에 개구리 전혀 소용없는 것을 이르는 말. '천렵川獵'은 냇물에서 고기
　　잡는 일.

총총들이 반병이라 병에다 기름이나 술을 부을 때 바삐(총총히) 부으면 엎질
　　러져서 반병 밖에 못 붓는다는 데서, 바삐 서두르면 일을 그르치거나 손해
　　를 본다는 말.

콩팔칠팔 새삼륙한다 하찮은 일을 가지고 시비조로 캐묻고 따지는 모양. 콩
　　팔칠팔하다.

타끈스럽다 치사하고 인색하며 욕심이 많은 데가 있다.

투레질 말이나 당나귀가 코로 숨을 급히 내쉬며 투루루 소리를 내는 일.

파기疤記 어떤 인물의 생김새나 신체상의 특징을 적은 기록.

평미레 말에 곡식을 담고 그 위를 밀어서 평평하게 하는 방망이.

풋바심   채 익기 전의 벼나 보리를 미리 베어 떨거나 훑는 일.

해웃값   기생, 창기 등의 노는계집을 상관하고 주는 돈.

향안鄕案   향족鄕族의 명부名簿.

호풍환우呼風喚雨   요술로 바람과 비를 불러일으킴.

혹세무민惑世誣民   세상을 어지럽히고 백성을 미혹하게 하여 속임.

혼겁魂怯   혼이 빠지도록 겁을 냄. 또는 그 겁.

휘   곡식을 되는 그릇. 15말 또는 20말 드는 것이 있음.

흔연스럽다   기쁘거나 반가워 기분이 좋은 듯하다.

흘레   교미交尾.

희떱다   말이나 행동이 분에 넘치며 버릇이 없다.